Perswazje

JANE AUSTEN

Perswazje

Tłumaczenie
Anna Przedpełska-Trzeciakowska

Tytuł oryginału: PERSUASION

ISBN: 978-83-7779-752-5

Projekt okładki: Anna Slotorsz
Ilustracje wykorzystane na okładce: domena publiczna via polona.pl & Smithsonian Institution (National Museum of American History)

Korekta: Dorota Ring

Skład: Jacek Antoniuk

www.wydawnictwomg.pl

kontakt@wydawnictwomg.pl

handlowyMG@gmail.com

Drukarnia Wydawnicza im. W.L. Anczyca
Ul. Nad Drwiną 10, Hala nr 3
30-741 Kraków

Rozdział I

Sir Walter Elliot z Kellynch Hall w hrabstwie Somerset był człowiekiem, który dla własnej rozrywki nie brał do ręki innej książki niż *Almanach baronetów;* tu znajdował zajęcie w wolnej chwili i pocieszenie w chwili zgryzoty; tu jego serce, ciało i dusza jednoczyły się w szacunku i uwielbieniu, gdy kontemplował szczupły rejestr żyjących przedstawicieli najdawniej utytułowanych rodów; tu wszystkie przykre uczucia wywołane sprawami domowymi zmieniały się najoczywiściej w świecie we współczucie i wzgardę, kiedy przeglądał niezliczone nowe nadania z zeszłego wieku; tu wreszcie, gdyby nawet wszystkie pozostałe karty nie miały znaczenia, mógł z niesłabnącym zainteresowaniem zgłębiać własną historię.

Oto stronica, na której zawsze otwierał się ulubiony wolumen:

ELLIOTOWIE Z KELLYNCH HALL

Walter Elliot, urodzony 1 marca 1760 r, poślubił 15 lipca 1784 r. Elżbietę, córkę obywatela ziemskiego Jamesa Stevensona z South Park w hrabstwie Gloucester, z której to małżonki (zmarłej w 1800 r.) miał następujące potomstwo: Elżbietę urodzoną 1 czerwca 1785 r., Annę urodzoną 9 sierpnia 1787 r, syna martwo urodzonego 5 listopada 1789 r. oraz Mary urodzoną 20 listopada 1791 r.

Tak dokładnie brzmiał ów paragraf początkowo, kiedy wyszedł z rąk drukarza, lecz sir Walter poprawił go, dodając dla wiadomości swojej i rodziny te oto słowa po dacie urodzenia Mary: „Poślubiła 16 grudnia 1810 r. Karola, syna i spadkobiercę Karola Musgrove'a, dziedzica na Uppercross w hrabstwie Somerset" – oraz wpisując dzień i miesiąc, w którym stracił żonę.

Potem ciągnęła się w ogólnie przyjętej terminologii historia i dzieje świetności tego starożytnego i szacownego rodu: że początkowo miał on siedzibę w Cheshire, że wzmianka o nim jest u Dugdale'a*; że przedstawiciele owego rodu piastowali urząd Naczelnego Szeryfa**, reprezentowali okręg wyborczy w trzech kolejnych Parlamentach, dawali dowody wielkiej lojalności i otrzymali godność baroneta w pierwszym roku panowania Karola II; wyliczone były również wszystkie Marie i Elżbiety, które poślubili – a całość składała się na dwie pełne stronice formatu *duodecimo* i zamykała się herbem, zawołaniem i słowami: *Główna siedziba – Kellynch Hall w hrabstwie Somerset* – po czym następowało dopisane ręką sir Waltera zakończenie: – *Domniemany spadkobierca William Walter Elliot, prawnuk drugiego sir Waltera.*

Próżność była jedną i jedyną treścią charakteru sir Waltera, próżność mężczyzny i próżność baroneta. W młodości sir Walter był bardzo przystojny, a i teraz, w wieku pięćdziesięciu czterech lat, wciąż jeszcze pozostawał pięknym mężczyzną. Niewiele kobiet poświęcało swemu wyglądowi więcej czasu niż on, żaden też lokaj świeżo upieczonego lorda nie mógł się bardziej niż on rozkoszować swoją pozycją. Był zdania, że dobrodziejstwo urody ustępuje jedynie dobrodziejstwu tytułu baroneta, sir Walter Elliot zaś, na którego zlały się oba te błogosławieństwa, był niezmiennie przedmiotem jego najgorętszego szacunku i uwielbienia.

Z jednego wszakże powodu słusznie pysznił się swoją pozycją i urodą, im bowiem zapewne zawdzięczał żonę obdarzoną

---

* Sir William Dugdale (1605-1685) – autor, między innymi, *Księgi baronetów angielskich.*

** Wówczas – przedstawiciel władzy królewskiej w danym hrabstwie, odpowiedzialny za dobra królewskie i wymiar prawa.

nieprzeciętnym charakterem, lepszym, niż sir Walter na to zasługiwał. Lady Elliot była wspaniałą kobietą, rozsądną i miłą, a jej rozum i postępki – jeśli wybaczymy młodzieńcze zaślepienie, które sprawiło, że została lady Elliot – nigdy później nie wymagały pobłażania. Zaspokajała, łagodziła czy też kryła słabostki męża i przez siedemnaście lat była ostoją jego godności. Choć sama nie czuła się najszczęśliwszą na świecie istotą, znalazła w swoich obowiązkach, przyjaciołach i dzieciach wystarczające wartości, by się przywiązać do życia, dlatego też nie było jej bynajmniej obojętne, kiedy przyszło opuścić ten padół. Trzy córki, dwie starsze w wieku szesnastu i czternastu lat, to straszliwa spuścizna, a raczej straszliwa odpowiedzialność, jeśli matka powierza je autorytetowi i opiece zarozumiałego, głupiego ojca. Lady Elliot miała jednak pewną bardzo bliską przyjaciółkę, rozsądną, godną zaufania kobietę, którą silne związki przyjaźni skłoniły do osiedlenia się nieopodal, we wsi Kellynch. Na jej to dobroci i pomocy polegała w głównej mierze lady Elliot, wierząc, że odpowiednie zasady i wskazówki, które tak pilnie wpajała swoim córkom, otrzymają dalsze wsparcie.

Owa przyjaciółka i sir Walter nie pobrali się, bez względu na to, co w związku ze sprawą prorokowali ich znajomi. Od śmierci lady Elliot upłynęło trzynaście lat, a oni wciąż byli sąsiadami i bliskimi przyjaciółmi, i jedno pozostawało wdowcem, drugie zaś – wdową.

Że owa lady Russell, osoba statecznego wieku i charakteru, znajdująca się w doskonałych warunkach materialnych, nie myślała o powtórnym zamążpójściu – to nie wymaga żadnych usprawiedliwień przed opinią publiczną, która bardziej jest skłonna do bezpodstawnego niezadowolenia, kiedy kobieta wychodzi powtórnie za mąż, niż kiedy nie wychodzi; lecz fakt, że sir Walter żył dalej w samotności, wymaga wyjaśnień. Trzeba więc powiedzieć, że sir Walter jako dobry ojciec (po kilku cichych zawodach, z jakimi się spotkał, składając bardzo nierozumne oferty) szczycił się tym, że nie ożenił się powtórnie przez wzgląd na swoje ukochane córki. Dla jednej z tych córek, najstarszej, istotnie poświęciłby wszystko, na co nie miałby szczególnej ochoty. Elżbieta w wieku szesnastu lat odziedziczyła to, co tylko mogła odziedziczyć z praw i pozycji swojej matki, a że była bardzo ładna i bardzo do ojca podobna, miała na niego duży wpływ i dobrze im było razem. Dwie młodsze córki zajmowały pozycję o wiele pośledniejszą. Mary nabyła nieco sztucznej godności, stając się panią Karolową Musgrove, lecz Anna, o finezyjnym umyśle i miłym usposobieniu, cechach, które w oczach każdego rozsądnego człowieka musiały ją stawiać bardzo wysoko – była niczym dla ojca i siostry. Słowo jej nie miało wagi – jej wybory musiały zawsze ustępować wobec cudzych wyborów, była tylko Anną.

Ale dla lady Russell była najdroższą, najwyżej cenioną córką chrzestną, ulubienicą i przyjaciółką. Lady Russell kochała wszystkie trzy dziewczęta, ale tylko w Annie mogła się dopatrzyć matki.

Kilka lat temu Anna Elliot była bardzo ładną dziewczyną, lecz świeżość jej szybko minęła; nawet jednak w latach rozkwitu ojciec niewiele mógł się doszukać w urodzie córki cech godnych podziwu (tak całkowicie odmienne były jej delikatne rysy i łagodne ciemne oczy od jego rysów i oczu); kiedy zeszczuplała i przywiędła, nie mógł już znaleźć w niej nic godnego uwagi. Nigdy nie żywił wielkich nadziei, by kiedykolwiek w przyszłości mógł wyczytać jej imię na jakiejś stronie ulubionej księgi, teraz zaś stracił je ze szczętem. Tylko w Elżbiecie spoczywała nadzieja zawarcia równorzędnego małżeństwa, Mary bowiem związała się ze starą rodziną ziemiańską, szacowną i majętną, lecz niewysoko skoligaconą, wobec czego przyniosła jej zaszczyt, ale sama bynajmniej go nie dostąpiła. Prędzej czy później Elżbieta wyjdzie odpowiednio za mąż.

Zdarza się czasami, że kobieta, mając lat dwadzieścia dziewięć, jest ładniejsza niż przed dziesięciu laty, a ogólnie biorąc, jeśli nie dokuczyły jej troski czy choroby, może to być okres życia, w którym niewiele jeszcze straciła uroków. Tak właśnie rzecz się miała z Elżbietą – wciąż była tą samą urodziwą panną Elliot, jaką zaczęła być trzynaście lat temu; można więc wybaczyć sir Walterowi, że zapomniał, ile jego najstarsza córka ma lat, a w najgorszym wypadku uznać, że nie jest skończonym szaleńcem, uważając ją i siebie za osoby obdarzone wiecznie kwitnącą urodą, obracające się pośród szczątków urody wszystkich wokół – ów dżentelmen bowiem wyraźnie dostrzegał, jak starzeje się reszta rodziny i znajomych. Anna wychudła, Mary straciła delikatność, wszyscy w sąsiedztwie wyglądali coraz gorzej, a coraz liczniejsze zmarszczki na twarzy lady Russell od dawna były źródłem jego zmartwienia.

Elżbieta nie była tak jak ojciec zadowolona z siebie. Trzynaście wiosen oglądało ją jako panią Kellynch Hall prezydującą przy stole i wydającą dyspozycje ze spokojem i zdecydowaniem, które nie pozwalały przypuszczać, że jest młodsza, niż była. Przez trzynaście lat czyniła honory domu i ustanawiała w nim prawa, wsiadała pierwsza do czterokonnej karety i wychodziła tuż za lady Russell z wszystkich salonów i jadalni w okolicy. Trzynaście mroźnych zim widziało, jak otwierała każdy większy bal, na jaki mogło się zdobyć nieliczne sąsiedztwo, a trzynaście wiosen okrywało się kwieciem, gdy jechała z ojcem do Londynu na coroczne kilkutygodniowe rozrywki w wielkim świecie. Pamiętała o tym wszystkim; świadoma była, że ma dwadzieścia dziewięć lat, i to napawało ją lekkim smutkiem i niedobrymi przeczuciami. Zadowolona była ze swej wciąż niezmiennej urody, ale czuła, że zbliża się do niebezpiecznego wieku, i cieszyłaby się, mając pewność, że w ciągu następnego roku czy dwóch zacznie się gorliwie starać o jej rękę jakiś baronet. Wówczas mogłaby znowu otworzyć ową księgę nad księgami z takim samym jak we wczesnej młodości zadowoleniem – lecz dziś jej nie lubiła. Ciągle mieć przed oczyma datę swych urodzin, wiedząc, że jedyne małżeństwo, jakie po tym następuje, to małżeństwo młodszej siostry! Bardzo to była przykra książka. Często, jeśli ojciec zostawiał otwarty wolumen na stole obok najstarszej córki, ona zamykała go, odwróciwszy wzrok, i odsuwała od siebie.

Przeżyła ponadto zawód, o którym ta księga, a zwłaszcza historia rodziny Elliotów, musiała jej ustawicznie przypominać. Sprawcą tego zawodu był nie kto inny, jak przypuszczalny spadkobierca, sam jaśnie wielmożny pan William Walter Elliot, którego prawa tak wielkodusznie podkreślał jej ojciec.

Była jeszcze bardzo małą dziewczynką, kiedy dowiedziała się, że jeśli nie będzie miała brata, to ten właśnie kuzyn odziedziczy w przyszłości tytuł baroneta; wtedy to postanowiła, że wyjdzie za niego za mąż, a ojciec również pragnął, by tak się stało. Nie znali go, kiedy był chłopcem, lecz wkrótce po śmierci lady Elliot sir Walter sam poszukał znajomości z owym młodzieńcem i chociaż jego starania nie spotkały się z ciepłym przyjęciem, z uporem trwał w swoim zamiarze, tłumacząc postępowanie Williama Elliota młodzieńczą skromnością i nieśmiałością. Tak więc podczas jednej z wiosennych wypraw do Londynu, kiedy Elżbieta znajdowała się w zaraniu młodości, zmuszono pana Elliota, by się przedstawił.

Był to wówczas bardzo młody człowiek, który właśnie rozpoczął studia prawnicze. Elżbieta uznała, że jest ogromnie miły, toteż plany co do jego osoby uzyskały ostateczną akceptację. Zaproszono go do Kellynch Hall, mówiono o nim i wyczekiwano go do końca roku – lecz nie przyjechał. Następnej wiosny znowu zobaczono go w Londynie, stwierdzono, że jest równie miły, znowu zachęcano, zapraszano i oczekiwano, i znowu nie przyjechał. Następnie przyszła wiadomość, że się ożenił. Zamiast skierować swe losy na drogę właściwą dziedzicowi rodu Elliotów, kupił sobie niezależność, żeniąc się z kobietą bogatą i niskiego stanu.

Sir Walter czuł się ogromnie urażony. Uważał, że młodzieniec powinien się był zwrócić do niego jako do głowy rodu o radę w tej sprawie, zwłaszcza że sam publicznie mu przecież patronował.

– Bo musiano nas widzieć razem – tłumaczył – raz w Tatersalu i dwa razy w kuluarach Izby Gmin. – Dezaprobata została wygłoszona, lecz winowajca najwyraźniej niewiele zwrócił na nią uwagi, nie próbował bowiem nawet się usprawiedliwić i dowiódł, że równie mało zabiega o dalsze względy rodziny, jak, zdaniem sir Waltera Elliota, mało na nie zasługuje; w ten to sposób zakończyła się cała znajomość.

O tej bardzo kłopotliwej sprawie Elżbieta wciąż jeszcze, nawet po kilku latach, myślała z gniewem. Lubiła młodego człowieka dla niego samego, a jeszcze bardziej dlatego, że był spadkobiercą jej ojca; głęboka duma rodowa kazała jej tylko w Williamie Elliocie widzieć odpowiednią partię dla siebie, najstarszej córki sir Waltera Elliota. Nie było ani jednego baroneta, od A do Z, którego życzliwiej wyglądałaby jako przyszłego męża. Lecz pan Elliot zachował się tak podle, że chociaż właśnie (lato 1814) nosiła żałobne wstążki po jego żonie, niewart był w jej mniemaniu nawet jednej myśli. Nad hańbą jego pierwszego małżeństwa można by ewentualnie przejść do porządku dziennego, jako że hańby tej nie utrwaliło na wieki potomstwo, lecz pan Elliot uczynił coś gorszego, mianowicie wyrażał się – jak się dowiedzieli za pospolicie przyjętym pośrednictwem dobrych przyjaciół – wyjątkowo niegrzecznie o nich wszystkich, a najbardziej pogardliwie i uwłaczająco o samym rodzie, do którego należał, i o zaszczytach, które w przyszłości miały spaść na niego. To było nie do wybaczenia.

Takie były sentymenty i wrażenia Elżbiety Elliot, takie były troski i wzruszenia, które przesycały i urozmaicały monotonię i wykwint, dobrobyt i banał jej życia – takie uczucia zabarwiały długą, jednostajną egzystencję w ciągle tym samym ziemiańskim gronie i zapełniały pustkę, w której miejsce nie potrafiły przyjść skłonności do pożytecznych zajęć wśród obcych lub też talenty czy umiejętności domowe.

Lecz do tego wszystkiego zaczęły dochodzić inne myśli i troski. Ojca gnębiły teraz kłopoty finansowe. Wiedziała, że jeśli dziś bierze do ręki *Almanach baronetów,* to po to, by zapomnieć o ogromnych rachunkach kupców czy też niemiłych aluzjach pana Shepherda, swego plenipotenta. Kellynch przynosiło dobry dochód, niewystarczający jednak, by sprostać wyobrażeniom sir Waltera o tym, co obowiązuje właściciela jego majętności. Za życia lady Elliot metodyczność, umiarkowanie i oszczędność pozwalały sir Walterowi utrzymać się w granicach dochodów, lecz wraz z nią umarła tutaj wszelka roztropność i od tego czasu baronet ustawicznie żył ponad stan. Nie mógł wydawać mniej; nie robił nic prócz tego, co sir Walter Elliot stanowczo obowiązany był robić, a choć nie ponosił winy, nie tylko pogrążał się w straszliwych długach, lecz i słyszał o nich tak często, że nie mógł dłużej ukrywać ich choćby w części przed córką. Wspomniał coś o tym kilka razy podczas ostatniego pobytu wiosną w Londynie, posunął się nawet tak daleko, że powiedział:

– Czy możemy zredukować wydatki? Czy myślisz, że istnieje taka dziedzina, w której moglibyśmy zredukować wydatki?

A Elżbieta, trzeba jej tu oddać sprawiedliwość, w pierwszym odruchu kobiecego przerażenia naprawdę zaczęła myśleć, co by tu można zrobić i wreszcie zaproponowała dwa następujące sposoby zaoszczędzenia: redukcję pewnej zbędnej dobroczynności oraz rezygnację z nowych mebli do salonu; do tego dodała później szczęśliwy pomysł zaniechania kupna w Londynie prezentu dla Anny, co było dotychczas corocznym zwyczajem. Te jednak środki, jakkolwiek znakomite same w sobie, nie wystarczyły, by przeciwstawić się złu w jego rzeczywistych rozmiarach, które sir Walter musiał wkrótce przedstawić córce. Elżbieta nie potrafiła wymyślić nic lepszego. Uważała się za bardzo nieszczęśliwą i pokrzywdzoną, podobnie jak ojciec, a oboje nie umieli znaleźć żadnego sposobu, który pozwoliłby im zmniejszyć wydatki bez uszczerbku dla własnej godności lub też bez nieznośnej dla nich rezygnacji z wygód.

Sir Walter mógł sprzedać tylko niewielką część majątku, lecz nawet gdyby mógł sprzedać każdy jego akr, nic by to nie zmieniło. Zniżył się do zaciągnięcia długu pod hipotekę majątku na tyle, na ile było mu wolno, lecz nigdy się nie zniży do sprzedaży ziemi. Nie – nigdy nie zhańbi tym swego imienia. Majętność Kellynch zostanie przekazana w całości, nieuszczuplona – taka, jaką sam otrzymał.

Wezwano na naradę dwoje zaufanych przyjaciół – pana Shepherda, który mieszkał w sąsiednim miasteczku targowym, i lady Russell. Zarówno ojciec, jak i córka oczekiwali, że jedno lub drugie z przyjaciół wymyśli coś, co uwolni ich od kłopotów i pozwoli zmniejszyć wydatki, nie narzucając ograniczeń w zaspokajaniu upodobań czy próżności.

Rozdział II

Pan Shepherd, uprzejmy, rozważny prawnik, który bez względu na to, co myślał o sir Walterze, wolał, by ktoś inny go namawiał na niemiłe rozwiązania, wymówił się od sugerowania czegokolwiek. Prosił tylko, by mu pozwolono doradzić pełną akceptację znakomitych rad lady Russell, spodziewa się bowiem, iż dama ta, znana z rozsądku, zaproponuje zdecydowane kroki, które, jak sądzi, zostaną ostatecznie poczynione.

Lady Russell przejęła się ogromnie sprawą i zastanowiła się nad nią bardzo poważnie. Była to kobieta obdarzona rozsądkiem zdrowym raczej niż przenikliwym, w tym wypadku zaś przeszkadzały jej w podjęciu decyzji dwie główne zasady, które stały tu ze sobą w sprzeczności. Miała charakter niezwykle prawy i wielką wrażliwość w sprawach honoru, pragnęła jednak oszczędzić uczuć sir Waltera, będąc jednocześnie osobą tak bardzo dbałą o imię rodu, tak arystokratyczną w swoich przekonaniach o tym, co się należy sir Walterowi Elliotowi, jak to tylko możliwe u osoby rozsądnej i uczciwej. Była uczynną, miłosierną, dobrą kobietą, zdolną do przywiązania, prowadzącą się bez uchybień, surową w poglądach na to, co przystoi, a jej maniery uważano za wzorowe. Pielęgnowała swój umysł i postępowała, mówiąc ogólnie, rozumnie i konsekwentnie – ale była przewrażliwiona na punkcie pochodzenia; ceniła pozycję i stanowisko, wskutek czego była zbyt wyrozumiała dla wad tych, którzy ową pozycję i stanowisko posiadali. Będąc sama wdową po zwykłym szlachcicu, miała dla godności baroneta głęboki szacunek, a sir Walter – niezależnie od swych praw starego znajomego, życzliwego sąsiada, uczynnego dziedzica, męża jej najukochańszej przyjaciółki i ojca Anny i jej sióstr –

miał, jej zdaniem, przez sam fakt, że był sir Walterem, prawo do wielkiego współczucia i względów w obecnych kłopotach.

Muszą ograniczyć wydatki – co do tego nie było wątpliwości. Ale zależało jej ogromnie na tym, by przeprowadzić sprawę jak najmniej boleśnie dla sir Waltera i Elżbiety. Nakreśliła plany oszczędności, zrobiła dokładne obliczenia oraz o czym nikt dotychczas nie pomyślał, naradziła się z Anną, której inni nie uważali widocznie za osobę zainteresowaną. Naradziła się z nią i w pewnym stopniu uległa jej namowom, kiedy układały plan oszczędności przedstawiony ostatecznie sir Walterowi. Każda poprawka Anny była zwycięstwem uczciwości nad potrzebami. Pragnęła bardziej radykalnych kroków, bardziej istotnych zmian, szybszego wydobycia się z długów i o wiele większej obojętności na wszystko, poza tym jedynie, co słuszne i sprawiedliwe.

– Jeśli zdołamy nakłonić twego ojca do tego – mówiła lady Russell, spoglądając na papier – wiele będzie można dokonać. Jeśli zgodzi się na te oszczędności, w siedem lat spłaci długi. Mam nadzieję, że uda się nam przekonać jego i Elżbietę, iż Kellynch Hall jest godny szacunku, którego nie mogą umniejszyć te oszczędności, i że w oczach ludzi rozsądnych godność sir Waltera Elliota nie poniesie uszczerbku przez to, że będzie on postępował jak człowiek z zasadami. Przecież w istocie rzeczy to, co ma zrobić, uczyniło już wiele naszych najpierwszych rodzin lub też powinno uczynić. W jego przypadku nie będzie to nic szczególnego, a właśnie odmienność jest na ogół przyczyną największych naszych cierpień, tak jak zawsze jest najgorszą cechą naszego postępowania. Mam głęboką nadzieję, że nam się uda. Musimy być poważne i konsekwentne, bo przecież, mimo wszystko, człowiek, który zaciągnął długi, musi je spłacić, i choć wiele się należy uczuciom dżentelmena i głowy takiego jak wasz rodu, jeszcze więcej jesteśmy winni dobrej sławie człowieka uczciwego.

Anna pragnęła, by jej ojciec postępował wedle tej właśnie zasady i żeby przyjaciele namawiali go do ustępstw, mając również tę zasadę na względzie. Uważała za święty obowiązek zaspokojenie żądań wierzycieli w jak najkrótszym czasie za pomocą najdalej idących ograniczeń wydatków, a bez spełnienia tego warunku nie mogła się w niczym wokół dopatrzyć szacowności. Chciała, by taką właśnie przyjąć regułę i uznać ją za obowiązującą. Bardzo liczyła na wpływ lady Russell, jeśli zaś idzie o rozmiar wyrzeczeń, których żądało jej sumienie, uważała, że nie trudniej będzie namówić ojca i Elżbietę na całkowitą niż połowiczną reformę. Znając ich, wiedziała, że wyrzeczenie się jednej pary koni będzie niemal równie bolesne jak wyrzeczenie się całej czwórki, i tak dalej, aż do końca ułożonej przez lady Russell listy nazbyt ograniczonych oszczędności.

Nieważne, jak zostałyby przyjęte dalej idące żądania Anny, już bowiem propozycje lady Russell nie spotkały się z najmniejszym zrozumieniem – były nie do przyjęcia, były nie do zniesienia. Co! Wyrzec się wszelkiego komfortu? Podróży, Londynu, służby, koni, bankietów; ograniczenia i restrykcje na każdym kroku! Żeby nie móc żyć na poziomie chociażby zwykłego dżentelmena! Nie, gotów jest raczej od razu opuścić Kellynch Hall, niż pozostać tutaj na tak upokarzających warunkach!

„Opuścić Kellynch Hall". Myśl ta została natychmiast podchwycona przez pana Shepherda, w którego interesie leżało, by sir Walter istotnie zaczął oszczędzać, i który był głęboko przekonany, że bez zmiany miejsca zamieszkania nic się nie da zrobić. Ponieważ myśl ta zrodziła się akurat tam, skąd powinny go dochodzić rozkazy, nie waha się wyznać – mówił – iż zgadza się z nią całkowicie. Nie wydaje mu się, by sir Walter mógł istotnie zmienić styl życia w domu, z którym wiążą się wspaniałe tradycje gościnności i godności starego rodu. W każdym innym miejscu sir Walter będzie mógł robić to, co sam ustanowi jako swój sposób życia, który inni przyjmą za wzór.

A zatem sir Walter opuści Kellynch Hall. Po kilku dniach wątpliwości i wahań odpowiedziano na główne pytanie, dokąd mianowicie uda się sir Walter, oraz zarysowano szkic tej wielkiej zmiany.

Były trzy możliwości – Londyn, Bath albo jakaś siedziba wiejska. Anna najbardziej chciała, by wybrano to ostatnie. Celem jej pragnień był mały dom w sąsiedztwie ich majątku, gdzie mogliby zachować towarzystwo lady Russell, w dalszym ciągu być niedaleko Mary i cieszyć się od czasu do czasu widokiem gajów i trawników Kellynch. Lecz prześladował ją pech, wybrano bowiem coś, czego najmniej chciała. Nie lubiła Bath i uważała, że to miasto jej nie służy – i oto Bath miało stać się jej domem.

Początkowo sir Walter opowiadał się za Londynem, ale pan Shepherd, który czuł, że w Londynie nie będzie można mu zaufać, wykazał dostateczną zręczność, by odwieść go od tego projektu i sprawić, by wybór padł na Bath. Bardziej to odpowiednie miejsce dla dżentelmena znajdującego się w tak kłopotliwej sytuacji – można tam będzie zdobyć znaczenie względnie niskim kosztem. Oczywiście nie omieszkał podkreślić dwóch istotnych argumentów na korzyść Bath, a mianowicie, że Bath znajduje się od Kellynch w o wiele dogodniejszej niż Londyn odległości, bo zaledwie o pięćdziesiąt mil, oraz że lady Russell spędza tam co roku pewną część zimy. Tak więc ku wielkiemu zadowoleniu lady Russell, która od chwili decyzji o przeprowadzce była za przeniesieniem się do Bath, skłoniono sir Waltera i Elżbietę do uwierzenia, że jeśli się tam osiedlą, nie stracą ani na znaczeniu, ani na rozrywkach.

Lady Russell uważała za konieczne przeciwstawić się znanym jej życzeniom drogiej Anny. Byłoby doprawdy przesadą oczekiwać od sir Waltera, aby zniżył się do zamieszkania w jakimś małym domku w swojej okolicy. Anna sama musiałaby przyznać, że związane z tym upokorzenie jest boleśniejsze, niż sądziła, dla sir Waltera zaś – wprost nie do przyjęcia. Niechęć Anny do Bath nazwała lady Russell uprzedzeniem i nieporozumieniem wynikłym po pierwsze stąd, że Anna przebywała w Bath trzy lata na pensji po śmierci matki, a po drugie, że w czasie jedynej zimy, jaką później tam spędziła w jej, lady Russell, towarzystwie, była akurat w nie najlepszym nastroju.

Krótko mówiąc, lady Russell bardzo lubiła Bath i skłonna była sądzić, że Bath powinno odpowiadać im wszystkim; a co do zdrowia jej młodej przyjaciółki, to uniknie się ryzyka, jeśli Anna spędzi wszystkie ciepłe miesiące wraz z nią w Kellynch Lodge; doprawdy, taka zmiana winna doskonale na nią wpłynąć fizycznie i duchowo. Anna za mało przebywa poza domem, za mało ją ludzie widują. Jest nieco przygaszona. Liczniejsze towarzystwo dobrze jej zrobi. Lady Russell pragnęła, by Anna więcej się obracała wśród ludzi.

Fakt, że zamieszkanie w jakimkolwiek innym domu w sąsiedztwie byłoby sir Walterowi przykre, nabierał dodatkowej wagi ze względu na pewną dość istotną część powziętego planu, na szczęście przyjętą na samym początku. Sir Walter miał nie tylko opuścić swój dom, ale też go przekazać w cudze ręce – była to próba męstwa, która dla mocniejszych głów niż głowa sir Waltera okazywała się zbyt ciężka. Kellynch Hall miał pójść w dzierżawę. To jednak chowano w najgłębszej tajemnicy, nie wolno było szepnąć o tym nikomu spoza najbliższego grona.

Sir Walter nie zniósłby hańby, jaką byłaby oficjalna wiadomość, że zamierza wynająć swój dom. Pan Shepherd raz wymówił słowo „anons", lecz nie śmiał go powtórzyć. Sir Walter z oburzeniem odrzucił myśl, by miał komukolwiek oferować Kellynch Hall; zabronił nawet wzmiankować, jakoby miał podobny zamiar. Wszystko polegało na przypuszczeniu, że jakiś niezwykły amator zwróci się samorzutnie do sir Waltera z gorącą prośbą o wynajęcie domu na jego warunkach, a sir Walter zgodzi się na to w drodze wielkiej łaski.

Jak szybko przychodzą argumenty na korzyść tego, na co mamy ochotę! Lady Russell widziała jeszcze jeden powód do zadowolenia z wyjazdu sir Waltera z rodziną z ich hrabstwa. Ostatnio Elżbieta nawiązała zażyłą przyjaźń, której lady Russell chętnie położyłaby kres. Była to przyjaźń z córką pana Shepherda, która po nieudanym małżeństwie wróciła do domu ojca obarczona dodatkowym ciężarem dwojga dzieci. Owa sprytna młoda kobieta znała się na sztuce przypodobania się, a przynajmniej na sztuce przypodobania się w Kellynch Hall. Dama ta stała się tak bliska sercu najstarszej panny Elliot, że otrzymywała niejednokrotnie zaproszenia na dłużej do dworu, mimo przestróg i ostrzeżeń lady Russell, która uważała tę przyjaźń za całkiem nie na miejscu i zalecała w tym przypadku ostrożność i rezerwę.

Lady Russell miała, prawdę mówiąc, niewielki wpływ na Elżbietę; mogłoby się zdawać, że kocha ją raczej dlatego, iż chce, niż dlatego, by Elżbieta na to zasługiwała. Nigdy zacna dama nie otrzymała od najstarszej panny Elliot nic ponad powierzchowną uprzejmość, nic ponad niezmiennie uprzedzającą grzeczność, nigdy lady Russell nie udało się przeprowadzić tego, co chciała, jeśli było to przeciwne chęciom Elżbiety. Co roku lady Russell starała się usilnie, by Anna wyjechała wraz z ojcem i siostrą do Londynu. Dobrze rozumiała całą niesprawiedliwość ich samolubnego, wręcz niegodziwego postępowania, które pozbawiało Annę radości takich wyjazdów; również przy wielu drobniejszych okazjach próbowała użyczyć Elżbiecie własnego rozsądku i doświadczenia, lecz zawsze na próżno. Elżbieta szła własną drogą – a nigdy nie zrobiła tego tak zdecydowanie wbrew woli lady Russell jak w przypadku wyboru na przyjaciółkę pani Clay; odrzucała towarzystwo zasługującej na miłość siostry i zwracała swe uczucie i zaufanie ku osobie, która powinna być dla niej jedynie przedmiotem uprzejmości na dystans.

Pod względem pozycji pani Clay, w pojęciu lady Russell, nie mogła się z nimi równać, pod względem zaś charakteru stanowiła niebezpieczne towarzystwo – dlatego też doświadczona dama przywiązywała tak dużą wagę do wyjazdu, dzięki któremu pani Clay zostanie daleko, a panna Elliot będzie mogła dobierać sobie odpowiedniejsze przyjaciółki.

Rozdział III

Pozwolę sobie zauważyć, sir Walterze – odezwał się pewnego ranka w Kellynch Hall pan Shepherd, odkładając gazetę – że obecny stan rzeczy bardzo jest dla nas korzystny. Zawarty pokój wyrzuci na brzeg wszystkich bogatych oficerów marynarki. Każdy z nich będzie potrzebował domu. Nie może być lepszej pory na znalezienie doskonałych dzierżawców, odpowiedzialnych dzierżawców. Wiele podczas tej wojny zbito pięknych fortun. Jeśliby się nam tu pojawił jakiś bogaty admirał...

– Byłby z niego nie byle jaki szczęściarz, Shepherd – odparł sir Walter. – To wszystko, co mam do powiedzenia. Wielka to byłaby dla niego gratka zamieszkać w Kellynch Hall, największy łup wojenny, choćby ich dotąd zdobył co niemiara, prawda, Shepherd?

Pan Shepherd roześmiał się posłusznie z tego dowcipu, po czym dodał:

– Pozwalam sobie zauważyć, że w sprawach finansowych dobrze jest mieć do czynienia z dżentelmenami z marynarki. Znam nieco ich sposób załatwiania interesów i mogę tu z przekonaniem powiedzieć, że mają bardzo hojną rękę i mogą się okazać bardzo dobrymi dzierżawcami. Dlatego też pozwolę sobie sugerować, że gdyby w wyniku jakichś rozchodzących się pogłosek o zamiarach wielmożnego pana... a trzeba rozważyć możliwość zaistnienia takich pogłosek, wiemy bowiem, jak trudno jest ukryć przed uwagą i ciekawością jednej części świata poczynania i zamierzenia drugiej; to jest haracz, jaki się płaci za pozycję i znaczenie; ja, John Shepherd, mogę do woli ukrywać moje sprawy rodzinne, bo nikt nie sądzi, by warto mieć na mnie baczenie, lecz na sir Walterze Elliocie spoczywają oczy, którym trudno będzie umknąć – i dlatego zaryzykuję takie twierdzenie, że nie zdziwi mnie specjalnie, jeśli mimo całej naszej ostrożności wydostaną się na zewnątrz pewne pogłoski o prawdzie... W przewidywaniu czego zamierzałem powiedzieć, sądząc, że niechybnie po tym nastąpią zgłoszenia, iż moim zdaniem każdy z naszych majętnych oficerów marynarki byłby szczególnie godny uwagi... I pozwolę sobie jeszcze dodać, że zjawię się tutaj zawsze, o każdej porze, w ciągu dwóch godzin, by oszczędzić wielmożnemu panu kłopotu udzielania odpowiedzi.

Sir Walter skinął tylko głową. Po chwili jednak wstał, zaczął przechadzać się tam i z powrotem po pokoju i zauważył sarkastycznie:

– Przypuszczam, że niewielu jest oficerów marynarki, którzy nie zdumieliby się, znalazłszy się w takim jak mój domu.

– Będą się niewątpliwie rozglądać i błogosławić własne szczęście – powiedziała pani Clay, albowiem pani Clay była obecna przy rozmowie; przywiózł ją tutaj ojciec, jako że nic nie służyło tak dobrze zdrowiu pani Clay jak przejażdżka do Kellynch Hall. – Lecz zgadzam się z ojcem, że oficer marynarki mógłby być wcale pożądanym dzierżawcą. Znam wielu ludzi tego zawodu i wiem, że są nie tylko hojni, lecz i przyzwoici pod każdym względem. Na przykład, jeśli zechce pan, sir Walterze, pozostawić tutaj wszystkie swoje cenne obrazy, będzie pan mógł być o nie całkowicie spokojny. Zarówno w domu, jak i na zewnątrz wszystko utrzymywano by we wzorowym porządku. Ogrody i krzewy pielęgnowano by nieomal równie starannie jak teraz. Nie potrzebowałabyś się obawiać, panno Elżbieto, że twój rozkoszny ogród kwiatowy zostanie zapuszczony.

– Nawet – oznajmił chłodno sir Walter – jeśli dam się przekonać, by wynająć dom, to nie wiem, jakie dołączę do tego przywileje. Bynajmniej nie mam zamiaru obdarzać dzierżawcy względami. Park oczywiście będzie stał dla niego otworem, a niewielu oficerów marynarki czy ludzi innego rodzaju może mieć do dyspozycji taki obszar; lecz jakie ograniczenia nałożę na używalność ogrodów kwiatowych i terenów ozdobnych, to już całkiem inna sprawa. Wcale mi się nie podoba myśl, by dzierżawca miał zawsze dostęp do moich krzewów i zaleciłbym córce, by miała się na baczności, jeśli idzie o jej ogród kwiatowy. Nie jestem bynajmniej skłonny przyznawać dzierżawcy Kellynch Hall jakichś nadzwyczajnych uprawnień, zapewniam was, czy to będzie żołnierz, czy żeglarz!

Po krótkiej przerwie pan Shepherd ośmielił się powiedzieć:

– W takich przypadkach stosuje się przyjęte powszechnie prawa użytkowania, dzięki którym wszystko pomiędzy właścicielem i dzierżawcą jest jasno określone. Sprawy wielmożnego pana znajdują się w dobrych rękach. Proszę polegać na mnie; będę pilnował, aby żaden dzierżawca nie otrzymał nic ponad to, co mu się należy. Odważę się powiedzieć, że sir Walter Elliot nie może nawet w połowie tak gorliwie zabiegać o swoje prawa, jak będzie o nie zabiegał John Shepherd.

Tu wtrąciła się Anna:

– Myślę, że marynarze, którzy tyle dla nas uczynili, mają co najmniej takie same jak inni prawa do wszelkich wygód i wszelakich przywilejów, jakie może dać najlepszy dom. Chyba każdy się zgodzi, że marynarze ciężko zapracowali na swój dostatek.

– Prawda, święta prawda! To, co mówi panna Anna, to święta prawda – przytaknął pan Shepherd, a córka jego powiedziała:

– Och, oczywiście!

Lecz sir Walter dodał chwilę potem:

– Zawód ten jest użyteczny, owszem, ale byłoby mi przykro, gdyby go wykonywał którykolwiek z moich przyjaciół.

– Naprawdę? – pytanie zostało opatrzone zdumionym spojrzeniem.

– Tak, jest dla mnie odstręczający z dwóch względów. Mam w stosunku do niego dwa poważne zarzuty. Pierwszy – że zawód ten wynosi ludzi niskiego urodzenia do nadmiernych zaszczytów i nadaje przywileje ludziom, których ojcowie i dziadowie o niczym podobnym nie mogli marzyć; drugi – że w straszliwy sposób wyniszcza młodość i żywotność mężczyzny. Marynarz starzeje się wcześniej niż każdy inny mężczyzna; całe życie byłem tego świadkiem. Człowiek służący w marynarce jest bardziej niż w jakimkolwiek innym zawodzie wystawiony na ryzyko, iż obrażać go będzie kariera towarzysza, z którego ojcem jego ojciec gardziłby nawet rozmową, oraz że sam stanie się przedwcześnie odrażający fizycznie. Zeszłej wiosny w Londynie znalazłem się pewnego dnia w towarzystwie dwóch mężczyzn, którzy są znakomitym świadectwem tego, co mówię; jednym z nich był lord St. Ives, którego ojciec, jak wiemy, był wiejskim wikarym i na chleb mu nie starczało. Musiałem ustąpić pierwszeństwa lordowi St. Ives i niejakiemu admirałowi Baldwinowi, osobnikowi o najbardziej pożałowania godnym wyglądzie, jaki możecie sobie wyobrazić; twarz miał koloru mahoniu, zniszczoną i wysuszoną, całą w zmarszczkach, po dziewięć siwych włosów na każdej skroni i nic oprócz odrobiny pudru na czubku głowy. „Na litość boską, kimże jest ten starzec?" – zapytałem stojącego obok przyjaciela, sir Basila Morleya. „Starzec! – krzyknął sir Basil. – To admirał Baldwin. Ile mu dajesz lat?" „Sześćdziesiąt – odpowiedziałem – może sześćdziesiąt dwa". „Czterdzieści – odrzekł sir Basil – czterdzieści i kropka". Wyobraźcie sobie moje zdumienie! Nieprędko zapomnę admirała Baldwina. Nigdy nie widziałem tak straszliwego świadectwa, do czego potrafi doprowadzić życie na morzu, ale wiem, że to samo w pewnym stopniu dzieje się z nimi wszystkimi; wszyscy oni rozbijają się po świecie, wystawieni na działanie wszelkich klimatów i każdej aury, aż wreszcie nie można już na nich patrzeć. Szkoda, że im tam gdzieś nie rozbiją łbów w tej włóczędze, nim dojdą wieku admirała Baldwina.

– Och! – zawołała pani Clay – to doprawdy okrutne, sir Walterze! Miejmy litość dla tych biedaków. Nie wszystkich nas opatrzność obdarzyła urodą! Morze niewątpliwie nie dodaje urody człowiekowi i marynarze starzeją się przed czasem. Sama zauważyłam, że wcześnie tracą młodzieńczy wygląd. Ale czyż to samo nie dzieje się w wielu innych zawodach, a nawet w większości nich? Żołnierze w czynnej służbie bynajmniej nie wyglądają lepiej, a i spokojniejsze zawody również wymagają wysiłków i pracy umysłu, jeśli nie ciała, co rzadko pozostaje bez wpływu na wygląd człowieka. Prawnik ciężko pracuje, zmęczony troską; lekarz musi wstać o każdej godzinie i jechać w każdą pogodę, i nawet duchowny – tu zatrzymała się chwilę, zastanawiając się, co też by się nadało dla duchownego – i nawet duchowny musi wchodzić do zakażonych izb i wystawiać swoje zdrowie i wygląd na niebezpieczeństwo trującej atmosfery. Prawdę mówiąc, od dawna uważam, iż choć każdy zawód jest potrzebny i szacowny sam w sobie, to jedynie ludzie, którzy nie są w ogóle zmuszeni do obierania zawodu, którzy mogą prowadzić regularny tryb życia na wsi i sami wybierać sobie na wszystko pory i robić to, na co mają ochotę, ludzie, którzy żyją z własnego majątku, nie dręcząc się staraniami o jego powiększenie, tylko tacy ludzie, powiadam, otrzymują w udziale błogosławieństwo zdrowia i najlepszego wyglądu; nie znam innych, którzy nie utraciliby czegoś ze swej urody, kiedy już minie pierwsza młodość.

Wydawać się mogło, że pan Shepherd, starając się dobrze usposobić swego chlebodawcę do oficera marynarki jako dzierżawcy, wiedziony był proroczym objawieniem, pierwsze bowiem zgłoszenie o dzierżawę domu przyszło od niejakiego admirała Crofta, z którym plenipotent sir Waltera spotkał się wkrótce podczas kwartalnej sesji sądowej w Taunton. Otrzymał już uprzednio od swego londyńskiego kolegi prawnika pewne informacje o admirale. Z raportu, który pan Shepherd pośpiesznie złożył w Kellynch, wynikało, że admirał Croft pochodzi z hrabstwa Somerset, że zdobył wcale niezłą fortunkę i postanowił osiedlić się w rodzinnej okolicy; przyjechał więc do Taunton, by rozejrzeć się wśród zgłoszonych do wydzierżawienia siedzib w najbliższym sąsiedztwie, te mu jednak nie odpowiadały. Potem usłyszał przypadkowo – pan Shepherd zauważył tu, że stało się tak właśnie, jak przewidywał, to bowiem, co tyczy sir Waltera, nie da się utrzymać w tajemnicy – a więc usłyszał przypadkowo, że istnieje możliwość wydzierżawienia Kellynch Hall, i dowiedziawszy się o jego (pana Shepherda) powiązaniach z właścicielem, przyszedł doń, by się szczegółowo o wszystko wypytać, i w czasie wcale długiej rozmowy wyraził taką chęć wydzierżawienia Kellynch Hall, jaką może czuć człowiek znający ową posiadłość z opisu jedynie, podając zaś panu Shepherdowi wszelkie, bez osłonek, wiadomości o własnej osobie, dowiódł, iż jest najbardziej pożądanym i godnym zaufania dzierżawcą.

– A któż to taki ów admirał Croft? – W głosie sir Waltera brzmiała chłodna podejrzliwość.

Pan Shepherd odpowiedział, że ewentualny dzierżawca jest dżentelmenem z urodzenia, wymienił też miejsce, skąd pochodzi rodzina admirała; Anna zaś po krótkiej chwili dorzuciła:

– To kontradmirał drugiego stopnia. Brał udział w bitwie pod Trafalgarem, a potem przebywał w Indiach Wschodnich; wydaje mi się, że stacjonował tam przez kilka lat.

– Wobec tego można przypuszczać – zauważył sir Walter – że twarz ma równie pomarańczową, jak wyłogi i peleryny liberii mojej służby.

Pan Shepherd pośpieszył zapewnić, że admirał Croft jest zdrowym, krzepkim, dobrze wyglądającym mężczyzną, nieco ogorzałym, niewątpliwie, ale doprawdy nie tak bardzo, co do manier zaś i poglądów – jest dżentelmenem pod każdym względem. Mało prawdopodobne, by stawiał jakiekolwiek zastrzeżenia co do warunków – chce mieć wygodny dom i zamieszkać w nim jak najszybciej; wie dobrze, że za wygody musi płacić; orientuje się, ile może wynosić czynsz dzierżawny za taki dom; nie zdziwiłby się, gdyby sir Walter zażądał więcej; wypytywał o ziemię; rzecz jasna byłby ogromnie rad, gdyby otrzymał zezwolenie łowieckie, ale nie upierał się przy tym – powiada, że wychodzi czasem ze strzelbą, ale nigdy nie zabija; dżentelmen pod każdym względem.

Pan Shepherd okazał się tu bardzo wymowny; jeśli idzie o rodzinę admirała, podkreślał te wszystkie okoliczności, które świadczyły za nim jako szczególnie odpowiednim dzierżawcą. Admirał był żonaty i bezdzietny – właśnie tego należało sobie życzyć. Dom, w którym nie ma kobiety, zauważył pan Shepherd, nigdy nie jest należycie zadbany. On sam zastanawia się, czy meblom nie grozi czasem takie samo niebezpieczeństwo wówczas, kiedy brak pani domu, jak wówczas, kiedy w rodzinie jest wiele dzieci. Pani domu bez dzieci to najlepsza w świecie gwarancja zachowania mebli w porządku. Widział panią Croft – jest w Taunton razem z admirałem i niemal cały czas była obecna przy rozmowie.

– A robi wrażenie uprzejmej, wytwornej i bystrej damy – ciągnął. – Więcej pytała o dom, warunki i podatki niż sam admirał i sprawiała wrażenie osoby lepiej niż on obeznanej z interesami. A ponadto okazało się, że nie tylko admirał, ale i ona ma rodzinne związki z naszym hrabstwem, to znaczy, że jest siostrą pewnego dżentelmena, który kiedyś mieszkał pośród nas. Sama mi to powiedziała: jest siostrą dżentelmena, który kilka lat temu zamieszkiwał w Monkford. Boże wielki, jak też on się nazywał? Nie mogę sobie w tej chwili przypomnieć, chociaż jeszcze niedawno pamiętałem. Penelopo, kochanie, pomóż mi przypomnieć sobie nazwisko dżentelmena, który zamieszkiwał w Monkford, brata pani Croft.

Ale pani Clay tak żywo rozprawiała z panną Elliot, że nie usłyszała tej prośby.

– Nie mam pojęcia, kogo możesz mieć na myśli, panie Shepherd; nie pamiętam, by od czasów starego gubernatora Trenta zamieszkiwał w Monkford jakiś dżentelmen.

– Niech mnie kule biją! Co za bieda! Niedługo pewnie zapomnę, jak się sam nazywam! Tak dobrze znam to nazwisko i często widywałem owego dżentelmena; spotykałem go setki razy; pamiętam, że kiedyś przyszedł do mnie po radę w sprawie wykroczenia jednego ze swoich sąsiadów: włamał mu się do sadu parobek jakiegoś farmera... dziura w murze... skradzione jabłka... winowajca schwytany na gorącym uczynku; a potem wbrew mojej radzie zgodził się na ugodę. Doprawdy, bardzo niezwykłe.

– Myśli pan zapewne o panu Wentworcie – powiedziała Anna po chwili.

Wdzięczność pana Shepherda przechodziła wszelkie wyobrażenie.

– Tak, właśnie to nazwisko: Wentworth. Właśnie o pana Wentwortha mi chodziło. Wielmożny pan wie zapewne, że przed niejakim czasem pan Wentworth miał przez dwa czy trzy lata wikariat w Monkford. Przyjechał tam gdzieś około roku... piątego, jak mi się zdaje. Niechybnie wielmożny pan go pamięta.

– Wentworth? Och, tak. Wentworth, wikariusz z Monkford. Zmyliłeś mnie, panie Shepherd, słowem „dżentelmen". Myślałem, że mówisz o kimś z ziemiaństwa; pamiętam, że pan Wentworth był nikim, nie miał żadnych koligacji; to nie jest rodzina tych Wentworthów ze Stratfordu. Dziwne to, że nazwiska naszych nobilów tak się spospolitowały.

Pan Shepherd, stwierdziwszy, że te koneksje Croftów nie mają znaczenia w oczach sir Waltera, nie wspomniał już o nich więcej, natomiast z największym zapałem powrócił do opisu okoliczności, niewątpliwie świadczących na korzyść admirała i jego żony, jak ich wiek, bezdzietność i majętność, wysokie pojęcie, jakie wyrobili sobie o Kellynch Hall, oraz gorące pragnienie wynajęcia domu. Na podstawie tego, co mówił, mogłoby się zdawać, że nic w ich oczach nie dorównywało szczęściu, jakie jest udziałem dzierżawcy sir Waltera Elliota, co niewątpliwie dowodziłoby dość oryginalnych upodobań, gdyby pozwolono im poznać prawdziwą opinię sir Waltera o prawach należnych dzierżawcy.

Ale wszystko to odniosło skutek i choć sir Walter musiał patrzeć krzywym okiem na kogoś, kto chciał zamieszkać w jego domu, i choć uważał, że taki człowiek ma zbyt dużo szczęścia, otrzymując zgodę na wydzierżawienie tego domu za bardzo wysoki czynsz – mimo to pozwolił się przekonać, dał panu Shepherdowi pozwolenie prowadzenia dalszych rozmów i upoważnił go do złożenia wizyty admirałowi Croftowi, który jeszcze przebywał w Taunton, i ustalenia dnia, w którym można będzie obejrzeć dom.

Sir Walter nie był człowiekiem bardzo mądrym, ale miał wystarczające doświadczenie życiowe, by wyczuć, że trudno mu będzie znaleźć dzierżawcę, który robiłby pod każdym względem tak odpowiednie wrażenie jak admirał Croft. Te argumenty podsuwał mu rozsądek, próżność zaś dostarczała drobnego dodatkowego pocieszenia w postaci pozycji życiowej admirała – była ona w sam raz: odpowiednio wysoka, lecz nie za wysoka. „Wydzierżawiłem mój dom admirałowi Croftowi" – to będzie brzmiało bardzo dobrze, o wiele lepiej niż jakiemukolwiek zwykłemu „panu", „pan" bowiem (oprócz, być może, kilku w całym kraju) zawsze wymaga dodatkowych wyjaśnień, tytuł admirała zaś mówi sam za siebie, a jednocześnie nie jest w stanie przyćmić tytułu baroneta. W łączących ich stosunkach i w całej znajomości sir Walter zawsze będzie brał górę.

Nie można było podjąć żadnej decyzji bez odwołania się do Elżbiety, ona jednak miała teraz tak wyraźną ochotę na wyjazd, że zadowolona była, iż znalazł się pod ręką dzierżawca, dzięki któremu można będzie sprawę załatwić i wyjazd przyspieszyć. Nie powiedziała więc ani słowa przeciwko tym planom.

Pan Shepherd otrzymał wszelkie pełnomocnictwa do działania, a Anna, która słuchała dotąd wszystkiego z najwyższą uwagą, wyszła natychmiast z pokoju, by szukać w świeżym powietrzu ochłody dla pałających policzków; kiedy zaś spacerowała po ulubionym gaiku, powiedziała do siebie z łagodnym westchnieniem: „Za kilka miesięcy, być może, on będzie tutaj spacerował".

Rozdział IV

Ów „on" nie był panem Wentworthem, byłym wikariuszem z Monkford, bez względu na to, jak podejrzanie świadczą okoliczności w tej sprawie. Był to jego brat, kapitan Fryderyk Wentworth, który dostał stanowisko dowódcy po bitwie pod San Domingo, a nie otrzymawszy natychmiast okrętu, przyjechał do hrabstwa Somerset w lecie 1806 roku; ponieważ zaś rodzice jego już nie żyli, mieszkał w Monkford przez pół roku. Był to w owym czasie wyjątkowo urodziwy młodzieniec, obdarzony dużą inteligencją, lotny i pełen werwy, Anna zaś bardzo ładną dziewczyną, łagodną i skromną, obdarzoną gustem i sercem. Połowa tych zalet u niego czy u niej wystarczyłaby w zupełności, on bowiem nie miał nic do roboty, ona nikogo właściwie do kochania, a podobne rekomendacje z obu stron musiały przynieść skutek. Poznawali się powoli, a kiedy się już poznali, przyszła miłość głęboka i gwałtowna. Trudno powiedzieć, które z nich widziało w drugim większą doskonałość czy też które z nich bardziej było szczęśliwe: ona, otrzymując jego wyznania i oświadczyny, czy on, słysząc, że zostają przyjęte.

Nastąpił krótki okres niesłychanego szczęścia – lecz krótki, bardzo krótki. Nadeszły kłopoty. Kiedy zwrócono się do sir Waltera, ten nie wypowiedział jasno swej dezaprobaty, nie stwierdził też, że nigdy nie wyrazi na ten mariaż zgody, lecz okazał negatywny stosunek do sprawy wielkim zdumieniem, wielkim chłodem, wielkim milczeniem i bynajmniej nietajoną decyzją, że nic nie zrobi dla swojej córki. W jego mniemaniu był to bardzo poniżający związek, a lady Russell, choć obdarzona bardziej umiarkowaną i usprawiedliwioną dumą, uważała ten mariaż za najbardziej niefortunny.

Z bólem myślała o zmarnowanym życiu, jakie, według niej, przypadłoby Annie w udziale, gdyby ta młoda panna obdarzona wszystkimi dobrodziejstwami szlachetnego pochodzenia, urody i rozumu miała się wiązać zaręczynami w dziewiętnastym roku życia z młodym człowiekiem, za którym przemawiała tylko jego osoba i nic więcej, którego jedyne nadzieje na przyszły dobrobyt leżały w możliwościach kapryśnego zawodu i który nie miał żadnych koneksji gwarantujących choćby awans w tym zawodzie! Anna Elliot, taka młoda, tak mało jeszcze bywała! Żeby ją porwał jakiś obcy, bez majątku i paranteli, a raczej żeby ją pogrążył w zależności materialnej, stanie, który niszczy młodość, a przynosi troski i niepokoje! To się nie może stać, jeśli tylko zdoła temu zapobiec jakaś uczciwa, przyjazna interwencja, perswazje kogoś, kto uosabia niemal matczyną miłość, niemal matczyne prawa.

Kapitan Wentworth nie był człowiekiem majętnym. W zawodzie swoim miał dużo szczęścia, lecz że lekko wydawał, co mu lekko przychodziło, więc też nic nie odłożył. Był jednak przekonany, że wkrótce zdobędzie fortunę; pełen życia i energii, liczył, że niedługo dostanie okręt i że znajdzie się na stanowisku, które umożliwi mu zyskanie wszystkiego, czego pragnie. Zawsze miał szczęście; wiedział, że i dalej powinno mu dopisywać. Podobna pewność siebie, silna własną żarliwością i urzekająca dowcipem, z jakim była tak często wyrażana, oczywiście wystarczała Annie, lecz lady Russell widziała sprawę całkiem inaczej. To krewkie usposobienie, to nieustraszone serce budziły jej obawy. Dopatrywała się w nich czegoś bardzo niedobrego. Do wszystkich nieszczęść dochodził, w jej mniemaniu, niebezpieczny charakter. Kapitan Wentworth był mężczyzną błyskotliwym i upartym. Lady Russell nie gustowała w dowcipie, wszystko zaś, co bliskie było nierozwagi, napełniało ją przerażeniem. Z każdego punktu widzenia związek ten był dla niej nie do zaakceptowania.

Opozycja, jaka powstała pod wpływem tych opinii, okazała się dla Anny nie do przełamania. Choć młoda i łagodna, potrafiłaby może oprzeć się woli ojca, mimo iż siostra nie wspierała jej ani jednym dobrym słowem czy spojrzeniem – ale lady Russell, osoba, na której Anna zawsze polegała, którą zawsze kochała, nie mogła przecież z taką niewzruszoną pewnością siebie i słodyczą obejścia ustawicznie powtarzać jej swych rad bez skutku. Anna musiała wreszcie uwierzyć, że te zaręczyny są decyzją błędną – nierozważną, niewłaściwą, że nie może z nich wyniknąć nic dobrego, bo one na nic dobrego nie zasługują. Lecz zakończyła całą sprawę nie tylko przez samolubną przezorność. Zapewne nie porzuciłaby kapitana, gdyby nie wyobraziła sobie, że czyni to bardziej dla niego niż dla siebie. W bólu rozstania – i to ostatecznego rozstania – największą jej pociechą była myśl, że postępuje rozsądnie i ponosi wyrzeczenia dla jego dobra. A potrzebna jej była pociecha, bo musiała stawić czoło dodatkowej zgryzocie, jaką była jego reakcja na jej odmowę; reakcja człowieka nieprzekonanego i nieugiętego, który miał poczucie krzywdy, jaką mu wyrządziła, zmuszając go, by się jej wyrzekł. W rezultacie wyjechał z hrabstwa.

W ciągu paru miesięcy rozpoczęła się i zakończyła ich znajomość; lecz cierpienie Anny nie zakończyło się po kilku miesiącach. Przez długi czas owa miłość i żal zachmurzały każdą radość jej młodych lat, a trwałym tego skutkiem była wczesna utrata świeżości i radości życia.

Upłynęło przeszło siedem lat od chwili, kiedy się skończyła ta krótka a żałosna historia, i czas złagodził wiele, może prawie wszystko, niestety, jednak tylko czas został Annie dany ku pomocy, nie dostała bowiem żadnej pociechy w postaci czy to zmiany miejsca (z wyjątkiem jednej wizyty w Bath tuż po zerwaniu), czy też urozmaicenia lub powiększenia towarzyskiego grona. W kręgu Kellynch nie pojawił się nigdy nikt, kto wytrzymałby porównanie z Fryderykiem Wentworthem, jakiego zachowała w pamięci. Jej subtelny umysł, wybredny gust i szczupłe grono ludzi, wśród których się obracała, sprawiały, że niepodobne było jakieś nowe uczucie, jedyny naturalny, szczęśliwy i skuteczny lek dla osoby w jej wieku. Kiedy miała około dwudziestu dwóch lat, prosił ją o rękę młody człowiek, który wkrótce znalazł lepiej usposobiony obiekt w osobie jej młodszej siostry. Lady Russell opłakiwała tę odmowę, Karol Musgrove był bowiem najstarszym synem człowieka, którego pozycja oraz majątek ziemski ustępowały w okolicy jedynie sir Walterowi; był to również przystojny młody człowiek obdarzony dobrym charakterem, a choć lady Russell mogłaby pragnąć czegoś więcej dla Anny, kiedy miała dziewiętnaście lat, to ta, skończywszy dwadzieścia dwa, ucieszyłaby ogromnie starszą przyjaciółkę, odchodząc w tak godny sposób z pełnego niesprawiedliwości i uprzedzeń domu ojca i osiadając na stałe w sąsiedztwie Kellynch Lodge. Lecz w tym wypadku Anna postawiła sprawę tak zdecydowanie, że wszelkie rady na nic się zdać nie mogły. I chociaż lady Russell była równie jak przedtem zadowolona, że w przypadku kapitana Wentwortha udzieliła jej takich, a nie innych przestróg, i choć nigdy nie pragnęła ich odwołać, teraz zaczęła odczuwać niepokój graniczący z poczuciem beznadziejności, że nigdy żaden mężczyzna, inteligentny i niezależny materialnie, nie namówi Anny, by zmieniła swój obecny stan na taki, do którego, zdaniem zacnej damy, szczególnie się nadawała dzięki gorącemu sercu i szukaniu radości w życiu domowym.

Obie damy nie znały wzajemnie swoich dzisiejszych poglądów na najistotniejszą decyzję w życiu Anny, nigdy bowiem nie mówiły o tej sprawie; nie wiedziały, czy uległy one zmianie, czy nie. Anna jednak w wieku dwudziestu siedmiu lat miała zdanie całkiem inne od tego, które jej narzucono w wieku lat dziewiętnastu. Nie winiła lady Russell, nie winiła siebie samej za swą ówczesną uległość, ale wiedziała, że gdyby jakaś młoda osoba w takich samych jak ona wówczas warunkach zwróciła się do niej o radę, nie namawiałaby jej na pewno na wybór natychmiastowego dotkliwego cierpienia i niepewnego przyszłego szczęścia. Była przekonana, że mimo dezaprobaty rodziny i wszystkich niepokojów związanych z zawodem kapitana, wszystkich prawdopodobnych obaw, zwłok i rozczarowań, byłaby przecież szczęśliwszą kobietą, gdyby utrzymała swe zaręczyny niż po ich zerwaniu, i to nawet wtedy, jak święcie wierzyła, gdyby zwykłe, ba, większe niż zwykłe w takich razach troski i kłopoty stały się jej udziałem. A cóż dopiero w ich przypadku; wkrótce okazało się, że los szybciej przyniósłby im dobrobyt, niżby się można było tego przy całym rozsądku spodziewać. Wszystkie optymistyczne przewidywania kapitana i jego nadzieje okazały się usprawiedliwione. Jego zdolność i energia jakby z góry nakreślały mu i narzucały drogę do sukcesu. Wkrótce po zerwaniu zaręczyn otrzymał dowództwo okrętu, po czym nastąpiło wszystko to, co jej przepowiadał. Wyróżnił się i szybko otrzymał awans, potem zaś dzięki licznym zdobyczom wojennym uzbierał zapewne wcale piękną fortunę. Mogła się tego dowiedzieć jedynie z gazet i rejestrów oficerów marynarki, nie mogła też wątpić, że jest człowiekiem majętnym, a poza tym, co świadczyło o jego wierności, nie słyszała, by się ożenił.

Ile by mogła dziś powiedzieć Anna Elliot – a przynajmniej jak wymowne byłyby dziś jej uczucia opowiadające się za wczesną gorącą miłością i pogodną wiarą w przyszłość, a przeciwko zbyt przezornej ostrożności, która obraża wszelki wysiłek ludzki i świadczy o braku wiary w opatrzność. Zmuszono ją za młodu do rozwagi, z wiekiem poznała, czym jest romantyczność – naturalne to konsekwencje nienaturalnego początku.

Te wszystkie wydarzenia, wspomnienia i uczucia sprawiły, że kiedy usłyszała, iż siostra kapitana Wentwortha ma ewentualnie zamieszkać w Kellynch, odżył w niej stary ból i trzeba było wielu spacerów i wielu westchnień, by uspokoić podniecenie wywołane tą nowiną. Mnóstwo razy musiała sobie powtarzać, że owo zdenerwowanie to szaleństwo, nim zdołała opanować nerwy na tyle, by słuchać bez poruszenia niekończącej się dyskusji o Croftach i ich sprawach. Pomocą była jej jednak całkowita obojętność i pozorna nieświadomość tych trzech osób, które dzieliły z nią tajemnicę przeszłości, a które teraz jakby jej nie pamiętały. Mogła być przekonana o wyższości motywów lady Russell nad motywami ojca i Elżbiety; mogła uznać z szacunkiem, że jej milczenie spowodowane było szlachetniejszymi pobudkami – lecz bez względu na źródło ów ogólny nastrój niepamięci stał się dla niej niezmiernie ważny. Rada była, że na wypadek, gdyby admirał Croft istotnie wydzierżawił Kellynch Hall, ma pocieszającą pewność, iż owe wydarzenia z przeszłości znają spośród jej bliskich tylko trzy osoby, a one, była pewna, nigdy nie szepną o tym nikomu ani słowa, z rodziny kapitana zaś jedynie brat, z którym wówczas zamieszkiwał, wiedział o ich krótkotrwałym narzeczeństwie. Brat ów dawno już wyjechał z tych okolic, a że był człowiekiem rozumnym, a poza tym podówczas kawalerem, Anna była przekonana, iż nie wspomniał o całej sprawie nikomu.

Kiedy owe wydarzenia miały miejsce, siostra kapitana, pani Croft, przebywała poza granicami Anglii, towarzysząc mężowi w zamorskiej jakiejś wyprawie; siostra Anny, Mary, była w szkole, później zaś, dzięki dumie jednych, a delikatności drugich, nigdy nie dowiedziała się o całej sprawie.

Pokrzepiona tą myślą Anna uznała, że znajomość z Croftami, nieunikniona, wobec tego, że lady Russell mieszka w Kellynch, a Mary zaledwie o trzy mile stąd, nie będzie dla niej szczególnie kłopotliwa.

Rozdział V

Anna doszła do wniosku, że w dzień wyznaczony na oględziny Kellynch Hall przez państwa Croftów postąpi najbardziej naturalnie, udając się na codzienny niemal spacer do lady Russell i trzymając się na uboczu, póki się wszystko nie skończy; wówczas jednak okazało się, że najbardziej będzie jej żal straconej możliwości poznania przybyłych.

Spotkanie obu stron bardzo się udało i sprawa została ostatecznie załatwiona. Obie damy były z góry skłonne do zawarcia porozumienia i dlatego jedna widziała w drugiej jedynie doskonałe maniery. Jeżeli zaś idzie o panów, to admirał okazał tyle dobrodusznego humoru i ufnej hojności, że musiało to zrobić wrażenie na sir Walterze, który przez cały czas zachowywał się nadzwyczaj godnie i dostojnie, a to dlatego, iż pan Shepherd przypochlebił mu, zapewniając, że admirał zna go z opowieści jako wzór dobrego wychowania.

Dom, park i meble – wszystko bardzo się podobało; Croftowie również się podobali; warunki, terminy, wszystko i wszyscy nawzajem sobie odpowiadali. Kanceliści pana Shepherda zaprzęgnięci zostali do roboty i w tym, co „w niniejszej umowie postanowione zostało", nie trzeba było zmieniać ani jednego punktu.

Sir Walter oświadczył bez wahania, że admirał Croft jest najprzystojniejszym marynarzem, jakiego widział, i posunął się nawet do stwierdzenia, iż gdyby jego lokaj układał włosy admirała, to on, sir Walter, nie powstydziłby się pokazać z nim wszędzie; admirał zaś z ciepłą jowialnością powiedział do żony, kiedy wracali przez park:

– Wiedziałem, że szybko dobijemy targu, mimo wszystko, co nam powiadali w Taunton. Baronet prochu nie wymyśli, ale wydaje się całkiem nieszkodliwy.

Te wzajemne komplementy prawdopodobnie byłyby uznane za równe sobie.

Croftowie mieli objąć Kellynch na świętego Michała, a że sir Walter chciał się przenieść do Bath o miesiąc wcześniej, nie było czasu do stracenia i należało się szybko zająć przygotowaniami.

Lady Russell wiedziała, że ojciec i siostra nie będą się liczyć ze zdaniem Anny i nie pozwolą jej wziąć udziału w wyborze domu w Bath, którego mieli teraz dokonać, więc też, niechętna jej rychłemu wyjazdowi, chciała ją zatrzymać w Kellynch i osobiście zawieźć do Bath na Boże Narodzenie. Miała jednak własne zobowiązania, które zmuszały ją do wyjazdu z domu na kilka tygodni, toteż nie mogła zaprosić młodej przyjaciółki na cały ten okres. Anna zaś, choć obawiała się ewentualnych upałów wrześniowych i rozżarzonego do białości Bath, choć żal jej było wyrzec się słodkich i smutnych jesiennych miesięcy na wsi, zważywszy na wszystko, nie pragnęła pozostać. Najwłaściwiej, najmądrzej i, co za tym iść musi, najmniej przykro będzie, jeśli pojedzie z ojcem.

Zdarzyło się jednak coś, co nakazało jej spełnić inny obowiązek. Mary, zawsze trochę chorowita i zawsze bardzo przejęta własnymi dolegliwościami, i zawsze wzywająca Annę w takich wypadkach, teraz właśnie była niedysponowana, a przewidując, że przez całą jesień nie będzie miała ani jednego dnia spokojnego, ze względu na stan swego zdrowia błagała siostrę, a raczej żądała od niej, trudno to bowiem nazwać błaganiem, by przyjechała do dworku Uppercross i zamiast jechać do Bath, pozostawała z nią tak długo, jak to będzie potrzebne.

„Nie mogę, doprawdy, dać sobie rady bez Anny" – argumentowała Mary, na co odpowiedziała jej Elżbieta: „Wobec tego niech lepiej Anna zostanie, bo, moim zdaniem, w Bath nikomu nie będzie potrzebna".

Przyjemniej, kiedy jesteśmy potrzebni i kiedy proszą o nasz przyjazd choćby nawet niezręcznie, niż kiedy nas odrzucają jako niepotrzebnych; toteż Anna zadowolona, że ktoś uważa ją za pożyteczną, zadowolona, że oto wyznaczono jej obowiązek, i na pewno wcale niezmartwiona, że ten obowiązek każe jej zostać na wsi, i to w jej ukochanej okolicy, chętnie przystała na prośbę siostry.

Zaproszenie przysłane przez Mary rozwiązało trudności lady Russell i wkrótce ustalono, że Anna przyjedzie do Bath dopiero z nią, a do tego momentu cały swój czas podzieli między dworek Uppercross i Kellynch Lodge.

Wszystko zapowiadało się doskonale, dopóki lady Russell nie dowiedziała się – niemal ze wstrząsem – o pewnym fatalnym szczególe projektów, mianowicie, że pani Clay ma jechać do Bath wraz z sir Walterem i Elżbietą jako niezwykle istotna i cenna pomoc w rozwiązywaniu wszystkich problemów stojących teraz przed najstarszą panną Elliot. Lady Russell była bardzo niezadowolona, że odwołano się do tego rodzaju pomocy – zdumiona, zasmucona i przerażona – afront zaś wyrządzony Annie przez fakt, iż pani Clay okazała się bardzo potrzebna tam, gdzie Anna nie mogła się na nic przydać, był przykrą i bolesną okolicznością dodatkową.

Sama Anna uodporniła się już na tego rodzaju afronty, ale nierozwagę tego kroku odczuła równie mocno jak lady Russell. Mając dużą zdolność spokojnej obserwacji oraz znajomość (niejednokrotnie pragnęła, by ta znajomość była mniejsza) charakteru swego ojca, rozumiała doskonale, że jest zupełnie możliwe, iż z tej zażyłości z panią Clay wynikną poważne skutki dla ich rodziny. Nie myślała zresztą, by ojciec w tej chwili świadomie żywił jakieś zamiary. Pani Clay była piegowata, miała wystający ząb i grube przeguby, a ojciec pod jej nieobecność ciągle robił na ten temat uszczypliwe uwagi; była jednak młoda i ogólnie biorąc, niewątpliwie przystojna, a jej bystrość i nadskakujące, przymilne obejście stanowiły zalety o wiele bardziej niebezpieczne niż fizyczne uroki. Anna tak bardzo odczuwała rozmiary zagrażającego im niebezpieczeństwa, że nie mogła się powstrzymać od nieśmiałej próby otworzenia na to oczu siostry. Niewielką miała nadzieję na powodzenie, sądziła jednak, że Elżbieta, która w przypadku takiej zmiany byłaby osobą najbardziej poszkodowaną, nie powinna mieć nigdy powodów do wyrzucenia siostrze, iż jej nie ostrzegła.

Zwróciła się więc z tym do Elżbiety, lecz słowa jej okazały się obraźliwe. Elżbieta nie mogła pojąć, skąd tak niedorzeczne podejrzenie mogło przyjść siostrze do głowy, i z oburzeniem odparła, że obie strony doskonale znają swoje miejsce.

– Pani Clay – mówiła gorąco – nigdy nie zapomina, kim jest, a ja chyba lepiej niż ty mogę wiedzieć, co ona myśli; zapewniam cię też, że jej poglądy na małżeństwo są bardzo właściwe, ostrzej bowiem niż większość ludzi potępia wszelką nierówność pozycji i stanu. I doprawdy nie przyszłoby mi do głowy podejrzewać dzisiaj o takie rzeczy ojca, który tak długo pozostawał samotny ze względu na nas. Gdyby pani Clay była kobietą piękną, może istotnie postępowałabym źle, trzymając ją tak ustawicznie przy sobie, nie dlatego, żeby ojciec mógł za jakąkolwiek cenę zgodzić się na poniżający związek, ale dlatego, że mógłby się przez to czuć nieszczęśliwy. Ale biedaczka pani Clay, choć ma tyle zalet, nie może być uważana nawet za przystojną! Doprawdy sądzę, że biedna pani Clay nie stanowi zagrożenia. Można by pomyśleć, że nigdy nie słyszałaś, jak ojciec mówi o jej fizycznych przywarach, a przecież wiem, że słyszałaś z pięćdziesiąt razy. Ten jej ząb! I te piegi! Mnie samej te piegi nie rażą tak bardzo jak jego; znam twarz, której kilka piegów nie odejmuje specjalnie urody, ale on ich nie znosi. Musiałaś słyszeć, jak mówi o piegach pani Clay.

– Nie ma takiej wady urody – odpowiedziała Anna – jakiej nie mogłoby jej stopniowo przesłonić ujmujące obejście.

– Mam o tym całkiem odmienne zdanie – ucięła krótko Elżbieta. – Ujmujące obejście może podkreślić urodę, ale nigdy nie zmieni brzydoty. W każdym razie, ponieważ ja najwięcej w tym wypadku ryzykuję, mogę powiedzieć, iż uważam wszelkie twoje rady za zbyteczne.

Anna zrobiła swoje – zadowolona była, że ma już to za sobą, i nie traciła całkiem nadziei, że rada jej odniesie pewien skutek. Choć Elżbieta niechętnie przyjęła jej podejrzenie, może dzięki niemu stanie się bardziej spostrzegawcza.

Czterokonny powóz miał po raz ostatni posłużyć rodzinie i zawieźć do Bath sir Waltera, najstarszą pannę Elliot i panią Clay. Towarzystwo odjechało w wybornych humorach; sir Walter gotów był rozdawać łaskawe ukłony zasmuconym dzierżawcom folwarków i wieśniakom, którzy dostali pewno wskazówkę, by wyjść na drogę. Anna w tym samym czasie poszła rozpaczliwie spokojna do Kellynch Lodge, gdzie miała spędzić pierwszy tydzień.

Przyjaciółka jej była w nie lepszym nastroju. Lady Russell niezmiernie boleśnie odczuła cios, jaki dotknął rodzinę, której godność była jej równie droga jak własna, a z którą codzienne obcowanie stało się cennym przyzwyczajeniem. Przykro było patrzeć na opuszczone przez nich włości, a jeszcze bardziej przykro oczekiwać ludzi, w których ręce miały one przejść. Chcąc więc uciec przed samotnością i smutkiem w tak teraz zmienionej wsi i nie znajdować się tutaj w momencie przyjazdu admirała Crofta z żoną, postanowiła, że wyjedzie z domu z chwilą, kiedy będzie musiała rozstać się z Anną. Tak więc obie panie wyjechały razem i Anna wysiadła przed dworkiem Uppercross, który był pierwszym etapem podróży lady Russell.

Uppercross było wsią średnich rozmiarów, do niedawna zachowaną całkowicie w starym angielskim stylu – tylko dwa domy wybijały się wyglądem ponad pozostałe siedziby drobnych farmerów i chłopstwa: dwór dziedzica, otoczony wysokim murem z wielkimi bramami i starym drzewostanem, solidny i bez najmniejszych unowocześnień, oraz zwarta, ciasna plebania z oknami oplecionymi winoroślą i gałęziami gruszy, otoczona schludnym ogrodem. Wraz z małżeństwem młodego dziedzica wieś otrzymała wszakże ozdobę w postaci farmerskiego domu podniesionego do rangi dworku – rezydencji młodego pana; tak więc oczy podróżnego równie łatwo spocząć mogły na dworku Uppercross z jego werandą, oszklonymi drzwiami i innymi ozdobami, jak i na większym, bardziej harmonijnym wielkim dworze i parku leżącym o ćwierć mili dalej.

Anna często tu bywała. Znała zwyczaje Uppercross równie dobrze jak zwyczaje Kellynch. Obie rodziny spotykały się często, miały zwyczaj przychodzenia i wychodzenia o każdej porze, toteż Anna zdziwiła się, znalazłszy Mary samą. Lecz jeśli zostawiono ją samą, to już niemal oczywistą tego konsekwencją musiało być jej złe samopoczucie i przygnębienie. Choć lepiej niż starsza siostra obdarzona przez los, Mary nie miała rozsądku i usposobienia Anny. Jeśli czuła się dobrze, jeśli była zadowolona i otoczona staraniem, miała wówczas świetny humor i wyborny nastrój, każda jednak niedyspozycja załamywała ją całkowicie. Była nieodporna na samotność, a że odziedziczyła niemałą dozę Elliotowskiego zarozumialstwa, skłonna była dodawać do każdego strapienia przekonanie, że jest źle traktowana i zaniedbywana. Pod względem urody nie dorównywała siostrom i w najlepszych swych latach osiągnęła tylko miano ładnej dziewczyny. Teraz leżała na spłowiałej sofie w niewielkim, ładnym saloniku, gdzie umeblowanie, niegdyś eleganckie, było już mocno sfatygowane przez cztery letnie pory oraz dwoje dzieci. Przywitała Annę słowami:

– No, przyjechałaś nareszcie! Zaczynałam już myśleć, że cię nigdy nie zobaczę. Taka jestem chora, że ledwo mogę mówić. Przez całe przedpołudnie żywej duszy nie oglądałam na oczy.

– Przykro mi widzieć cię w złym zdrowiu – odparła Anna. – Przecież w czwartek pisałaś, że się wybornie czujesz.

– Tak, starałam się przedstawić ci moje zdrowie jak najlepiej, zawsze się o to staram, ale daleko mi do tego, a wydaje mi się, że jeszcze nigdy w życiu nie byłam taka chora jak przez dzisiejsze przedpołudnie; doprawdy to nie jest stan, w którym można zostawiać mnie samą. Wyobraź sobie tylko, co by się stało, gdyby mnie nagle złapał jakiś straszny atak, a ja nie byłabym nawet zdolna zadzwonić. No więc lady Russell nie chciała wysiąść! Chyba tego lata nie odwiedziła nas więcej niż trzy razy.

Anna odpowiedziała na to, jak należy, po czym zapytała o szwagra.

– Och, Karol poszedł na polowanie. Nie widziałam go od siódmej rano. Poszedł, chociaż mówiłam mu, jaka jestem chora. Obiecał, że niezadługo wróci, i dotąd go nie ma, a już prawie pierwsza. Powiadam ci, że nie widziałam żywej duszy przez całe przedpołudnie.

– Ale byli z tobą twoi mali synkowie?

– Owszem, dopóki mogłam wytrzymać ich wrzask; to takie nieokiełzane dzieci, że bardziej mi szkodzą, niż pomagają. Mały Karolek w ogóle nie zwraca uwagi na to, co mówię, a Walter robi się niemal taki sam.

– No, zaraz będzie ci lepiej – pogodnie zapewniała ją Anna. – Wiesz, że każdy mój przyjazd zawsze cię leczy. Jakże się miewają twoi sąsiedzi ze dworu?

– Nie mogę ci na to odpowiedzieć. Nikogo z nich dzisiaj nie widziałam oprócz pana Musgrove'a, który zatrzymał się na chwilę i rozmawiał ze mną przez okno, ale nie zsiadł nawet z konia, a chociaż mu powiedziałam, że jestem chora, żadne z nich tutaj nie przyszło. Prawdopodobnie było to nie na rękę pannom Musgrove, one nigdy nie robią tego, na co nie mają ochoty.

– Może je zobaczysz, nim minie przedpołudnie. Jeszcze przecież wcześnie.

– Wcale tego nie pragnę. Wcale, zapewniam cię. Jak na mój gust za dużo się śmieją i gadają. Och, Anno, tak się źle czuję. To doprawdy nieładnie z twojej strony, że nie przyjechałaś w czwartek.

– Ależ, Mary, kochanie, przypomnij sobie, jak dobre przysłałaś mi wiadomości o swoim zdrowiu. Pisałaś najpogodniej na świecie, że doskonale się czujesz i że bynajmniej nie nalegasz, bym wcześniej przyjeżdżała; musiałaś chyba zdawać sobie sprawę, że wobec tego będę chciała zostać do ostatka z lady Russell. A nie mówiąc już o niej, miałam naprawdę tyle roboty, że trudno by mi było wcześniej wyjechać z Kellynch Hall.

– Ależ, moja kochana! Cóż ty mogłaś mieć takiego do roboty?

– Bardzo wiele, zapewniam cię, więcej, niż mogę sobie w tej chwili przypomnieć. Wyliczę ci chociaż część: musiałam zrobić kopię katalogu książek i obrazów ojca. Kilka razy byłam w ogrodzie z Mackenziem, próbując zrozumieć i starając się, żeby on zrozumiał, które z roślin Elżbiety są przeznaczone dla lady Russell. Musiałam załatwić również własne drobne sprawy: podzielić książki i nuty i przepakować wszystkie moje kufry, bo nie zrozumiałam w czas tego, co dotyczy wozów bagażowych. I jeszcze jedną rzecz musiałam zrobić, Mary, i to o wiele przykrzejszej natury: musiałam pójść niemal do każdego domu w parafii z czymś w rodzaju pożegnania. Powiedziano mi, że ludzie tego pragną. A to wszystko zabrało bardzo dużo czasu.

– Ach, no tak... – westchnęła i po chwili przerwy dodała: – Ale nie spytałaś mnie jeszcze ani słowem, jak było wczoraj na obiedzie u Poole'ów.

– Więc poszłaś jednak? Nie pytałam, bo sądziłam, że musiałaś zrezygnować z tego przyjęcia.

– O tak, poszłam. Wczoraj bardzo dobrze się czułam. Do dzisiejszego ranka nic mi nie dolegało. Byłoby dziwne, gdybym nie poszła.

– Bardzo się cieszę, że ci zdrowie dopisało. Mam nadzieję, że dobrze się bawiłaś.

– Och, nienadzwyczajnie. Zawsze się z góry wie, jaki tam będzie obiad i kogo się zastanie. I jakaż to niewygoda nie mieć własnego ekwipażu. Musgrove'owie zabrali mnie ze sobą i tak było ciasno! Oni są oboje tacy grubi i tyle zabierają miejsca! A pan Musgrove zawsze się sadowi w karecie na głównym siedzeniu. No więc siedziałam stłoczona na ławeczce z Henriettą i Luizą. I wydaje mi się bardzo prawdopodobne, że moja dzisiejsza choroba z tego właśnie się wzięła.

Jeszcze trochę wytrwałej cierpliwości i wymuszonej pogody ze strony Anny i Mary była niemal wyleczona. Mogła już usiąść wyprostowana na sofie, świtała też nadzieja, że będzie zdolna wstać gdzieś około obiadu. Potem, zapominając o chorobie, znalazła się na drugim końcu pokoju, poprawiając bukiet kwiatów, następnie zjadła trochę zimnego mięsa, a wreszcie poczuła się już tak dobrze, że zaproponowała mały spacer.

– Dokąd pójdziemy? – zapytała, gdy były gotowe do wyjścia. – Pewno nie będziesz chciała iść do dworu, póki oni nie złożą ci pierwsi wizyty?

– Nie mam przeciwko temu najmniejszych obiekcji – odparła Anna. – Nigdy by mi do głowy nie przyszło robić podobne ceremonie z ludźmi, których znam tak dobrze jak panią i panny Musgrove.

– Och, ale oni powinni ci od razu złożyć wizytę. Powinni wiedzieć, co ci się należy jako mojej siostrze. Wiesz, chyba możemy tam pójść i posiedzieć chwilę, a jak przez to przebrniemy, to trochę się przespacerujemy dla przyjemności.

Anna zawsze uważała, że tego rodzaju stosunki są wysoce niewłaściwe, poniechała jednak starań, by je zmienić, gdyż uznała, że chociaż są przyczyną nieustannych dąsów, żadna z obu rodzin nie potrafiłaby już postępować inaczej. Wobec tego poszły do dworu i siedziały przez godzinę w staroświeckim, czworokątnym salonie z niewielkim dywanem i lśniącą podłogą, w którym to salonie młode panny tego domu wprowadzały powoli należyte pomieszanie, a to dzięki klawikordowi i harfie, a także żardyniere i malutkim stoliczkom ustawionym to tu, to tam. Och, żeby ci panowie w brązowych aksamitach i damy w błękitnych atłasach z tych portretów na boazerii mogli zobaczyć, co się tu dzieje, żeby ujrzeli tę ruinę wszelkiego porządku i ładu! Już same ich portrety zdawały się spoglądać na to wszystko ze zdumieniem.

Rodzina Musgrove'ów, podobnie jak ich dom, znajdowała się w okresie przemian, być może korzystnych przemian. Ojciec i matka zachowali stary angielski styl, młodzi zaś już przyjmowali nowy. Starsi Musgrove'owie byli to zacni ludzie – przyjacielscy, gościnni, nie bardzo wykształceni i bynajmniej nie wytworni. Dzieci ich miały zarówno nowoczesne pojęcia, jak i obyczaje. Rodzina była liczna, lecz tylko dwoje rodzeństwa, nie licząc

Karola, osiągnęło już dorosłość: Henrietta i Luiza, młode damy – jedna dziewiętnastoletnia, druga dwudziestoletnia, które ze szkoły w Exeter przywiozły zwykle stamtąd przywożony zasób wiadomości, a teraz, jak tysiące innych młodych dam, prowadziły życie modne, szczęśliwe i wesołe. Suknie ich były piękne, buzie wcale ładne, humor wyborny, obejście nieskrępowane i miłe; panny miały swoją pozycję w domu i były lubiane poza domem. Anna uważała je zawsze za najszczęśliwsze istoty spośród wszystkich, jakie znała, lecz przed marzeniami, by się znaleźć na ich miejscu, ratowało ją owo spokojne poczucie wyższości, znane każdemu z nas. Za wszystkie radości, jakie były udziałem tych dziewcząt, nie oddałaby swego o wiele bardziej wytwornego, pielęgnowanego umysłu. Niczego im też nie zazdrościła oprócz doskonałego, zdałoby się, zrozumienia i harmonii oraz pogodnej wzajemnej serdeczności, której tak niewiele zaznała w stosunkach z obydwiema swymi siostrami.

Przyjęto ją bardzo życzliwie. Anna nie mogła się dopatrzyć żadnych niedociągnięć ze strony rodziny Musgrove'ów, którą, jak wiedziała, najmniej można było zawsze winić. Przez godzinę rozmawiały mile i Anna nie zdziwiła się wcale, kiedy pod koniec owej godzinki obie panny Musgrove wyruszyły z nimi na spacer na zaproszenie Mary.

Rozdział VI

Anna nie potrzebowała wizyty w Uppercross, by wiedzieć, że przejście z jednego kręgu ludzi do innego, choćby odległego o trzy zaledwie mile, pociąga niekiedy za sobą całkowitą zmianę tematów rozmowy, poglądów i pojęć. Za każdym przyjazdem tutaj uderzała ją ta myśl i zawsze pragnęła, by pozostali Elliotowie mogli wyciągnąć te same co ona korzyści, widząc, jak mało znane i mało istotne są dla tutejszych mieszkańców sprawy, które w Kellynch Hall uważano za wydarzenia o publicznej wadze, niezwykle interesujące dla wszystkich. Mimo uprzednich doświadczeń wydało jej się teraz, że jeszcze jedna lekcja w sztuce rozumienia swej znikomości poza własnym gronem stała się dla niej konieczna, przyjeżdżając bowiem tutaj z sercem przepełnionym problemami, które od kilku tygodni tak bez reszty zajmowały oba domy w Kellynch, spodziewała się nieco więcej zaciekawienia i współczucia, niż wyrażały to osobno wypowiadane, lecz bardzo podobne, uwagi pana i pani Musgrove:

– A więc, panno Anno, twój ojciec z siostrą wyjechali. Jak myślisz, w której części Bath najmą mieszkanie? – Po czym nie bardzo nawet czekali na odpowiedź.

Albo marginesowe wzmianki młodych panien:

– Mam nadzieję, że i my tej zimy przyjedziemy do Bath, ale niech tatuś pamięta, że jeśli pojedziemy, to musimy mieszkać w jakimś dobrym punkcie, nie zgadzamy się już na żadne Queen Square!

Lub niespokojne okrzyki Mary:

– Na mą duszę, pięknie ja będę wyglądała, kiedy wy wszyscy pojedziecie bawić się do Bath!

Pozostawało więc tylko Annie postanowić, iż w przyszłości postara się unikać podobnych złudzeń; z większą teraz wdzięcznością myślała o niezwykłym błogosławieństwie, jakim jest posiadanie jednej tak szczerze współczującej przyjaciółki jak lady Russell.

Panowie Musgrove mieli swoją zwierzynę, której musieli strzec i którą musieli strzelać, swoje konie, psy i gazety; damy zaś były pochłonięte takimi codziennymi problemami, jak sąsiedzi, suknie, tańce i muzyka. Anna nie widziała nic złego w tym, że każda mała wspólnota towarzyska narzuca tematy rozmowy, i miała nadzieję, że niezadługo stanie się wartościowym członkiem wspólnoty, do której została przeniesiona. Mając przed sobą perspektywę pozostania co najmniej przez dwa miesiące w Uppercross, uznała, że musi przystosować jak najlepiej do otaczającego ją grona swą wyobraźnię, pamięć i pojęcia.

Nie obawiała się tych dwóch miesięcy. Mary nie była tak odpychająca i oschła jak Elżbieta ani też tak całkowicie niepodatna na wpływy starszej siostry. Ze strony pozostałych osób zamieszkujących we dworku nic nie mogło zagrażać jej spokojowi. Ze szwagrem Anna była zawsze w przyjaznych stosunkach, w dzieciach zaś, które kochały ją nieomal jak rodzoną matkę, a szanowały o wiele bardziej, widziała przedmiot zainteresowania, zabawy i zdrowego wysiłku.

Karol Musgrove był człowiekiem miłym i dobrze wychowanym – rozsądkiem i usposobieniem niewątpliwie górował nad żoną, lecz ani jego uzdolnienia, ani talenty konwersacyjne, ani wdzięk nie mogły sprawić, by rozpamiętywanie łączącej ich przeszłości stanowiło dla Anny niebezpieczeństwo. Anna wierzyła jednak, tak samo jak lady Russell, że małżeństwo z osobą o większych niż Mary zaletach mogłoby go wzbogacić i że kobieta naprawdę mądra mogłaby mu przysporzyć powagi i znaczenia, a jego obyczajom i zajęciom przydać rozsądku, elegancji i użyteczności. Obecnie jednak oddawał się z zapałem tylko polowaniu, a czas trwonił na błahostkach, nie czerpiąc korzyści ani z książek, ani z niczego innego. Usposobienie miał bardzo pogodne, a nawracające stany depresji żony nigdy mu nie psuły humoru; niekiedy budził podziw Anny spokojem, z jakim znosił przesadne wymagania Mary. Ogólnie biorąc, chociaż zachodziły często pomiędzy małżonkami drobne jakieś nieporozumienia (w których Anna musiała brać nierzadko większy udział, niż chciała, jako że obie strony do niej się odwoływały), można ich było uważać za szczęśliwe stadło. Zawsze zgadzali się idealnie co do tego, że trzeba im pieniędzy, oraz tego, że mieliby ochotę na jakiś ładny upominek od ojca, chociaż i w tym wypadku, jak zresztą w większości innych, Karol okazywał wyższość nad żoną, ona bowiem uważała, że to hańba, iż takiego prezentu nie otrzymali, Karol zaś twierdził, że ojciec może znajdować inne przeznaczenie dla swoich pieniędzy i ma prawo robić z nimi, co mu się żywnie podoba.

Jeśli idzie o wychowanie dzieci, w teorii Karol przewyższał swoją żonę, a i w praktyce okazywał się wcale nie najgorszym ojcem.

– Mógłbym dać sobie z nimi doskonale radę, gdyby mi Mary nie przeszkadzała.

Te słowa słyszała Anna często i przyznawała im całkowitą słuszność; kiedy zaś słyszała narzekania Mary, że Karol tak psuje dzieci, iż ona nie może nad nimi zapanować – nigdy nie miała ochoty powiedzieć: „To prawda, masz rację".

Najmniej przyjemną okolicznością jej pobytu w Uppercross było to, że wszyscy tutaj mieli do niej zbyt wielkie zaufanie, zarówno jedna, jak i druga strona zwierzała jej w tajemnicy wzajemne swoje pretensje. Ponieważ wiedziano, że ma na siostrę pewien wpływ, proszono Annę ustawicznie, a przynajmniej dawano jej do zrozumienia, że proszą, by go użyła, i to w sposób przekraczający jej możliwości.

– Pragnąłbym, żebyś mogła wybić Mary z głowy to jej ustawiczne wmawianie w siebie choroby – mówił Karol.

Mary zaś w żałosnym nastroju narzekała:

– Wierzę, że gdyby Karol widział mnie umierającą, uważałby, że nic mi nie jest. Wiem, Anno, że gdybyś chciała, to potrafiłabyś mu wytłumaczyć, że istotnie jestem bardzo chora i czuję się o wiele gorzej, niż powiadam.

– Nie znoszę posyłać dzieci do dworu – mówiła Mary – chociaż babcia ustawicznie o to prosi, ale ona im tak pobłaża, tak im dogadza, tyle daje słodyczy i różnych niewskazanych rzeczy, że zawsze wracają do domu chore i skwaszone już do wieczora.

A pani Musgrove przy pierwszej sposobności, kiedy została sam na sam z Anną, wyrzekała:

– Och, panno Anno, doprawdy, jakże tu nie pragnąć, żeby Karolowa choć trochę nauczyła się od ciebie, jak chować te dzieci. Przy tobie są całkiem inne! To takie zepsute dzieci! Co za szkoda, że nie możesz nauczyć siostry, jak z nimi postępować. Przecież to śliczne, zdrowe dzieci, moje kochaneczki, mówię to zupełnie bezstronnie, ale Karolowa nie ma pojęcia, jak je chować. Wielki Boże, jakież one czasem męczące! Zapewniam cię, panno Anno, właśnie dlatego nie mogę tak często ich tu widywać, jak bym powinna. Wydaje mi się, że Karolowa jest niezadowolona, iż proszę je tak rzadko, ale wiesz sama, jakie to przykre mieć u siebie dzieci, którym trzeba ustawicznie zwracać uwagę: „Nie rób tego czy nie rób tamtego", albo które można utrzymać we względnym spokoju tylko wtedy, kiedy im się daje więcej łakoci, niż to wskazane dla ich zdrowia.

Nadto Mary tak opisywała sytuację:

– Pani Musgrove sądzi, że cała jej służba jest bardzo sumienna, a ja jestem pewna i nie przesadzam, że jej pierwsza pokojowa i praczka, zamiast zająć się swoją robotą, włóczą się cały boży dzień po wsi. Gdziekolwiek pójdę, wszędzie je widzę, a powiadam ci, nie zajrzę dwa razy do dziecinnego pokoju, żeby ich tam nie zobaczyć. Gdyby moja Jemima nie była najbardziej godną zaufania, najrzetelniejszą kobietą na świecie, musiałyby ją zepsuć, bo sama mi powiada, że zawsze ją namawiają, by z nimi szła na spacer.

Według zaś pani Musgrove sprawa wyglądała następująco:

– Wzięłam sobie za zasadę, żeby się nie wtrącać w sprawy mojej synowej, bo wiem, że z tego nigdy nic dobrego nie wynika, ale tobie powiem, panno Anno, bo możesz te rzeczy naprawić, że nie mam dobrej opinii o niańce mojej synowej; słyszę o tej dziewczynie dziwne opowieści: ciągle się gdzieś wałęsa, a z tego, co sama widziałam, mogę stwierdzić, że taka z niej strojnisia, iż ze szczętem zepsuje każdą służącą, z jaką się zetknie. Wiem, że Karolowa ma do niej ogromne zaufanie, ale powiadam ci wszystko po to, żebyś się miała na baczności i jeśli zobaczysz, że coś jest nie tak, jak powinno, nie wahaj się o tym wspomnieć.

Mary z kolei narzekała, że pani Musgrove nie lubi jej dawać należnego przecież pierwszeństwa, kiedy wraz z innymi rodzinami są na proszonym obiedzie we dworze – nie widziała powodu, dlaczego by miała być uważana za tak zadomowioną, by tracić swoją pozycję*. A pewnego dnia, kiedy Anna spacerowała z obydwiema pannami Musgrove, jedna z nich,

---

* W Anglii córka baroneta, która wyszła za mąż za człowieka bez tytułu, w dalszym ciągu zachowuje prawo do miejsca przed żoną czy córką człowieka nieutytułowanego.

po rozmowie o pozycji, o ludziach z pozycją i o zazdrości o pozycję, powiedziała:

– Nie waham się powiedzieć tobie, moja droga, jak przesadnie troszczą się niektórzy ludzie o swoje miejsce, bo cały świat wie, jak prosto podchodzisz do tych zagadnień i jak małą przywiązujesz do nich wagę. Pragnęłabym, aby ktoś powiedział Mary, że zrobiłaby o wiele lepiej, nie obstając ciągle przy tym, zwłaszcza żeby się wciąż nie pchała, by zajmować miejsce mamy. Nikt nie kwestionuje tego, że należy się jej pierwszeństwo przed mamą, ale bardziej by jej przystało nie podkreślać tego tak ustawicznie. Nie chodzi o to, żeby mama się tym w najmniejszym stopniu przejmowała, ale wiem, że wiele osób zwróciło na to uwagę.

Jakże miała Anna naprawić to wszystko? Mogła tylko słuchać cierpliwie, łagodzić wszelkie zadrażnienia, tłumaczyć jednych przed drugimi, doradzać im wzajemną wyrozumiałość konieczną przy tak bliskim sąsiedztwie i największy nacisk kłaść na te rady, które miały na celu dobro jej siostry.

Pod wszystkimi innymi względami odwiedziny jej zaczęły się przyjemnie i w dalszym ciągu były bardzo udane. Sama była teraz w o wiele lepszym nastroju; dobrze jej zrobiła zmiana miejsca, tematu rozmów i trzymilowa odległość od Kellynch Hall. Dolegliwości Mary ustąpiły dzięki nieustannemu przebywaniu z Anną, a codzienne wizyty obu sióstr we dworze Uppercross okazywały się raczej zaletą, jako że nie mogły przeszkadzać czy to wielkim uczuciom, zwierzeniom czy pożytecznym zajęciom w małym dworku – bo ich tam nie było. Niewątpliwie kontakty obu rodzin były bardzo ścisłe, wszyscy spotykali się bowiem codziennie przed obiadem i niemal wszystkie wieczory spędzali wspólnie. Anna jednak myślała, że czas nie upływałby im tak miło, gdyby nie widok szacownych postaci państwa Musgrove'ów siedzących w swoich fotelach albo gdyby zabrakło rozmów, śmiechu i śpiewu obu ich córek.

Grała na klawikordzie o wiele lepiej od obydwu panien Musgrove, lecz nie miała głosu i nie potrafiła grać na harfie – poza tym nie miała kochających rodziców, którzy siedliby przy niej i okazywali zachwyt, tak więc jej występy niewielkie zdobywały uznanie. Zdawała sobie sprawę, że proszą ją, by zagrała, tylko przez grzeczność lub po to, by inni odpoczęli. Wiedziała, że grając, sprawia przyjemność tylko sobie samej, lecz nie była to dla niej nowość. Oprócz jednego krótkiego okresu nie zaznała nigdy – od czternastego roku życia, od chwili śmierci swej drogiej matki – przyjemności tego, że jej gry ktoś słucha; nigdy nie otrzymała zachęty, jaką jest pochwała człowieka obdarzonego smakiem. W muzyce przywykła do wielkiego poczucia samotności, serdeczny zaś zachwyt państwa Musgrove'ów grą własnych córek i całkowita obojętność wobec gry kogokolwiek innego większą jej sprawiały przyjemność ze względu na nich niż przykrość ze względu na nią samą.

Czasem towarzystwo we dworze powiększało się jeszcze o gości. Sąsiedztwo nie było duże, lecz do Musgrove'ów przyjeżdżali wszyscy – więcej dawali obiadów, więcej mieli gości proszonych i gości przygodnych niż jakakolwiek inna rodzina w okolicy. Byli ogromnie lubiani.

Dziewczęta uwielbiały tańce, toteż od czasu do czasu wieczór kończył się niezaplanowanym małym balem. W bliskim sąsiedztwie Musgrove'ów mieszkali ich kuzyni, żyjący skromniej niż rodzina z Uppercross; wszystkie ich rozrywki zależały od bogatszych krewnych. Owi kuzyni potrafili wpaść o każdej porze, wziąć udział w każdej zabawie i tańczyć w każdym miejscu. Anna, która zawsze wolała rolę pianistki od roli bardziej czynnej, grała im do tańca godzinami – ta uprzejmość bardziej niż wszystkie inne zwracała na jej talenta muzyczne uwagę pani i pana Musgrove'ów i często była kwitowana następującym komplementem:

– Pięknie to zagrałaś, panno Anno, doprawdy, pięknie! Boże wielki! Jakże te twoje małe paluszki latają po klawiaturze!

Tak upłynęły pierwsze trzy tygodnie. Przyszedł święty Michał, a serce Anny musiało znowu wrócić do Kellynch Hall. Ukochany dom został przekazany obcym; inne oczy obejmą teraz w posiadanie wszystkie tak jej drogie pokoje, meble, gaje i trawniki. Nie potrafiła myśleć o niczym innym dwudziestego dziewiątego września, a wieczorem usłyszała współczującą uwagę Mary, która zapisując przy jakiejś okazji datę, zawołała głośno:

– Wielki Boże! Czy to nie dzisiaj Croftowie mieli przyjechać do Kellynch? Cieszę się, że o tym nie pomyślałam wcześniej. Jakie to upokarzające!

Croftowie objęli Kellynch w posiadanie z prawdziwie marynarską sprawnością i można im było składać wizyty. Mary ubolewała nad koniecznością uczynienia tego kroku. Nikt nie zdaje sobie sprawy, jak bardzo to dla niej bolesne. Będzie z tym zwlekać, ile tylko się da. Lecz nie zaznała spokoju, dopóki wkrótce nie namówiła Karola, by ją tam zawiózł, a kiedy wróciła, znajdowała się w przyjemnym, ożywionym nastroju urojonego wzburzenia. Anna była szczerze rada, iż nie musiała jechać z nimi do Kellynch, lecz mimo to pragnęła zobaczyć Croftów i ucieszyła się, kiedy zastali ją w domu, przyjeżdżając z rewizytą. Pana domu nie było, lecz obie siostry siedziały razem i tak się złożyło, że bawienie pani Croft przypadło w udziale Annie, która – podczas gdy admirał usiadł przy Mary i niezwykle mile i prostodusznie mówił o jej małych chłopcach – mogła szukać w twarzy jego żony pewnego podobieństwa i, jeśli go tam nie znalazła, wychwytywać je w głosie czy sposobie wyrażania uczuć i przekonań.

Chociaż pani Croft nie odznaczała się ani wzrostem, ani tuszą, była w niej jakaś prostota, szlachetność i żywotność, które nadawały znaczenia jej osobie. Miała błyszczące ciemne oczy, ładne zęby i rysy, ogólnie biorąc, przyjemne, choć zaczerwieniona, ogorzała cera – skutek przebywania niemal tyle samo co i jej mąż na morzu – sprawiała, że wyglądała na nieco więcej niż trzydzieści osiem lat. Zachowywała się swobodnie i zdecydowanie, jak ktoś pewny siebie, kto nie żywi żadnych wątpliwości co do tego, jak ma postępować. Nie było w niej jednak ani śladu pospolitości i nie brakło jej humoru. Okazała też dużą delikatność uczuć, mówiąc z Anną o wszystkim, co tyczyło Kellynch – bardzo to ujęło młodą pannę, zwłaszcza gdy upewniła się po upływie pierwszej minuty, a nawet w chwili samej prezentacji, iż nie ma najmniejszego prawdopodobieństwa, by pani Croft coś wiedziała czy też podejrzewała; nie była więc uprzedzona do niej. Na tym polu Anna czuła się bezpieczna i co za tym idzie, pełna sił i odwagi, gdy nagle zelektryzowały ją słowa pani Croft.

– Wydaje mi się, że to ty, pani, a nie twoja siostra była osobą, którą mój brat miał przyjemność znać, przebywając w tych stronach.

Anna miała nadzieję, że przekroczyła już wiek rumieńców, lecz niewątpliwie nie przekroczyła jeszcze wieku wzruszeń.

– Może nie słyszałaś jeszcze o tym, pani, że się ożenił – dodała pani Croft.

Teraz mogła wreszcie odpowiedzieć, jak powinna, a kiedy następne słowa pani Croft wyjaśniły, że mówiła o pastorze Wentworcie, Anna była szczęśliwa, że nie powiedziała czegoś, co pasowałoby tylko do jednego z braci. Natychmiast zdała sobie sprawę, że jest rzeczą oczywistą, iż pani Croft mówi i myśli o Edwardzie, nie o Fryderyku, i wstydząc się własnego zapominalstwa, z odpowiednim zainteresowaniem zaczęła wypytywać, co się dzieje u dawnego ich sąsiada.

Dalsza rozmowa upłynęła spokojnie. Dopiero kiedy goście zaczęli się zbierać do wyjścia, usłyszała, jak admirał mówi do Mary:

– Spodziewamy się wkrótce u nas brata mojej żony; przypuszczam, że znany jest pani z nazwiska.

Tu przerwały mu gwałtowne ataki malców, którzy przywarli do niego jak do starego przyjaciela, oświadczając, że go nie puszczą, i zbytnio był zajęty propozycjami, że zabierze ich ze sobą w kieszeniach, i tak dalej, by znaleźć chwilę na zakończenie czy też przypomnienie sobie tego, o czym mówił. Anna musiała więc tłumaczyć sobie, jak umiała, że na pewno wciąż idzie o tego samego brata. Nie mogła jednak być co do tego zupełnie pewna i chętnie by usłyszała, czy we dworze o tym nie mówiono, tam bowiem Croftowie złożyli najpierw wizytę, nim przyjechali do dworku.

Rodzina ze dworu miała spędzić ten wieczór u młodego małżeństwa, a że nie była to odpowiednia pora roku, by na takie wizyty przychodzić piechotą, zebrani w pokoju zaczęli nasłuchiwać turkotu powozu, kiedy weszła młodsza panna Musgrove. Pierwszym przykrym przypuszczeniem było, że przyszła się tłumaczyć i przepraszać ich za to, iż będą musieli samotnie spędzić wieczór, i Mary przygotowana już była na afront, kiedy Luiza wyjaśniła wszystko, mówiąc, że przyszła piechotą, chcąc zostawić w powozie miejsce na harfę wiezioną przez pozostałych.

– I powiem wam, o co chodzi – dodała – i w ogóle wszystko. Przyszłam, by was przestrzec, że tatuś i mama są dzisiaj w okropnych nastrojach, a zwłaszcza mama; ciągle myśli o biednym Ryszardzie! Zdecydowaliśmy więc, że najlepiej będzie wziąć harfę, bo ona bardziej lubi harfę niż klawikord. Powiem wam, dlaczego jest taka smutna. Kiedy dziś rano przyjechali Croftowie – potem byli tutaj, prawda? – to powiedzieli mimochodem, że ich brat, kapitan Wentworth, powrócił właśnie do Anglii czy też jest spensjonowany, czy coś tam, i przyjeżdża do nich niemal zaraz. No i nieszczęsnym zbiegiem okoliczności mamie przyszło po ich odjeździe do głowy, że nazwisko Wentworth – czy jakieś podobne – to nazwisko byłego kapitana biednego Ryszarda. Nie wiem, kiedy ani gdzie biedak pod nim służył, ale na długi czas przed śmiercią. Zaczęła przeglądać listy i papiery i stwierdziła, że wszystko się zgadza. Teraz jest już pewna, że to ten sam kapitan, i przez cały czas myśli tylko o tym i o biednym Ryszardzie. Musimy więc być bardzo weseli, żeby nie dopuszczać do niej wspomnień o tych ponurych sprawach.

Ten patetyczny rozdział historii rodziny Musgrove'ów wyglądał w rzeczywistości tak, że mieli oni nieszczęście posiadać bardzo nieudanego syna, który przysparzał im wielu zmartwień, oraz szczęście stracić go, nim dożył dwudziestu lat; że posłano go na morze, ponieważ na lądzie był niesforny i głupi; że cała rodzina niewiele o niego dbała, bo też i nie zasługiwał na nic więcej; że nieczęsto o nim słyszano i krótko opłakiwano, kiedy przed dwoma laty wiadomość o jego śmierci za granicą dotarła do Uppercross.

W istocie – chociaż siostry robiły teraz dla niego wszystko, co mogły, nazywając go biednym Ryszardem – był to tępy, nieczuły próżniak Dick Musgrove, który nigdy za życia czy po śmierci nie zasłużył sobie na nic więcej niż na skrót swego imienia.

Przez kilka lat żeglował po morzu, przeżył liczne zmiany okrętów i dowódców, zmiany częste w życiu podchorążych marynarki, zwłaszcza takich, których każdy kapitan pragnie się pozbyć, i służył przez sześć miesięcy na pokładzie fregaty kapitana Fryderyka Wentwortha, „Lakonia", z której to „Lakonii" pod wpływem owego kapitana napisał jedyne dwa listy, jakie rodzice otrzymali odeń przez cały okres jego nieobecności w domu, a ściśle mówiąc, jedyne bezinteresowne listy, ponieważ wszystkie pozostałe były tylko prośbami o pieniądze.

W każdym z tych listów mówił dobrze o swoim kapitanie, lecz oni tak nie przywykli przywiązywać wagi do podobnych spraw, tak mało byli ich ciekawi, tak mało poświęcali uwagi nazwom okrętów i ludziom, że w owym czasie nazwisko to nie utkwiło im w głowie, toteż fakt, iż tego właśnie dnia nazwisko Wentworth zwróciło uwagę pani Musgrove jako coś, co miało związek z jej synem, wydawał się jednym z owych zdarzających się czasem niezwykłych przebłysków pamięci.

Przejrzała korespondencję i znalazła w niej potwierdzenie swoich przypuszczeń, a ponowna lektura listów po tak długiej przerwie – teraz, kiedy jej nieszczęsny syn odszedł już na zawsze, a jego wady uległy zapomnieniu – ogromnie ją wzruszyła i pogrążyła w większym żalu po Ryszardzie niż wówczas, kiedy dowiedziała się o jego śmierci. Pan Musgrove, w mniejszym, co prawda, stopniu, był również poruszony i kiedy przyjechali do dworku, widać było, że przede wszystkim potrzebują kogoś, komu mogliby się zwierzyć, a poza tym szukają ulgi, jaką może dać pogodne towarzystwo.

Nowym rodzajem próby dla nerwów Anny było wysłuchiwanie długiej rozmowy na temat kapitana Wentwortha; imię jego powtarzano bez ustanku, rozważając w pamięci minione lata, zapewniając, że to bardzo możliwe, że prawie pewne, iż okaże się tym samym kapitanem Wentworthem, którego, jak sobie przypomnieli, poznali już niegdyś i widzieli kilka razy po powrocie z Clifton – bardzo przystojny młody człowiek, ale nie umieli powiedzieć, czy to było siedem czy osiem lat temu. Anna doszła do wniosku, że musi uodpornić się na tego rodzaju doświadczenia. Jeżeli oczekiwany jest w najbliższym czasie w tej okolicy, musi być przygotowana na podobne przeżycia. A okazało się, że nie tylko jest tu oczekiwany w najbliższym czasie, ale że państwo Musgrove'owie, pełni wdzięczności za dobroć, jaką okazał biednemu Dickowi, oraz najwyższego szacunku dla osoby kapitana – o którego zaletach świadczyło to, iż Dick przez sześć miesięcy znajdował się pod jego opieką i mówił o nim z wielkim, aczkolwiek nieortograficznym, uznaniem, że jest to „pszystojny", elegancki jegomość, tylko że trochę piła jako „przełorzony" – postanowili natychmiast po jego przyjeździe złożyć mu wizytę i zyskać jego przyjaźń.

Ta decyzja pozwoliła im znaleźć pociechę tego wieczoru.

Rozdział VII

Upłynęło kilka dni i przyszła wiadomość, że kapitan Wentworth przyjechał do Kellynch; pan Musgrove złożył mu wizytę i wrócił, wynosząc go pod niebiosa – zaprosił kapitana, razem z Croftami, pod koniec tygodnia na kolację. Był ogromnie zawiedziony, stwierdziwszy, że nie można ustalić wcześniejszej daty, gdyż pilno mu było, by okazać kapitanowi Wentworthowi wdzięczność, przyjmując go pod swoim dachem i racząc wszystkim, co miał najlepszego i najmocniejszego w piwnicy. Ale musiał upłynąć tydzień – zaledwie tydzień, podług rachuby Anny – a potem będą się już musieli spotkać. Wkrótce zaczęła pragnąć, by mogła się czuć bezpieczna choćby przez ten jeden tydzień.

Kapitan Wentworth bardzo szybko rewizytował pana Musgrove'a, a ona, niewiele brakowało, byłaby wtedy we dworze. Wybierała się z Mary do starszych państwa Musgrove'ów, gdzie, jak się później dowiedziała, musiałaby nieuchronnie spotkać kapitana Wentwortha, kiedy zatrzymał je groźny wypadek starszego synka Mary, którego przyniesiono do domu. Stan dziecka całkowicie wykluczył myśli o wizycie, lecz Anna nie mogła myśleć obojętnie o tym, czego uniknęła, mimo niepokoju, jaki ją ogarnął z powodu malca.

Okazało się, że chłopiec ma zwichnięty obojczyk oraz uraz kręgosłupa, co wzbudziło poważne obawy. Było to straszne popołudnie: Anna musiała robić wszystko jednocześnie – słać po felczera; odszukać i zawiadomić ojca dziecka; podtrzymywać na duchu matkę i nie pozwolić jej wpaść w histerię; dopilnować służby; zabrać z pokoju młodsze dziecko; pielęgnować i pocieszać cierpiącego chłopca, a poza tym natychmiast, gdy sobie o tym przypomniała, wysłać do dworu wiadomość, która spowodowała powiększenie liczby przerażonych i dopytujących się o wszystko osób, a nie użytecznych pomocników.

Pierwszą pociechą był dla niej powrót szwagra – najlepiej umiał zająć się żoną. Drugim błogosławieństwem było nadejście felczera. Póki nie przyszedł i nie zbadał dziecka, niepewność pogarszała ich obawy; podejrzewali jakieś ciężkie obrażenia, nie wiedzieli tylko jakie. Po przyjściu felczera obojczyk został szybko nastawiony i chociaż pan Robinson badał i badał, i masował, i spoglądał bardzo poważnie, i mówił do ciotki i ojca bardzo cichym głosem, we wszystkich wstąpiła otucha i mogli zjeść kolację z jakim takim spokojem. Właśnie wtedy, tuż przed wyjściem, dwie młode ciocie zdołały odejść na chwilę od tematu zdrowia bratanka, by powiedzieć o rewizycie kapitana Wentwortha – zostały też jeszcze pięć minut po wyjściu rodziców, by mówić, jak bardzo są nim zachwycone, o ile jest, w ich pojęciu, przystojniejszy i sympatyczniejszy od wszystkich znajomych panów, dotychczas przez nie wyróżnianych; z jaką radością usłyszały, że tatuś zaprasza go na kolację, jak im było przykro, kiedy powiedział, że niestety, nie może; jakie były zadowolone, kiedy na natarczywe zaproszenia mamy i papy obiecał przyjść do nich na kolację jutro, naprawdę jutro! A przyrzekł to w taki miły sposób, jakby właściwie zrozumiał motywy okazywanych mu względów. Krótko mówiąc, jego wygląd i każde słowo odznaczały się tak niesłychanym wdziękiem, że – mówią świętą prawdę – obu im zawrócił w głowie! Z tymi słowy pobiegły równie radosne, jak zakochane i najwyraźniej bardziej przejęte kapitanem Wentworthem niż małym Karolkiem.

Ta sama historia i te same zachwyty powtórzyły się, kiedy obie panny przyszły z ojcem o zmroku, by się dowiedzieć o zdrowie malca. Kiedy pan Musgrove uspokoił się co do stanu zdrowia swego spadkobiercy, potwierdził pochlebne słowa córek, pochwały oraz nadzieję, że nie trzeba będzie odkładać zaproszenia kapitana Wentwortha, przykro mu tylko, że towarzystwo z dworku nie będzie zapewne chciało zostawić chłopczyka samego, by poznać kapitana. Och, nie, jeśli idzie o pozostawienie malca, to było nie do pomyślenia zarówno dla ojca, jak i dla matki, którzy zbyt niedawno i zbyt silnie przeżyli niepokój o dziecko; Anna zaś uradowana, że udało jej się uniknąć spotkania, mogła tylko najgoręcej przyłączyć się do tych protestów.

Lecz nieco później Karol Musgrove okazał większą ochotę na wyjście. Dziecko czuje się tak dobrze, a on tak bardzo chciałby zostać przedstawiony kapitanowi Wentworthowi, że, być może, przyłączy się wieczorem do towarzystwa we dworze – kolację zje w domu, ale ewentualnie wpadnie do rodziców na pół godzinki. Lecz tu zaoponowała energicznie jego żona:

– Och, nie, Karolu, nie zniosłabym, żebyś wychodził! Pomyśl tylko, niechby się coś stało!

Chłopczyk w nocy czuł się dobrze, a następnego dnia wszystko wyglądało jak najlepiej. Dopiero po jakimś czasie będzie można się upewnić, czy kręgosłup nie został uszkodzony, lecz pan Robinson nie widział powodów do niepokoju, wskutek czego Karol Musgrove nabierał przekonania, że wcale nie musi pozostawać w domu. Dziecko miało leżeć w łóżku i bawić się jak najspokojniej, więc cóż tu dla ojca do roboty? To wyłącznie sprawa kobiet, a byłoby z jego strony najwyższą niedorzecznością zamykać się w domu, kiedy nie ma z tego żadnego pożytku. Ojciec bardzo chciał, by poznał kapitana Wentwortha, a ponieważ nie istnieją żadne poważne przeciwko temu obiekcje, powinien iść. Zakończył śmiałym publicznym oświadczeniem po powrocie z polowania, że zamierza natychmiast się przebrać i iść na kolację do domu rodziców.

– Z dzieckiem nie może być lepiej, niż jest – powiedział – powiadomiłem więc właśnie przed chwilą ojca, że przyjdę, a on przyznał mi całkowitą słuszność. Nie mam żadnych skrupułów, moja droga, bo przecież jest przy tobie twoja siostra. Ty sama nie chciałabyś zostawić dziecka, ale widzisz przecież, że jestem do niczego niepotrzebny. Anna pośle po mnie natychmiast, gdyby się tylko coś stało.

Mężowie i żony wiedzą, na ogół, kiedy wszelki opór jest daremny. Ze sposobu, w jaki Karol mówił, Mary zrozumiała, że postanowił iść i że dokuczanie mu na nic się nie zda. Nie powiedziała więc ani słowa, dopóki nie wyszedł z pokoju, lecz gdy pozostała sam na sam z Anną, wybuchła:

– Widzisz, zostawia się ciebie i mnie, żebyśmy sobie radziły z tym nieszczęsnym chorym dzieckiem, i nikt nie zajrzy do nas przez cały wieczór! Wiedziałam, że tak będzie! Takie mam zawsze szczęście! Jeśli tylko dzieje się coś przykrego, mężczyzna zawsze się z tego wykręci, a Karol jest taki sam jak inni! Trzeba nie mieć serca! Muszę powiedzieć, że to naprawdę dowód braku serca, żeby tak uciekać od swego małego, biednego synka! I to gadanie, że małemu się polepsza! Skąd on może wiedzieć, że małemu się polepsza albo że za pół godziny nie będzie jakiejś nagłej zmiany? Nie przypuszczałam, że Karol może być taki nieczuły. Więc, proszę, on ma sobie iść i bawić się, a ja, dlatego że jestem biedną matką, muszę tu tkwić jak kołek. A przecież pewna jestem, że mniej niż ktokolwiek nadaję się do opieki nad dzieckiem! Właśnie dlatego, że jestem matką, nie powinno się narażać mnie na wzruszenia. Brak mi na to sił! Widziałaś, jak się wczoraj strasznie zdenerwowałam!

– Tylko dlatego, że tak się nagle przeraziłaś, to był wstrząs! Ale już koniec z histerią. Ufam, że nie będziemy miały więcej powodów do strapienia. Doskonale znam wskazówki pana Robinsona i nie obawiam się niczego. Doprawdy, Mary, trudno się dziwić twojemu mężowi. Pielęgnowanie chorych to nie jest męska sprawa, to sprawa wyłącznie kobieca. Chore dziecko to zawsze troska matki, przeważnie dyktują to jej uczucia.

– Sądzę, że kocham moje dziecko tak jak każda matka, ale myślę, że w pokoju chorego nie większy ze mnie pożytek niż z Karola, bo przecież nie mogę ustawicznie łajać i napominać małego, kiedy leży chory; sama widziałaś dziś rano, że za każdym razem, kiedy mu powiadam, by leżał spokojnie, on natychmiast zaczyna się kręcić i rozkopywać. Nie mam nerwów do tego.

– Ale czy mogłabyś spędzić spokojnie cały wieczór z dala od swego biednego dziecka? Nie denerwowałabyś się?

– Mogłabym. Jeśli jego ojciec może, to dlaczegóż bym ja nie mogła? Jemima jest taka uważna. I mogłaby nam co godzina przysyłać wiadomości, jak on się miewa. – Doprawdy, moim zdaniem Karol mógł powiedzieć ojcu, że przyjdziemy wszyscy. W tej chwili nie mam większych obaw o małego Karolka niż mój mąż. Wczoraj byłam okropnie przerażona, ale dzisiaj sprawa wygląda całkiem inaczej.

– No cóż, jeżeli uważasz, że jeszcze nie za późno posłać wiadomość o twoim przyjściu, to może idź z mężem. Zostaw dziecko pod moją opieką. Państwo Musgrove'owie na pewno nie będą mieli za złe, jeśli ja tu z nim zostanę.

– Mówisz serio?! – krzyknęła Mary, a oczy jej rozbłysły. – Boże wielki! To świetna myśl, doprawdy, świetna myśl! Prawdę mówiąc, równie dobrze mogę iść, jak nie iść, bo w domu do niczego nie jestem przydatna. I tylko się denerwuję. Ty jesteś o wiele właściwszą osobą, ty nie wiesz, co to uczucie matki. Potrafisz zmusić tego malca do wszystkiego, on słucha każdego twojego słowa. O wiele lepiej będzie tak, niż zostawiać go tylko z Jemimą. Och, pójdę oczywiście; myślę, że powinnam iść, jeśli tylko mogę, tak samo jak Karol, bo oni bardzo chcieli, bym poznała kapitana Wentwortha, a ty się wcale nie zmartwisz, zostając tutaj sama! Cóż to za znakomita myśl, Anno! Pójdę powiedzieć o tym Karolowi i natychmiast się ubiorę. Wiesz oczywiście, że możesz po nas posłać i że przyjdziemy natychmiast, jeśli tylko będzie trzeba, ale jestem przekonana, że nie będziesz miała powodów do niepokoju. Zapewniam cię, że nie poszłabym, gdybym nie była zupełnie spokojna o moje kochane dziecko!

W następnej chwili pukała już do garderoby męża, a Anna, idąc za nią na górę, zdążyła wysłuchać całej rozmowy, którą zaczęła Mary głosem pełnym radosnego uniesienia.

– Idę z tobą, Karolu, bo tak samo jak ty do niczego w domu nie jestem potrzebna. Gdybym się nawet zamknęła na dobre z tym dzieckiem, nie potrafiłabym go zmusić do robienia czegoś, na co nie ma ochoty. Anna zostanie. Anna postanowiła zostać w domu i zaopiekować się małym. Sama to zaproponowała, więc ja pójdę z tobą i tak będzie o wiele lepiej, bo od wtorku nie jadłam kolacji u teściów.

– To niezwykle uprzejme ze strony Anny – odpowiedział jej mąż – i bardzo bym się cieszył z twojego towarzystwa, ale wydaje mi się trochę niesprawiedliwe, żeby ona miała sama zostawać w domu i pielęgnować nasze chore dziecko.

Anna była w pobliżu i mogła sama zabrać głos, a zrobiła to tak przekonywająco, że szwagier szybko ustąpił, zwłaszcza że to ustępstwo było mu wcale miłe. Pozbył się skrupułów co do tego, by została sama na kolacji, choć prosił, by przyłączyła się do nich na resztę wieczoru, kiedy chory zaśnie spokojnie i nalegał serdecznie, by pozwoliła mu po nią przyjechać. Nie zdołał jej jednak przekonać i Anna zobaczyła wkrótce z zadowoleniem, jak małżeństwo wyjeżdża razem w najlepszych humorach. Miała nadzieję, że będą się dobrze bawić tego wieczoru, choć ta dobra zabawa mogłaby się wydawać czymś co najmniej zdumiewającym. Jeśli zaś idzie o nią samą, pozostawiono ją z największą pociechą, jaka mogła przypaść jej w udziale. Wiedziała, że jest potrzebna i pomocna dziecku – czymże więc był fakt, że Fryderyk Wentworth znajduje się ledwie o milę i zdobywa sobie sympatię całego towarzystwa!

Chciałaby wiedzieć, co czuł na myśl o ich ewentualnym spotkaniu. Może było mu obojętne, jeśli w podobnych przypadkach obojętność jest możliwa. Musiał być albo obojętny, albo niechętny. Gdyby chciał ją zobaczyć, nie potrzebowałby czekać tak długo – zrobiłby to, co ona zrobiłaby na pewno na jego miejscu już dawno, kiedy wypadki pozwoliły mu wcześnie zdobyć niezależność, jedyną rzecz, jakiej im brakowało.

Szwagier i siostra wrócili zachwyceni zarówno nowym znajomym, jak i całą wizytą. Muzyka, śpiewy, rozmowy i śmiechy – wszystko było przemiłe; kapitan Wentworth ma czarujące maniery, ani śladu nieśmiałości czy rezerwy; wszystkim się wydawało, że znają się od lat – już jutro rano wybiera się polować z Karolem. Ma przyjechać na śniadanie, ale nie do dworku, choć taka była pierwsza propozycja, ale zaczęto potem nalegać, by przyszedł do dworu, a że on bał się przeszkadzać pani Karolowej przy chorym dziecku, wszystko więc skończyło się na tym – nawet sami nie bardzo wiedzą, jak to się stało – że Karol ma się z nim spotkać na śniadaniu u ojca.

Anna zrozumiała. Chce uniknąć spotkania z nią. Okazało się, że zapytał o nią dość lekko, tak jak się pyta o dawną niezbyt bliską znajomą, przyznając się do znajomości na tyle, na ile znajoma się przyznała, ożywiony zapewne tym samym co i ona pragnieniem, aby uniknąć prezentacji przy pierwszym spotkaniu.

Poranne zajęcia we dworku zaczynały się zawsze później niż we dworze, następnego zaś dnia różnica okazała się tak wielka, że Mary i Anna siadały dopiero do śniadania, kiedy wszedł Karol, by im powiedzieć, iż właśnie wyruszają na polowanie, że przyszedł po psy, że jego siostry idą za nim z kapitanem Wentworthem, gdyż chcą odwiedzić Mary i bratanka, a kapitan Wentworth zaproponował, że złoży jej na chwilę swe uszanowanie, jeśli tym nie sprawi kłopotu, i chociaż on, Karol, zapewniał go, że w obecnym stanie dziecka wizyta nie będzie kłopotem, kapitan nalegał, by Karol poszedł przodem i uprzedził panią domu.

Mary, bardzo zadowolona z okazywanych jej względów, radośnie przyjęła wiadomość, Annę zaś ogarnęły tysiące uczuć, z których najbardziej pocieszająca była myśl, że wszystko się natychmiast skończy. Rzeczywiście skończyło się szybko. Dwie minuty po zapowiedzeniu zjawiła się reszta gości; znaleźli się w salonie. Wzrok jej na moment spotkał jego wzrok; ukłon, dyg; słyszała jego głos – mówił do Mary, powiedział wszystko, co należało powiedzieć; zamienił z pannami Musgrove kilka słów – dość, by zauważyć, że są na całkiem swobodnej stopie; pokój wydawał się pełen, pełen głosów i ludzi, ale w kilka minut całe zamieszanie się skończyło. Karol ukazał się w oknie, wszystko już było gotowe, gość skłonił się i wyszedł; obie panny Musgrove wyszły również, postanawiając nagle, że odprowadzą myśliwych na kraniec wioski; pokój opustoszał i Anna mogłaby kończyć śniadanie, gdyby była do tego zdolna.

„Skończyło się! Skończyło! – powtarzała sobie ustawicznie w nerwowym zadowoleniu. – Najgorsze mam już za sobą".

Mary coś mówiła, lecz Anna nie słyszała. Widziała go. Spotkali się. Znowu znaleźli się w tym samym pokoju.

Wkrótce jednak zaczęła sama siebie przekonywać i tłumaczyć, że powinna mniej się całą sprawą przejmować. Osiem lat, blisko osiem lat upłynęło od zakończenia wszystkiego. Cóż to za niedorzeczność wracać do uczuć, które po tylu latach usunięte zostały w mrok i niepamięć. Czegóż nie może dokonać osiem lat? Najróżniejsze wypadki, zmiany, rozłąki, odejścia – wszystko, wszystko może się pomieścić w ośmiu latach – i zapomnienie przeszłości – jakież to naturalne i jakie oczywiste. Przecież to prawie trzecia część jej życia.

Lecz niestety, pomimo przekonywania samej siebie stwierdziła, że dla wiernych uczuć osiem lat może znaczyć niewiele więcej niż nic.

A jak można było odczytać jego uczucia? Czy wydawało się, że pragnie jej unikać? W następnej chwili nienawidziła siebie za szaleństwo, które podsuwało takie pytania.

Zaoszczędzono jej niepewności co do odpowiedzi na jedno przynajmniej pytanie, które musiałaby postawić, choćby była nie wiadomo jak mądra; kiedy bowiem panny Musgrove wróciły, chcąc zakończyć swą wizytę we dworku, Mary, niepytana, przekazała jej następującą wiadomość:

– Kapitan Wentworth niezbyt jest wobec ciebie szarmancki, Anno, choć mnie tyle okazuje względów. Kiedy stąd wyszli, Henrietta zapytała, co o tobie myśli, a on odpowiedział, żeś zmieniona nie do poznania.

Choć Mary pozbawiona była uczuć, które nakazywałyby jej szacunek dla uczuć siostry, w tym momencie naprawdę nie podejrzewała, że rani ją tak boleśnie.

„Zmieniona nie do poznania!" Anna poddała się, upokorzona. Oczywiście, że tak – nie może mu jednak odpłacić tym samym, bo on wcale się nie zmienił, w każdym razie nie zmienił się na niekorzyść. Zdała sobie z tego sprawę w pierwszej chwili i nie mogła teraz zmienić zdania, choćby on nie wiem jak źle o niej myślał. Nie – lata, które zniszczyły jej młodość i świeżość, jego obdarzyły tylko gorętszym, bardziej męskim i otwartym spojrzeniem, które wcale nie umniejszało jego urody. Patrzyła na tego samego Fryderyka Wentwortha.

„Zmieniona nie do poznania!" Te słowa ustawicznie dźwięczały jej w uszach. Lecz wkrótce zaczęła się cieszyć, że je usłyszała. Miały w sobie coś otrzeźwiającego, łagodziły podniecenie, uspokajały – a w rezultacie pewno przyniosą ulgę.

Fryderyk Wentworth użył tych lub podobnych słów, nie wiedząc, że do niej dotrą. Uważał, że się straszliwie zmieniła, i w pierwszej chwili, usłyszawszy pytanie, powiedział to, co myślał. Nie wybaczył Annie Elliot. Skrzywdziła go, porzuciła, sprawiła mu zawód – gorzej, czyniąc tak, wykazała słabość charakteru, nieznośną dla niego, tak silnego duchem. Porzuciła go, by zadowolić innych. Taki był skutek uporczywych perswazji. Okazała się słaba i bojaźliwa.

Był do niej najgoręcej przywiązany i od owego czasu nie spotkał kobiety, która, w jego mniemaniu, dorównywałaby Annie Elliot, ale nic oprócz dość oczywistej ciekawości nie kazało mu pragnąć ponownego z nią spotkania. Nie miała już nad nim żadnej władzy.

Teraz zamierzał się ożenić. Był bogaty, a wróciwszy na ląd, miał ochotę osiąść gdzieś na stałe, jeśli coś go będzie pociągało. Rozglądał się wokół, gotów zakochać się natychmiast, kiedy mu na to pozwoli trzeźwa głowa i wyrobiony gust. Mógł oddać swoje serce jednej z panien Musgrove, jeśli potrafiłaby je zdobyć; krótko mówiąc, mógł oddać swoje serce każdej miłej młodej pannie, jaką spotka na swej drodze, każdej, z wyjątkiem Anny Elliot. Ona stanowiła jedyny sekretny wyjątek w tym, co mówił siostrze, odpowiadając na jej sugestie.

– Tak, Zofio, gotów jestem na szalony jakiś ożenek. Każda pomiędzy szesnastym a trzydziestym rokiem życia może mnie mieć bez trudu. Nieco urody, parę uśmiechów, kilka komplementów dla marynarki wojennej i jestem zgubiony. Czy to nie powinno wystarczyć marynarzowi, który zbyt mało przebywał w towarzystwie kobiet, by się umieć podobać?

Wiedziała, że mówi to, by usłyszeć zaprzeczenie. Jego jasne dumne oczy mówiły o szczęśliwej pewności własnego uroku; Anna Elliot musiała jednak kryć się w jego myślach, kiedy opisywał kobietę, jaką pragnąłby spotkać. „Silny umysł i łagodne obejście" – taki był początek i koniec owego opisu.

– Takiej kobiety potrzebuję – powiedział. – Oczywiście zgodzę się na coś odrobinę gorszego, ale niewiele gorszego. Jeśli ze mnie głupiec, to wielki głupiec, bom się głębiej nad tą sprawą zastanawiał niż większość mężczyzn.

Rozdział VIII

Od tej chwili kapitan Wentworth i Anna Elliot spotykali się nieustannie w tym samym gronie. Niebawem jedli wspólnie kolację u państwa Musgrove'ów, stan siostrzeńca bowiem nie mógł dłużej dawać pretekstu do wymawiania się od przyjścia – a była to tylko pierwsza z wielu kolacji i wizyt.

Przyszłość pokaże, czy mogą odżyć dawne uczucia. Minione czasy muszą przecież przyjść na pamięć obydwojgu; nie można do nich nie powrócić; on będzie musiał wspomnieć rok ich zaręczyn w krótkich wypowiedziach czy opisach, jakich wymagać będzie rozmowa. Jego zawód, jego skłonności kazały mu rzucać takie uwagi: „To stało się w roku szóstym. Tamto wydarzyło się, nim ruszyłem na morze w roku szóstym" – te słowa padły podczas pierwszego ich wspólnego wieczoru, a chociaż głos mu nie zadrżał i chociaż Anna nie miała powodu przypuszczać, by wzrok jego, gdy to mówił, skierował się ku niej, wiedziała, znając sposób jego rozumowania, że musiały w nim, tak jak i w niej, wywołać wspomnienia. Myśli musiały kojarzyć się w podobny sposób, lecz Anna nie sądziła, by sprawiały obojgu jednakowy ból.

Nie podjęli żadnej wspólnej rozmowy, nic oprócz tego, czego wymagała elementarna uprzejmość. A kiedyś stanowili dla siebie tak wiele! Teraz nic zgoła. Były czasy, kiedy znajdując się pośród tak licznego towarzystwa jak to, które obecnie wypełniało salon Uppercross, mieliby największe trudności, by przestać ze sobą rozmawiać. Z wyjątkiem, być może, admirała i pani Croft, którzy robili wrażenie niezwykle do siebie przywiązanych i szczęśliwych (Anna nie znała innych wyjątków nawet wśród par małżeńskich), nie było dwóch serc tak wzajemnie otwartych, gustów tak podobnych, uczuć tak jednakowych, twarzy tak bardzo kochanych. Teraz byli sobie obcy; nie, nawet gorzej niż obcy, nigdy bowiem nie staną się sobie znajomi. Była to wieczna obcość.

Kiedy mówił, słyszała ten sam głos i rozpoznawała ten sam sposób myślenia. Całe towarzystwo niewiele się znało na sprawach morskich, wszyscy więc wypytywali o nie często, zwłaszcza zaś obie panny Musgrove, które niemal nikogo poza kapitanem nie widziały. Pytano go o życie na okręcie, o codzienny regulamin, jedzenie, rozkład dnia i tak dalej, a zdumienie, jakie okazywano, słuchając jego wyjaśnień, słysząc, jak wiele udogodnień i jak dobra organizacja może być na statku, skłaniało go do dobrodusznych kpin, które przypominały Annie o dawnych dniach, kiedy to i ona nic o tym wszystkim nie wiedziała, i ona zwykła wyobrażać sobie, że marynarze żyją na statku, nie mając nic do jedzenia, a nawet jeśli mają, to brak im kucharza, który by to ugotował, służącego, który by podał, oraz noży i widelców na stole.

Kiedy tak słuchała i rozmyślała, zbudził ją szept pani Musgrove, która, w przypływie żalu i wzruszenia, nie mogła się powstrzymać od słów:

– Ach, droga panno Anno, gdyby niebo zechciało oszczędzić mego biednego syna, to powiadam, że dzisiaj byłby kropka w kropkę taki sam.

Anna stłumiła śmiech i słuchała uprzejmie, jak pani Musgrove folguje swemu sercu, dlatego też przez kilka minut nie słyszała ogólnej konwersacji. Kiedy znowu zaczęła śledzić tok rozmowy, stwierdziła, że panny Musgrove przyniosły właśnie biuletyn marynarki wojennej (własny, pierwszy, jaki kiedykolwiek znalazł się w Uppercross) i zasiadły wspólnie, by go wertować z jawnym zamiarem wynalezienia okrętów, którymi dowodził kapitan Wentworth.

– Pierwszy okręt to była „Osika", prawda, kapitanie? Poszukamy tutaj „Osiki".

– Nie znajdziesz jej tu, pani. Rozlatywała się zupełnie i poszła na rozbiórkę. Byłem jej ostatnim dowódcą. Już wtedy nie bardzo się nadawała do pływania. Uznana została za przydatną do przybrzeżnej żeglugi jeszcze przez rok czy dwa, wobec tego wysłali mnie do Indii Zachodnich.

Dziewczęta wyglądały jak uosobienie zdumienia.

– Admiralicja – ciągnął – zabawia się od czasu do czasu wysyłaniem kilkuset ludzi na okręcie nienadającym się całkowicie do służby. Muszą podejmować decyzje tyczące tak wielu okrętów, że nie są w stanie dokonać wyboru spośród tysięcy załóg, które równie dobrze mogą pójść na dno, jak nie pójść, tej akurat załogi, której najmniej będzie szkoda.

– Niedorzeczność! – krzyknął admirał. – Co za głupstwa wygadują ci młodzi! Trudno było o lepszy slup niż „Osika" w swoim czasie. Nie znalazłbyś równego pośród dawno budowanych żaglowców. Miałeś szczęście, że ją dostałeś. On wie, że musiało się wraz z nim ubiegać o ten statek ze dwudziestu lepszych od niego. Miał chłopak szczęście, że tak szybko dostał okręt przy tak małych znajomościach.

– Zdawałem sobie sprawę z tego szczęścia, zapewniam cię, admirale – odparł poważnie kapitan. – Byłem ponad wszelką miarę zadowolony z mojej nominacji. Ogromnie wówczas pragnąłem znaleźć się na morzu... gorąco pragnąłem! Bardzo chciałem coś robić.

– Oczywista, oczywista! Cóż młody człowiek taki jak ty mógł mieć do roboty na lądzie przez całe pół roku? Jak się nie ma żony, to się chce natychmiast wracać na morze.

– Ale, kapitanie! – zawołała Luiza. – Jakże okropnie musiałeś się zdenerwować, kiedy przyjechawszy na „Osikę", zobaczyłeś, jaki stary okręt ci dali.

– Wiedziałem przedtem doskonale, jak ona wygląda – odparł z uśmiechem. – Nie oczekiwały mnie żadne dodatkowe niespodzianki; podobnie jak ty, pani, nie zdziwiłabyś się fasonem i stanem starej pelisy, która od najdawniejszych czasów krążyła wypożyczana przez połowę twoich przyjaciółek, a którą wreszcie pewnego dżdżystego dnia pożyczono tobie. Ach, bardzo lubiłem tę kochaną starą „Osikę". Robiła wszystko, czego od niej chciałem. Wiedziałem, że będzie mnie słuchać! Wiedziałem, że albo razem pójdziemy na dno, albo ona przyniesie mi powodzenie: przez cały czas, kiedy na niej pływałem, nie miałem dwóch dni złej pogody. Kiedy zebrałem tylu kaprów, by stać się atrakcyjny, poszczęściło mi się i w drodze powrotnej następnego lata wpadłem na tę właśnie fregatę francuską, na którą miałem chrapkę. Przyprowadziłem ją do Plymouth. Oto jeszcze jeden dowód szczęścia. Od sześciu zaledwie godzin znajdowaliśmy się w cieśninie, kiedy zerwał się sztorm, który trwał cztery dni i noce i który w ciągu połowy tego czasu uporałby się z biedną starą „Osiką", a bliskość Wielkiego Narodu nic by nam wtedy nie pomogła. Dwadzieścia cztery godziny później byłbym tylko „dzielnym kapitanem Wentworthem" z małej notatki w rogu gazety, a że zginąłbym tylko na slupie, nikt by o mnie nie myślał.

Anna zadrżała skrycie, lecz obie panny Musgrove mogły równie jawnie, jak szczerze wyrazić swe współczucie i przerażenie.

– I wtedy zapewne – powiedziała pani Musgrove cichym głosem, jakby myślała głośno – wtedy zapewne przeniósł się na „Lakonię" i tam zetknął się z naszym kochanym chłopcem.

– Karolu, mój drogi – tu dała mu znak, by podszedł bliżej – zapytaj kapitana Wentwortha, kiedy to po raz pierwszy spotkał się z twoim bratem. Zawsze zapominam.

– To było w Gibraltarze, mamo, wiem. Chory Dick został w Gibraltarze z listem polecającym od swego poprzedniego kapitana do kapitana Wentwortha.

– Och, ale, Karolu, powiedz panu kapitanowi, żeby nie bał się wspominać imienia Dicka w mojej obecności, bo nawet przyjemnie byłoby słuchać, jak o nim mówi taki bliski przyjaciel.

Karol, lepiej rozumiejąc, jak się zapewne miała sprawa, skinął tylko w odpowiedzi głową i odszedł.

Dziewczęta zaczęły teraz szukać „Lakonii", a kapitan Wentworth nie mógł odmówić sobie przyjemności i wziął cenny tom we własne ręce, by oszczędzić pannom kłopotu i raz jeszcze odczytać na głos krótką notatkę o nazwie okrętu, jego klasie i o wycofaniu go ze służby, mówiąc przy tym, że był to również jeden z jego najlepszych przyjaciół.

– Ach, piękne to były dni, kiedy dowodziłem „Lakonią". Jak szybko zdobyłem majątek! Mój przyjaciel i ja odbyliśmy na niej wspaniały rejs na Wyspy Zachodnie. Biedak Harville, Zosiu! Sama wiesz, jak bardzo potrzebne mu były pieniądze, bardziej niż mnie. Miał żonę! Świetny chłop! Nigdy nie zapomnę, jaki był szczęśliwy! Przeżywał wszystko tak mocno właśnie ze względu na nią. Żałowałem, że go nie było ze mną następnego lata, kiedy szczęście dalej mi dopisywało na Morzu Śródziemnym.

– Niewątpliwie, drogi panie – wtrąciła pani Musgrove – dla nas dzień, w którym zostałeś kapitanem tego statku, był bardzo szczęśliwy. My nigdy nie zapomnimy, co uczyniłeś.

Wzruszenie sprawiło, że mówiła bardzo cicho, a kapitan Wentworth, słysząc tylko część jej słów i zapewne nie myśląc w ogóle o Dicku Musgrovie, spoglądał na nią trochę niepewnie, czekając na dalsze wyjaśnienia.

– Mój brat – szepnęła jedna z panien. – Mama myśli o biednym Ryszardzie.

– Kochany, nieszczęsny chłopiec – ciągnęła pani Musgrove. – Wyrósł na takiego rzetelnego człowieka i tak świetne pisał listy, gdy był pod twoją opieką, kapitanie. Ach, jakież by to było szczęście, gdyby się nie rozstał z tobą. Zapewniam cię, panie kapitanie, że ogromnie żałujemy jego odejścia od ciebie.

Podczas gdy to mówiła, na twarzy kapitana Wentwortha pojawił się na moment pewien wyraz – błysk oczu i skrzywienie pięknych ust – który upewnił Annę, że kapitan, zamiast podzielać dobre życzenia pani Musgrove tyczące jej syna, czynił kiedyś starania, by się go pozbyć – lecz był to zbyt przelotny objaw rozbawienia, by mógł go dostrzec ktokolwiek, kto nie znał kapitana tak jak ona. W następnej chwili był już poważny i opanowany; podszedł do sofy, na której siedziały Anna i pani Musgrove, usiadł przy zacnej damie i zaczął z nią rozmawiać o synu cichym głosem, a robił to ze współczuciem i niewymuszonym wdziękiem, które dowodziły jego życzliwości i względów dla wszystkiego, co w jej macierzyńskim uczuciu było szczere i rozsądne.

Siedzieli na tej samej sofie, gdyż pani Musgrove spiesznie zrobiła mu miejsce obok siebie – przedzielała ich tylko jej osoba. Nie była to mała przeszkoda, pani Musgrove bowiem była damą wcale korpulentną, o wiele odpowiedniej wyposażoną przez naturę do wyrażania radości i pogody niż przejęcia i wzruszenia, a ponieważ poruszenie, jakie wyrażała myśląca twarz Anny i jej wiotka postać, było całkowicie niewidoczne, trzeba z uznaniem podkreślić opanowanie, z jakim kapitan słuchał żałosnych jęków matrony nad losem syna, o którego za życia nikt nie dbał.

Tusza i duchowe cierpienie człowieka niekoniecznie do siebie przystają. Osoba o dużej, masywnej figurze ma całkowite prawo do głębokiej żałości, tak samo jak posiadaczka najwdzięczniejszych kształtów na świecie. Ale słusznie czy niesłusznie bywają nieodpowiednie połączenia, którym rozsądek na próżno będzie patronował, których dobry smak nie zniesie i które dosięgnie śmieszność.

Admirał, założywszy ręce do tyłu, przespacerował się kilka razy po pokoju, by rozprostować nogi, a przywołany do porządku głosem żony, podszedł do kapitana Wentwortha i nieświadom, jakiego rodzaju rozmowę przerywa, pogrążony tylko we własnych myślach, zaczął:

– Gdybyś o tydzień później był zeszłej wiosny w Lizbonie, Fryderyku, proszono by cię o przewiezienie lady Mary Grierson i jej córek.

– Naprawdę? Wobec tego cieszę się, że tam nie byłem o tydzień później.

Admirał zbeształ go za ten brak rycerskości. Kapitan bronił się – powiedział, że nigdy nie chciałby mieć dam na pokładzie swojego okrętu, chyba że byłby to bal czy wizyta, która zamknęłaby się w kilku godzinach.

– Ale – dodał – nie płynie to z braku rycerskości wobec dam. To raczej świadomość, że pomimo wszelkich wysiłków i poświęceń niemożliwe jest stworzenie damom na pokładzie takich warunków, jakie mieć powinny. To nie jest brak rycerskości, admirale, jeśli się ceni tak wysoko, jak ja to czynię, prawa kobiet do wszelkich osobistych wygód. Nie lubię słuchać o kobietach na pokładzie, nie lubię oglądać ich na pokładzie i żaden okręt pod moim dowództwem nie będzie nigdzie woził rodziny, w której są damy, jeśli tylko zdołam temu zapobiec.

To naraziło go na protest siostry:

– Och, Fryderyku! Nie mogę uwierzyć, że mówisz serio! Wszystko to zbędna galanteria! Kobieta może mieć na okręcie takie same wygody jak w najlepszym angielskim domu. Przecież mieszkałam na statku dłużej chyba niż jakakolwiek niewiasta i nie znam lepszych warunków niż na okręcie wojennym. Powiadam, że nie ma większych wygód i komfortu nawet w Kellynch Hall – tu miły ukłon ku Annie – ponad to, co znajdywałam na większości okrętów, na jakich mieszkałam, a było ich razem pięć.

– To nie ma z tym nic wspólnego – odparł jej brat. – Mieszkałaś tam z własnym mężem i byłaś jedyną kobietą na pokładzie.

– Ale przecież ty sam przewiozłeś panią Harville, jej siostrę, kuzynkę i troje dzieci z Portsmouth do Plymouth. Gdzie się wtedy podziała ta twoja nadzwyczajna, niebywała rycerskość?

– Roztopiła się pod wpływem przyjaźni, Zofio. Pomógłbym żonie każdego brata oficera i przywiózłbym każdą rzecz należącą do Harville'a z końca świata, jeśliby tego potrzebował. Ale uważam to za zło samo w sobie.

– Możesz mi wierzyć, że było im wszystkim bardzo wygodnie.

– Wcale bym ich za to bardziej nie lubił. Tyle kobiet i dzieci nie miało prawa czuć się wygodnie na okręcie.

– Kochany Fryderyku, mówisz całkiem od rzeczy. Powiedzże, cóż by się stało z nami, biednymi żonami marynarzy, które często pragną przenieść się z jednego portu do drugiego, gdyby wszyscy podzielali twoje poglądy?

– Widzisz przecież, siostro, że moje poglądy nie przeszkodziły mi przewieźć pani Harville i jej rodziny do Plymouth.

– Ale nie cierpię słuchać, kiedy mówisz tak, jakbyś był wytwornym pankiem i jakby wszystkie kobiety były wytwornymi damami, a nie istotami rozumnymi. Żadna z nas nie wyobraża sobie, że przez całe życie będzie żeglowała po spokojnych wodach.

– Och, moja kochana – uspokoił ją admirał – jak będzie miał żonę, to inaczej zaśpiewa. Kiedy się ożeni, to jeśli nam szczęście dopisze i dożyjemy następnej wojny, zobaczymy, że zachowa się tak samo jak ty i ja, i wiele innych małżeństw. Zobaczymy, jak będzie wdzięczny każdemu, kto mu przywiezie jego żonę.

– Och, niewątpliwie!

– Teraz się poddaję – odparł kapitan Wentworth. – Kiedy atakują mnie ludzie żonaci takimi powiedzeniami jak: „Och, inaczej będziesz myślał, kiedy się ożenisz", mogę odpowiedzieć im na to jedynie: „Nie, nie będę myślał inaczej", na co oni powiadają znowu: „Owszem, będziesz", i tak się rozmowa kończy.

Wstał i odszedł od sofy.

– Jaką też pani jest wielką podróżniczką! – zwróciła się pani Musgrove do pani Croft.

– Owszem. Dużo podróżowałam w ciągu piętnastu lat mojego małżeństwa, choć wiele kobiet ma nade mną przewagę w tym względzie. Czterokrotnie przepłynęłam Atlantyk, raz byłam w Indiach Wschodnich i z powrotem i raz odwiedziłam Cork, Lizbonę i Gibraltar, a poza tym pływałam do najróżniejszych portów wokół naszej wyspy. Ale nigdy nie wypłynęłam poza Cieśninę Florydy i nigdy nie byłam w Indiach Zachodnich. Nie nazywamy Bermudów i Wysp Bahama Indiami Zachodnimi, wie pani.

Pani Musgrove nie mogła temu zaprzeczyć; nie mogła sobie nawet zarzucić, że w ciągu całego życia w ogóle nazwała je w jakikolwiek sposób.

– I zapewniam drogą panią – ciągnęła pani Croft – że nic nie może przewyższyć udogodnień na okręcie wojennym; mówię oczywiście o okrętach wojennych wyższej klasy. Na przykład na fregacie mniej jest miejsca, chociaż każda rozsądna kobieta byłaby zupełnie szczęśliwa na pokładzie fregaty; mogę powiedzieć bez obawy, że najszczęśliwsze chwile mego życia przeżyłam na pokładzie okrętu. Kiedy byliśmy razem, nie mieliśmy się czego bać. Dzięki Bogu opatrzność obdarzyła mnie świetnym zdrowiem i żaden klimat mi nie szkodzi. Zawsze przez pierwsze dwadzieścia cztery godziny na morzu czuję się trochę nieswojo, ale później nie wiem, co to choroba morska. Jedyny okres, kiedy rzeczywiście cierpiałam na duszy i na ciele, jedyny okres, kiedy naprawdę wydawało mi się, że źle się czuję, czy też rozumiałam, co to strach, to zima, którą spędziłam sama w Deal, kiedy admirał – wówczas kapitan Croft – pływał po morzach północnych. Żyłam wówczas w bezustannym lęku i wciąż odczuwałam najróżniejsze wyimaginowane dolegliwości, wszystko dlatego, że nie wiedziałam, co ze sobą począć czy też, kiedy otrzymam od niego następną wiadomość; lecz jak długo byliśmy razem, nic mi nigdy nie dolegało i nigdy nie odczuwałam najmniejszych niewygód.

– Och, niewątpliwie! Tak, doprawdy, podzielam zdanie drogiej pani – brzmiała serdeczna odpowiedź pani Musgrove. – Nie ma nic gorszego nad rozłąkę. Całkowicie podzielam zdanie drogiej pani. Wiem, co to znaczy, bo pan Musgrove zawsze wyjeżdża na kwartalne sesje sądowe, a ja tak się cieszę, kiedy już tego koniec i on wraca do domu zdrów i cały.

Wieczór zakończono tańcami. Kiedy padła ta propozycja, Anna jak zwykle zaofiarowała swe usługi przy klawikordzie, i chociaż oczy jej od czasu do czasu napełniały się łzami, gdy tak siedziała przy instrumencie, była niezmiernie rada, że ma coś do roboty, i w zamian za to pragnęła tylko, by na nią nie zwracano uwagi.

Był to wesoły, radosny wieczór, a w najwyśmienitszym humorze był chyba kapitan Wentworth. Anna wiedziała, że młody człowiek ma wokół siebie wszystko, co może go wprawić w wyborny nastrój – ogólne uznanie i szacunek, a przede wszystkim względy młodych panien. Panny Hayter, pochodzące z rodziny, o której już wspominaliśmy, otrzymały zaszczytne prawo do stracenia dla niego głowy, a Henrietta i Luiza były tak nim zafascynowane, że tylko ustawiczne pozory najlepszej między nimi zgody mogły sprawić, by uwierzono, iż nie są zawziętymi rywalkami. Któż by się dziwił, gdyby tak powszechne, tak gorące uwielbienie trochę go zepsuło?

Takie oto były niektóre myśli Anny, podczas gdy palce jej pracowały mechanicznie przez pół godziny bez przerwy, bez pomyłek i najwyraźniej bez świadomości. Raz poczuła, że on patrzy na nią – przygląda się pewnie jej zmienionym rysom, starając się odnaleźć w tej ruinie twarz, która go kiedyś oczarowała; raz czuła, że o niej mówi – zdała sobie z tego sprawę, kiedy usłyszała odpowiedź; domyśliła się wtedy, że zapytał swą partnerkę, czy panna Elliot nigdy nie tańczy. Odpowiedź brzmiała:

– Och, nie, nigdy. Zupełnie przestała tańczyć. Woli grać. Nigdy nie męczy się graniem.

Raz zwrócił się bezpośrednio do niej. Kiedy tańce się skończyły, odeszła od klawikordu, do którego on zasiadł, by zagrać melodię piosenki, chciał bowiem dać o niej pannie Musgrove jakie takie pojęcie. Anna niechcący wróciła do tej części pokoju – zobaczył ją i wstając natychmiast, rzekł z wyszukaną grzecznością:

– Przepraszam cię, pani, oto twoje miejsce.

I choć Anna cofnęła się ze zdecydowanym sprzeciwem, nie chciał już ponownie zasiąść przy klawikordzie.

Anna nie pragnęła więcej takich spojrzeń ani odezwań. Jego chłodna ceremonialność była gorsza niż wszystko inne.

Rozdział IX

Kapitan Wentworth przyjechał do Kellynch jak do własnego domu i mógł zostawać, jak długo będzie chciał, admirał Croft bowiem darzył go równie gorącym, braterskim uczuciem, jak jego żona. Po krótkim pobycie w Kellynch kapitan zamierzał wyjechać do Shropshire i odwiedzić brata, który tam osiadł, lecz atrakcje Uppercross kazały mu odłożyć ową wizytę. W domu państwa Musgrove'ów znajdował tyle życzliwości, tak mu schlebiano, przyjmowany był z tak urzekającą gościnnością – starsi tacy serdeczni, młodzi tacy mili – że postanowił zostać i przez pewien czas jeszcze wierzyć na kredyt we wdzięk i doskonałość żony Edwarda.

Wkrótce zaczęto go w Uppercross widywać niemal codziennie. Musgrove'owie nie mogli goręcej go zapraszać – on nie mógł chętniej przyjmować zaproszeń, zwłaszcza przed południem, kiedy to w domu nie miał towarzystwa, bo admirał z żoną wychodzili zwykle razem, ciekawi swej nowej posiadłości, pastwisk i owiec, i włóczyli się w sposób nieznośny dla kogoś trzeciego lub też wyjeżdżali gigiem, najnowszym nabytkiem w ich gospodarstwie.

Do tej pory istniała w rodzinie Musgrove'ów i w jej otoczeniu jedna opinia o kapitanie Wentworcie – był nadzwyczajny. Lecz zaledwie przyjął się zwyczaj tych zażyłych; ciągłych wizyt, do towarzystwa powrócił niejaki Karol Hayter, którego te stosunki w niemałym stopniu zaniepokoiły i który uznał, że kapitan Wentworth wchodzi mu w drogę.

Karol Hayter był najstarszym z kuzynów panien Musgrove, bardzo miłym, dobrze wychowanym młodym człowiekiem, a pomiędzy nim i Henriettą wyraźnie zaczynało się zawiązywać uczucie, zanim kapitan Wentworth wszedł do domu państwa Musgrove'ów. Po otrzymaniu święceń Karol Hayter dostał wikariat w sąsiedztwie, gdzie nie wymagano jego stałej obecności, mieszkał więc w domu ojca, zaledwie o dwie mile od Uppercross. Wyjechawszy na krótki czas z domu, pozostawił w tym krytycznym okresie damę swego serca niestrzeżoną jego uczuciem, a kiedy powrócił, zastał, ku swemu strapieniu, pannę zmienioną... oraz kapitana Wentwortha.

Pani Musgrove i pani Hayter były siostrami. Obie były też posażne z domu, lecz małżeństwa dokonały istotnej zmiany w ich pozycji społecznej. Pan Hayter posiadał co prawda majątek ziemski, lecz nie można było tego porównać z włościami pana Musgrove'a – i podczas gdy rodzina Musgrove'ów należała do najpierwszych w okolicznym towarzystwie, młodzi Hayterowie nie należeliby w ogóle do towarzystwa, gdyby nie ich koneksje z Uppercross, a to ze względu na odludny i mało elegancki sposób życia, jaki prowadzili ich rodzice, oraz na własne braki w wykształceniu. Najstarszy syn stanowił oczywiście wyjątek, zdecydował się bowiem kształcić i zostać dżentelmenem, różnił się też bardzo od rodzeństwa obejściem i ogładą.

Obie rodziny łączyły doskonałe stosunki, bo jednym brakowało dumy, a drugim – zawiści, u panien Musgrove zaś całe poczucie wyższości przejawiało się w tym, że lubiły pouczać swoje kuzynki. Względy, jakie Karol okazywał Henrietcie, przyjmowane były przez jej rodziców bez dezaprobaty.

– Nie będzie to dla niej wielka partia, ale jeśli ona go lubi... – mawiali.

I istotnie wydawało się, że Henrietta go lubi.

Nim przyjechał kapitan Wentworth, Henrietta również tak uważała, lecz od owej chwili kuzyn Karol zszedł na dalszy plan.

Którą z dwóch sióstr wolał kapitan Wentworth, wciąż pozostawało zdaniem Anny do rozstrzygnięcia. Henrietta była może ładniejsza, Luiza bardziej żywa, lecz Anna nie wiedziała, czy teraz bardziej mu odpowiada żywe, czy łagodne usposobienie.

Państwo Musgrove'owie, czy to dlatego, że nie uświadomili sobie wszystkiego, czy też, że mieli całkowite zaufanie do swobodnego wyboru obu swoich córek oraz wszystkich młodych ludzi, którzy się z nimi stykali, zostawili – tak to przynajmniej wyglądało – sprawę własnemu biegowi. We dworze nie było na ten temat żadnych rozmów czy też uwag świadczących o niepokoju, lecz we dworku wyglądało to inaczej; młoda para bardziej była ciekawa i skłonna do rozważań. Kapitan Wentworth znalazł się w towarzystwie panien Musgrove nie więcej niż cztery czy pięć razy, a Karol Hayter ledwo powrócił, kiedy Anna wysłuchiwała już rozmów siostry i szwagra na temat tego, którą z panien Musgrove kapitan woli. Karol uważał, że Luizę, Mary – że Henriettę, lecz obydwoje zgodnie twierdzili, że byłoby cudownie, gdyby ożenił się z jedną z nich.

Karol nigdy w życiu nie spotkał tak sympatycznego człowieka, a z tego, co słyszał z ust kapitana Wentwortha, domyślał się, że zdobył on na wojnie nie mniej niż dwadzieścia tysięcy funtów. Ma więc już spory majątek, a przecież pozostają jeszcze nadzieje na to, czego będzie mógł dokonać na jakiejś przyszłej wojnie, on zaś, Karol, jest przekonany, że kapitan Wentworth ma szanse na wielką karierę w marynarce wojennej. Och, to byłby znakomity mariaż dla każdej z sióstr.

– Doprawdy, wspaniały – mówiła Mary. – Mój Boże! Gdyby kapitan dostąpił wielkich jakichś zaszczytów! Gdyby otrzymał kiedyś tytuł baroneta! „Lady Wentworth" to świetnie brzmi. Doprawdy, wielka byłaby to rzecz dla Henrietty. Brałaby wtedy moje miejsce, a to nie sprawiłoby jej przykrości. Sir Fryderyk i lady Wentworth! Co prawda byłby to bardzo młody tytuł, a nigdy nie miałam młodych tytułów w wysokiej cenie.

Mary pragnęła, właśnie ze względu na Karola Haytera, by to Henrietta okazała się wybranką kapitana, chciała bowiem zapobiec jej związkowi z młodym duchownym. Traktowała z góry Hayterów i uważała, że wzmocnienie istniejących pomiędzy rodzinami więzów byłoby wprost nieszczęściem, szczególnie dotkliwym dla niej i jej dzieci.

– Widzisz – mówiła – nie mogę go uznać za partię odpowiednią dla Henrietty, a ona ze względu na koligacje, jakie mają obecnie Musgrove'owie, nie ma prawa tak się zmarnować. Moim zdaniem żadna kobieta nie może dokonywać wyboru, który mógłby być niewłaściwy i niedogodny dla głównego członu jej rodziny, i narzucać w ten sposób niemiłe koneksje tym, którzy do podobnych nie przywykli. Kimże jest, proszę, Karol Hayter? Wiejskim wikarym i tyle. Najbardziej niewłaściwy mariaż dla panny Musgrove z Uppercross.

W tej sprawie jednak mąż różnił się z nią diametralnie, bo oprócz uznania, jakie miał dla kuzyna, brał jeszcze pod uwagę fakt, że Karol Hayter był najstarszym synem, Karol Musgrove zaś patrzył na wszystko z punktu widzenia najstarszego syna.

– To nonsens, Mary – tłumaczył. – Nie będzie to wielka partia dla Henrietty, ale Karol ma duże szanse, przez Spicerów, na to, że w ciągu roku czy dwóch biskup mu coś znajdzie. I pamiętaj, proszę, że jest najstarszym synem. Kiedy umrze wuj, Karol przejmie wcale ładny mająteczek. Winthrop ma nie mniej niż dwieście pięćdziesiąt akrów, nie licząc fermy pod Taunton, która jest jednym z najlepszych kawałków ziemi w całym hrabstwie. Zaręczam ci, że mariaż z Karolem to z pewnością nie mezalians dla Henrietty. Na pewno wyjdzie za Karola; to zacny, poczciwy chłopak, a kiedy obejmie Winthrop, zmieni majątek nie do poznania i będzie żył inaczej niż wujostwo. Mając tę ziemię, nie będzie człowiekiem, którego można by lekceważyć. Dobry, dziedziczny majątek. Nie, nie, Henrietta mogłaby zrobić gorszy wybór, a jeśli wyjdzie za Karola i Luiza dostanie kapitana Wentwortha, będę bardzo rad.

– Karol może mówić, co mu się podoba – zawołała Mary do Anny, gdy mąż jej wyszedł z pokoju – ale małżeństwo Henrietty z Karolem Hayterem byłoby czymś strasznym, strasznym dla niej, a jeszcze bardziej dla mnie, i dlatego należy sobie najgoręcej życzyć, żeby kapitan Wentworth jak najszybciej wybił jej to z głowy, a ja nie wątpię, że już to zdążył uczynić. Wczoraj prawie nie zwracała uwagi na Karola Haytera. Szkoda, że cię nie było i nie widziałaś, jak się zachowywała. I to bzdura powiadać, że kapitan Wentworth lubi tak samo Luizę jak Henriettę, bo niewątpliwie o wiele bardziej lubi Henriettę. Ale Karol jest taki pewny siebie. Żałuję, że ciebie wczoraj z nami nie było, mogłabyś rozsądzić, kto z nas ma rację. Przekonana jestem, że zgodziłabyś się ze mną, chyba że specjalnie chciałabyś nie przyznawać mi słuszności.

Tą okazją, w czasie której Anna mogłaby wszystko zobaczyć, była kolacja u państwa Musgrove'ów – lecz Anna została w domu pod dwoma pretekstami: bólu głowy i lekkiego nawrotu niedyspozycji małego Karola. Myślała jedynie o tym, by uniknąć spotkania z kapitanem Wentworthem, lecz teraz do radości spokojnie spędzonego wieczoru doszło jeszcze i to, że uniknęła prośby o rozstrzygnięcie sporu.

Uważała, że najważniejsze jest, by kapitan Wentworth sam zdecydował, czego chce, i to na tyle wcześnie, by nie wystawiał na szwank szczęścia jednej z sióstr czy też własnego honoru – w jej pojęciu było to ważniejsze od tego, czy woli Luizę czy Henriettę. I jedna, i druga według wszelkiego prawdopodobieństwa okazałaby się kochającą, pogodną żoną. Jeśli zaś idzie o Karola Haytera, Anna obdarzona była wrażliwością, która sprawiała, że przykro jej było patrzeć na lekkomyślne postępowanie dobrej, w gruncie rzeczy, panny, a jej zacne serce współczuło strapieniom, jakie podobne postępowanie musiało wywoływać; gdyby jednak Henrietta stwierdziła, że myli się co do natury swych uczuć, to im wcześniej się o tym przekona, tym lepiej.

Karol Hayter w zachowaniu kuzynki znalazł wiele powodów do niepokoju i zmartwienia. Od zbyt dawna okazywała mu przywiązanie, by mogła nagle stać się obca, odebrać mu wszelką nadzieję i sprawić, by chciał po dwóch wizytach usunąć się z Uppercross; zaszła w niej jednak zmiana, która wydawała się niepokojąca, jeśli jej przyczyną była osoba kapitana Wentwortha. Karol Hayter wyjechał zaledwie na dwa tygodnie, a kiedy wyjeżdżał, Henrietta była tak zainteresowana, jak tylko mógł pragnąć, otwierającymi się przed nim nadziejami na to, że zamieni swój obecny wikariat na wikariat Uppercross. Wtedy zdawało się, że sprawą najbliższą jej sercu jest to, by doktor Shirley, pleban, który od przeszło czterdziestu lat gorliwie wypełniał nałożone na niego obowiązki, a któremu brakło już na niektóre z nich sił, zdecydował się na zatrudnienie wikarego na jak najlepszych warunkach i by przyrzekł ten wikariat Karolowi Hayterowi. Korzyść wynikająca z tego, że Karol będzie musiał chodzić tylko do Uppercross zamiast o sześć mil dalej w innym kierunku, że będzie miał wikariat pod każdym względem lepszy, że będzie podwładnym ich ukochanego doktora Shirleya i że kochany, zacny doktor Shirley zostanie uwolniony od obowiązków, których nie mógł ostatnio wypełniać bez groźnego dla zdrowia zmęczenia – miała ogromne znaczenie nawet dla Luizy, lecz Henrietcie przesłaniała wszystkie pozostałe sprawy. A kiedy Karol powrócił – wszelkie zainteresowanie pierzchło.

Luiza w ogóle nie słuchała jego sprawozdania z rozmowy, jaką przeprowadził z doktorem Shirleyem: stała przy oknie, wyglądając, czy nadchodzi kapitan; a nawet Henrietta miała w najlepszym przypadku podzieloną uwagę i wydawało się, że zapomniała o wszelkich dawnych wątpliwościach i niepokojach związanych z prowadzonymi rokowaniami.

– Cóż, cieszę się bardzo, ale zawsze myślałam, że ci się uda; uważałam to za oczywiste. Nie sądziłam, by... przecież doktor Shirley musi mieć wikarego i dał tobie obietnicę. Czy on już idzie, Luizo?

Pewnego ranka, wkrótce po owej kolacji u państwa Musgrove'ów, na którą Anna nie poszła, kapitan Wentworth wszedł do salonu we dworku, gdzie znajdowała się tylko ona i mały chory Karol leżący na sofie.

Kiedy zobaczył, że jest niemal sam na sam z Anną Elliot, zdumienie pozbawiło go zwykłego opanowania. Drgnął cały i zaledwie zdołał powiedzieć:

– Sądziłem, że zastanę panny Musgrove... pani Musgrove powiedziała mi, że tu powinienem je znaleźć. – Po czym podszedł do okna, by się opanować i zastanowić, jak się powinien zachować.

– Są na górze z moją siostrą, zapewne zejdą za chwilę – odparła Anna, wyraźnie zmieszana, i gdyby dziecko nie zawołało w tej chwili, by przyszła i coś przy nim zrobiła, wyszłaby zaraz z pokoju i wybawiła kapitana Wentwortha i siebie z kłopotliwej sytuacji.

On w dalszym ciągu stał przy oknie. Powiedział tylko spokojnie i uprzejmie:

– Mam nadzieję, że mały lepiej się czuje. – Po czym zamilkł.

Musiała uklęknąć przy sofie i pozostać w takiej pozycji, by zadowolić małego pacjenta; trwali tak przez kilka minut. Potem, ku swojej uldze, usłyszała czyjeś kroki w przedsionku. Odwróciła głowę z nadzieją, że zobaczy pana domu, okazało się jednak, że to ktoś mniej nadający się do rozładowania sytuacji – Karol Hayter, prawdopodobnie nie bardziej zachwycony widokiem kapitana Wentwortha, niż kapitan Wentworth był zachwycony widokiem Anny.

Powiedziała tylko:

– Dzień dobry. Proszę, proszę usiąść! Panny Musgrove nadejdą niebawem.

Lecz kapitan Wenthworth odszedł od okna, najwyraźniej skłonny do rozmowy, Karol Hayter jednak natychmiast dał wyraz niechęci do gadania, siadając przy stole i biorąc do ręki gazetę; kapitan Wentworth powrócił więc do okna.

W następnej minucie przybył ktoś jeszcze. Młodszy chłopiec, niezwykle krzepki, śmiały dwulatek, znalazłszy kogoś, kto mu otworzył drzwi z zewnątrz, wszedł do pokoju zdecydowanym krokiem, podszedł do sofy, by sprawdzić, co się tam dzieje i natychmiast zażądał najróżniejszych smakołyków.

Niczego nie było do jedzenia, mógł więc się tylko bawić, a ponieważ ciotka nie pozwoliła mu dokuczać choremu braciszkowi, uwiesił się na niej, ona zaś, klęcząc nad Karolem, nie mogła strącić z siebie malca. Mówiła do niego, rozkazywała, prosiła, nalegała – na próżno. Raz strząsnęła go z siebie, lecz malec z jeszcze większą radością wdrapał się jej natychmiast na plecy.

– Walterze – powiedziała – zejdź w tej chwili. Jesteś nieznośny. Bardzo się na ciebie gniewam.

– Walterze – zawołał Karol Hayter – czemu nie robisz tego, co ci każą? Nie słyszysz, co ciocia mówi? Chodź do mnie, chodź do kuzyna Karola.

Lecz Walter ani drgnął.

W następnej chwili jednak uczuła, że ktoś ją od niego uwolnił; ktoś go zabrał, choć chłopczyk tak mocno przygiął jej głowę, że trzeba mu było rozerwać zaciśnięte, mocne rączki oplatające jej szyję – po czym został energicznie odsunięty na bok, nim zdążyła sobie uświadomić, że uczynił to kapitan Wentworth.

Wrażenie odebrało jej kompletnie mowę. Nie potrafiła nawet podziękować kapitanowi. Potrafiła tylko pochylić się nad małym Karolem z zamętem uczuć. Uprzejmość, z jaką przyszedł jej na pomoc... sposób, w jaki to zrobił... cisza, w jakiej się to odbyło... drobne szczegóły całego wydarzenia – fakt, że nie chciał słyszeć jej podziękowań, bo dowiódł tego, robiąc umyślnie dużo hałasu z dzieckiem i dając do zrozumienia, iż nie pragnie z nią rozmowy – wszystko to wywołało taki kłąb najrozmaitszych, ale silnych wrażeń, że nie potrafiła się uspokoić; dopiero kiedy przyszła Mary i panny Musgrove, których opiece zostawiła małego pacjenta, mogła wreszcie wyjść z pokoju. Nie była w stanie zostać. Miałaby okazję przyjrzenia się miłości i zazdrości tej czwórki teraz, kiedy znajdowali się razem, nie mogła jednak zostać. Widziała wyraźnie, że Karol Hayter jest niechętny kapitanowi Wentworthowi. Wydawało jej się, że powiedział zirytowanym głosem po interwencji kapitana:

– Powinieneś był mnie słuchać, Walterze, powiedziałem ci, żebyś nie dokuczał cioci.

Mogła się domyślić, że Karol żałuje, iż kapitan zrobił to, co on powinien był zrobić. Lecz nie mogły jej interesować ani uczucia Karola Haytera, ani niczyje inne, dopóki nie uspokoiła własnych. Wstydziła się za siebie, wstydziła się, że taka jest nerwowa, że podobna błahostka mogła ją wyprowadzić z równowagi; ale tak się rzecz miała – i trzeba było wielu rozmyślań i długiej samotności, by odzyskała spokój.

Rozdział X

Nie zabrakło Annie dalszych okazji do obserwacji. Wkrótce przebywała już dostatecznie często w towarzystwie całej czwórki, by wyrobić sobie zdanie o łączących ich uczuciach, lecz rozsądek nie pozwalał jej przyznawać się do tego w domu, gdyż jak wiedziała, nie sprawiłaby tym przyjemności ani szwagrowi, ani siostrze. Doszła bowiem do wniosku, że choć kapitan bardziej chyba wyróżnia Luizę, to – wedle tych wspomnień i doświadczeń, do jakich ośmielała się sięgnąć pamięcią – nie kocha ani jednej, ani drugiej. Bardziej już one były w nim zakochane – z jego strony jednak to nie była miłość. Był to jakby lekki poryw zachwytu, który mógł, a może nawet musiał przerodzić się w miłość do jednej z panien. Karol Hayter zdawał sobie sprawę, że jest lekceważony, a jednak wydawało się czasem, że Henrietta dzieli swe uczucia pomiędzy tych dwóch. Jakżeby Anna chciała, by wolno jej było uprzytomnić wszystkim, do czego zmierzają, i uświadomić, na jakie narażają się niebezpieczeństwa. Nikomu nie zarzucała fałszu. Najwyższą satysfakcję sprawiała jej wiara, że kapitan Wentworth nie jest świadom bólu, jaki zadaje. W jego zachowaniu nie było śladu triumfu, żałosnego triumfu. Zapewne nigdy nie słyszał i nigdy nie myślał o żadnych pretensjach Karola Haytera. Postępował tylko źle, przyjmując względy (bo przyjmowanie jest tu właściwym słowem) dwóch młodych kobiet jednocześnie.

Po krótkich zapasach zdawało się, że Karol Hayter opuszcza pole walki. Minęły trzy dni, a on ani razu nie przyszedł do Uppercross – zmiana bardzo zdecydowana. Nie przyjął nawet formalnego zaproszenia na kolację, a że przy tej okazji pan Musgrove zastał go nad jakimiś wielkimi foliałami, państwo

Musgrove'owie doszli do wniosku, że coś jest nie w porządku, i mówili z powagą na twarzach, że chłopiec zapracuje się nad tymi książkami na śmierć. Mary miała nadzieję i wierzyła, że jest to skutek zdecydowanej odmowy Henrietty, mąż jej zaś ciągle spodziewał się wizyty kuzyna następnego dnia. Anna rozumiała tylko, że Karol Hayter jest mądry.

Pewnego ranka, kiedy kapitan Wentworth i Karol poszli razem na polowanie, a siostry we dworku siedziały spokojnie nad robotą, przez okno zajrzały do nich obie panny Musgrove.

Był to bardzo piękny dzień listopadowy. Młode panny przeszły ten niewielki kawałek drogi i wstąpiły do dworku tylko po to, by powiedzieć, że mają zamiar iść na długi spacer, wobec czego sądzą, że Mary na pewno nie będzie chciała pójść z nimi, na co Mary odpowiedziała natychmiast, zirytowana, że nie mają jej za dobrego piechura:

– Och, tak, z przyjemnością z wami pójdę, nadzwyczaj lubię długie spacery.

Anna wyczytała z miny obu dziewcząt, że tego właśnie najmniej sobie życzyły, i znowu podziwiała ten narzucony przez obyczaje rodzinne niemal obowiązek zawiadamiania się nawzajem o wszystkim i robienia wszystkiego wspólnie, choćby to było komuś niemiłe i nie na rękę. Starała się zniechęcić Mary do spaceru, lecz na próżno, wobec czego uznała, że najlepiej zrobi, przyjmując również o wiele serdeczniejsze zaproszenie panien Musgrove w nadziei, że się przyda, namawiając siostrę do wspólnego powrotu, dzięki czemu nie wszystkie plany młodych dam zostaną udaremnione.

– Nie mogę zrozumieć, dlaczego one sądziły, że nie będę miała ochoty na długi spacer – mówiła Mary, idąc na górę. – Wszyscy naokoło uważają, że zły ze mnie piechur. Mimo to byłyby niezadowolone, gdybyśmy im odmówiły. A jakże tu odmawiać, kiedy ktoś przychodzi specjalnie, żeby nas zaprosić?

Akurat w chwili ich wyjścia wrócili panowie. Wzięli ze sobą młodego psa, który popsuł im polowanie – stąd ten wczesny powrót.

Mieli czas, energię i najlepszy nastrój na to, by iść na spacer, i przyłączyli się chętnie do pań. Gdyby Anna mogła to przewidzieć, z pewnością zostałaby w domu, lecz zaciekawiona całą sprawą, uznała, że już za późno, by się wycofać, i cała szóstka ruszyła razem w kierunku wybranym przez panny Musgrove, które najwyraźniej objęły przewodnictwo.

Anna pragnęła przede wszystkim nie wchodzić nikomu w drogę, kiedy więc wąskie polne ścieżki kazały towarzystwu rozbić się na grupki, trzymała się siostry i szwagra. Podczas tej przechadzki ona musi znaleźć przyjemność jedynie w ruchu i pięknej pogodzie, w widoku ostatnich uśmiechów roku na brunatnych liściach żywopłotów i w powtarzaniu sobie kilku z tysiąca istniejących poetyckich opisów jesieni, pory roku, która wywiera specyficzny i niezmienny urok na osoby obdarzone smakiem i wrażliwością, która z każdego poety wartego czytania wydobyła jakąś próbę opisu albo kilka strof przepełnionych uczuciem. Jak mogła, tak zaprzątała sobie głowę podobnymi rozmyślaniami i cytatami – nie była jednak zdolna, kiedy znalazła się w zasięgu głosu kapitana Wentwortha rozmawiającego z jedną z panien Musgrove, nie nadstawiać ucha w tamtym kierunku. Nie usłyszała jednak nic szczególnego. Była to tylko żywa pogawędka – taka, jaką mogą prowadzić młodzi pozostający ze sobą w zażyłych stosunkach. Więcej zajmował się Luizą niż Henriettą. Luiza z pewnością bardziej niż siostra starała się zwrócić na siebie jego uwagę. Ta różnica chyba się powiększała. Jedna z wypowiedzi Luizy uderzyła Annę. Po wielu zachwytach nad pięknem dnia, nieustannie i entuzjastycznie powtarzanych, kapitan Wentworth dodał:

– Bardzo odpowiednia pogoda dla admirała i mojej siostry. Mieli zamiar jechać dzisiaj rano na długi spacer i, być może, będziemy im mogli pohukać z któregoś z tych pagórków. Mówili o przejażdżce w tych okolicach. Zastanawiam się, gdzie się też dzisiaj wywrócą. Och, to się bardzo często zdarza, zapewniam cię, pani, ale moja siostra nic sobie z tego nie robi, jej wszystko jedno, wypadnie czy nie wypadnie.

– Ach, z pewnością przesadzasz, kapitanie! – krzyknęła Luiza. – Ale nawet gdyby tak było, to na jej miejscu robiłabym to samo! Gdybym kochała kogoś tak, jak ona kocha admirała, nie opuszczałabym go nigdy, nic by nas nie mogło rozdzielić i wolałabym, żeby on mnie wywracał wraz z powozem, niż kto inny woził bezpiecznie.

Powiedziała to z żarliwym przekonaniem.

– Naprawdę? – zawołał, przyjmując ten sam ton. – Mam dla pani głębokie uznanie. – Po czym zapanowało między nimi na kilka chwil milczenie.

Anna nie mogła powrócić szybko do swoich cytatów. Piękne obrazy jesieni na chwilę poszły w kąt, dopóki nie przyszedł jej szczęśliwie na pamięć jakiś czuły sonet z bardzo odpowiednią paralelą między zmierzchającym rokiem a zmierzchającym szczęściem i tym, że obrazy młodości, nadziei i wiosny wszystkie zniknęły. Ocknęła się dopiero wtedy, gdy ruszyli gęsiego inną jakąś ścieżką i powiedziała:

– Czy to nie jest jedna z dróg do Winthrop?

Lecz nikt tego nie usłyszał, a w każdym razie nikt jej nie odpowiedział.

Jednakże właśnie Winthrop lub też okolice dworu – można bowiem czasem spotkać młodych panów spacerujących nieopodal domu – były ich celem. Po następnej półmili stopniowego pięcia się pod górę poprzez rozległe, ogrodzone połacie ziemi, gdzie ryjące pola pługi i świeżo wydeptane ścieżki świadczyły o tym, że rolnik wbrew słodyczy poetyckiego smutku liczył na powrót wiosny – weszli wreszcie na najwyższy szczyt wzgórz, które rozdzielały Winthrop od Uppercross, skąd mogli objąć wzrokiem ów drugi majątek widoczny teraz u ich stóp.

Leżący w dole dwór Winthrop nie był ani piękny, ani wygodny – niepozorny, niski dom otoczony stodołami i zabudowaniami gospodarskimi.

Mary krzyknęła:

– Wielki Boże, przecież to Winthrop! Słowo daję, zupełnie nie zdawałam sobie z tego sprawy. No, lepiej już zawróćmy, jestem okropnie zmęczona.

Henrietta, skonsternowana i zawstydzona, nie zobaczywszy kuzyna Karola spacerującego na pobliskiej ścieżce czy też opartego o jakąś bramę, gotowa była posłuchać Mary, lecz Karol Musgrove powiedział:

– Nie.

A Luiza zawołała jeszcze żywiej:

– Nie, nie! – I wziąwszy siostrę na bok, zaczęła ją gorąco do czegoś namawiać.

Tymczasem Karol oświadczył stanowczo, że teraz, kiedy jest tak blisko, chce zajść do ciotki, i starał się, choć już nie tak stanowczo, nakłonić do tego żonę. Lecz była to jedna z dziedzin, w których Mary okazywała upór, a kiedy Karol tłumaczył, jak dobrze zrobiłby jej piętnastominutowy odpoczynek w Winthrop, jeśli taka się czuje zmęczona, odpowiedziała stanowczo:

– Och, nie, wchodzenie z powrotem na wzgórze więcej by mi przyniosło szkody niż ten kwadrans pożytku.

Krótko mówiąc, dała do zrozumienia swym wyglądem i zachowaniem, że wszelkie starania są daremne.

Po dłuższych debatach i naradach Karol i jego dwie siostry ustalili między sobą, że on i Henrietta pobiegną na kilka minut na dół odwiedzić ciotkę i kuzynów, podczas gdy reszta towarzystwa zaczeka na nich na szczycie wzgórza. Luiza sprawiała wrażenie organizatorki tego przedsięwzięcia – odprowadziła ich też kawałek drogi, wciąż rozmawiając z Henriettą. Mary wykorzystała sposobność, by się rozejrzeć wokół pogardliwie i zwrócić do kapitana Wentwortha:

– Jakież to przykre mieć tego rodzaju koneksje! Zapewniam cię jednak, kapitanie, że byłam w tym domu nie więcej niż dwa razy w całym moim życiu.

Nie otrzymała żadnej odpowiedzi oprócz sztucznego uśmiechu, a po nim pogardliwego spojrzenia, gdy kapitan się odwracał. Anna wiedziała, co to spojrzenie znaczy.

Występ wzgórza, na którym siedzieli, był uroczym miejscem. Luiza wróciła, a Mary usadowiła się na belce przełazu i bardzo była zadowolona, dopóki wszyscy pozostali znajdowali się przy niej. Kiedy jednak Luiza odciągnęła kapitana Wentwortha, by poszukać orzechów w pobliskiej leszczynie i oboje zniknęli obu damom z oczu, Mary zaczęła się kręcić. Niewygodnie jej tu było – wiedziała, że Luiza na pewno znalazła sobie gdzieś o wiele lepsze miejsce, trudno, by ona też nie miała poszukać czegoś wygodniejszego. Ruszyła za nimi przez ten sam przełaz, lecz oni już zniknęli. Anna znalazła dla niej miły zakątek na słonecznym suchym stoku pod żywopłotem, przekonana, że Luiza z kapitanem gdzieś tam właśnie muszą się znajdować. Mary usiadła na chwilę, lecz i to miejsce jej nie odpowiadało – była pewna, że Luiza znalazła sobie gdzieś o wiele lepsze, i postanowiła szukać szwagierki dalej, aż do skutku.

Anna była naprawdę zmęczona, usiadła więc z przyjemnością, a po niedługim czasie usłyszała wracających kapitana Wentwortha i Luizę tuż za sobą, jakby szli przez dziki, zarośnięty tunel utworzony w żywopłocie. Rozmawiali. Najpierw odróżniła głos Luizy. Znajdowała się zapewne w środku jakiegoś żarliwego przemówienia. Anna usłyszała:

– Tak więc namówiłam ją, żeby poszła. Nie mogłam znieść, żeby ją taka błahostka miała odstraszyć od wizyty. Co to? Czy ja bym się cofnęła przed zrobieniem czegoś, na co byłabym zdecydowana i o słuszności czego byłabym przekonana? Czyż cofnęłabym się przestraszona minami i uwagami takiej osoby, a właściwie należałoby powiedzieć: jakiejkolwiek osoby? Nie, nie tak łatwo mnie od czegoś odwieść! Kiedy ja coś postanowię, to decyzja jest ostateczna. A Henrietta przecież była zupełnie zdecydowana, by zajść dzisiaj do Winthrop, jednakże o mało nie zrezygnowała ze swoich planów przez tę bezsensowną uległość wobec innych.

– Wróciłaby więc, gdyby nie ty, pani?

– Wróciłaby na pewno, niemal wstyd mi to powiedzieć.

– Jakie to szczęście dla niej, że ma obok ciebie, pani. Po tych wzmiankach, które przed chwilą usłyszałem, a które tylko potwierdzają moje obserwacje z ostatniego spotkania z Hayterem, nie potrzebuję udawać, że nie wiem, o co chodzi. Widzę przecież, że chodzi o coś więcej niż o zwykłe przedpołudniowe, należne ciotce odwiedziny; a biada jemu i jej również, jeśli w sprawach dla nich tak ważnych, kiedy okoliczności wymagają od nich męstwa i hartu ducha, ona nie byłaby na tyle śmiała, by się przeciwstawić czczej interwencji w tak drobnej sprawie jak ta. Siostra twoja, pani, jest uroczą istotą, lecz widzę, że tobie przypadła w udziale niezłomność i stanowczość usposobienia. Jeśli cenisz jej postępowanie czy szczęście, przelej na nią tyle swego hartu ducha, ile tylko potrafisz. Lecz nie wątpię, że robisz to zawsze. Kiedy się ma do czynienia z osobą o zbyt ustępliwym i niezdecydowanym charakterze, nigdy nie można być pewnym, że się na nią wpłynie. Nigdy też się nie wie, czy dobry wpływ będzie długotrwały. Każdy może próbować go osłabić. Niechże ci, co chcą być szczęśliwi, będą silni! Oto orzech – kontynuował, zrywając orzech z górnych gałęzi. – Aby sprawę zilustrować przykładem: oto piękny, połyskliwy orzech, który, obdarzony szczęśliwie przyrodzoną siłą, przeżył wszystkie burze jesieni. Ani jednej dziurki, ani jednego słabego punktu w tym orzechu. Ten oto orzech – kontynuował z żartobliwą powagą – podczas kiedy tak wielu jego braci upadło i zostało zdeptanych stopami przechodniów, wciąż ma przed sobą perspektywę szczęścia, jakie osiągnąć może orzech laskowy. – Potem, wracając do poprzedniego, poważnego tonu, powiedział: – Najważniejszym moim życzeniem dla wszystkich bliskich mi ludzi jest to, aby byli silni. Jeśli Luiza Musgrove chce być szczęśliwa i piękna w jesieni swojego życia, musi zachować swoją dzisiejszą siłę ducha.

Skończył i nie otrzymał odpowiedzi. Zdumiałoby Annę, gdyby Luiza potrafiła natychmiast odpowiedzieć na te słowa – słowa tak interesujące, wypowiedziane tak ciepło i poważnie. Mogła sobie wyobrazić, co ona czuje w tej chwili. Bała się poruszyć, by jej przypadkiem nie zobaczyli. Zasłaniał ją krzak niskiego, pnącego ostrokrzewu, więc tamci przeszli, nie widząc jej. Nim odeszli dalej, Luiza odezwała się jeszcze.

– Mary pod wieloma względami jest bardzo zacna – mówiła – ale czasem ogromnie mnie drażni tą swoją niedorzecznością i dumą, dumą Elliotów. O wiele za dużo w niej dumy Elliotów. Wolałybyśmy, żeby Karol ożenił się był z Anną zamiast z nią; wiesz zapewne, kapitanie, że on chciał się ożenić z Anną?

Po chwili milczenia kapitan zapytał:

– Czy to znaczy, że ona mu odmówiła?

– O tak, bez wątpienia.

– Kiedy to miało miejsce?

– Nie wiem dokładnie, bo i Henrietta, i ja byłyśmy wówczas w szkole, ale chyba na rok przed jego ślubem z Mary. Szkoda, że Anna go nie przyjęła. Wszyscy wolelibyśmy ją o wiele bardziej. Tatuś i mamusia zawsze powiadają, że to była robota jej serdecznej przyjaciółki, lady Russell. Mówią, że Karol nie był wystarczająco uczony i oczytany, jak na wymagania lady Russell, i dlatego namówiła Annę, żeby go nie przyjmowała.

Głosy oddalały się i Anna nie odróżniła już słów. Własne wrażenia wciąż nie pozwalały jej ruszyć się z miejsca. Zbyt była przejęta, by mogła szybko stąd odejść. Nie przypadł jej w udziale los podsłuchującego – nie usłyszała nic złego o sobie, lecz dowiedziała się wielu rzeczy powodujących ból. Dowiedziała się, co sądzi kapitan Wentworth o jej charakterze, a w jego pytaniach o nią dopatrywała się przejęcia i zaciekawienia, które bardzo ją poruszyły.

Kiedy mogła już wstać i pójść, udała się na poszukiwanie Mary, a znalazłszy – wróciła z nią na poprzednie stanowisko przy przełazie. Z zadowoleniem stwierdziła, że całe towarzystwo właśnie się zbiera i wszyscy ruszają w drogę powrotną. Uczucia jej potrzebowały samotności i ciszy, jakie można znaleźć tylko w dużym gronie.

Karol i Henrietta wrócili, wiodąc ze sobą, jak można było przewidzieć, Karola Haytera. Anna nie próbowała zrozumieć szczegółów całej sprawy. Nawet kapitan Wentworth nie został chyba dopuszczony do wszystkich tajemnic, jasne było tylko, że młodzieniec ustępował, a panna zmiękła i obydwoje są teraz ogromnie zadowoleni z tego, że są znowu razem. Henrietta robiła wrażenie nieco zawstydzonej, ale bardzo uradowanej;

Karol Hayter wydawał się ogromnie uszczęśliwiony i obydwoje zajmowali się bez reszty sobą, niemal od pierwszej chwili, w której wszyscy ruszyli w kierunku Uppercross.

Wszystko teraz zdawało się przemawiać za tym, że kapitan Wentworth przeznaczony jest dla Luizy – to było oczywiste. Szli też we dwójkę za każdym razem, kiedy towarzystwo musiało się dzielić, a nawet wtedy, kiedy nie musiało – podobnie jak owa druga para. Idąc po rozległej łące, gdzie dość było miejsca dla wszystkich, szli podzieleni na trzy oddzielne grupy, Anna zaś z konieczności należała do tej, która mogła się poszczycić najmniejszym ożywieniem i najmniejszą wobec siebie uprzejmością. Przyłączyła się do Karola i Mary, a była tak zmęczona, że z przyjemnością przyjęła drugie ramię szwagra. Lecz chociaż Karol był do niej jak najlepiej usposobiony, gniewał się na żonę. Mary nie okazała mu posłuszeństwa i teraz musi ponieść tego konsekwencje, w związku z czym mąż co chwila odsuwał jej rękę, by ściąć pejczem czubki pokrzyw w żywopłocie, kiedy zaś Mary zaczęła narzekać i lamentować, że ją źle traktuje jak zawsze, bo musi iść od strony żywopłotu, podczas kiedy Anna, idąc po przeciwnej stronie, ma tak wygodnie – Karol puścił je obie, by zapolować na łasicę, która mu gdzieś śmignęła, i odtąd nie mogły go już w żaden sposób przywołać.

Ta rozległa łąka graniczyła z drogą, którą ścieżka miała przy końcu przeciąć. Kiedy całe towarzystwo doszło do bramy prowadzącej na drogę, nadjechał właśnie pojazd, którego turkot słyszeli i który zmierzał w tym samym co oni kierunku. Okazało się, że to gig admirała Crofta. Odbył on z żoną zamierzoną przejażdżkę i teraz właśnie wracał do domu. Słysząc, jak długi spacer zrobili młodzi, admirał zaproponował uprzejmie miejsce w gigu tej damie, która czuje się najbardziej zmęczona – zaoszczędzi to jej blisko mili marszu, a oni i tak mieli zamiar jechać przez Uppercross. Zaproszenie było ogólne i ogólnie zostało odrzucone. Panny Musgrove nie czuły bynajmniej zmęczenia, Mary albo się obraziła, że nie zaproszono jej pierwszej, albo też to, co Luiza nazwała dumą Elliotów, nie pozwalało jej ścierpieć myśli, że mogłaby być trzecią w jednokonnym gigu.

Grupa spacerowiczów przeszła przez drogę i wchodziła właśnie na przeciwległy przełaz, admirał zaś już ruszał, kiedy kapitan Wentworth rozsunął na chwilę gałęzie żywopłotu i powiedział coś do siostry. Słowa jego można było odgadnąć po skutkach.

– Panno Elliot! – zawołała pani Croft. – Na pewno jest pani zmęczona! Proszę nam zrobić przyjemność i pozwolić się zawieźć do domu. Naprawdę miejsca wystarczy dla nas troje. Gdybyśmy wszyscy byli tacy szczupli jak pani, to i czwórka by się zmieściła. Naprawdę, bardzo prosimy.

Anna stała jeszcze na drodze, lecz choć odruchowo zaczęła się wymawiać, nie pozwolono jej dojść do słowa. Serdeczne prośby admirała poparły zaproszenie żony – nie chcieli słyszeć o odmowie, ścieśniali się na jak najmniejszej przestrzeni siedzenia, by jej zostawić miejsce w rogu, a kapitan Wentworth bez słowa odwrócił się do niej i spokojnie zmusił do przyjęcia jego pomocy przy wsiadaniu do gigu.

Tak, zrobił to. Znalazła się w gigu i czuła, że to on ją tam posadził, że sprawiła to jego wola i jego ręce, że zawdzięczała to temu, iż spostrzegł jej zmęczenie i chciał, by odpoczęła. Bardzo była wzruszona tym dowodem uprzejmości. Ten drobny gest okazał się dopełnieniem wszystkiego, co dotychczas miało miejsce. Rozumiała go. Nie mógł jej przebaczyć, ale nie mógł pozostać nieczuły. Choć potępiał ją za przeszłość i myślał o tym z najwyższą i niesłuszną urazą, choć na nią, Annę, nie zwracał najmniejszej uwagi i choć zaczynał wiązać się uczuciowo z inną, mimo to nie mógł obojętnie patrzeć, jak cierpi, i starał się jej ulżyć. Była to pozostałość dawnego uczucia, był to impuls czystej, chociaż nieświadomej przyjaźni, dowód jego gorącego, dobrego serca; o tym wszystkim myślała przejęta uczuciami, w których ból tak nierozerwalnie splatał się z radością, że nie wiedziała, które z nich przeważa.

Początkowo nieprzytomnie odpowiadała na uprzejmości i uwagi towarzyszy podróży. Przejechali już połowę wyboistej drogi, kiedy zaczęła zdawać sobie sprawę z tego, co mówią. Stwierdziła wtedy, że rozmawiają o Fryderyku.

– Niewątpliwie idzie mu o jedną albo o drugą z tych dziewcząt, Zosiu – mówił admirał – tylko nie wiadomo o którą. Lata za nimi chyba dostatecznie długo, żeby się już zdecydować. Tak, takie są skutki pokoju. Gdyby to była wojna, już dawno by się zdecydował. My, marynarze, panno Elliot, nie możemy sobie pozwolić na długie zaloty w czasach wojny. Ile to dni upłynęło, moja droga, od chwili, kiedy cię pierwszy raz zobaczyłem, do chwili, kiedy zasiedliśmy razem w naszym mieszkaniu w North Yarmouth?

– Lepiej nie mówmy o tym, mój drogi – odparła wesoło pani Croft – bo gdyby panna Elliot usłyszała, jak szybko doszliśmy do porozumienia, nie uwierzyłaby nigdy, że możemy być szczęśliwi. Ale znałam cię z opowiadań na długo przedtem.

– A ja słyszałem, że z ciebie bardzo ładna dziewczyna, na cóż więc mieliśmy jeszcze czekać? Nie lubię przedłużania takich spraw. Wolałbym, żeby Fryderyk wciągnął więcej żagli i przywiózł nam jedną z tych dam do domu, do Kellynch. Zawsze by się tam dla nich znalazło towarzystwo. To przemiłe panny, jedna i druga, nie bardzo potrafię je rozróżnić.

– Pogodne, bezpretensjonalne dziewczęta – odpowiedziała pani Croft z bardziej umiarkowanym uznaniem, co kazało Annie podejrzewać, że obdarzona większą spostrzegawczością pani

Croft nie uważa żadnej z tych panien za godną jej brata. – I to bardzo szacowna rodzina. Trudno o lepsze koneksje. Mężu kochany, słup! Na pewno wpadniemy na ten słup!

Lecz kładąc spokojnie dłoń na cuglach, sprawiła, że uniknęli niebezpieczeństwa. Raz jeszcze w porę wysunęła rękę, dzięki czemu nie wpadli w koleinę i nie zderzyli się z furą pełną nawozu. Anna, rozbawiona nieco ich sposobem jazdy, który jak sobie pomyślała, nie najgorzej obrazował sposób prowadzenia ich spraw, dojechała cała i zdrowa do dworku.

Rozdział XI

Zbliżał się już czas powrotu lady Russell, nawet dzień był ustalony, Anna zaś, która obiecała, że przyjedzie do Kellynch Lodge, gdy tylko przyjaciółka osiądzie na powrót w swoim domu, myślała o zbliżającej się przeprowadzce i zaczynała się zastanawiać, jak ta zmiana wpłynie na jej spokój i wygodę.

Będzie mieszkała w tej samej wsi co kapitan Wentworth, zaledwie o pół mili od niego; będą musieli uczęszczać do tego samego kościoła, a pomiędzy dwiema rodzinami niewątpliwie nawiążą się jakieś stosunki. To nie było jej na rękę – ale kapitan tyle czasu spędzał w Uppercross, że wyjazd stamtąd mogła raczej uważać za zostawienie kapitana poza sobą niż wyjście ku niemu. Zważywszy na wszystko, uważała, że w tej interesującej kwestii ona raczej zyskuje, podobnie jak na zamianie domowników, kiedy to zostawi nieszczęsną Mary, by zyskać towarzystwo lady Russell.

Pragnęła uniknąć spotkania z kapitanem Wentworthem w Kellynch Hall – pokoje, które oglądały poprzednie ich spotkania, przypomną teraz o nich boleśnie; najbardziej chciała, by lady Russell i kapitan Wentworth nie zetknęli się w ogóle. Nie lubili się wzajemnie, a odnowienie znajomości nie mogło przynieść nic dobrego; lady Russell, widząc ją, Annę, z kapitanem, mogłaby pomyśleć, że on jest zbyt pewny siebie, ona zaś nie dość.

Te sprawy stanowiły jej główną troskę, gdy wybiegała myślą ku przeprowadzce z Uppercross, gdzie w swoim przekonaniu wystarczająco już długo mieszkała. To, że mogła się przydać małemu Karolowi, zawsze będzie osładzać wspomnienia tego dwumiesięcznego pobytu, lecz chłopczyk szybko powracał do zdrowia, a ona nie miała żadnych innych powodów, by tu pozostawać.

Zakończenie jednak jej pobytu u siostry zostało urozmaicone, i to w sposób, którego się wcale nie spodziewała. Po dwóch pełnych dniach nieobecności w Uppercross i braku wszelkich wiadomości kapitan przyjechał nagle, by usprawiedliwić się i opowiedzieć, co go zatrzymało.

List od przyjaciela, kapitana Harville'a, list, który wreszcie trafił do Kellynch Hall, przyniósł wiadomość, że ów przyjaciel wraz z rodziną osiadł na zimę w Lyme – czyli że nic o tym nie wiedząc, obydwaj panowie znaleźli się w odległości dwudziestu mil od siebie. Kapitan Harville nie cieszył się dobrym zdrowiem od czasu, kiedy to dwa lata temu został ciężko ranny, a kapitan Wentworth, pragnąc się z nim spotkać, postanowił natychmiast jechać do Lyme. Zabawił tam dwadzieścia cztery godziny. Został przez towarzystwo całkowicie uniewinniony, a jego przyjacielskie uczucia zyskały gorące uznanie. Wszyscy zaciekawili się żywo osobą jego przyjaciela, opis zaś pięknych okolic Lyme zrobił wrażenie na zebranych i wzbudził chęć obejrzenia tej miejscowości, wskutek czego powstał naprędce projekt pojechania tam na wycieczkę.

Młode towarzystwo ogromnie chciało jechać do Lyme. Kapitan Wentworth mówił, że sam się tam ponownie wybiera – to tylko siedemnaście mil od Uppercross. Choć już listopad, pogoda wcale nie była zła, tak więc Luiza, najgorliwsza z gorliwych, podjęła decyzję o wyjeździe i – oprócz przyjemności postawienia na swoim, zbrojna teraz w przekonanie o słuszności trwania w uporze – oparła się namowom matki i ojca, by odłożyć wycieczkę do lata. Tak więc mieli jechać do Lyme – Karol, Mary, Anna, Henrietta, Luiza i kapitan Wentworth.

Pierwszy pochopny projekt zakładał wyjazd rankiem i powrót wieczorem, lecz na to nie chciał się zgodzić pan Musgrove ze względu na konie. Kiedy rozważono sprawę spokojnie, wszyscy doszli do wniosku, że jeden listopadowy dzień nie zostawi im wiele czasu na obejrzenie nowego miejsca, po odjęciu siedmiu godzin, jak tego wymagał rodzaj terenu, na jazdę w obydwie strony. W związku z tym postanowiono zanocować w Lyme, a w Uppercross rodzice mieli się ich spodziewać nie wcześniej niż następnego dnia wieczorem. Ten plan uznano za znacznie lepszy, lecz mimo że zebrali się na dość wczesnym śniadaniu i wyruszyli punktualnie, było już dobrze po południu, kiedy dwa pojazdy, powóz Musgrove'ów, w którym jechały cztery panie, i kariolka Karola, w której wiózł kapitana Wentwortha – zaczęły zjeżdżać z długiego wzgórza do Lyme i wjechały na jeszcze bardziej stromą ulicę miasta. Jasne było, że nie wystarczy im czasu na nic więcej jak rozejrzenie się wokoło, nim skończy się światło i ciepło dnia.

Kiedy najęli już pokoje i zamówili kolację w gospodzie, pozostało im tylko jedno – a mianowicie spacer nad morze. Nie mogli liczyć o tej porze roku na rozrywki czy niespodzianki, których Lyme jako miejscowość kuracyjna mogłoby w innym okresie dostarczyć. Sale Ansamblowe zamknięte, niemal wszyscy kuracjusze wyjechali, nie został prawie nikt oprócz stałych mieszkańców, a że w samych budynkach nie było nic do podziwiania, oczy przybyszów musiały się cieszyć niezwykłym położeniem miasta i głównej ulicy niemal wpadającej do morza, drogą na stare molo Cobb, zamykające wdzięcznym półkolem miłą zatoczkę ożywioną w sezonie ruchomymi kabinami do kąpieli i tłumem ludzi, oraz samym molem ze wszystkimi jego starymi cudami i nowymi udoskonaleniami, z piękną linią skał ciągnącą się na wschód od miasta – a dziwny musiałby to być przybysz, który nie dostrzegłby uroku najbliższych okolic Lyme i którego by one nie zachęciły do lepszego ich poznania. Wysoko położone

Charmouth i jego rozległe przestrzenie, a jeszcze bardziej rozkoszna, ustronna zatoczka z tłem ciemnych skał, gdzie niskie głazy na piasku tworzą urocze miejsca, z których można w nieskończoność kontemplować fale przypływu i odpływu, lesista, urozmaicona, pogodna wioska Górne Lyme, a nade wszystko Pinny i jego zielone rozpadliny pośród romantycznych skał, gdzie rozrzucone gdzieniegdzie sosny i bujne sady świadczą, że wiele musiało minąć pokoleń, odkąd pierwsze pęknięcia skał przygotowały grunt pod taki pejzaż, gdzie roztaczają się widoki cudowne, wdzięczne, piękniejsze niż słynne widoki na wyspie Wight – te miejsca trzeba odwiedzić, i to odwiedzić kilkakrotnie, by pojąć, ile warte jest Lyme.

Towarzystwo z Uppercross minęło opuszczone teraz i smutne Sale Ansamblowe, a schodząc coraz niżej, znalazło się wkrótce nad brzegiem morza. Zwalniając tylko kroku, tak jak zwlekać i patrzeć musi w pierwszej chwili po powrocie nad morze każdy, kto w ogóle zasługuje na to, by na nie patrzeć – ruszyli w stronę mola Cobb, które było zarówno celem ich wyprawy, jak celem drogi kapitana Wentwortha, Harville'owie bowiem osiedlili się w małym domku u stóp tego starego mola, zbudowanego w zamierzchłych czasach. Kapitan Wentworth skręcił, by zajść do swych przyjaciół, reszta poszła naprzód, a on miał dołączyć do nich na molo.

Nie zmęczyli się ani trochę podziwianiem okolicy i nawet Luiza zdawała się nie odczuwać jeszcze nieobecności kapitana Wentwortha, kiedy ten dogonił ich wraz z trojgiem towarzyszy, znanych im dobrze z opowiadania – kapitanem Harville'em, jego żoną i kapitanem Benwickiem, który z nimi zamieszkiwał.

Kapitan Benwick był przed jakimś czasem pierwszym oficerem na „Lakonii", a to, co mówił o nim kapitan Wentworth po pierwszej wizycie w Lyme – gorące uznanie dla nadzwyczajnego młodzieńca i wysoko cenionego oficera – musiało mu zdobyć przychylność wszystkich słuchaczy, szczególne zaś zainteresowanie dam wzbudziła krótka opowieść o jego życiu prywatnym. Kapitan Benwick był zaręczony z siostrą kapitana Harville'a, a teraz opłakiwał jej stratę. Przez rok czy dwa lata czekali na uśmiech fortuny i promocję. Fortuna uśmiechnęła się, udział kapitana w zdobyczy był wielki, promocja również przyszła wreszcie, ale Fanny Harville już jej nie doczekała. Umarła latem, kiedy kapitan był na morzu. Kapitan Wentworth mówił, że nie sądzi, by jakikolwiek mężczyzna mógł bardziej kochać kobietę, niż biedny Benwick kochał Fanny Harville, albo żeby tak straszliwe wydarzenie mogło być dla kogoś większym ciosem. Powiadał, że samo usposobienie tego człowieka sprawia, iż musi bardzo silnie przeżywać ból, z gorącą uczuciowością bowiem łączy ciche, poważne i powściągliwe obejście oraz zdecydowane upodobanie do książek i domowego zacisza. Żeby zakończyć tę interesującą historię, dodał, iż przyjaźń pomiędzy kapitanem Benwickiem i Harville'ami jeszcze się pogłębiła wskutek wydarzenia, które zniweczyło wszelkie nadzieje na połączenie ich węzłem powinowactwa, i kapitan mieszkał teraz stale ze swymi przyjaciółmi. Kapitan Harville wynajął obecny swój dom na pół roku, jako że jego upodobania, zdrowie i sytuacja majątkowa nakazywały mu mieszkać skromnie i nad morzem, wspaniała zaś okolica i odludność Lyme w zimie bardzo odpowiadały kapitanowi Benwickowi w jego obecnym stanie ducha. Wzbudziło to we wszystkich sympatię i życzliwość dla kapitana.

„A jednak – mówiła do siebie Anna, kiedy ruszyli ku nadchodzącemu towarzystwu – on nie ma chyba w sercu większego bólu niż ja. Nie mogę uwierzyć, by jego nadzieje zostały na zawsze zwarzone. Jest młodszy ode mnie, młodszy uczuciowo, jeśli nie wiekiem; młodszy jako mężczyzna. Otrząśnie się jeszcze, znajdzie szczęście z inną".

Oba towarzystwa spotkały się i dokonano wzajemnej prezentacji. Kapitan Harville był to wysoki, ciemny mężczyzna, z rozumną, dobrotliwą twarzą; utykał nieco. Jego ostre rysy i brak tężyzny sprawiały, że wydawał się o wiele starszy od kapitana Wentwortha. Kapitan Benwick wyglądał na najmłodszego z nich trzech i rzeczywiście był najmłodszy, a w porównaniu z przyjaciółmi robił wrażenie niskiego. Miał miłą twarz i melancholijne obejście, takie jak mieć powinien, i nie brał udziału w rozmowie.

Choć kapitan Harville nie dorównywał manierami kapitanowi Wentworthowi, był dżentelmenem w każdym calu, człowiekiem naturalnym, serdecznym i uprzejmym. Pani Harville, nieco mniej obyta niż jej mąż, wyglądała na osobę równie zacną, a nic nie mogło być milsze od ich pragnienia, by całe towarzystwo – jako grono przyjaciół kapitana Wentwortha – uważać za własnych przyjaciół; nic nie mogło być serdeczniejszym wyrazem gościnności niż naleganie, by przybysze obiecali zjeść z nimi kolację. Zamówiona już kolacja w gospodzie została wreszcie, aczkolwiek niechętnie, uznana za usprawiedliwienie, lecz państwo Harville'owie byli niemal urażeni faktem, iż kapitan Wentworth przywiózł swoich przyjaciół do Lyme, nie uważając za rzecz oczywistą, iż kolację zjedzą w ich domku.

Tyle było w tym wszystkim świadectw przywiązania do kapitana Wentwortha, tak niezwykły był urok wielkiej, niespotykanej gościnności, całkiem innej niż pospolity zwyczaj przyjmowania i wydawania zaproszeń na ceremonialne i wystawne przyjęcia, że Anna doszła do wniosku, iż ta coraz bliższa znajomość z jego współbraćmi oficerami niewiele poprawi jej nastrój. „To wszystko byliby moi przyjaciele" – myślała i te myśli sprawiały, że i ona również musiała walczyć z wielką skłonnością do smutku.

Opuściwszy molo, weszli razem do domku nowych przyjaciół, gdzie zobaczyli pokoiki tak małe, iż tylko ludzie zapraszający całym sercem mogli sądzić, że pomieści się w nich tak liczne towarzystwo. Anna w pierwszej chwili również się nieco zdumiała, lecz wkrótce doznała przyjemniejszych wrażeń, gdy zobaczyła najróżniejsze przemyślne udoskonalenia i wynalazki kapitana Harville'a, mające na celu najlepsze wykorzystanie tak małej powierzchni, uzupełnienie brakujących sprzętów w wynajętym umeblowanym domku i zabezpieczenie okien i drzwi przed zimowymi wichrami, których należało się spodziewać. Ogromnie ubawiło Annę, a nawet więcej niż ubawiło, niejednolite umeblowanie pokoi, gdzie zwykłe, najpotrzebniejsze sprzęty dostarczone przez właściciela, proste i pospolite, kontrastowały z kilkoma wspaniale wykonanymi meblami z rzadkich gatunków drewna i z różnymi cennymi osobliwościami przywiezionymi z wielu odległych krajów, jakie odwiedzał kapitan; na wszystkim znać było jego zawód, rezultaty trudów i wpływ, jaki miał ten zawód na jego zwyczaje. Był to wizerunek spokoju i domowej szczęśliwości rekompensującej w oczach Anny wszelkie braki.

Kapitan Harville nie ślęczał wiele nad książkami, lecz obmyślił dla nich doskonałe pomieszczenie i wymodelował bardzo ładne półki dla całkiem pokaźnego zbioru pięknie oprawnych foliałów, które stanowiły własność kapitana Benwicka. Chroma noga nie pozwalała mu wiele się ruszać, lecz umysł pracowity i rojący się od pomysłów dawał mu bezustanne zajęcie w domu. Rysował, werniksował, rzeźbił, kleił, robił zabawki dla dzieci, wymyślał nowe szydła do naprawy sieci i zapinki, a jeśli nie miał nic innego do roboty, siadał w kącie pokoju przy swojej wielkiej sieci na ryby.

Kiedy wychodzili z tego domu, Anna pomyślała, że zostawia za sobą wielkie szczęście, a Luiza, z którą szła właśnie, wybuchnęła słowami zachwytu uniesienia i podziwu dla charakteru marynarzy – ich przyjaźni, braterstwa, szczerości, uczciwości – oświadczając, że w jej przekonaniu żeglarze mają więcej walorów i serca niż ludzie wszystkich innych zawodów, że tylko oni wiedzą, jak żyć, i tylko oni zasługują na szacunek i miłość.

Wrócili, by się przebrać na kolację; tak im się dotychczas udała wycieczka, że nie mieli najmniejszych powodów do narzekania, chociaż było „już całkiem po sezonie" i „nie oczekiwano gości", i „nie ma teraz ruchu w Lyme" – jak brzmiały liczne usprawiedliwienia właścicieli gospody.

Anna uodporniła się już na towarzystwo kapitana Wentwortha pomimo wszelkich poprzednich obaw, toteż zasiadanie z nim przy jednym stole i wymiana pospolitych grzeczności przy jedzeniu (nigdy nie wyszli poza to) budziły coraz mniej emocji.

Noce były już zbyt ciemne, by panie mogły się spotkać tego dnia jeszcze, lecz kapitan Harville obiecał przyjść wieczorem; przyszedł i przyprowadził ze sobą swego przyjaciela, czego się nikt nie spodziewał, wszyscy bowiem zgodnie stwierdzili, że kapitan Benwick wygląda na człowieka, któremu przykrość sprawia przebywanie wśród tak wielu obcych. Jednak odważył się wejść ponownie między nich, choć jego nastrój z pewnością nie pasował do ogólnej wesołości.

Podczas gdy kapitanowie Wentworth i Harville prowadzili rozmowę w jednej części pokoju, a powracając pamięcią do dawnych dni, przytaczali dosyć anegdot, by zająć i zabawić wszystkich pozostałych, Annie przypadło w udziale usiąść nieco z boku wraz z kapitanem Benwickiem. Powodowana szlachetnym odruchem, zapragnęła poznać go bliżej. Był nieśmiały i miał skłonność do zamyśleń, lecz budząca zaufanie łagodność jej twarzy i delikatne obejście wkrótce zrobiły swoje i Anna otrzymała sowitą zapłatę za początkowe starania. Był to niewątpliwie młodzieniec odznaczający się dużym smakiem i oczytaniem, głównie jednak w poezji – i Anna oprócz przekonania, że dzięki niej mógł przynajmniej tego wieczoru porozmawiać o sprawach nieinteresujących zapewne jego przyjaciół, uznała również, że oddała mu istotną przysługę, rzucając garść uwag co do konieczności i skuteczności walki ze strapieniem, uwag, które w naturalny sposób wynikły z toku ich rozmowy. Chociaż bowiem kapitan Benwick był nieśmiały, nie był zamknięty w sobie – miało się raczej wrażenie, że jego uczucia pragną rozerwać narzucone im więzy. Podczas rozmowy o poezji, o tym, jaka jest w obecnych czasach bogata, kiedy porównywali pokrótce swoje opinie co do najwybitniejszych poetów, starając się uzgodnić, czy lepszy jest *Marmion,* czy *Pani jeziora* i jak wysoką miarę osiągnęła *Narzeczona z Abydos* i *Giaur**, a ponadto, jak należy wymawiać ten tytuł – kapitan Benwick wykazał tak dokładną znajomość wszystkich najbardziej wzruszających pieśni jednego poety i wszelkich namiętnych opisów beznadziejnej męczarni drugiego, deklamował z tak wielkim przejęciem najrozmaitsze wiersze opisujące złamane serca, dusze trawione nieszczęściem, że wydawało się, iż pragnie, by zrozumiano, co się pod tym kryje w odniesieniu do niego samego. Anna odważyła się wówczas wyrazić nadzieję, że kapitan Benwick nie zawsze czytuje tylko poezję; powiedziała, że jej zdaniem największym nieszczęściem poezji jest to, iż rzadko mogą się nią bezpiecznie wzruszać ci, co ją przeżywają do głębi duszy, i że ludzie obdarzeni wielką wrażliwością – jedyni, którzy potrafią prawdziwie ocenić poezję – są tymi właśnie, którzy powinni smakować ją oszczędnie.

---

* *Marmion* i *Pani jeziora* – poematy Waltera Scotta; *Giaur* i *Narzeczona z Abydos* – poematy Byrona.

Wydawało się, że owa aluzja nie sprawiła mu przykrości, lecz przyjemność, a to ośmieliło Annę do zrobienia jeszcze paru uwag; czując zaś, że upoważnia ją do porady prawo duchowego starszeństwa, odważyła się zalecić mu większą ilość prozy w codziennej lekturze, a kiedy poprosił, by mówiła dokładniej, wymieniła takie dzieła najlepszych moralistów, zbiory najznakomitszej literatury, pamiętniki ludzi wielkich i cierpiących, jakie w danej chwili przyszły jej na pamięć, wybierając te, które mogłyby ożywić i wzmocnić jego ducha dzięki wielkości swych nauk i sile przykładów trwałości moralnej i religijnej.

Kapitan Benwick słuchał uważnie; wydawało się, że jest wdzięczny za okazane mu zainteresowanie, i choć kręcił głową i wzdychał, co miało oznaczać, jak niewiele ma wiary w skuteczność jakichkolwiek książek wobec rozmiarów jego boleści, zanotował jednak nazwy tych, które rekomendowała, i obiecał je zdobyć i przeczytać.

Kiedy wieczór się skończył, Anna z rozbawieniem zdała sobie sprawę, że przyjechała do Lyme, by uczyć cierpliwości i rezygnacji młodego człowieka, którego nigdy przedtem nie widziała – obawiała się przy tym, że jak wielu wielkich moralistów i kaznodziei, okazała wymowność w przedmiocie, z którego sama pewno nie zdałaby egzaminu.

Rozdział XII

Następnego ranka Anna i Henrietta wstały wcześniej niż reszta towarzystwa i postanowiły razem przejść się nad morze przed śniadaniem. Zeszły na plażę, by przyjrzeć się fali przypływu, którą rześki południowo-wschodni wiatr pędził ku nim w całej wspaniałości, na jaką pozwalał płaski brzeg. Wychwalały ranek, zachwycały się morzem, rozkoszowały się świeżością wiatru – wreszcie zamilkły. Potem Henrietta zaczęła nagle:

– Och, tak, jestem pewna, że z nielicznymi wyjątkami powietrze morskie jest dobre dla zdrowia. Pastorowi Shirleyowi niezmiernie posłużyło po chorobie w zeszłym roku na wiosnę, co do tego nie ma wątpliwości. On sam powiada, że miesięczny pobyt w Lyme więcej mu przyniósł pożytku niż wszystkie lekarstwa, jakich zażywał, i że nad morzem zawsze czuje się znowu młody. I wiesz, ciągle myślę, jaka to szkoda, że on nie mieszka stale nad morzem. Wydaje mi się, że powinien porzucić Uppercross i przenieść się do Lyme. A ty, Anno, co o tym sądzisz? Czy nie zgadzasz się ze mną, że nie mógłby zrobić nic lepszego zarówno ze względu na siebie, jak i na swoją żonę? Wiesz, że ona ma tutaj rodzinę i bardzo wielu znajomych, czułaby się wśród nich pogodnie, a jestem przekonana, że wolałaby mieszkać w miejscu, gdzie będzie miała pod ręką pomoc lekarską na wypadek, gdyby pastor miał następny atak. Doprawdy, to bardzo przykre, żeby tacy wspaniali ludzie jak pastor i jego żona, którzy przez całe życie dobrze czynili, mieli dożywać swych dni w takim miejscu jak Uppercross, gdzie poza naszą rodziną nie utrzymują z nikim stosunków. Chciałabym, żeby przyjaciele poradzili im wyjazd do Lyme. Myślę, że doprawdy powinni to zrobić. Jeśli zaś idzie o dyspensę od pełnienia posługi kościelnej, to człowiek w tym wieku i z taką opinią nie powinien mieć trudności. Wątpię tylko, czy cokolwiek na świecie zdoła go skłonić do opuszczenia parafii. To człowiek tak skrupulatny i zasadniczy w swoich poglądach, przesadnie skrupulatny, muszę powiedzieć. Czy nie uważasz, Anno, że to przesadna skrupulatność? Czy nie myślisz, że pastor poświęcający swe zdrowie na rzecz obowiązków, które równie dobrze może wykonać kto inny, błądzi w swoim sumieniu? Poza tym w Lyme, odległym tylko o siedemnaście mil, znajdowałby się dostatecznie blisko, by usłyszeć skargi, jeśli ludzie znaleźliby jakiś powód do niezadowolenia.

Słuchając tego, Anna kilka razy uśmiechnęła się w duchu, po czym podjęła temat, gotowa wyświadczyć dobry uczynek, wczuwając się równie mocno w uczucia młodej dziewczyny, jak poprzednio – młodego człowieka; chociaż w tym wypadku ów dobry uczynek był niższego rzędu, cóż bowiem mogła zrobić, jak nie przytaknąć wszystkiemu? Powiedziała więc to, co było rozsądne i właściwe – zgodziła się, że pastor Shirley ma prawo do odpoczynku; uznała, że jest bardzo pożądane, by miał stałego wikariusza – jakiegoś rzutkiego, godnego szacunku młodego człowieka – i była nawet tak uprzejma, że napomknęła, iż byłoby najlepiej, aby taki stały wikariusz był żonaty.

– Pragnęłabym – mówiła Henrietta zadowolona ze słów towarzyszki – żeby lady Russell mieszkała w Uppercross i była w dobrych stosunkach z pastorem. Zawsze słyszałam, że lady Russell jest kobietą, która ma na każdego ogromny wpływ. Uważam ją za osobę, która zdolna jest namówić człowieka do wszystkiego. Boję się jej, bo jest taka okropnie mądra, ale mam dla niej wielki szacunek i chciałabym, żebyśmy mieli taką sąsiadkę w Uppercross.

Anna ubawiona była sposobem wyrażania przez Henriettę wdzięczności, ubawiona też i tym, że bieg wypadków i nowe zainteresowania Henrietty zyskały lady Russell przychylność przynajmniej jednego członka rodziny Musgrove'ów; zdążyła jednak tylko dać ogólnikową odpowiedź oraz wyrazić również własne pragnienie, by tego rodzaju kobieta mogła mieszkać w Uppercross, kiedy dyskusja na wszelkie tematy ucichła nagle, panie zobaczyły bowiem idących w ich kierunku Luizę z kapitanem Wentworthem. Oni też wyszli na przechadzkę przed śniadaniem, lecz Luiza przypomniała sobie nagle, że ma coś do załatwienia w sklepie, i poprosiła wszystkich, by wrócili razem z nią do miasta. Byli na jej usługi.

Kiedy podeszli do schodków prowadzących z plaży na górę, jakiś dżentelmen, który właśnie miał zamiar zejść tędy na dół, cofnął się uprzejmie i zatrzymał, by ich przepuścić. Weszli na górę, a w chwili gdy go mijali, dżentelmen ów spojrzał na Annę i na jego twarzy odmalował się tak ogromny i szczery zachwyt, że młoda panna nie mogła tego nie zauważyć. Wyglądała nadzwyczaj korzystnie – jej regularne, ładne rysy, którym rześki wiatr owiewający skórę przywrócił świeżość i urok młodości, jej ożywiony wzrok – wszystko to tworzyło doskonałą całość. Było oczywiste, że ów dżentelmen (z zachowania dżentelmen w każdym calu) był nią oczarowany. Kapitan Wentworth obrócił się natychmiast ku niej w sposób, który dowodził, że zauważył ten incydent. Rzucił na nią przelotne spojrzenie – bystre spojrzenie, które jakby mówiło: „Ten człowiek zachwycił się tobą i nawet ja w tej chwili dostrzegam coś, co przypomina nieco dawną Annę Elliot".

Towarzyszyli Luizie podczas zakupów, przeszli się jeszcze trochę, po czym wrócili do gospody; Anna zaś, wychodząc ze swego pokoju szybkim krokiem do jadalni, o mało nie wpadła na tego samego dżentelmena, który wychodził z sąsiednich apartamentów. Już poprzednio domyślała się, że to przejezdny jak oni, i uznała, że postawny stangret, który przechadzał się nieopodal dwóch gospód, a którego zobaczyli, wracając z miasta, to jego służący. Potwierdzał to fakt, że zarówno pan, jak i służący nosili żałobę. Teraz okazało się, że mieszka w tej samej gospodzie, co i oni, a podczas tego drugiego spotkania, choć krótkiego, znowu świadczył wyrazem twarzy, że uważa ją za uroczą osobę, a grzecznością usprawiedliwień – że jest człowiekiem o doskonałych manierach. Robił wrażenie mężczyzny około trzydziestki i choć nie był szczególnie przystojny, miał bardzo miłą powierzchowność. Anna poczuła ciekawość, kto to może być.

Skończyli już niemal śniadanie, kiedy turkot kół (chyba pierwszy, jaki usłyszeli od swego przyjazdu do Lyme) przyciągnął połowę towarzystwa do okna.

– To pojazd jakiegoś dżentelmena, kariolka – usłyszała – ale podjeżdża tylko od stajni pod drzwi frontowe. Ktoś zapewne wyjeżdża. Powozi służący w żałobie.

Słowo „kariolka" sprawiło, że Karol Musgrove podskoczył, by porównać ją ze swoją, a służący w żałobie wzniecił ciekawość Anny i cała szóstka zebrała się przy oknie; właśnie wtedy właściciel kariolki wyszedł z gospody i żegnany uniżonymi ukłonami służby, wsiadł i odjechał.

– Ach! – zawołał kapitan Wentworth, rzucając na Annę przelotne spojrzenie. – To właśnie ten mężczyzna, którego minęliśmy.

Obie panny Musgrove przytaknęły; wszyscy odprowadzali wzrokiem odjeżdżającego dżentelmena, dopóki nie zniknął im z oczu, po czym powrócili do śniadaniowego stołu. Wkrótce wszedł do pokoju służący.

– Powiedz mi – zaczął natychmiast kapitan Wentworth – czy znasz nazwisko tego pana, który właśnie wyjechał?

– Tak, jaśnie panie, to pan Elliot, bardzo bogaty pan; przyjechał zeszłego wieczoru z Sidmouth; pewno wielmożni państwo słyszeli, jak zajeżdżał, bo akurat była kolacja; a teraz pojechał do Crewkherne, w drodze do Bath i do Londynu.

– Elliot! – powtarzali to nazwisko i przez chwilę spoglądali nawzajem na siebie, nim wiadomość do nich dotarła mimo szybkiej i wyczerpującej odpowiedzi służącego.

– Boże wielki! – krzyknęła Mary – to musi być nasz kuzyn! To musi być nasz pan Elliot, na pewno, na pewno! Karolu, Anno, prawda? W żałobie, widzicie; tak jak musiałby być nasz pan Elliot! Jakie to niezwykłe! W tej samiutkiej gospodzie, co my! Anno, prawda, że to na pewno pan Elliot? Ten, który będzie dziedziczył po naszym ojcu? Powiedzcie mi, proszę – zwróciła się do służącego – czy nie słyszeliście… czy służący nie mówił, że jego pan należy do rodu z Kellynch?

– Nie, proszę pani, nie wymieniał żadnej rodziny, ale powiadał, że jego pan jest bardzo bogaty i kiedyś zostanie baronetem.

– Widzicie! – zawołała w uniesieniu Mary. – Tak jak mówiłam! Dziedzic sir Waltera Elliota! Byłam przekonana, że jeśli tak jest, to o tym usłyszymy. Powiadam wam, że to jest informacja, którą jego służba pilnie rozgłasza, gdziekolwiek się znajdzie. Ale pomyśl tylko, Anno, jakie to niebywałe! Szkoda, że nie przyjrzałam mu się z bliska. Szkoda, że nie dowiedzieliśmy się w czas, kto to taki, żeby mógł się nam przedstawić. Jakie to przykre, że się nie mogliśmy poznać. Czy sądzisz, że ma rysy Elliotów? Ledwo na niego spojrzałam, przyglądałam się koniowi, ale wydaje mi się, że on ma w twarzy coś z Elliotów. Dziwię się, że nie widziałam jego herbu… ach, płaszcz wisiał na drzwiczkach i zakrył herb; tak, na pewno, bo inaczej bym zauważyła, i liberię również; gdyby służący nie nosił żałoby, można by go było rozpoznać po liberii.

– Zebrawszy razem te wszystkie niezwykłe wieści – stwierdził kapitan Wentworth – musimy się zgodzić, że opatrzność nie chciała, aby państwo poznali się ze swym kuzynem.

Kiedy Anna zdołała przyciągnąć uwagę Mary, próbowała jej łagodnie wytłumaczyć, że stosunki między jej ojcem i panem Elliotem są od wielu lat takie, iż chęć nawiązania znajomości mogłaby się okazać wręcz niewłaściwa. Lecz jednocześnie była bardzo zadowolona, że mogła zobaczyć swego kuzyna i stwierdzić, iż przyszły właściciel Kellynch jest niewątpliwie dżentelmenem i wygląda na człowieka rozsądnego. Za żadne skarby nie przyznałaby się, że spotkała się z nim dwukrotnie – na szczęście Mary nie przywiązywała wielkiej wagi do tego, że minęli się z nim w czasie porannego spaceru, ale z pewnością uważałaby się za pokrzywdzoną, gdyby wiedziała, że Anna wpadła na niego na korytarzu i otrzymała jego bardzo grzeczne przeproszenia, podczas gdy ona, Mary, nigdy się nawet do niego nie zbliżyła. Nie, to króciutkie kuzynowskie spotkanie musi pozostać tajemnicą.

– Oczywiście – mówiła Mary – musisz napisać o naszym spotkaniu z panem Elliotem w następnym liście do Bath. Myślę, że tatuś powinien o tym wiedzieć; proszę, opisz mu wszystko.

Anna odpowiedziała wymijająco, uważała bowiem, że ta właśnie wiadomość nie tylko jest zbędna, ale że należy ją ukryć. Wiedziała, jak obrażono ojca wiele lat temu, podejrzewała, jaki był w tej sprawie udział Elżbiety, nie miała zaś wątpliwości, że sama myśl o panu Elliocie zawsze irytowała obydwoje. Mary nigdy nie pisała do Bath i cały wysiłek podtrzymywania korespondencji z siostrą spadał na Annę.

Niewiele czasu upłynęło od śniadania, kiedy do towarzystwa przyłączył się kapitan Harville z żoną i kapitan Benwick, z którymi mieli odbyć ostatni spacer po Lyme. Powinni wyruszyć do Uppercross około pierwszej, a do tego czasu chcieli być jak najdłużej razem na świeżym powietrzu.

Kiedy wszyscy znaleźli się na ulicy, Anna zauważyła, że kapitan Benwick stara się zbliżyć do niej. Ich rozmowa poprzedniego wieczoru nie usposobiła go do niej niechętnie; tak więc przez pewien czas szli obok siebie, rozmawiając jak poprzednio o Walterze Scotcie i lordzie Byronie, i wciąż nie potrafili – tak jak nie potrafi tego żadna para rozmówców – ocenić jednakowo zalet obu tych twórców, kiedy jakaś drobna okoliczność przemieszała towarzystwo i Anna zamiast koło kapitana Benwicka znalazła się przy boku kapitana Harville'a.

– Panno Elliot – odezwał się do niej cichym tonem – zrobiłaś dobry uczynek, zmuszając tego biedaka do mówienia tak wiele. Chciałbym, żeby częściej przebywał w takim towarzystwie. Wiem, że to bardzo dla niego niedobre tak się zamykać, ale cóż możemy zrobić? Nie potrafimy się rozstać.

– Nie – odpowiedziała Anna – łatwo mi uwierzyć, że to nie do pomyślenia, ale może po pewnym czasie... wiemy, co czyni czas w każdym nieszczęściu, a musisz pamiętać, kapitanie Harville, że twój przyjaciel nosi, jeśli to tak można nazwać, świeżą żałobę. To było, zdaje się, ostatniego lata, nieprawdaż?

– Tak, to prawda – rzekł z głębokim westchnieniem. – W czerwcu zaledwie.

– I zapewne nie dowiedział się o tym natychmiast.

– Nie, dopiero w pierwszym tygodniu sierpnia, kiedy powrócił z Przylądka Dobrej Nadziei, akurat dostał nominację na dowódcę „Grapplera". Byłem w Plymouth i bałem się usłyszeć, że już przypłynął. Przysyłał listy, ale „Grappler" miał rozkaz płynąć do Portsmouth. Tam musiała go dojść wiadomość, ale któż miał mu ją zawieźć? Nie ja. Wolałbym, żeby mnie powiesili na rei. Nikt tego nie mógł uczynić oprócz tego zacnego człowieka. – Tu wskazał na kapitana Wentwortha. – „Lakonia" wpłynęła do Plymouth tydzień wcześniej i nie było obawy, by miała zaraz wyjść w morze. Co do reszty, zaryzykował. Napisał z prośbą o krótki urlop, lecz nie czekając odpowiedzi, jechał noc i dzień, aż znalazł się w Portsmouth, popłynął natychmiast na „Grapplera" i już nie opuścił tego biedaka Benwicka ani na chwilę przez cały tydzień. Tak postąpił, nie inaczej, a nikt inny nie mógłby uratować biednego Jamesa. Może pani sobie wyobrazić, jak bardzo go kochamy.

Anna potrafiła to sobie doskonale wyobrazić i odpowiedziała tak, jak jej nakazywały własne uczucia czy też jego uczucie, bo był zbyt wzruszony, by wracać do tego tematu, i kiedy odezwał się ponownie, mówił już o czymś zupełnie innym.

Pani Harville uznała, że mąż jej będzie miał dosyć spaceru akurat, kiedy dojdzie do domu, i w ten sposób zdecydowano o kierunku przechadzki, która dla całego towarzystwa miała być ostatnia. Mieli odprowadzić państwa Harville'ów do ich drzwi, a potem wrócić i wyruszyć w drogę do Uppercross. Obliczyli, że akurat im na to wystarczy czasu, ale kiedy zbliżyli się do mola Cobb, wszyscy zapragnęli przejść się po nim jeszcze raz i tak zapalili się do tego pomysłu, a Luiza tak się przy nim uparła, że doszli wreszcie do wniosku, iż różnica piętnastu minut to właściwie żadna różnica. Pożegnali się więc serdecznie, wymienili najuprzejmiejsze zaproszenia i obietnice, jakie tylko można sobie wyobrazić, i rozstali się z kapitanem i panią Harville przed drzwiami ich domku, po czym wciąż w towarzystwie kapitana Benwicka, który najwidoczniej chciał być z nimi do końca, ruszyli, by jak należy pożegnać z molem.

Anna stwierdziła, że kapitan Benwick znowu kieruje się ku niej, a roztaczający się przed nimi widok przywiódł mu oczywiście na pamięć „szafirowe morza" lorda Byrona. Z przyjemnością skupiła uwagę na poemacie, jak długo było możliwe, lecz wkrótce musiała z konieczności zwrócić ją gdzie indziej.

Wiatr był zbyt mocny, by paniom mógł odpowiadać spacer po górnym pokładzie nowego mola Cobb, postanowiono więc zejść po schodkach na dolny poziom; wszyscy starali się zejść spokojnie i ostrożnie po stromych schodkach, z wyjątkiem Luizy – ona musi z nich zeskoczyć, a kapitan Wentworth musi jej podać rękę. Podczas wszystkich dotychczasowych spacerów upierała się, by tak skakać z każdego przełazu – sprawiało jej to niesłychaną przyjemność. Lecz kapitan, widząc, jak twardy jest chodnik, na który będzie musiała zeskoczyć, mniej był do tego skory – uległ jednak. Zeskoczyła szczęśliwie i w następnej chwili, chcąc okazać radość, pobiegła z powrotem po schodkach, by skoczyć jeszcze raz. Próbował jej to wyperswadować, mówił, że wstrząs przy skoku jest zbyt duży, lecz na próżno prosił i tłumaczył.

– Postanowiłam, że zeskoczę – upierała się.

Wyciągnął ręce, lecz wyprzedziła go o pół sekundy; upadła na chodnik dolnego mola i podniesiono ją stamtąd bez życia.

Nie było rany ani krwi, ani widocznego sińca, lecz oczy miała zamknięte, twarz bladą, nie oddychała, i wyglądała jak martwa. Straszna to była chwila dla wszystkich.

Kapitan Wentworth, który ją podniósł, klęczał, trzymając nieprzytomną w ramionach, i patrzył na nią z twarzą równie bladą jak jej twarz w rozpaczliwym milczeniu.

– Nie żyje, nie żyje! – krzyknęła Mary, chwytając męża, którego strach przykuł do miejsca.

W następnej chwili Henrietta obezwładniona tą pewnością straciła również przytomność i upadłaby na schodki, gdyby jej nie chwycili i nie przytrzymali kapitan Benwick i Anna.

– Czy nikt nie może mi pomóc? – brzmiały pierwsze słowa kapitana Wentwortha, wypowiedziane z taką rozpaczą, jakby opadł z sił.

– Idźże do niego, kapitanie! – poleciła Anna. – Na litość boską, proszę iść do niego. Sama utrzymam Henriettę. Proszę mnie zostawić i iść do niego. Rozetrzyjcie jej ręce, natrzyjcie skronie; tu są sole, proszę.

Kapitan Benwick posłuchał, a i Karol uwolnił się w tej chwili od żony i razem znaleźli się przy Luizie. Podnieśli ją i podtrzymywali teraz wspólnymi siłami. Wszystko, co Anna powiedziała, zostało zrobione, lecz daremnie. Kapitan Wentworth zatoczył się, oparł o ścianę i krzyknął z rozpaczą pełną goryczy:

– O Boże! Jej rodzice!

– Doktora! – zawołała Anna.

Podchwycił to słowo – wydawało się, że to go natychmiast ocuciło. Powiedział tylko:

– Tak, tak, doktora! – Rzucił się, by biec po niego, lecz Anna zdążyła go powstrzymać:

– Kapitan Benwick... czy nie lepiej, żeby poszedł kapitan Benwick? On wie, gdzie tutaj można znaleźć doktora.

Każdy, kto zdolny był myśleć, zrozumiał słuszność tych słów i w tym samym momencie (wszystko to działo się błyskawicznie) kapitan Benwick oddał biedną, wyglądającą jak zmarła, pannę całkowicie pod opiekę jej brata i z wielkim pośpiechem ruszył ku miastu.

Jeśli zaś idzie o pozostawionych na molo nieszczęśników, trudno powiedzieć, kto z tych, co nie potracili głowy, najbardziej cierpiał – kapitan Wentworth, Anna czy Karol, który był naprawdę bardzo kochającym bratem i teraz, pochylając się nad Luizą, wstrząsany szlochami rozpaczy, przenosił tylko wzrok z jednej siostry na drugą, również nieprzytomną, i patrzył na rozhisteryzowaną żonę wołającą do niego o pomoc, której nie mógł przecież udzielić.

Anna zajmowała się Henriettą z całym oddaniem, nie tracąc jednak rozsądku; starała się znaleźć jakąś pociechę dla innych: uspokoić Mary, dodać ducha Karolowi, złagodzić cierpienia kapitana Wentwortha – wszystko jednocześnie. Obaj mężczyźni, zdawało się, czekali jej wskazówek.

– Anno, Anno! – wołał Karol. – Co teraz robić? Na litość boską, co robić?

Wzrok kapitana Wentwortha również był na nią skierowany.

– Czy nie lepiej zanieść ją do gospody? Tak, na pewno trzeba ją ostrożnie przenieść do gospody.

– Tak, tak, do gospody – powtórzył kapitan Wentworth względnie opanowany, spragniony działania. – Sam ją zaniosę. Zajmij się pozostałymi, panie Karolu.

Tymczasem wieść o wypadku rozniosła się pomiędzy robotnikami i rybakami znajdującymi się w pobliżu mola i wokół Luizy zebrała się gromadka ludzi, by ofiarować swoje usługi, jeśli trzeba, a w każdym razie, by rozkoszować się widokiem nieżywej młodej damy, więcej – dwóch martwych młodych dam, bo prawda okazała się dwukrotnie wspanialsza od pogłoski. Henriettę powierzono kilku poczciwcom, których wygląd budził największe zaufanie – młoda panna bowiem, choć częściowo przyszła do siebie, była jednak zupełnie bez sił. Anna szła przy boku Henrietty, Karol prowadził żonę i przejęci uczuciami, których nie sposób wyrazić, ruszyli z powrotem drogą, którą tak niedawno, tak bardzo niedawno przemierzali z lekkim sercem.

Nie zeszli jeszcze z mola, kiedy spotkali Harville'ów. Koło ich domku widziano biegnącego kapitana Benwicka, z którego twarzy można było wyczytać, że stało się coś złego; ruszyli więc natychmiast, a po drodze dowiedzieli się o wypadku i zostali skierowani na miejsce zdarzenia. Choć kapitan Harville był ogromnie wstrząśnięty, wniósł między nich rozsądek i mocne nerwy, bardzo teraz potrzebne. Jedno spojrzenie wymienione z żoną zdecydowało, co należy zrobić. Luizę trzeba zanieść do ich domku – wszyscy muszą iść do nich i tam czekać na przybycie doktora. Nie chcieli słyszeć o żadnych skrupułach. Posłuchano kapitana Harville'a, wszyscy znaleźli się pod jego dachem i podczas gdy Luiza, wedle wskazówek pani Harville, została przeniesiona na górę i położona na łóżku pani domu, mąż jej służył pomocą, kordiałami i środkami trzeźwiącymi wszystkim, którzy tego potrzebowali.

Luiza otworzyła raz oczy, lecz natychmiast je zamknęła, nie odzyskując przytomności. Ten dowód życia był pociechą dla jej siostry, chociaż bowiem Henrietta nie mogła przebywać w tym samym co chora pokoju, teraz, przejęta strachem i nadzieją, broniła się przed ponownym popadnięciem w omdlenie. Mary też uspokajała się powoli.

Lekarz przybył tak szybko, aż wydawało się to nieprawdopodobne. Podczas gdy badał chorą, wszyscy odchodzili od zmysłów, lecz on nie tracił nadziei. Luiza doznała poważnego stłuczenia głowy, ale widział, jak ludzie z większymi obrażeniami wracali do zdrowia; bezwzględnie nie należy tracić nadziei – słowa lekarza brzmiały krzepiąco.

Fakt, że nie uważa przypadku za beznadziejny, że nie powiedział, iż w ciągu kilku godzin wszystko musi się skończyć, był początkowo wprost niewiarygodny. Można sobie wyobrazić, jakie zapanowało uniesienie, kiedy dowiedziano się o tym ułaskawieniu, jaka radość, głęboka i cicha, po kilku gorących okrzykach wdzięczności dla niebios.

Głos i spojrzenie kapitana Wentwortha, kiedy powiedział: „Dzięki Bogu", były niezapomniane dla Anny – także widok, gdy kapitan usiadł później przy stole, pochylając się ze złożonymi rękoma i ukrytą twarzą, jakby zmogło go wzruszenie i jakby starał się ukoić je modlitwą i refleksją.

Na szczęście Luiza doznała tylko obrażeń głowy, nogi i ręce nie były złamane. Teraz zebrani musieli się zastanowić, co czynić w tej sytuacji. Zdolni byli już do rozmowy i narady. Nie było wątpliwości co do tego, że Luiza musi pozostać u Harville'ów, choć przykro będzie obarczać ich takim kłopotem. Nie można było jej przewozić. Harville'owie uciszyli wszelkie skrupuły i na tyle, na ile im się udało, również wyrazy wdzięczności. Pomyśleli już naprzód o rozwiązaniu i podjęli decyzję, zanim pozostali zaczęli się zastanawiać. Kapitan Benwick musi oddać swój pokój i znaleźć sobie gdzieś mieszkanie – sprawa jest prosta. Martwili się tylko, że dom nie pomieści więcej osób, a jednak może „przeniesiemy dzieci do pokoju służby albo rozwiesimy gdzieś hamak" – nie mogli znieść myśli, że nie znajdą już miejsca dla dwóch lub trzech osób prócz chorej, gdyby ktoś chciał zostać; chociaż jeśli idzie o opiekę nad panną Musgrove, to niechże bez najmniejszego skrępowania pozostawiają wyłącznie pani Harville. Pani Harville znała się na pielęgnowaniu chorych, niania zaś, która służyła u niej bardzo długo i jeździła z nią wszędzie, również umiała posługiwać cierpiącym. Przy tych dwóch osobach chorej nie zabraknie opieki w dzień i w nocy. Wszystko to zostało powiedziane ze szczerością i nieodpartą powagą uczucia.

Trójkę, która się naradzała, stanowili Karol, Henrietta i kapitan Wentworth. Przez pewien czas owa narada była tylko bezładną wymianą obaw. Uppercross... koniecznie ktoś musi jechać do Uppercross... trzeba zawieźć wiadomość... jak ją przekazać i powiedzieć rodzicom? Późna pora... minęła już godzina, o której mieli wyruszyć; niemożliwe, by dojechali choćby z niewielkim opóźnieniem. Początkowo nie byli zdolni do niczego więcej ponad te wykrzykniki, lecz po chwili kapitan Wentworth powiedział z wysiłkiem:

– Musimy powziąć decyzję, i to bez najmniejszej straty czasu. Każda minuta jest droga. Ktoś musi się zdecydować na wyjazd do Uppercross w tej chwili. Panie Karolu albo ty, albo ja musimy jechać.

Karol zgodził się z tym, ale oświadczył, że on nie pojedzie. Postara się zrobić najmniej kłopotu państwu Harville'om, lecz ani nie powinien, ani nie chce opuścić siostry w takim stanie. W tym więc punkcie sprawa została przesądzona. Na początku Henrietta upierała się przy takim samym stanowisku co brat, lecz szybko przekonano ją, by zmieniła zdanie. Na cóż się tu przyda? Ona, która nie potrafi przebywać w jednym pokoju z Luizą czy patrzeć na nią bez bólu, który odbiera możność działania. Musiała przyznać, że się na nic nie przyda, a mimo to wciąż nie chciała wyjeżdżać. Dopiero myśl o rodzicach poruszyła ją na tyle, że uległa namowom.

Sprawa doszła do tego punktu, kiedy Anna, wychodząc cicho z pokoju Luizy, usłyszała z konieczności dalszy ciąg rozmowy, bo drzwi do bawialni były otwarte.

– Więc to już ustalone, panie Karolu – mówił kapitan Wentworth – że ty zostajesz, a ja zabieram twoją siostrę do domu. A co do pozostałych, myślę, że jeśli ktoś ma zostać, by pomóc pani Harville, powinna to być tylko jedna osoba. Pani Karolowa Musgrove będzie oczywiście pragnęła wrócić do dzieci, ale gdyby Anna zechciała zostać, to nikt nie byłby bardziej odpowiedni, bardziej do tego powołany.

Zatrzymała się na chwilę, by przyjść do siebie po wzruszeniu, które ją opanowało, kiedy usłyszała, jak on o niej mówi. Pozostała dwójka gorąco przytaknęła słowom kapitana, a wówczas Anna zeszła do bawialni.

– Zostanie pani, nie wątpię, że pani zostanie i będzie ją pielęgnować! – zawołał żarliwie, obracając się ku niej, a jednak w tym głosie dźwięczała delikatność, która niemal przywracała przeszłość do życia. Anna zaczerwieniła się mocno, a on trochę oprzytomniał i zamilkł. Odparła, że z największą chęcią, z największą ochotą i radością zostanie tutaj. Właśnie o tym myślała i pragnęła, by jej na to pozwolono. Wystarczy jej posłanie na podłodze w pokoju Luizy, jeśli tylko pani Harville się zgodzi.

Należało omówić jeszcze jedną sprawę i wszystko wydawało się załatwione. Choć byłoby lepiej, gdyby państwo Musgrove'owie zaczęli się najpierw niepokoić opóźnieniem powrotu całej gromadki, to jednak pora, o której można by dojechać do Uppercross dworską karetą, byłaby już bardzo późna i nieszczęśni rodzice zbyt długo denerwowaliby się niepewnością. Kapitan Wentworth zaproponował więc, a Karol Musgrove się zgodził, że będzie lepiej, jeśli wezmą lekki powozik z gospody, powóz zaś i konie Musgrove'ów wyruszą do domu jutro wczesnym rankiem, z czego wyniknie ten jeszcze pożytek, że przywiozą wiadomości, jak Luiza spędziła noc.

Kapitan Wentworth pośpieszył zaraz, by przygotować, co trzeba, a panie miały wkrótce wyjść za nim. Kiedy jednak przedstawiono ten plan Mary, skończył się wszelki spokój. Była zrozpaczona i nieopanowana, lamentowała, że jej się krzywda dzieje, jeśli ona ma jechać, a Anna zostać – Anna, która jest nikim dla Luizy, podczas gdy ona jest jej bratową i ma większe prawo zastępować przy niej Henriettę. Dlaczegóż to ona ma się okazać mniej użyteczna niż Anna? Zjechać do domu bez Karola! Bez męża! Nie, to zbyt okrutne! Słowem, powiedziała więcej, niż jej mąż był zdolny wytrzymać, a że po jego kapitulacji nikt z pozostałych nie mógł już oponować, sprawa została przesądzona – Mary miała pozostać zamiast Anny.

Nigdy jeszcze Anna nie ustępowała tak niechętnie wobec zazdrosnych i niesłusznych żądań Mary, lecz nie mogła nic zrobić, ruszyli więc do miasta. Karol prowadził siostrę, kapitan Benwick zaś – Annę. Na chwilkę przypomniała sobie po drodze drobny incydent, którego to miejsce było rano świadkiem. Tutaj słuchała planów Henrietty co do tego, by pastor Shirley wyjechał z Uppercross; potem trochę dalej spotkała pana Elliota. Ta krótka chwila była jedyną, jaką zdążyła poświęcić komukolwiek prócz Luizy i pozostałych osób ściśle związanych z jej losem.

Kapitan Benwick był wobec niej troskliwy i uważający. Wszystkich ich połączyło tego dnia nieszczęście. Anna czuła wzrastającą sympatię do tego człowieka i przyjemnie jej było myśleć, że może będzie okazja do kontynuowania znajomości.

Kapitan Wentworth czekał już na nich, a karetka zaprzężona w czwórkę koni stała gotowa dla ich wygody przy wylocie ulicy. Przykro jednak dotknęło Annę jego widoczne zdumienie i irytacja, kiedy usłyszał, że to Mary zostaje – twarz mu się zmieniła, zdziwił się ogromnie, lecz wyraz ten niknął, w miarę jak kapitan słuchał Karola. W każdym razie upewniło to Annę, że jest ceniona tylko wedle swej użyteczności dla Luizy.

Starała się opanować i być sprawiedliwa. Bez rywalizowania z uczuciem Emmy dla jej Henryka* opiekowałaby się Luizą gorliwiej, niż nakazują zwykłe ludzkie względy – robiłaby to dla niego; miała też nadzieję, że on nie okaże się tak niesprawiedliwy, by przypuszczać, że odmówiłaby przyjacielskiej usługi, nie mając po temu powodu.

Tak rozmyślając, znalazła się w powoziku. Kapitan pomógł wsiąść obu paniom i sam usiadł pomiędzy nimi. W ten sposób i w okolicznościach tak bardzo dla Anny zdumiewających i przejmujących wyjechali z Lyme. Nie mogła przewidzieć, jak długo będą jechali, jak owa podróż może wpłynąć na ich wzajemne zachowanie, jak mają ze sobą rozmawiać. Lecz wszystko odbyło

---

* Postacie z poematu Matthew Priora *Henry and Emma*, który wysławia wierną miłość kobiety.

się bardzo zwyczajnie. On zajmował się Henriettą, zwracał się tylko do niej. Jeśli się w ogóle odzywał, to zawsze po to, by dodać jej nadziei i podnieść na duchu. Ogólnie biorąc, głos jego i zachowanie były sztucznie spokojne. Głównym jego zadaniem było oszczędzić Henrietcie wzruszeń. Raz tylko, kiedy zamartwiała się ich ostatnim, źle wybranym nieszczęsnym spacerem na molo, rozpaczając gorzko, że im ten pomysł przyszedł do głowy, wybuchnął, jakby już nie miał więcej sił:

– Nie mów o tym, pani! Nie mów, proszę! O Boże, gdybym jej nie był ustąpił w tym fatalnym momencie, gdybym zrobił to, co powinienem był zrobić! Ale taka była skora i tak się upierała! Droga nasza Luiza!

Anna pomyślała, czy nie przyszłoby mu do głowy, żeby zakwestionować swoją poprzednią opinię co do szczęścia i korzyści, jakie płyną z siły woli, i czy nie uderzyło go czasem, że, podobnie jak wszystkie inne cechy charakteru, i ta powinna mieć właściwe proporcje i granice. Trudno przecież, aby nie pojął, że osoba ulegająca perswazjom może być niekiedy równie odpowiednim materiałem na szczęśliwego człowieka, jak osoba nieustępliwa.

Jechali szybko. Anna zdumiała się, poznając tak prędko mijane wczoraj wzgórza i budynki. Szybkość, z jaką się przemieszczali, wzmożona jeszcze strachem przed końcem ich podróży, sprawiała, że droga wydawała im się dwa razy krótsza niż poprzedniego dnia. Zaczynało jednak już zmierzchać, kiedy znaleźli się w sąsiedztwie Uppercross. Przez chwilę zapanowało w powozie całkowite milczenie. Henrietta siedziała w rogu, z twarzą zasłoniętą szalem – mieli nadzieję, że płaczem ukołysała się do snu. Kiedy wjeżdżali na ostatnie wzgórze, Anna stwierdziła nagle, że kapitan zwraca się do niej. Powiedział cicho i ostrożnie:

– Zastanawiam się, jak najlepiej postąpić. Ona nie może się pokazać pierwsza. Nie wystarczy jej na to sił. Myślałem, czy nie byłoby najlepiej, gdybyś ty, pani, została z nią w powozie, podczas gdy ja pójdę zanieść wiadomość jej rodzicom. Czy nie sądzisz, że to dobry pomysł?

– Tak – zgodziła się.

To mu wystarczyło i nie mówił już więcej. Lecz ta prośba o radę sprawiła jej przyjemność jako dowód przyjaźni, szacunku dla jej rozsądku – wielką przyjemność, a że była jakby prezentem pożegnalnym, tym większą miała cenę.

Kiedy nieszczęsna wiadomość została przekazana w Uppercross i kapitan stwierdził, że obydwoje rodzice są w miarę spokojni, córka zaś dzięki ich towarzystwu czuje się o wiele lepiej – oznajmił, że ma zamiar powrócić do Lyme tym samym powozem, i gdy konie wytchnęły, ruszył natychmiast w drogę.

Rozdział XIII

Pozostały okres pobytu w Uppercross, czyli zaledwie dwa dni, spędziła Anna we dworze, gdzie mogła z przyjemnością udowodnić, jak bardzo potrafi być użyteczna jako nieodstępna towarzyszka państwa Musgrove'ów pomagająca im w podejmowaniu kolejnych decyzji trudnych w obecnym strapieniu.

Następnego ranka otrzymali wiadomości z Lyme. Stan Luizy się nie zmienił. Nie nastąpiło pogorszenie. Kilka godzin później przyjechał Karol z najnowszymi i bardziej szczegółowymi wiadomościami. Nie można liczyć na szybki powrót Luizy do zdrowia, lecz wszystko idzie tak dobrze, jak na to pozwala natura obrażeń. Opowiadając o Harville'ach, nie miał słów dla opisania ich dobroci, zwłaszcza oddania pani Harville jako pielęgniarki. Nie pozostawia Mary nic do zrobienia. Namówiono jego i żonę, by wcześnie poprzedniego wieczoru wrócili do gospody. Mary dziś rano znowu dostała histerii. Kiedy wyjeżdżał, zamierzała właśnie iść na spacer z kapitanem Harville'em, co, ma nadzieję, dobrze jej zrobi. Niemal żałował, że nie dała się wczoraj namówić na powrót do domu, bo doprawdy, po pani Harville nikt już nie ma nic do roboty.

Karol miał powrócić do Lyme tego samego dnia po południu, a ojciec chciał z nim jechać, lecz damy nie zgodziły się na to. Wyjeżdżając, sprawiłby tylko kłopot innym i zwiększył własne strapienie; wpadli na o wiele lepszy pomysł, który został zrealizowany. Posłano do Crewkherne po bryczkę i Karol zawiózł do Lyme osobę o wiele odpowiedniejszą – starą niańkę całej rodziny, która wychowała wszystkie dzieci i doczekała, aż ostatnie z nich, leniwy i rozpieszczony panicz Harry, pojechał do szkół w ślad za swymi braćmi, a obecnie żyła w opustoszałym pokoju dziecinnym i cerowała pończochy oraz opatrywała wszystkie pęcherze i sińce, do jakich się mogła dobrać. Była bardzo szczęśliwa, że jej pozwolono jechać i pomagać w pielęgnowaniu kochanej panienki Luizy. Pani Musgrove i jej córce chodziły po głowie niesprecyzowane myśli, by wysłać Sarę do Lyme, lecz bez Anny nie podjęto by tej decyzji i nie znaleziono by tak szybko sposobu jej wykonania.

Następnego dnia zawdzięczali dokładne informacje o stanie Luizy Karolowi Hayterowi – tak było ważne, by je otrzymywali co dwadzieścia cztery godziny! Postanowił więc pojechać do Lyme, a wiadomości, jakie przywiózł, okazały się bardzo pocieszające. Wszystko wskazywało na to, że okresy przytomności i świadomości stają się coraz trwalsze. Potwierdziły się również przypuszczenia, jakoby kapitan Wentworth miał osiąść na stałe w Lyme.

Anna miała wyjechać następnego dnia – wszyscy się tego bali. Cóż poczną bez niej? Nie umieją się nawzajem pocieszać! Wciąż to powtarzano i z takim żalem, że Anna uznała, iż najlepiej zrobi, budząc w nich chęć, którą sama w duszy podzielała, a mianowicie namawiając wszystkich na bezzwłoczny wyjazd do Lyme. Nie napotkała trudności; wkrótce zapadła decyzja, że pojadą jutro, zamieszkają w gospodzie albo wynajmą jakieś mieszkanie, jak będzie wygodniej, i zostaną tam do chwili, kiedy będzie można przewieźć ukochaną Luizę. Muszą przecież odciążyć trochę zacnych ludzi, u których leży ich córka; będą mogli przynajmniej odjąć pani Harville troskę czuwania nad jej dziećmi. Krótko mówiąc, byli tak uszczęśliwieni tą decyzją, że Anna rada ze swego dokonania uważała, iż nie mogłaby lepiej spędzić ostatniego przedpołudnia w Uppercross, niż pomagając w przygotowaniach do wyjazdu i wysyłając ich o wczesnej godzinie w drogę, choć rezultatem było to, że została sama w pustym domu.

Była ostatnią – z wyjątkiem małych chłopców we dworku – najostatniejszą, jedyną, która pozostawała z tych, co napełniali gwarem i życiem obydwa domy, z tych, co tworzyli w Uppercross tak pogodną atmosferę. Kilka dni, a co za zmiana!

Jeśli Luiza wyzdrowieje, wszystko znowu będzie dobrze. Wróci tutaj nawet coś więcej niż poprzednie szczęście. Nie było wątpliwości – w przekonaniu Anny najmniejszych wątpliwości – co nastąpi po powrocie Luizy do zdrowia. Za kilka miesięcy pokój, teraz tak opuszczony, zajęty jedynie przez nią, cichą i zamyśloną, może się znowu zapełnić weselem i szczęściem, jasnością i żarem odwzajemnionej miłości – wszystkim, co było tak od niej odległe.

Pełna godzina takich rozmyślań w ciemny listopadowy dzień, kiedy drobny, gęsty deszcz niemal zamazuje nieliczne kształty, jakie widać przez okno, wystarczyła, by turkot powozu lady Russell został mile powitany. Lecz chociaż Anna pragnęła stąd wyjechać, nie mogła opuścić wielkiego dworu ani spojrzeć po raz ostatni na dworek z czarną, nieprzytulną, ociekającą werandą czy też nawet popatrzeć przez zmętniałe szyby na ostatnie skromne chałupy wiejskie bez smutku. Uppercross stało się drogie jej sercu dzięki temu, co się tu zdarzyło. Było świadkiem wielu przykrych przeżyć – niegdyś dojmująco, dziś już mniej bolesnych, i kilku przejawów czegoś łagodniejszego – może chęci przyjaźni i pojednania. Wszystko zostawiała za sobą – wszystko oprócz drogiej pamięci, że to się kiedyś zdarzyło.

Od chwili wyjazdu z domu lady Russell w październiku Anna nie oglądała Kellynch. Nie było to konieczne. Udało jej się uniknąć kilku sytuacji, kiedy musiałaby wejść do dworu. Teraz, po powrocie, miała zająć miejsce w nowoczesnych i eleganckich apartamentach Kellynch Lodge i cieszyć oczy jego pani.

Z radością, z jaką lady Russell witała Annę, mieszał się pewien niepokój. Wiedziała, kto tak często bywał w Uppercross. Na szczęście albo Anna przytyła i wyładniała, albo też lady Russell odniosła tylko takie wrażenie, w każdym razie młoda panna, słysząc jej komplementy, przypomniała sobie z rozbawieniem niemą adorację kuzyna i zaczęła przypuszczać, że przypadnie jej w udziale szczęście drugiej wiosny młodości i urody.

Podczas pierwszych rozmów z lady Russell Anna zdała sobie sprawę, że dokonała się w jej umyśle pewna zmiana. Sprawy, które trawiły jej serce, kiedy wyjeżdżała z Kellynch, które uważała w Uppercross za lekceważone i których musiała się tam niejako wyrzec, teraz nabrały dla niej drugorzędnego znaczenia. Nie wiedziała nawet, co się dzieje ostatnio z jej ojcem i siostrą w Bath. Ich sprawy zeszły w cień wobec wydarzeń w Uppercross, a kiedy lady Russell nawiązała do uprzednich obaw i nadziei rodziny z Kellynch Hall i mówiła, jaka jest zadowolona z wynajętego przez nich domu na Camden Place i jak żałuje, że pani Clay przebywa z Elliotami, Anna byłaby bardzo zawstydzona, gdyby wyszło na jaw, o ile częściej myślała o Lyme i Luizie Musgrove, i wszystkich tamtejszych znajomych, o ile bardziej interesował ją dom i przyjaźń Harville'ów i kapitana Benwicka niż dom jej ojca na Camden Place czy też zażyłość jej siostry z panią Clay. Musiała się doprawdy zmuszać, by w rozmowie z lady Russell okazać choćby pozór zainteresowania równego trosce przyjaciółki o sprawy, które ze swej natury ją, Annę, powinny przede wszystkim obchodzić.

Był też pewien kłopotliwy moment, kiedy zaczęły mówić o wypadku w Lyme. Już pięć minut po wczorajszym powrocie do domu lady Russell otrzymała dokładne wiadomości o tym wydarzeniu, lecz teraz musiała je omówić, musiała się o wszystko wypytać, musiała wyrazić ubolewanie z powodu tak nierozważnego postępku, opłakać jego rezultaty, a imię kapitana Wentwortha musiało paść z ust obu pań. Anna zdawała sobie sprawę, że gorzej jej idzie niż lady Russell. Nie mogła wymawiać jego nazwiska, patrząc przy tym w oczy przyjaciółki, póki nie znalazła na to sposobu, a mianowicie powiedziała pokrótce, co myśli o uczuciu powstałym pomiędzy kapitanem a Luizą. Potem nazwisko jego nie sprawiało jej już kłopotu.

Lady Russell pozostawało tylko wysłuchać wszystkiego spokojnie i życzyć młodym szczęścia, czuła jednak w sercu gniewne zadowolenie, pełną satysfakcji wzgardę, że człowiek, który mając dwadzieścia trzy lata, potrafił choć w części docenić niezwykłe zalety Anny Elliot, mógł osiem lat później ulec czarowi takiej Luizy Musgrove.

Pierwsze trzy lub cztery dni upłynęły spokojnie, bez żadnych szczególnych wydarzeń oprócz liścika czy dwóch z Lyme, które znalazły tu Annę – nie wiedziała nawet jaką drogą – i przynosiły dość pocieszające wiadomości o Luizie. Pod koniec tego okresu dobre wychowanie lady Russell nie pozwoliło jej dłużej zwlekać i dotychczasowe pogróżki przybrały teraz ton bardziej zdecydowany.

– Muszę złożyć wizytę pani Croft; doprawdy, muszę jej już wkrótce złożyć wizytę, Anno, czy starczy ci odwagi, by jechać ze mną i złożyć wizytę w tym domu? To będzie męka dla nas obydwu.

Anna nie miała w tej sprawie żadnych obaw, wprost przeciwnie, wyraziła, co czuje, słowami:

– Myślę, że z nas dwóch pani może mieć większą przykrość, bo ja się już trochę pogodziłam ze zmianą. Pozostając tu w sąsiedztwie, przywykłam do tego i teraz mniej jestem wrażliwa na sytuację.

Mogłaby więcej powiedzieć na ten temat, bo w istocie miała o państwu Croftach wysokie mniemanie i uważała, że jej ojcu ogromnie poszczęściło się w doborze dzierżawcy – Croftowie niewątpliwie będą świecić przykładem w parafii, a ubodzy otrzymają najlepszą opiekę i pomoc. Choć bolała ją i zawstydzała konieczność wyprowadzenia się jej rodziny z Kellynch, czuła, że wyjechali stąd ci, którzy nie zasługiwali na pozostanie, i że Kellynch Hall dostało się teraz w lepsze ręce. Takie mniemanie było niewątpliwie przykre i gorzkie, lecz nie pozwalało na smutek, którego zazna lady Russell, wchodząc ponownie do tego domu i przechadzając się po dobrze znanych pokojach.

W takich momentach Anna czuła, że nie ma prawa mówić do siebie: „Te pokoje powinny należeć tylko do nas. Och, jak nisko upadły w swoim przeznaczeniu! Jak niegodni są tu mieszkać ich obecni właściciele! Stara rodzina wyrzucona ze swego domu! Obcy zajęli jej miejsce!". Nie, z wyjątkiem chwil, kiedy myślała o matce i przypominała sobie, gdzie ona zwykła siadywać i prezydować – z wyjątkiem tych chwil nie miała najmniejszej ochoty do lamentów.

Pani Croft zawsze witała ją ogromnie życzliwie, co pozwalało Annie wyobrażać sobie z przyjemnością, że jest jej ulubienicą, w tym zaś konkretnym wypadku, przyjmując młodą pannę w Kellynch Hall, pani Croft okazywała jej specjalne względy.

Smutny wypadek w Lyme stał się wkrótce głównym tematem rozmowy. Panie, porównując swoje ostatnie wiadomości o chorej, stwierdziły, że otrzymały je o tej samej godzinie poprzedniego dnia rano, a Anna dowiedziała się, że kapitan Wentworth był wczoraj w Kellynch (po raz pierwszy od wypadku) i przywiózł jej ostatni liścik, ten właśnie, który otrzymała nie wiadomo skąd, że przebywał przez kilka godzin we dworze, po czym powrócił do Lyme i że obecnie nie ma zamiaru stamtąd się ruszać. Wypytywał o Annę, jak stwierdziła, bardzo szczegółowo; wyraził nadzieję, że panna Elliot nie czuje się gorzej po owych trudach, wielkich trudach, jak je sam określił. Bardzo to ładnie z jego strony – odczuła przyjemność, jakiej chyba nic innego nie byłoby w stanie jej sprawić.

O samym wypadku grono spokojnych, rozsądnych kobiet, których osąd formował się na podstawie konkretnych faktów, mogło mieć tylko jedno zdanie: było dla nich oczywiste, że wypadek spowodowała wielka bezmyślność i wielka nieostrożność, że skutki były przerażające i że strach pomyśleć, jak długo jeszcze będzie trwał powrót panny Musgrove do zdrowia i jak bardzo jest prawdopodobne, że i później odczuwać będzie przykre następstwa wstrząsu. Admirał zwięźle podsumował całość, krzyknąwszy:

– Ach, doprawdy, bardzo przykra historia! Zupełnie nowy sposób zalecania się ze strony młodego człowieka: rozbijać głowę damie swego serca, prawda, panno Elliot? Przecież dosłownie rozbił jej głowę i zalepił plastrem!

Maniery admirała Crofta niezupełnie odpowiadały lady Russell, zachwycały jednak Annę. Jego dobroć serca i prostota charakteru były nieodparte.

– Ale to musi być dla ciebie bardzo przykre, droga pani – powiedział, ocknąwszy się nagle z krótkiej zadumy – przychodzić tu i zastawać nas w tym domu. Doprawdy, nie uświadomiłem sobie tego przedtem, ale to musi być bardzo przykre. Proszę, odrzuć, pani, wszelkie ceremonie. Wstań i przejdź się po wszystkich pokojach, jeśli masz ochotę.

– Może kiedy indziej; dziękuję, ale nie teraz.

– Kiedy tylko przyjdzie ci na to ochota. W każdej chwili możesz, pani, wśliznąć się tutaj od strony ogrodu. Zobaczysz, że trzymamy parasole tu, koło tych drzwi. Dobre miejsce, nieprawdaż? Ale – pohamował się – nie możesz tak sądzić, bo parasole państwa Elliotów chowane były zawsze w kredensowym. Tak, myślę, że tak zawsze bywa. Jedne zwyczaje mogą być równie dobre jak inne, ale zawsze najbardziej nam odpowiadają własne. Wobec tego sama musisz zdecydować, czy wolisz przejść się po całym domu, czy nie.

Anna, stwierdziwszy, że nie ma na to ochoty, podziękowała serdecznie.

– Wprowadziliśmy zresztą niewiele zmian – ciągnął admirał, zastanowiwszy się chwilę. – Bardzo niewiele. Mówiliśmy ci już w Uppercross, pani, o drzwiach do pralni. To jest doprawdy wielkie udogodnienie. Zdumiewające, jak można było męczyć się tak długo z ich otwieraniem. Powiedz, pani, sir Walterowi, cośmy zrobili, i że pan Shepherd uważa to za największe ulepszenie, jakie zostało kiedykolwiek wprowadzone w tym domu. Doprawdy, muszę sobie oddać sprawiedliwość, że tych kilka dokonanych przez nas zmian ogromnie jest korzystnych. Ale to zasługa mojej żony. Ja zrobiłem niewiele, odesłałem tylko niektóre z tych wielkich luster z mojej garderoby, która należała do twego ojca, pani. To bardzo zacny człowiek i wielki dżentelmen, ale można by pomyśleć, panno Elliot – spoglądał na nią z poważnym zastanowieniem – można by pomyśleć, że jak na swój wiek, to człowiek, który bardzo lubi dbać o swój wygląd! Co za liczba tych luster! Boże wielki! Nie można uciec przed samym sobą. Poprosiłem więc Zosię, żeby mi pomogła, i szybko zmieniliśmy ich kwatery. A teraz całkiem mi wygodnie z moim małym lusterkiem do golenia w jednym kącie i drugim ogromnym, które obchodzę z daleka.

Anna, rozbawiona wbrew samej sobie, nie bardzo wiedziała, co odpowiedzieć, admirał zaś w obawie, iż może nie okazał się wystarczająco grzeczny, znowu podjął ten temat:

– Następnym razem, kiedy będzie pani pisała do swego ojca, panno Elliot, prześlij od nas obydwojga wyrazy szacunku i powiedz, że bardzo nam się tu wszystko podoba i że nic nie możemy zarzucić domowi. Może kominek w pokoju śniadaniowym trochę dymi, ale tylko przy wietrze północnym i silnym, co w zimie nie może się zdarzyć więcej niż trzy razy. I ogólnie rzecz biorąc, byliśmy już w większości okolicznych dworów i dlatego możemy mieć wyrobione zdanie: żaden z tych domów nie podoba nam się tak bardzo jak ten. Proszę koniecznie to napisać i przesłać moje wyrazy szacunku. Na pewno przyjemnie mu będzie to usłyszeć.

Lady Russell i pani Croft bardzo się sobie nawzajem spodobały, lecz znajomości, którą zapoczątkowała ta wizyta, nie było przeznaczone się rozwijać, kiedy bowiem Croftowie złożyli rewizytę, oznajmili, że wyjeżdżają na kilka tygodni w odwiedziny do swoich powinowatych w północnej części hrabstwa i zapewne nie wrócą przed wyjazdem lady Russell do Bath.

Tak skończyło się grożące Annie niebezpieczeństwo spotkania kapitana Wentwortha w Kellynch Hall czy też zobaczenia się z nim w towarzystwie lady Russell. Okazało się, że jest bezpieczna, i Anna mogła się tylko śmiać ze swych zbędnych niepokojów.

Rozdział XIV

Chociaż Karol i Mary pozostali w Lyme po przyjeździe państwa Musgrove'ów o wiele dłużej, niż wedle obliczeń Anny mogli być tam potrzebni, wrócili jednak pierwsi z rodziny, a po powrocie do Uppercross przyjechali natychmiast do lady Russell. Gdy wyjeżdżali z Lyme, Luiza zaczynała już siadać, lecz choć odzyskała całkowicie zmysły, była słaba i nadmiernie pobudliwa. Wracała wprawdzie do zdrowia, lecz wciąż trudno było przewidzieć, kiedy można będzie przewieźć ją do domu. Jej rodzice, którzy musieli wracać do Uppercross, by zdążyć na powrót młodszych dzieci ze szkół na święta Bożego Narodzenia, mieli niewielką nadzieję, że ją przywiozą ze sobą.

Mieszkali wszyscy w wynajętych apartamentach. Pani Musgrove zabierała dzieci pani Harville, kiedy tylko mogła; z Uppercross przywieziono wszystko, co by zmniejszyło niewygody Harville'ów; Harville'owie zaś chcieli mieć codziennie wszystkich na kolacji – słowem, jedna strona prześcigała drugą w bezinteresowności i gościnności.

Mary znalazła powody do narzekania, ale wydawało się oczywiste – przez sam fakt, iż tak długo pozostawała w Lyme – że więcej tam zaznała przyjemności niż przykrości. Karol Hayter bywał w Lyme częściej, niż jej to było w smak; kiedy jadali u Harville'ów, posługiwała im tylko służąca; pani Harville początkowo dawała zawsze pierwszeństwo pani Musgrove, lecz potem, dowiedziawszy się, czyją córką jest Mary, przeprosiła ją bardzo uprzejmie, a poza tym tyle się codziennie działo, tyle Mary odbyła spacerów do domu Harville'ów i z powrotem, wypożyczyła tak wiele książek z czytelni i tak często je zmieniała, że szala zdecydowanie przechylała się na korzyść Lyme.

Zabrano ją również do Charmouth, kąpała się i poszła do kościoła, a w kościele w Lyme jest o tyle więcej ludzi, którym się można przyglądać, niż w Uppercross – wszystko to połączone ze świadomością, że okazała się tak pomocna, złożyło się na bardzo przyjemne dwa tygodnie.

Anna zapytała o kapitana Benwicka. Twarz Mary natychmiast się zachmurzyła. Karol zaczął się śmiać.

– Och, kapitan Benwick czuje się chyba doskonale, ale to taki oryginał! Nie wiem doprawdy, o co mu idzie. Zaprosiliśmy go, żeby przyjechał z nami do domu na dzień czy dwa, Karol obiecał mu polowanie i wydawało się, że kapitan jest zachwycony, a ja ze swej strony uważałam sprawę za załatwioną, kiedy patrzcie! We wtorek wieczór nagle zaczął się tłumaczyć w najdziwniejszy sposób: nigdy nie polował i źle go zrozumiano, i obiecał to, i obiecał owo, a w końcu okazało się, że wcale nie myśli przyjeżdżać. Przypuszczam, że bał się u nas nudzić, ale słowo daję, chyba w naszym dworku znajdzie się dość rozrywki dla człowieka ze złamanym sercem, takiego jak kapitan Benwick.

Karol roześmiał się znowu i powiedział:

– Mary, wiesz doskonale, jak to było naprawdę. To wszystko przez ciebie – zwrócił się do Anny. – Wyobraził sobie, że jeśli pojedzie z nami, to znajdzie cię we dworku, a kiedy się okazało, że lady Russell mieszka o trzy mile od nas, stracił zapał i nie miał odwagi przyjechać. Tak się rzecz ma, na honor. Mary dobrze o tym wie.

Ale Mary nie chciała mu przyznać racji, czy to dlatego, że nie uważała, by urodzenie czy pozycja upoważniały kapitana Benwicka do zakochania się w kobiecie z rodu Elliotów, czy też dlatego, że nie chciała uwierzyć, by Anna była większą ozdobą Uppercross niż ona sama – to już trzeba zgadnąć. Życzliwość

Anny dla kapitana nie zmniejszyła się wcale, kiedy to usłyszała. Otwarcie przyznała, że jej to schlebia, i wypytywała dalej.

– Och – zawołał Karol – on tak mówi o tobie...

Tu przerwała mu Mary:

– Naprawdę, Karolu, przez cały czas, kiedy tam byłam, nie słyszałam, żeby mówił o Annie więcej niż dwa razy. Powiadam ci, Anno, że w ogóle o tobie nie mówił.

– Tak – przyznał Karol – nie słyszałem, żeby to często robił, ale mimo to jasne jest, że cię wielbi. Głowę ma nabitą książkami, które czyta z twojej rekomendacji, i chce o nich z tobą rozmawiać; znalazł coś takiego w jednej z nich, co uważa... och, nie będę udawać, że spamiętałem, ale to było coś bardzo pięknego... słyszałem, jak opowiadał o tym Henrietcie... i wtedy mówiło się w superlatywach o „pannie Elliot". Tak, Mary, powiadam ci, że tak było, sam to słyszałem, a ty byłaś w innym pokoju. „Elegancja, słodycz, uroda". Och, nie było końca urokom panny Elliot.

– A ja powiadam – zawołała z przejęciem Mary – że jeśli to zrobił, to nie najlepiej o nim świadczy! Panna Harville umarła w czerwcu zaledwie. Niewiele warte jest takie serce, prawda, lady Russell? Pewna jestem, że zgodzi się pani ze mną.

– Muszę wpierw zobaczyć kapitana Benwicka, zanim go osądzę – odparła lady Russell z uśmiechem.

– Ach, to na pewno wkrótce nastąpi – powiedział Karol. – Choć nie starczyło mu odwagi, żeby przyjechać z nami do Uppercross i stamtąd wybrać się tutaj z oficjalną wizytą, sam znajdzie drogę pewnego dnia do Kellynch, nie ma co do tego wątpliwości. Powiedziałem mu, jak to daleko i którędy trzeba jechać, i że kościół jest naprawdę wart obejrzenia, bo znając jego upodobanie do tego rodzaju rzeczy, widziałem w tym doskonały pretekst, a on słuchał całym sercem i z pełnym zrozumieniem. Z jego zachowania wnoszę, że niedługo przyjedzie tu z wizytą. Wobec tego uprzedzam panią, lady Russell.

– Każdy znajomy Anny będzie tu zawsze mile widziany – brzmiała uprzejma odpowiedź damy.

– Och, trudno go nazwać znajomym Anny – powiedziała Mary. – Myślę, że to raczej mój znajomy, bo widywałam go codziennie przez ostatnie dwa tygodnie.

– Dobrze, wobec tego będę bardzo szczęśliwa, przyjmując kapitana Benwicka jako waszego wspólnego znajomego.

– Nie znajdzie w nim pani nic szczególnie ujmującego, jestem o tym przekonana. To jeden z najnudniejszych młodych ludzi na świecie. Czasem przeszedł ze mną od jednego do drugiego końca plaży, nie powiedziawszy ani słowa. To nie jest dobrze wychowany młody człowiek. Z pewnością nie spodoba się pani.

– Tu się różnimy, Mary – powiedziała Anna. – Mnie się zdaje, że on się spodoba lady Russell. Myślę, że tak jej będą odpowiadały zalety jego umysłu, iż nie dopatrzy się uchybień w jego zachowaniu.

– Zgadzam się z tobą, Anno – powiedział Karol. – Jestem pewny, że lady Russell go polubi. On jest właśnie w jej typie. Dać mu książkę, a będzie czytał przez cały dzień.

– O, w to nie wątpię! – zawołała urągliwie Mary. – Będzie ślęczał nad książką i nie zdawał sobie sprawy, że ktoś do niego mówi, czy że ktoś upuścił nożyczki… nie, nic takiego. Myślicie, że to się spodoba lady Russell?

Lady Russell nie mogła powstrzymać uśmiechu.

– Doprawdy – powiedziała – nigdy bym nie przypuściła, że tak różnie można sobie wyobrażać moją, właśnie moją opinię o kimś; przecież mogę się uważać za osobę rozsądną i rzeczową. Doprawdy, ciekawa jestem człowieka, który mógł wywołać tak zupełnie odmienne wrażenia. A kiedy go poznam, możesz być pewna, Mary, że usłyszysz moje zdanie, postanowiłam jednak wcześniej nie wypowiadać się w tej sprawie.

– Nie spodoba się pani, ręczę za to.

Lady Russell zmieniła temat. Mary z ożywieniem opowiadała o spotkaniu, a raczej o minięciu się z panem Elliotem w tak niezwykłych okolicznościach.

– Tego człowieka – oświadczyła lady Russell – nie mam ochoty oglądać. To, że się uchylił od serdecznych stosunków z głową swojej rodziny, usposobiło mnie do niego bardzo niechętnie.

Owa zdecydowana postawa ochłodziła nieco Mary i przerwała jej opowieść o wyglądzie pana Elliota.

Chociaż Anna nie odważyła się zapytać o kapitana Wentwortha, Mary i Karol z własnej woli dostarczyli jej wyczerpujących wiadomości. Ostatnio bardzo się podniósł na duchu, jak się tego można było spodziewać. W miarę jak poprawiał się stan Luizy, on również weselał – doprawdy, to zupełnie inny człowiek niż w pierwszym tygodniu po wypadku. Nie widział Luizy, a tak się ogromnie obawiał, by ich spotkanie nie przyniosło czasem złych następstw, że wcale nie nalegał, by mu na nie pozwolono; wprost przeciwnie, miał chyba nawet zamiar wyjechać gdzieś na tydzień czy dziesięć dni, dopóki Luiza nie wydobrzeje. Powiadał coś o wyjeździć do Plymouth na tydzień i namawiał kapitana Benwicka, żeby z nim jechał, ale, jak Karol uparcie twierdził, Benwick miał o wiele większą ochotę na wyjazd do Kellynch.

Niewątpliwie i lady Russell, i Anna od czasu do czasu myślały po tej rozmowie o kapitanie Benwicku. Za każdym razem, kiedy rozlegał się dzwonek przy drzwiach, lady Russell sądziła, że jego właśnie oznajmia. Za każdym razem, kiedy Anna wracała z samotnej przechadzki po włościach swego ojca czy też z jakichś filantropijnych wizyt we wsi, zastanawiała się, czy go czasem nie zobaczy lub też nie usłyszy o nim. Lecz kapitan Benwick nie przyjechał. Albo był mniej do tego skory, niż Karol sobie wyobrażał, albo też zbyt nieśmiały i po tygodniu oczekiwań lady Russell uznała, że młodzieniec niewart jest zainteresowania, jakie zaczynał wzbudzać.

Państwo Musgrove'owie zjechali do domu, by przyjąć swe uszczęśliwione pociechy wracające ze szkoły i przywieźli ze sobą małe dzieci państwa Harville'ów, by zwiększyć hałas w Uppercross i zmniejszyć hałas w Lyme. Henrietta została z Luizą, lecz pozostali członkowie rodziny wrócili do swych pieleszy.

Lady Russell i Anna złożyły im jedną wizytę i Anna musiała przyznać, że Uppercross znowu kipi życiem. Choć nie było ani Henrietty, ani Luizy, ani Karola Haytera, ani kapitana Wentwortha, salon stanowił najprzyjemniejszy kontrast z tym, co oglądała tu w ostatnim dniu swego pobytu.

Przy pani Musgrove siedzieli mali Harville'owie, osłaniani przed atakami dwóch malców z dworku, którzy przyszli specjalnie, by zabawić małych gości. Z jednej strony stał stół, przy którym rozgadane dziewczynki cięły jedwab i złoty papier, z drugiej – tace ustawione na kobylicach, uginające się pod ciężarem mięsiw i pasztetów, gdzie urządzali sobie ucztę hałaśliwi chłopcy; całości dopełniał huczący świąteczny ogień na kominku, który jakby postanowił, że nie da się im zagłuszyć. Karol i Mary również zjawili się podczas ich wizyty, a pan Musgrove wziął sobie za punkt honoru zabawianie lady Russell i usiadłszy tuż przy niej, mówił przez dziesięć minut, bardzo głośno i bez skutku, bo zagłuszał go wrzask siedzących mu na kolanach dzieci. Piękny obrazek z życia rodzinnego.

Anna, sądząc z własnego usposobienia, uważała, że taki huragan w domu musi przynosić fatalny skutek nerwom, zapewne mocno nadwerężonym chorobą Luizy, lecz pani Musgrove, która przyciągnęła do siebie Annę, by jej raz jeszcze najserdeczniej podziękować za wszystko, co dla nich zrobiła, skończywszy wyliczanie przebytych cierpień, ogarnęła pokój spojrzeniem pełnym szczęścia i stwierdziła, że po ostatnich przejściach nic nie może lepiej na nią wpłynąć niż odrobina ciszy w domu.

Luiza szybko wracała do zdrowia. Matka miała już nadzieję, że chora zdąży przyjechać do domu, nim jeszcze jej młodsi bracia i siostry powrócą do szkół. Państwo Harville'owie obiecali towarzyszyć jej i pozostać w Uppercross. Kapitan Wentworth wyjechał na razie w odwiedziny do swego brata w Shropshire.

– Myślę, że zapamiętam na przyszłość – powiedziała lady Russell, kiedy tylko usadowiły się w powozie – by nigdy nie składać wizyty w Uppercross podczas świąt Bożego Narodzenia.

Każdy ma własne upodobania, zarówno jeśli idzie o hałas, jak i wszystko inne, nieszkodliwość zaś czy dokuczliwość dźwięków bardziej jest zależna od ich rodzaju niż ilości. Kiedy po niedługim czasie lady Russell dotarła do Bath w deszczowe popołudnie i jechała długim szeregiem ulic od Old Bridge do Camden Place pośród turkotu innych pojazdów, ciężkiego dudnienia furgonów i wozów, wrzasków gazeciarzy, sprzedawców racuszków i mleczarzy i nieustannego stukotu chodaków – nie narzekała wcale. Nie, ten hałas był częścią składową rozkoszy zimowych, pod jego wpływem ożywiała się i podobnie jak pani Musgrove czuła – choć tego nie mówiła – że po długim pobycie na wsi nic nie może jej tak dobrze zrobić jak odrobina ciszy i pogody.

Anna nie podzielała tych sentymentów. Trwała w upartej, choć milczącej, niechęci do Bath, a patrząc na mgliste zarysy wielkich budynków mokrych od deszczu – wcale nie pragnęła wyraźniej ich widzieć i jazda ulicami, choć też nieprzyjemna, wydawała jej się jeszcze zbyt szybka, któż bowiem ucieszy się na jej widok, gdy znajdzie się u celu podróży? Z serdecznym żalem wspominała gwarne Uppercross i odludne Kellynch.

Ostatni list Elżbiety przynosił kilka wiadomości dość interesujących. Pan Elliot był w Bath. Złożył wizytę na Camden Place, przyszedł po raz drugi i trzeci; był niezwykle uprzejmy. Jeśli Elżbieta i jej ojciec nie łudzą się, czyni teraz równie usilne starania, by przebywać w ich towarzystwie i pokazać, że wysoko ceni to pokrewieństwo, jak dawniej starał się je zlekceważyć. Było to niesłychane, jeśli zgadzało się z rzeczywistością, i lady Russell znajdowała się w miłym stanie zaciekawienia i podniecenia, i odwoływała już zdanie, które tak niedawno wygłosiła wobec Mary, że pan Elliot jest człowiekiem, „którego nie ma ochoty oglądać". Miała wielką ochotę go obejrzeć. Jeśli istotnie stara się pojednać z rodziną jako posłuszna jej latorośl, to trzeba mu wybaczyć owo odsunięcie się od ojczystego pnia.

Wypadek ten nie zainteresował Anny w tym samym stopniu, wolała jednak zobaczyć pana Elliota, niż go nie zobaczyć, co stanowiło więcej, niżby mogła powiedzieć o wielu innych ludziach w Bath.

Wysiadła na Camden Place, a lady Russell pojechała do swego mieszkania na Rivers Street.

Rozdział XV

Sir Walter wynajął okazały dom na Camden Place, miejscu wyniosłym i godnym, jak przystało człowiekowi z jego pozycją, i zamieszkał tam razem z Elżbietą ku ich obopólnemu zadowoleniu.

Anna weszła do tego domu z lękiem w sercu, widząc w nim swoje więzienie na wiele miesięcy i powtarzając niespokojnie w duchu: „Och, kiedyż ja stąd wyjadę?". Lecz doskonale jej zrobiła pewna doza całkiem niespodziewanej serdeczności, z jaką spotkała się przy powitaniu. Ojciec i siostra byli zadowoleni, że ją widzą, chcieli jej bowiem pokazać dom i umeblowanie, i przyjęli ją życzliwie. Fakt, że będzie czwartą osobą przy stole, uznany został za korzystny.

Pani Clay była bardzo uprzejma i cała w uśmiechach, lecz te uprzejmości i uśmiechy były czymś bardziej przewidywanym. Anna wiedziała, że owa dama odegra właściwą rolę podczas powitania, zaskoczyła ją tylko łaskawość pozostałych. Byli wyraźnie w przewybornych humorach – wkrótce miała się dowiedzieć, co jest tego przyczyną. Nie okazywali najmniejszego zainteresowania tym, co ona im ma do powiedzenia. Starali się wyciągnąć z niej parę komplementów, usłyszeć, jak bardzo najbliższe sąsiedztwo odczuwa ich brak, czego nie mogła powiedzieć; poza tym mieli zaledwie kilka drobnych pytań i zaczęli mówić o sobie. Uppercross nie budziło najmniejszego zainteresowania, Kellynch niewielkie, wszystko kręciło się wokół Bath.

Zapewnili ją z radością, że Bath spełniło z nawiązką wszystkie ich oczekiwania. Dom ich był niewątpliwie najlepszy na Camden Place, salony miały zdecydowaną przewagę nad wszystkimi salonami, w jakich byli i o jakich słyszeli, a wyższość przejawiała się również w stylu wyposażenia czy gustowności umeblowania. Wszyscy gorliwie szukali znajomości z nimi. Każdy chciał im składać wizyty. Cofnęli się przed zawarciem wielu znajomości, a wciąż jeszcze ludzie, o których nic nie wiedzą, składają im bilety wizytowe.

Oto źródło radości! Czy Anna mogła się dziwić, że ojciec i siostra są szczęśliwi? Nie mogła się dziwić, musiała jednak westchnąć, widząc, że ojciec nie czuje w zmianie swojej sytuacji nic upokarzającego; nie żałuje obowiązków i godności właściciela ziemskiego rezydującego na swoich włościach; że znajduje tyle powodów do zaspokajania swojej próżności w tym małym mieście. Musiała wzdychać, uśmiechać się, a również i zdumiewać, kiedy Elżbieta otwierała składane drzwi i w uniesieniu przechodziła z jednego salonu do drugiego, szczycąc się ich przestronnością; musiała dziwić się, że kobieta, która była panią na Kellynch Hall, uważa za powód do dumy posiadanie przestrzeni pomiędzy dwiema ścianami, równej może trzydziestu stopom.

Lecz to jeszcze nie wszystkie przyczyny szczęścia. Dochodził do tego pan Elliot. Anna musiała wciąż o nim słuchać. Nie tylko otrzymał przebaczenie, lecz wszyscy byli nim oczarowani. Przebywał w Bath od dwóch tygodni (przejeżdżał przez Bath w listopadzie w drodze do Londynu i, rzecz jasna, dowiedział się od razu, że sir Walter osiadł tutaj, choć sir Walter przebywał w Bath zaledwie od dwudziestu czterech godzin; pan Elliot nie mógł jednak wówczas zrobić z tej wiadomości użytku), a pierwsze, co uczynił po przyjeździe, było złożenie biletu wizytowego na Camden Place. Później zaś tak usilnie zabiegał o możliwość spotkania, a kiedy już do tego doszło, zachowywał się w sposób tak otwarty, tak gorliwie tłumaczył przeszłe wydarzenia, tak bardzo się starał, by go ponownie przyjęto na łono rodziny, że dawne dobre stosunki zostały przywrócone.

Nie widzieli w nim żadnych wad. Wytłumaczył się z wszelkich pozorów dawnego zaniedbania. Wszystko to od samego początku było splotem nieporozumień. Nigdy nie miał najmniejszego zamiaru odsuwać się od nich; wydawało mu się, że to on właśnie został odsunięty, ale nie wiedział dlaczego, a delikatność kazała mu milczeć. Na wzmiankę o tym, że wyrażał się bez szacunku i nonszalancko o rodzinie i o czci tej rodziny – był doprawdy oburzony. On, który zawsze szczycił się, że jest Elliotem; on, którego poglądy w sprawach koligacji rodzinnych są zbyt rygorystyczne, by mogły odpowiadać antyfeudalnym nastrojom obecnych czasów! Doprawdy, był bardzo zdumiony! Lecz zada temu kłam swoją postawą i postępowaniem. Może tylko odesłać sir Waltera do wszystkich, którzy go dobrze znają. Doprawdy, wysiłki, jakie w tym kierunku robił, szukanie pojednania przy pierwszej okazji, staranie, by odnowiono z nim stosunki jako z krewniakiem i domniemanym spadkobiercą – wszystko to świadczyło dowodnie, jakie ma przekonania w tych sprawach.

A jego małżeństwo – i tu znaleziono również wiele okoliczności łagodzących. Była to sprawa, o której on sam nie mógł mówić, lecz bliski jego przyjaciel, niejaki pułkownik Wallis, człowiek zasługujący na szacunek, prawdziwy dżentelmen (i wcale przystojny mężczyzna – dodał sir Walter), mieszkający w doskonałym stylu w Marlborough Buildings, który na własną prośbę został dopuszczony do znajomości z nimi za pośrednictwem pana Elliota, wspomniał im o kilku okolicznościach związanych z owym małżeństwem i mających istotne znaczenie dla oceny zagadnienia.

Pułkownik Wallis znał od dawna pana Elliota i znał równie dobrze jego żonę, a całą sprawę rozumiał doskonale. Pani Elliot nie pochodziła co prawda z dobrej rodziny, lecz była wykształcona, dobrze ułożona, bogata i niezwykle zakochana w jego przyjacielu. W tym tkwiła siła przyciągania. To ona zabiegała o niego. Bez tego wszystkie jej bogactwa nie skusiłyby pana Elliota. Ponadto pułkownik Wallis zapewnił sir Waltera, że była to kobieta bardzo piękna. To również zmieniało sprawę. Bardzo piękna kobieta z wielkim majątkiem, w dodatku zakochana w panu Elliocie. Wydawało się, że sir Walter znajduje w tym całkowite usprawiedliwienie. Elżbieta zaś, choć nie widziała zagadnienia w aż tak korzystnym świetle, przyznała, że to bardzo umniejsza winę kuzyna.

Pan Elliot składał im wizyty nieustannie, raz zjadł u nich kolację i najwyraźniej zachwycony był wyróżnieniem, jakie stanowiło to zaproszenie, na ogół bowiem nie wydawali przyjęć. Słowem, cieszył się każdym objawem kuzynowskich względów i swoje szczęście uzależniał od dobrych stosunków z Camden Place.

Anna słuchała, ale nie mogła tego pojąć. Wiedziała, że do wyobrażeń ludzi, którzy jej to wszystko mówili, należy wnieść poprawki, duże poprawki. Cała ta historia została jej opowiedziana z upiększeniami. Wszystko, co wydawało się takie niezwykłe czy nielogiczne w owym pojednaniu, może nie mieć żadnych podstaw oprócz sposobu przedstawienia jej przez rozmówców. Miała jednak wrażenie, że to są tylko pozory, że jeszcze coś się kryje w tym pragnieniu pana Elliota, by po tyloletniej przerwie znaleźć u nich dobre przyjęcie. Ze światowego punktu widzenia dobre stosunki z sir Walterem nie dawały mu żadnych korzyści – niczym nie ryzykował, stroniąc od niego. Według wszelkiego prawdopodobieństwa już teraz był bogatszy od ojca, w przyszłości zaś majątek Kellynch przejdzie na niego równie niechybnie jak tytuł. Człowiek rozsądny! Wyglądał na człowieka bardzo rozsądnego – dlaczego tak by mu zależało na pojednaniu z sir Walterem? Anna mogła znaleźć na to jedną odpowiedź: chyba tylko ze względu na Elżbietę. Być może już uprzednio czuł do niej sympatię, tylko gnuśność i przypadek odsunęły go od panny, teraz zaś, kiedy stać go na to, by zadośćuczynić własnym upodobaniom, chce, być może, starać się o jej rękę. Elżbieta była niewątpliwie bardzo ładna, miała pociągający, elegancki sposób bycia, a pan Elliot nie mógł poznać jej prawdziwego charakteru, znając ją tylko z oficjalnych spotkań jako człowiek wówczas bardzo młody! Jak jej usposobienie i rozum zniosą próbę obserwacji pana Elliota teraz, kiedy jest dojrzalszym, rozumniejszym człowiekiem – to już inny problem, i to dość niepokojący. Pragnęła najuczciwiej, by pan Elliot, jeśli Elżbieta jest jego wybranką, nie okazał się zbyt miły lub zbyt spostrzegawczy. Jasne zaś było, że Elżbieta chętnie wierzy w jego ku sobie skłonność i że jej przyjaciółka, pani Clay, utwierdza ją w tym mniemaniu – kiedy bowiem mówiono o częstych wizytach młodego człowieka, obie panie wymieniały między sobą znaczące spojrzenia.

Anna wspomniała o ich przelotnym spotkaniu w Lyme, lecz nie zwrócono na to większej uwagi. Och, tak, może to i był pan Elliot. Tego nie wiedzą. Być może. Nie chcieli słuchać jej opisu. Sami go opisywali, zwłaszcza sir Walter. Oddał sprawiedliwość jego wyglądowi – prawdziwy dżentelmen – elegancji i wytworności, regularnym rysom, rozsądnemu spojrzeniu, lecz musiał z przykrością stwierdzić, iż pan Elliot ma wystającą dolną szczękę, a czas raczej uwydatnił ten defekt; nie może też powiedzieć – byłaby to nieprawda – że dziesięć lat nie zmieniło jego rysów na gorsze. Okazało się, że pan Elliot uważa, iż on (sir Walter) wygląda dokładnie tak samo jak wówczas, kiedy widzieli się po raz ostatni, lecz sir Walter nie mógł szczerze odwzajemnić komplementu, co go trochę zakłopotało. Ale nie ma zamiaru narzekać. Przyjemniej mu patrzeć na pana Elliota niż na innych mężczyzn i nie ma nic przeciwko temu, by ich wszędzie razem widywano.

Pan Elliot i jego przyjaciel z Marlborough Buildings byli tematem rozmowy przez cały wieczór. Pułkownik Wallis tak ogromnie chciał zostać im przedstawiony! A pan Elliot tak bardzo o to zabiegał. Była jeszcze pani Wallis, znana im dotychczas tylko z opisu, spodziewała się bowiem lada dzień rozwiązania, ale pan Elliot mówił o niej jako o „niezwykle czarującej kobiecie, wartej, godnej bywania na Camden Place" – prezentacja miała być dokonana, gdy tylko pani Wallis powróci do zdrowia. Sir Walter wiele się spodziewał po pani Wallis: mówiono, że to kobieta szczególnej urody, bardzo piękna. Ogromnie pragnął ją poznać. Miał nadzieję, że to mu powetuje niezliczone brzydkie twarze, które bezustannie mija na ulicach. Najgorszą wadą Bath była ogromna liczba brzydkich kobiet. Nie zamierza twierdzić, że nie ma tu ładnych kobiet, lecz liczba brzydkich jest nieproporcjonalnie wielka. Nieraz, idąc ulicą, stwierdzał, że za jedną ładną buzią idzie trzydzieści lub trzydzieści pięć straszydeł, a kiedyś, stojąc w sklepie na Bond Street, zliczył kolejno osiemdziesiąt siedem przechodzących kobiet, a pośród nich ani jednej urodziwej. Był to mroźny ranek, prawdę mówiąc, bardzo mroźny ranek i może jedna kobieta na tysiąc mogłaby znieść próbę tak ostrego powietrza. Ale w każdym razie w Bath istniała ogromna liczba szpetnych kobiet, a z mężczyznami było nieskończenie gorzej! Te strachy na wróble, które zapełniają ulice! Po wrażeniu, jakie sprawia mężczyzna o przyzwoitym wyglądzie, znać, jak kobiety tutaj nie przywykły do widoku znośnej twarzy. Nie zdarzyło się, by spacerując ramię w ramię z pułkownikiem Wallisem (ma doskonałą, wojskową sylwetkę, tylko jest trochę rudawy), nie zauważył, iż oczy wszystkich kobiet kierują się ku niemu; oczy wszystkich kobiet niewątpliwie kierują się ku pułkownikowi Wallisowi. Ta skromność sir Waltera! Lecz nie przeszła ona niezauważenie. Córka jego i pani Clay jednomyślnie zauważyły, że towarzysz pułkownika Wallisa ma równie dobrą figurę i z pewnością nie jest rudawy.

– Jak wygląda Mary? – zapytał sir Walter, teraz już w najwyborniejszym humorze. – Ostatnim razem, kiedy ją widziałem, miała czerwony nos, ale tuszę, że to się nie co dzień zdarza.

– Och, to musiał być zupełny przypadek. Ogólnie biorąc, od świętego Michała cieszy się dobrym zdrowiem i wygląda doskonale.

– Gdybym nie myślał, że to ją skusi do wychodzenia na dwór przy ostrym wietrze i że nie zrobi się przez to zbytnio ogorzała, posłałbym jej nowy kapelusz i pelisę.

Anna zastanawiała się właśnie, czy powinna się odważyć i powiedzieć, że suknia lub czepek z pewnością nie zostałyby tak niewłaściwie wykorzystane, kiedy stukanie do drzwi przerwało rozmowę. Stukanie do drzwi! Tak późno! Już dziesiąta godzina! Czyżby to mógł być pan Elliot? Wiedzieli, że miał jeść kolację na Landsdown Crescent. Możliwe, że zaszedł do nich, wracając do domu, aby zapytać o zdrowie. Nikt inny nie przychodził im do głowy. Pani Clay uważała, że to jest niewątpliwie stukanie pana Elliota. Pani Clay miała rację. Pan Elliot został wprowadzony do pokoju z całym majestatem, w asyście lokaja i lokajczyka.

Był to ten sam, całkiem ten sam mężczyzna, różnił się tylko strojem. Anna cofnęła się nieco, podczas gdy inni przyjmowali wyrazy jego uszanowania, jej siostra zaś – przeproszenia za przyjście o tak późnej porze, lecz „nie mógł przejść koło nich, nie pragnąc się dowiedzieć, czy ona lub jej przyjaciółka nie zaziębiły się wczoraj i tak dalej” – a wszystko to było najgrzeczniej powiedziane i najgrzeczniej przyjęte. Teraz jednak przyszła kolej na nią. Sir Walter mówił o swojej najmłodszej córce. Pan Elliot pozwoli, że przedstawi go swojej najmłodszej córce (nie miał okazji wspomnieć o Mary), i Anna, uśmiechając się i wdzięcznie rumieniąc, pokazała panu Elliotowi śliczne rysy, których na pewno nie zapomniał. Natychmiast zorientowała się, widząc z rozbawieniem, jak drgnął zdumiony, że nie wiedział, kim ona jest. Był bardzo zaskoczony, lecz jeszcze bardziej uradowany. Oczy mu rozbłysły i skwapliwie powitał kuzynkę, przypomniał o przeszłości i prosił, by go uznała za dawnego znajomego. Był tak przystojny, jak jej się wydał w Lyme; twarz jego wyglądała korzystniej, gdy mówił, obejście zaś miał takie właśnie, jak powinien mieć – gładkie, swobodne, bardzo miłe – mogła porównać to doskonałe wychowanie z manierami jednego tylko człowieka. Nie były takie same, ale były chyba równie dobre.

Usiadł i rozmowa stała się dzięki niemu o wiele ciekawsza. Nie ulegało wątpliwości, że to człowiek rozsądny. Wystarczyło dziesięć minut, by się co do tego upewnić. Ton, wyrażenia, dobór tematów, wyczucie, gdzie się należy zatrzymać – wszystko to dowodziło rozsądku i przenikliwości. Przy pierwszej okazji zaczął rozmawiać z nią o Lyme; chciał porównać swój sąd z jej sądem o tej miejscowości, lecz szczególnie chciał mówić o tym, jak to się stało, że jednocześnie byli gośćmi w tej samej gospodzie; powiedzieć, gdzie wówczas jechał; dowiedzieć się czegoś o jej podróży, a zwłaszcza wyrazić żal, że stracił taką okazję złożenia jej uszanowania. Opowiedziała mu pokrótce, w jakim towarzystwie i po co była w Lyme. Gdy tego słuchał, żal jego wzrósł jeszcze bardziej. Spędził samotnie cały wieczór w pokoju przylegającym do ich pokoi; słyszał głosy – bezustanną wesołość. Przypuszczał, że to zachwycający ludzie; marzył, by się znaleźć wśród nich – lecz nie podejrzewał w najmniejszej mierze, że ma cień praw, by im się przedstawić. Żeby się chociaż był spytał, z kogo składa się ich towarzystwo. Nazwisko Musgrove powiedziałoby mu dość. Cóż, to go może oduczy bezsensownego zwyczaju niezadawania pytań w gospodzie, zwyczaju, który przyjął jako bardzo jeszcze młody człowiek, gdy mu tłumaczono, że niegrzecznie jest okazywać ciekawość.

– Wyobrażenia młodego, dwudziestojednoletniego człowieka – powiedział – o tym, co jest w jego obejściu konieczne, by go uznano za światowca, są w moim mniemaniu bardziej niedorzeczne niż wyobrażenia jakichkolwiek istot na świecie. A niedorzeczność sposobów, jakimi młody człowiek często chce to osiągnąć, może się równać tylko niedorzeczności celów.

Lecz wiedział, że nie powinien mówić tylko do Anny – wkrótce włączył się do ogólnej rozmowy i jedynie od czasu do czasu nawiązywał do Lyme.

Jego pytania sprawiły wreszcie, że opowiedziała, co się wydarzyło wkrótce po jego wyjeździe. Usłyszawszy coś o „wypadku", musiał dowiedzieć się wszystkiego. Kiedy on stawiał pytania, sir Walter i Elżbieta również dorzucali swoje, lecz trudno było nie odczuć różnicy w sposobie zadawania tych pytań. Anna mogła porównać pana Elliota tylko do lady Russell, jeśli idzie o chęć dokładnego zrozumienia, co się wydarzyło i o przejęcie się tym, co musiała przecierpieć, będąc świadkiem zdarzenia.

Pozostał z nimi godzinę. Elegancki mały zegar na kominku wydzwonił „jedenastą srebrnym swoim dzwonkiem", a z daleka usłyszeli głos stróża powtarzającego to samo, lecz ani pan Elliot, ani żadne z nich nie zdawało sobie sprawy, że gość siedzi już tak długo.

Anna nie przypuszczała, że jej pierwszy wieczór na Camden Place upłynie tak mile.

Rozdział XVI

W jednej tylko kwestii Anna, wracając do rodziny, pragnęła się bardziej upewnić niż w przekonaniu o miłości pana Elliota do Elżbiety; chodziło jej mianowicie o to, czy ojciec nie kocha się w pani Clay. Po kilku godzinach spędzonych w domu wciąż nie miała w tej sprawie spokoju. Schodząc na śniadanie następnego dnia, stwierdziła, że dama owa musiała przed chwilą udawać skromnie, iż chce ich opuścić. Zapewne pani Clay oświadczyła, iż „teraz, kiedy przyjechała panna Anna, ja zapewne jestem już zbędna", Elżbieta bowiem odpowiadała właśnie niby to szeptem:

– To doprawdy nie jest żaden powód. Zapewniam cię, że to żaden powód. W porównaniu z tobą ona jest niczym dla mnie.

Anna zdążyła też usłyszeć wyraźnie, jak ojciec mówi:

– Ależ, droga pani, to niemożliwe. Dotychczas nie widziałaś jeszcze Bath. Musisz, pani, zaczekać, by się zapoznać z panią Wallis, piękną panią Wallis. Wiem dobrze, że przy twoim świetnym guście widok piękności przyniesie ci ogromną przyjemność.

Mówił i wyglądał tak poważnie, że Anna nie zdziwiła się wcale, widząc, iż pani Clay rzuca na nią i na Elżbietę ukradkowe spojrzenia. Twarz Anny mogła wyrażać pewną czujność, lecz pochwała wytwornego smaku nie wzbudziła w Elżbiecie nawet jednej myśli. Pani Clay musiała więc ustąpić wobec obopólnych błagań i obiecać, że nie wyjedzie.

Tego samego ranka, kiedy zdarzyło się, że Anna została sama z ojcem, on zaczął prawić jej komplementy i mówić, że wyładniała.

Uważał, że przybrała na wadze, nie ma już tak zapadniętych policzków. Skóra jej, płeć ogromnie się poprawiły; czy używa czegoś specjalnego? Nie, niczego nie używa. Tylko Gowland*, suponował ojciec. Nie, w ogóle nie używa. Ha, tym był ogromnie zdziwiony, potem dodał:

– Z pewnością najlepiej zrobisz, pozostając taka, jaka jesteś; nie możesz lepiej wyglądać, inaczej zaleciłbym ci używanie Gowlandu, codzienne używanie Gowlandu przez wszystkie wiosenne miesiące. Pani Clay używa tego za moją poradą i widzisz, z jakim skutkiem? Widzisz, że jej piegi zniknęły?

Żeby tylko Elżbieta mogła to usłyszeć! Tak osobista pochwała urody przyjaciółki może zwróciłaby jej uwagę, zwłaszcza że Anna wcale nie uważała, by piegi pani Clay zniknęły choćby częściowo. Ale cóż, trudno! Zło, jakim byłoby małżeństwo ojca, zmniejszyłoby się bardzo, gdyby i Elżbieta również wyszła za mąż. Jeśli zaś idzie o nią, Annę – zawsze znajdzie dom u lady Russell.

Stosunki z rodziną z Camden Place wystawiały zrównoważony umysł i uprzejme obejście lady Russell na próbę. Widok pani Clay w takich łaskach i Anny tak lekceważonej drażnił ją tu nieustannie, drażnił ją również poza tym domem, o ile osoba, która mieszka w Bath, pija wody, otrzymuje wszystkie nowe publikacje i ma licznych znajomych, może znaleźć czas na zdenerwowanie.

Kiedy przedstawiono jej pana Elliota, stała się bardziej wyrozumiała czy też bardziej obojętna w stosunku do pozostałych. Jego maniery natychmiast mu ją zjednały, a po rozmowie z nim stwierdziła, iż zalety jego ducha dorównują zaletom wyglądu. Na początku, jak to opowiadała Annie, miała doprawdy ochotę krzyknąć: „Czyżby to mógł być pan Elliot?". Nie mogła sobie

---

* Płyn Gowlanda miał właściwości łuszczenia naskórka – przy częstszym używaniu mógł powodować ciężkie uszkodzenia, o czym w owych czasach było powszechnie wiadomo.

wyobrazić bardziej ujmującego czy godnego szacunku człowieka. Wszystko się w nim jednoczyło: rozum, właściwe poglądy, znajomość świata i gorące serce. Czcił więzy rodzinne i honor rodziny, lecz uczucie to pozbawione było dumy czy słabostek. Żył na stopie człowieka majętnego, lecz bez nadmiernej okazałości; we wszystkich kwestiach istotnych postępował według własnego zdania, nie obrażając przy tym opinii publicznej tym, co nie przystoi. Był rzetelny, uważający, umiarkowany, szczery – nigdy nie dawał się ponieść czy to nastrojom, czy egoizmowi kryjącemu się pod pozorami silnych uczuć, a przy tym był wrażliwy na wszystko, co wdzięczne i miłe, i znał wartość szczęścia domowego, co rzadko się zdarza u ludzi skłonnych do urojonych uniesień czy szalonych wzruszeń. Przekonana była, że nie zaznał szczęścia w małżeństwie. Tak mówił pułkownik Wallis i tak też przypuszczała lady Russell, lecz to nieszczęście nie zaprawiło jego duszy goryczą ani (jak zaczęła wkrótce podejrzewać) nie przeszkadzało mu myśleć o dokonaniu ponownego wyboru. Przyjemność, jaką jej sprawił pan Elliot, przeważyła utrapienie w postaci pani Clay.

Już przed kilku laty Anna zaczęła zdawać sobie sprawę, że jej znakomita przyjaciółka i ona sama mogą czasem myśleć zupełnie inaczej; dlatego też nie zdziwiła się szczególnie, widząc, że lady Russell nie dostrzega nic podejrzanego czy nielogicznego, nic, co kazałoby szukać innych niż znane im przyczyn w przemożnym pragnieniu pana Elliota, by się pojednać z rodziną. Lady Russell uważała za rzecz całkiem oczywistą, że ów dżentelmen w dojrzałym okresie życia zrozumiał, jak ważne są dobre stosunki z głową rodziny, jak wiele mu one dają w oczach wszystkich rozsądnych ludzi. Jest to najzwyklejszy w świecie proces umysłu z natury swojej rozsądnego, który pobłądził w zaraniu młodości. Anna jednak w dalszym ciągu uśmiechała się tylko, a wreszcie powiedziała: „Elżbieta". Lady Russell posłuchała, popatrzyła i odpowiedziała ostrożnie:

– Elżbieta? Doskonale. Czas pokaże.

Ta uwaga odnosiła się do przyszłości, wobec czego Anna po namyśle zrozumiała, że musi ustąpić. Nie zdążyła wyrobić sobie zdania. W tym domu Elżbieta musi być pierwsza; tak już przywykła do atencji należnej jej jako „najstarszej pannie Elliot", iż okazywanie względów innej kobiecie w tej rodzinie wydawało się prawie niemożliwe. Należało też pamiętać, że pan Elliot był wdowcem od niecałych siedmiu miesięcy. Pewna zwłoka z jego strony może być bardzo właściwa. Prawdę mówiąc, gdy Anna patrzyła na krepę przy jego kapeluszu, przychodziło jej do głowy, że to ona postępuje niewłaściwie, przypisując mu podobne zamiary, chociaż bowiem jego małżeństwo nie było szczęśliwe, jednak trwało wiele lat i trudno przypuścić, by otrząsnął się tak szybko po wielkim ciosie, jakim był kres owego związku.

Bez względu na to, jak to się może skończyć, był ich najmilszym znajomym w Bath. Nikogo tu nie mogła do niego przyrównać. Wielką przyjemność sprawiała jej również od czasu do czasu rozmowa z nim o Lyme, które on, podobnie jak ona, pragnął jeszcze raz dokładniej obejrzeć. Wiele razy wspominali szczegóły swego pierwszego spotkania. Dał jej do zrozumienia, że wywarła na nim duże wrażenie. Pamiętała to dobrze. Pamiętała również czyjeś inne spojrzenie.

Nie we wszystkim się zgadzali. Zauważyła, że większą niż ona wagę przykłada do pozycji i koligacji. Nie tylko uprzejmość, lecz wprost zamiłowanie do podobnych spraw kazało mu przyłączyć się z zapałem do roztrząsań jej siostry i ojca na temat, który uważała za zbyt błahy, by się nim emocjonować. Gazeta „Bath" podała pewnego ranka wiadomość o przyjeździe wdowy wicehrabiny Dalrymple i jej córki, jaśnie wielmożnej panny Carteret, wobec czego cały spokój w domu na Camden Place uleciał na wiele dni. Dalrymple'owie bowiem (na całe nieszczęście, zdaniem Anny) byli kuzynami Elliotów, w związku z czym wytężano głowy, jak też nawiązać znajomość w najwłaściwszy sposób.

Anna nigdy dotąd nie widziała ojca czy siostry w kontakcie z arystokracją i musiała przyznać, że przeżywa zawód. Z ich wielkich wyobrażeń o swojej pozycji życiowej wnosiła, że zachowają się godniej, a teraz mogła tylko pragnąć – nigdy nie przypuszczała, że będzie kiedyś pragnąć czegoś podobnego – by mieli więcej dumy. Przez cały dzień dźwięczało jej w uszach: „Nasze kuzynki lady Dalrymple i panna Carteret. Nasze kuzynki panie Dalrymple".

Sir Walter znalazł się raz w towarzystwie zmarłego wicehrabiego, lecz nigdy nie poznał jego rodziny, obecne zaś trudności brały się stąd, że od śmierci wyżej wspomnianego wicehrabiego wszelkie stosunki pomiędzy jego rodziną a Elliotami, w formie oficjalnej korespondencji, zostały zerwane; jako że w tym właśnie czasie sir Walter chorował ciężko i w Kellynch popełniono fatalne zaniedbanie, mianowicie nie wysłano do Irlandii listu z kondolencjami. Konsekwencje tego zaniedbania poniosła winowajczyni, kiedy bowiem biedna lady Elliot umarła, w Kellynch nie otrzymano również listu kondolencyjnego, i z tego powodu istniały podstawy do przypuszczeń, że panie Dalrymple uważają łączące ich stosunki za zakończone. Powstawało pytanie, jak zmienić ten przykry stan rzeczy i zostać znowu uznanym za rodzinę, a zarówno lady Russell, jak i pan Elliot nie uważali bynajmniej – choć podchodzili do tego bardziej oględnie – by to było błahe pytanie. Mówili, że koligacje zawsze są warte zachowania, dobre towarzystwo – warte zabiegów. Lady Dalrymple wynajęła dom na trzy miesiące na Laura Place i będzie prowadziła życie w wielkim stylu. Mieszkała w Bath w zeszłym roku i lady Russell słyszała, że uważano ją za czarującą damę. Odnowienie tych stosunków byłoby bardzo pożądane, gdyby okazało się możliwe bez żadnych ustępstw z należnych Elliotom praw.

Sir Walter jednak postanowił zrobić to, co sam uzna za stosowne i napisał wreszcie piękny list pełen obszernych wyjaśnień, żalów i błagań do jaśnie wielmożnej kuzynki. Ten list nie mógł się spodobać ani lady Russell, ani panu Elliotowi, lecz dokonał tego, czego chciano, przynosząc w odpowiedzi trzy linijki gryzmołów od lady Dalrymple. „Jest bardzo zaszczycona i będzie szczęśliwa ze znajomości z nimi". Trudności się skończyły, zaczęły się przyjemności. Złożyli wizytę na Laura Place, otrzymali od wdowy wicehrabiny Dalrymple i jaśnie wielmożnej panny Carteret bilety, które zostały ułożone w najbardziej widocznym miejscu, po czym w rozmowach z wszystkimi naokoło wspominało się o „naszych kuzynkach z Laura Place, naszych kuzynkach lady Dalrymple i pannie Carteret".

Annie było wstyd. Gdyby lady Dalrymple i jej córka były miłe, to i tak wstydziłaby się tego podniecenia wywołanego ich przyjazdem, ale one były niczym zgoła. Nie mogły poszczycić się wyższością ani manier, ani ułożenia, ani rozumu. Lady Dalrymple uzyskała opinię czarującej kobiety, ponieważ miała dla każdego uśmiech i uprzejmą odpowiedź. Panna Carteret miała jeszcze mniej do powiedzenia, a taka była brzydka i niezgrabna, że gdyby nie jej urodzenie, nigdy by nie zniesiono jej obecności na Camden Place.

Lady Russell przyznała, że spodziewała się czegoś więcej, lecz jednak „takie znajomości mają swoją wartość", kiedy zaś Anna odważyła się powiedzieć panu Elliotowi, co myśli o obu tych damach, on przyznał, że same w sobie nic nie przedstawiają, lecz mimo to utrzymywał, iż mają swoją wartość jako koligacje, jako dobre towarzystwo, jako te, wokół których gromadzi się dobre towarzystwo. Anna uśmiechnęła się i powiedziała:

– W moim pojęciu dobre towarzystwo to towarzystwo ludzi mądrych, ludzi światłych, którzy potrafią prowadzić rozmowę. To nazywam dobrym towarzystwem.

– Mylisz się, pani – odparł łagodnie. – To nie jest dobre towarzystwo. To jest najlepsze towarzystwo. Dobre towarzystwo to tylko dobre urodzenie, wykształcenie i maniery, jeśli zaś idzie o wykształcenie, nie jest to punkt najskrupulatniej przestrzegany. Podstawą jest dobre urodzenie i maniery, odrobina wiedzy zaś z pewnością niczym nie grozi w dobrym towarzystwie, przeciwnie, będzie mile widziana. Moja kuzyneczka Anna kręci główką. Nie została przekonana. Jest wybredna. Droga kuzyneczko – tu usiadł przy niej – masz o wiele większe prawa do wybredności niż niemal wszystkie inne kobiety, jakie znam, ale czy to się na coś zda? Czy to cię uczyni szczęśliwą? Czy nie mądrzej będzie przyjąć towarzystwo tych poczciwych kobiet z Laura Place i korzystać, ile się da, z tej znajomości? Wierzaj mi, że tej zimy będą się one poruszać pośród śmietanki Bath, a że pozycja jest pozycją, fakt, iż wszyscy wiedzą o waszym z nimi pokrewieństwie, odegra swoją rolę w zapewnieniu twojej rodzinie (pozwól mi powiedzieć: naszej rodzinie) takiego poważania, jakiego wszyscy musimy pragnąć.

– Tak – westchnęła Anna – istotnie, wszyscy będą wiedzieli, że jesteśmy z nimi spokrewnieni! – Potem opamiętała się, a nie chcąc, by jej odpowiadał, dodała: – Doprawdy, uważam, że zbyt wiele dokładało się starań, by nawiązać tę znajomość. Przypuszczam – mówiła ze śmiechem – że bardziej jestem dumna niż ktokolwiek z was, i wyznaję, że irytują mnie te gorliwe zabiegania o uznanie znajomości z nami, znajomości, która, co do tego możemy być pewni, jest dla nich sprawą całkowicie obojętną.

– Wybacz mi, droga moja kuzyneczko, lecz niesłusznie oceniasz swoje prawa. Być może w Londynie, gdybyście prowadzili obecny cichy tryb życia, sprawa mogłaby wyglądać tak, jak powiadasz, ale w Bath sir Walter Elliot i jego rodzina są zawsze warci poznania i zawsze mile widziani jako znajomi.

– Cóż – odparła Anna – jestem niewątpliwie dumna, zbyt dumna, by cieszyć się z przyjęcia, które tak całkowicie zależy od miejsca pobytu.

– Zachwyca mnie twoje oburzenie – powiedział – bardzo jest naturalne. Ale jesteś teraz w Bath i idzie o to, by rezydować tutaj, otoczywszy się uznaniem i szacunkiem należnymi sir Walterowi Elliotowi. Mówisz, że jesteś dumna. Wiem, że mnie nazywają dumnym, i nie chcę inaczej o sobie myśleć, nasza duma bowiem, gdyby ją zbadać, to samo niewątpliwie miałaby na celu, choć może się ona wydać nieco odmiennego rodzaju. Co do jednej sprawy jestem pewien, moja droga kuzyneczko – dalej mówił już przyciszonym głosem, chociaż byli sami w pokoju – co do jednej sprawy niewątpliwie musimy mieć jednakowe zdanie. Musimy sądzić, że każdy dodatek do towarzystwa, w jakim obraca się twój ojciec, czy to między równymi sobie, czy stojącymi wyżej, może służyć do odwrócenia jego myśli od tych, którzy stoją niżej od niego.

Mówiąc to, spoglądał na miejsce, które niedawno zajmowała pani Clay – ilustrując dostatecznie jasno, co miał na myśli. Choć Anna nie wierzyła, by przepełniała ich taka sama duma, cieszyła się, że on nie lubi pani Clay, i w głębi duszy uznała, że jego pragnienie, by ojciec zawierał wysokie znajomości, jest całkiem wybaczalne, jeśli ma na celu porażkę owej damy.

Rozdział XVII

Podczas gdy sir Walter i Elżbieta popychali, jak mogli, swoje sprawy na Laura Place, Anna odnawiała znajomość całkiem innego rodzaju.

Odwiedziła swoją starą wychowawczynię, od której dowiedziała się, że jej dawna koleżanka szkolna mieszka obecnie w Bath. Owa koleżanka z dwóch przyczyn miała prawo do względów Anny – dała jej bowiem niegdyś wiele dowodów serdeczności, a teraz znajdowała się sama w wielkim strapieniu. Panna Hamilton, obecnie pani Smith, okazała Annie serce w jednym z tych okresów jej życia, kiedy serdeczność najwięcej dla niej znaczyła. Anna poszła do szkoły ogromnie nieszczęśliwa, opłakując stratę ukochanej matki, przeżywając rozstanie z domem i cierpiąc tak, jak czternastoletnia, wrażliwa, strapiona dziewczyna musi cierpieć w podobnej sytuacji. Panna Hamilton, zaledwie o trzy lata od niej starsza, która nie mając bliskich krewnych ani domu, pozostawała jeszcze przez rok w szkole, zajęła się nią i okazywała jej dobroć i wsparcie, co znacznie złagodziło smutek Anny, czego młoda panna nigdy nie potrafiła wspominać obojętnie. Panna Hamilton opuściła szkołę i po niedługim czasie wyszła za mąż za człowieka majętnego – tyle wiedziała o niej Anna do chwili, kiedy owa wychowawczyni przedstawiła jej obecną sytuację pani Smith bardziej już konkretnie, ale zupełnie inaczej.

Była teraz wdową, i to ubogą wdową. Mąż jej okazał się rozrzutnikiem, po jego śmierci zaś, mniej więcej dwa lata temu, stwierdzono, że interesy, które pozostawił, są bardzo powikłane. Pani Smith musiała się uporać z najrozmaitszymi trudnościami; do tych zmartwień doszło jeszcze nieszczęście ciężkiej choroby, reumatyzmu, który zaatakował jej nogi i uczynił z niej obecnie kalekę. Dlatego właśnie przyjechała do Bath i zamieszkała w wynajętym mieszkaniu przy kąpielisku. Żyje bardzo skromnie, nie może sobie pozwolić nawet na własną służącą i oczywiście jest niemal odcięta od towarzystwa.

Wspólna ich znajoma była przekonana, że wizyta panny Elliot sprawi pani Smith przyjemność, toteż Anna, nie tracąc czasu, udała się do niej natychmiast. Nie powiedziała nic w domu o tym, czego się dowiedziała ani co zamierza zrobić. Nie wzbudziłoby to należytego zainteresowania. Poradziła się tylko lady Russell, która podzieliła jej sentymenty i oznajmiła, że z przyjemnością zawiezie ją tak blisko mieszkania pani Smith w Westgate Buildings, jak tylko Anna będzie sobie życzyła.

Wizyta została złożona, znajomość odnowiona, zainteresowanie wzajemnymi sprawami rozbudzone na nowo. Pierwszych dziesięć minut obfitowało w niezręczne, pełne wzruszenia momenty. Minęło dwanaście lat od ich rozstania, każda z nich wyglądała teraz trochę inaczej, niż to sobie druga wyobrażała. Dwanaście lat zmieniło Annę z kwitnącej, milczącej, nieukształtowanej jeszcze piętnastolatki w elegancką dwudziestosiedmioletnią filigranową kobietę obdarzoną wielką, choć pozbawioną świeżości urodą, o nienagannym sposobie bycia i zawsze łagodną; dwanaście lat zmieniło również dorodną, wyrośniętą, tryskającą zdrowiem, pewną swojej pozycji pannę Hamilton w biedną, słabowitą, bezbronną wdowę przyjmującą wizytę dawnej protegowanej jak łaskę. Wszystko jednak, co było tak kłopotliwe w pierwszej chwili spotkania, minęło szybko i pozostał tylko interesujący urok wspomnień łączącej je od dawna sympatii oraz przeżyć z lat szkolnych.

Anna znalazła w pani Smith osobę rozumną, o miłym obejściu, czego zresztą była niemal pewna, skłonną również do rozmowy – i to do pogodnej rozmowy – czego się wcale nie spodziewała. Ani konieczność zerwania z dawnym życiem – a wiele bywała w świecie – ani obecne trudności, ani choroba, ani strapienie nie zamknęły jej serca i nie załamały ducha.

Podczas następnej wizyty rozmawiały bardzo szczerze i Anna nie ukrywała zdumienia. Trudno było wyobrazić sobie mniej wesołą sytuację niż sytuacja pani Smith. Ogromnie kochała swego męża – i pochowała go. Przywykła do dobrobytu – i nadszedł jego kres. Nie miała dziecka, które mogłoby przywrócić jej radość i chęć życia, żadnych krewnych, którzy mogliby jej ułatwić rozwiązanie zagmatwanych spraw, ani zdrowia, które pomogłoby jej znosić to wszystko. Mieszkanie jej ograniczało się do zgiełkliwej bawialni i ciemnej sypialni od tyłu, a ona nie mogła bez pomocy przejść z jednego pokoju do drugiego, cały dom zaś obsługiwała tylko jedna służąca. Pani Smith nigdy nie wychodziła z domu – wynoszono ją tylko do leczniczych kąpieli. Lecz mimo to Anna stwierdziła, na podstawie własnych obserwacji, że przyjaciółka jej miewa tylko chwile apatii i depresji, natomiast długie godziny spędza pracowicie i wesoło. Jakże to możliwe? Patrzyła, obserwowała, zastanawiała się i wreszcie zrozumiała, że nie jest to tylko sprawa siły wewnętrznej czy też rezygnacji. Uległy duch potrafi być cierpliwy, mądrość może przynieść siłę postanowienia, lecz tu było coś więcej: giętkość umysłu, łatwość znajdywania pocieszenia, umiejętność odwracania się chętnie od złego ku dobremu i szukania zajęcia, które mogło oderwać myśli od własnej osoby – to wszystko pochodziło z natury. To był najprzedniejszy dar niebios i Anna zobaczyła w swej przyjaciółce jeden z tych przypadków, w których ten dar wyrównuje niemal wszelkie inne braki.

Pani Smith opowiadała jej, że w pewnym okresie była bliska załamania. W porównaniu ze stanem, w jakim przyjechała do

Bath, trudno jej uważać się teraz za chorą. Wówczas istotnie godna była litości, zaziębiła się bowiem w podróży i natychmiast po przyjeździe musiała położyć się do łóżka, cierpiąc przy tym bez przerwy i bardzo dotkliwie. W dodatku była pośród ludzi obcych i potrzebowała stałej pielęgniarki, stan jej majętności zaś nie pozwalał na nieprzewidziane wydatki. Przebrnęła jednak szczęśliwie przez ten okres i może uczciwie powiedzieć, że dobrze jej zrobił. O wiele lepiej teraz się czuje, ma bowiem pewność, że jest w dobrych rękach. Zbyt gruntownie zna świat, by oczekiwać niespodziewanych czy bezinteresownych uczuć, lecz jej choroba dowiodła, że tutejsza gospodyni jest osobą z charakterem i że nie zrobi jej krzywdy. Pani Smith poszczęściło się też z pielęgniarką – siostra gospodyni, pielęgniarka z zawodu, stale mieszkająca w tym domu, akurat nie miała w tym okresie zajęcia i mogła jej doglądać.

– A również – dodała pani Smith – prócz tego, że pielęgnowała mnie z wielkim oddaniem, stała się bardzo cenną znajomością. Kiedy tylko mogłam już poruszać rękoma, nauczyła mnie szydełkowania, co okazało się świetną rozrywką, i pokazała mi, jak się robi te małe saszetki na nici, poduszeczki do szpilek i futeraliki na wizytówki – to właśnie, nad czym zawsze tak pilnie pracuję, kiedy przychodzisz. To mi daje sposobność zrobienia czegoś dobrego dla kilku ubogich rodzin w sąsiedztwie. Owa pielęgniarka ma liczne znajomości, oczywiście z racji swego zawodu, pośród ludzi, którzy mogą te drobiazgi kupować, i im właśnie sprzedaje moje wyroby. Zawsze wybiera odpowiedni moment na zaproponowanie takiego kupna. Wiesz, każdy, kto uniknął właśnie wielkiego bólu, czy komu wraca błogosławieństwo zdrowia, ma serce otwarte, a pielęgniarka Rooke wie dobrze, kiedy coś zaproponować. To bystra, inteligentna, rozsądna kobieta. Zawód pozwala jej dobrze poznać ludzką naturę, a że ma w dodatku wiele rozsądku i spostrzegawczości, przewyższa jako towarzyszka tysiące osób, które otrzymały zaledwie „najlepsze w świecie wykształcenie" i nie wiedzą o niczym, co warte uwagi. Nazwij to, jeśli chcesz, plotkarstwem, lecz kiedy pani Rooke ma dla mnie wolne pół godzinki, na pewno opowie mi coś, co okaże się zajmujące i z czego wyniosę korzyść, coś, co sprawia, że lepiej poznaję ludzi. Człowiek lubi wiedzieć, co się dzieje, lubi być *au fait,* jeśli idzie o tę nowomodną płochość i głupotę. Dla mnie, która tak nieustannie przebywam sama, rozmowa z nią to doprawdy uczta.

Anna, nie chcąc kwestionować tej przyjemności, odpowiedziała:

– Łatwo mi w to uwierzyć. Kobiety z tego środowiska mają duże możliwości w tym względzie, a jeśli są inteligentne, warto ich słuchać. Ileż to mogą poznawać odmian ludzkiej natury! Z pewnością spotykają nie tylko próżność i głupotę, ale też sytuacje ciekawe i wzruszające. Bywają zapewne świadkami wielu wypadków płomiennego, bezinteresownego, pełnego wyrzeczeń uczucia, bohaterstwa, męstwa, cierpliwości, rezygnacji, a także konfliktów i poświęceń, które najbardziej nas uszlachetniają. W pokoju człowieka chorego można się nauczyć o wiele więcej niż z licznych książek.

– Tak – odparła pani Smith z pewnym powątpiewaniem. – Czasem tak, chociaż obawiam się, że nauki, jakie można stamtąd wysnuć, nie są wcale tak wzniosłe, jak ci się zdaje. Czasami – czasami natura ludzka może okazać swą wielkość w chwili próby, ale ogólnie biorąc, w pokoju chorego człowiek najczęściej okazuje swoją słabość, a nie siłę. Słyszy się raczej o egoizmie i braku cierpliwości, a nie o wielkoduszności i męstwie. Tak niewiele jest na świecie prawdziwej przyjaźni i na nieszczęście – mówiła teraz cicho i z drżeniem – tylu ludzi zapomina, co to znaczy myśleć poważnie, a przypomina sobie, kiedy jest już niemal za późno.

Anna czuła, jak przykre są te myśli. Mąż przyjaciółki nie okazał się człowiekiem odpowiedzialnym i pani Smith znalazła się wśród ludzi, którzy sprawili, że osądzała świat surowiej, niż na to, zdaniem Anny, zasługiwał. Lecz była to chwila przejściowego wzruszenia, z którego pani Smith otrząsnęła się szybko i dodała zupełnie innym tonem:

– Nie przypuszczam, by dzięki obecnemu zajęciu pani Rooke mogła się dowiedzieć czegoś interesującego czy budującego. Pielęgnuje teraz tylko panią Wallis z Marlborough Buildings, zwyczajną, ładniutką, głupiutką, luksusową, modną kobietkę, jak mi się zdaje i oczywiście będzie mogła tylko opowiadać o koronkach i strojach. Ale mam zamiar i z pani Wallis wyciągnąć profit. Ma stosy pieniędzy, postanowiłam więc, że kupi wszystkie najdroższe drobiazgi, jakie teraz robię.

Anna kilkakrotnie odwiedziła przyjaciółkę, nim jeszcze na Camden Place dowiedziano się o jej istnieniu. Wreszcie przyszła chwila, kiedy musiała o niej powiedzieć. Pewnego ranka sir Walter, Elżbieta i pani Clay wrócili z odwiedzin na Laura Place z niespodziewanym zaproszeniem od lady Dalrymple na ten sam wieczór, Anna zaś obiecała już wcześniej, że go spędzi w Westgate Buildings. Wcale się nie zmartwiła, że ma wymówkę. Jej zdaniem zaproszono ich tylko dlatego, że lady Dalrymple, którą przeziębienie zatrzymało w domu, chętnie zrobiła użytek z owych narzuconych jej rodzinnych stosunków. Anna odmówiła stanowczo. Jest już umówiona na ten wieczór ze swoją koleżanką szkolną. Nie ciekawiło ich nic, co miało jakikolwiek związek z Anną, lecz trzeba było zadać kilka pytań i dowiedzieć się, któż to jest ta dawna koleżanka szkolna. Elżbieta okazała pogardę, sir Walter zaś – surowość.

– Westgate Buildings! – powiedział. – A kimże jest panna Anna Elliot, by miała odwiedzać kogoś w Westgate Buildings? Jakaś pani Smith! Wdowa po panu Smith. A kimże był jej mąż? Jednym z pięciu tysięcy ludzi o pospolitym nazwisku, które się spotyka na każdym kroku. I cóż w niej jest tak pociągającego? Że jest stara i chorowita? Na mą duszę, panno Anno Elliot, masz wprost niezwykłe gusta! Interesuje cię wszystko, co odpycha innych ludzi: pospolite środowisko, nędzne pokoje, stęchłe powietrze, odrażająca kompania. Ale możesz niewątpliwie odłożyć do jutra wizytę u tej starszej damy. Wnioskuję, że nie jest jeszcze tak bliska śmierci, by nie miała dożyć następnego dnia, co? Ileż ona ma lat? Czterdzieści?

– Nie, ojcze, nie ma jeszcze trzydziestu jeden. Wydaje mi się jednak, że nie mogę przełożyć tego spotkania, bo to w najbliższym okresie jedyny wieczór, który odpowiada i jej, i mnie. Jutro będzie brała leczniczą kąpiel, a przecież wiesz, ojcze, że przez resztę tygodnia mamy wszystkie wieczory zajęte.

– A co lady Russell myśli o tej znajomości? – zapytała Elżbieta.

– Nie widzi w niej nic złego – odparła Anna. – Wprost przeciwnie, pochwala ją. Zazwyczaj zabiera mnie swoim powozem, kiedy jadę z wizytą do pani Smith.

– Wielkie musi budzić zdziwienie w Westgate Buildings powóz, który się tam zatrzymuje – zauważył sir Walter. – Wdowa po sir Henryku Russellu nie ma specjalnych dystynkcji w herbie, lecz ekwipaż jest ładny i niewątpliwie wszyscy wiedzą, że jeździ nim panna Elliot. Wdowa po panu Smith mieszkająca w Westgate Buildings! Uboga wdowa, schorowana, pomiędzy trzydziestką i czterdziestką, zwyczajna pani Smith, pospolita pani Smith pośród wszystkich innych nazwisk i wszystkich innych ludzi zostaje wybrana na przyjaciółkę panny Elliot. I panna Elliot woli ją od własnych rodzinnych koneksji, od arystokracji Anglii i Irlandii! Pani Smith! Co za nazwisko!

Pani Clay, obecna przy tym, uważała teraz za wskazane wyjść z pokoju i Anna mogłaby powiedzieć wiele, a marzyła, by powiedzieć choć trochę w obronie praw swojej przyjaciółki, praw bynajmniej nie różnych od tych, jakie miała pani Clay. Przeważył jednak szacunek dla ojca. Nie odpowiedziała, choć pragnęła, by sobie przypomniał, że pani Smith nie jest jedyną wdową w Bath, pomiędzy trzydziestym i czterdziestym rokiem życia, z niewielkimi zasobami pieniężnymi i bez zaszczytnych tytułów.

Anna poszła na swoje spotkanie, pozostali na swoje, i oczywiście dowiedziała się następnego dnia rano, że spędzili cudowny wieczór. Była jedyną osobą nieobecną, sir Walter i Elżbieta bowiem nie tylko ofiarowali się całkowicie na usługi lady Dalrymple, lecz również byli szczęśliwi, mogąc jej dopomóc i zgromadzić jeszcze inne osoby – wzięli na siebie trud zaproszenia zarówno lady Russell, jak i pana Elliota. Pan Elliot obiecał, że wcześniej wyjdzie od pułkownika Wallisa, lady Russell zaś poprzestawiała wszystkie swoje wieczorne spotkania, by móc złożyć uszanowanie owej damie. Zdała potem Annie relację z wszystkiego, co miało tam miejsce, a z czego ciekawy mógł być dla niej jedynie fakt, iż lady Russell wiele o niej, Annie, rozmawiała z panem Elliotem, który bardzo liczył, że ją tam zobaczy, żałował, że nie przyszła, a jednocześnie obdarzył najwyższym uznaniem, usłyszawszy, dlaczego zrezygnowała z wizyty. Jej łaskawe, miłosierne wizyty u starej przyjaciółki szkolnej, chorej i ubogiej, zdawały się zachwycać pana Elliota. Uważał ją za wprost niezwykłą młodą damę, a jej usposobienie, maniery i umysł – za wzór doskonałości kobiecej. Dorównywał nawet lady Russell w uniesieniach nad jej zaletami. Annie zaś musiało być miło, kiedy słyszała, jak przyjaciółka daje jej do zrozumienia, iż zdobyła sobie wysokie uznanie tak rozumnego człowieka.

Lady Russell miała już wyrobione zdanie o panu Elliocie. Była przekonana, że on pragnie w odpowiednim czasie zdobyć Annę, i była również przekonana, że na nią zasługuje. Zaczynała obliczać, ile jeszcze musi upłynąć tygodni, nim będzie wolny od rygorów żałoby, by jawnie próbować podbić serce Anny. Nie okazywała jej nawet połowy pewności, jaką miała w tym względzie; nie odważała się na nic więcej ponad wzmianki o tym, co może przynieść przyszłość, o tym, jak pożądany byłby taki związek, gdyby uczucie było prawdziwe i odwzajemnione. Anna słuchała tego i nie protestowała głośno. Śmiała się tylko, czerwieniła i łagodnie kręciła głową.

– Nie zajmuję się kojarzeniem małżeństw, jak wiesz – mówiła lady Russell – zbyt dobrze bowiem zdaję sobie sprawę z niepewności wszelkich rachub i przewidywań na tym świecie. Myślę tylko, że gdyby po jakimś czasie pan Elliot zaczął o ciebie zabiegać i gdybyś była skłonna go przyjąć – istnieją wszelkie szanse na wasze wspólne szczęście. Każdy musiałby uważać ten związek za bardzo odpowiedni, a ja sądzę, że mógłby również być bardzo szczęśliwy.

– Pan Elliot to miły mężczyzna i pod wieloma względami mam o nim bardzo wysokie mniemanie – powiedziała Anna. – Ale nie pasowalibyśmy do siebie.

Lady Russell pozostawiła to bez odpowiedzi i dodała tylko:

– Muszę wyznać, że byłoby dla mnie największą radością, gdybym cię mogła uważać za przyszłą panią Kellynch, przyszłą lady Elliot; wyczekiwać tego i zobaczyć, jak zajmujesz miejsce twojej kochanej matki, przejmując wszelkie jej prawa, mir, jakim się cieszyła, tak jak przejęłaś wszelkie jej zalety. Zarówno charakterem, jak urodą ogromnie ją przypominasz. Gdyby wolno mi było widzieć cię w wyobraźni taką jak ona, mającą tę samą pozycję, nazwisko, dom, prezydującą i dającą szczęście na tym samym miejscu, a przewyższającą ją w tym tylko względzie, że bardziej by cię ceniono! Najdroższa moja Anno, dałoby mi to taką radość, jaka nieczęsto jest udziałem ludzi w moim wieku.

Anna musiała odwrócić się, wstać, podejść do stojącego nieco dalej stołu i tam, pochylając się i udając, że jest czymś zajęta, starać się stłumić uczucie, jakie te słowa wznieciły. Przez kilka chwil jej wyobraźnia i serce uległy czarowi. Myśl, że mogłaby stać się tym, czym była jej matka, że tak jej drogi tytuł „lady Elliot" odżyłby w niej właśnie, że mogłaby powrócić do Kellynch, znowu nazwać je domem, swoim domem na zawsze – temu czarowi nie mogła tak szybko się oprzeć. Lady Russell nie powiedziała już ani jednego słowa, pragnąc zostawić sprawę własnemu biegowi, pomyślała tylko, jak to byłoby dobrze, gdyby pan Elliot mógł swobodnie przemówić w tej chwili w swoim imieniu! Krótko mówiąc, wierzyła w to, w co Anna nie mogła uwierzyć. Właśnie wyobrażenie pana Elliota mówiącego we własnej sprawie przywróciło Annie przytomność. Czar Kellynch i „lady Elliot" prysł. Nigdy nie mogłaby przyjąć tego człowieka. Nie tylko dlatego, że jej uczucia przeciwne były wszystkim mężczyznom, z wyjątkiem jednego, lecz dlatego, że rozsądek jej występował przeciwko panu Elliotowi, gdy się poważnie nad taką możliwością zastanowiła.

Chociaż znali się już od miesiąca, Anna wciąż nie miała pewności, że zna go naprawdę. Że pan Elliot był rozsądny i miły, że umiał prowadzić rozmowę, wypowiadał słuszne opinie, sprawiał wrażenie człowieka o właściwych sądach, człowieka z zasadami – to wszystko było jasne. Wiedział niewątpliwie, co dobre, nie mogła go też przychwycić na jawnym przekroczeniu jakiejkolwiek zasady moralnej. A mimo to bałaby się ręczyć za jego postępowanie. Nie miała zaufania do przeszłości, jeśli nie do teraźniejszości. Przypadkowo rzucane czasem nazwiska dawnych towarzyszy, aluzje do dawnych praktyk i dążeń budziły niezbyt miłe podejrzenia co do jego przeszłości. Wiedziała, że musiał mieć dawniej złe przyzwyczajenia, że podróżowanie w niedzielę było dlań czymś powszednim, że miał w życiu okres (i prawdopodobnie wcale niekrótki), kiedy nie przywiązywał wagi do żadnych poważnych spraw, i chociaż teraz, być może, myśli inaczej, któż zdolny jest powiedzieć, jakie są prawdziwe sentymenty mądrego, ostrożnego człowieka, wystarczająco teraz dojrzałego, by docenić znaczenie dobrej sławy? Jak można mieć pewność, że jego umysł doznał oczyszczenia?

Pan Elliot był rozsądny, dyskretny i gładki – lecz nie był szczery. Nigdy ludzkie zło czy dobro nie powodowało u niego wybuchu uczuć, żarliwego oburzenia czy zachwytu. To w oczach Anny było wyraźnym brakiem. Nie mogła się pozbyć pierwszych wrażeń. Ceniła nade wszystko szczerość, otwartość, bezpośredniość usposobienia. Wciąż urzekały ją żar i zapał u ludzi! Czuła, że może o wiele pewniej polegać na szczerości tych, co czasem sprawiali wrażenie lekkomyślnych czy też mówili coś pochopnie, niż takich, których nigdy nie opuszczała przytomność umysłu, których język nigdy się nie zagalopował.

Pan Elliot zbyt wielu ludziom wydawał się miły. Choć usposobienia osób przebywających w domu jej ojca były najróżniejsze, on podobał się każdemu. Zbyt dobrze wszystko znosił... zbyt dobrze był ze wszystkimi. Mówił do niej o pani Clay z pewną dozą szczerości, sprawiał wrażenie człowieka, który doskonale rozumie grę owej damy i który pogardza nią – a jednak pani Clay uważała go za równie miłego jak wszyscy pozostali.

Lady Russell widziała albo mniej, albo więcej niż jej młoda przyjaciółka, nie dostrzegała bowiem nic, co mogłoby wzbudzić nieufność. Nie wyobrażała sobie bardziej odpowiedniego mężczyzny; nigdy też nie cieszyła się słodszą nadzieją niż ta, że zobaczy, jak pan Elliot otrzymuje rękę ukochanej Anny Elliot w kościele w Kellynch gdzieś przyszłą jesienią.

Rozdział XVIII

Był początek lutego i Anna po miesięcznym pobycie w Bath zaczynała z utęsknieniem wyglądać wiadomości z Uppercross i Lyme. Pragnęła wiedzieć o wiele więcej niż to, co jej przekazywała Mary w listach. Od trzech tygodni nie przyszedł ani jeden. Wiedziała tylko, że Henrietta wróciła do domu, a Luiza, choć szybko przychodzi do zdrowia, jeszcze jest w Lyme. Pewnego wieczoru, gdy Anna myślała właśnie o nich wszystkich, przyniesiono jej list od Mary o wiele grubszy niż zwykle i by zwiększyć jej przyjemność i zaskoczenie – z dołączonym bilecikiem z wyrazami szacunku od admirała Crofta i jego żony.

A więc państwo Croftowie są w Bath! Okoliczność bardzo dla niej interesująca. Byli to ludzie, których darzyła szczerą sympatią.

– A cóż to! – odezwał się sir Walter. – Croftowie przyjechali do Bath? Ci Croftowie, którzy wynajęli Kellynch? Cóż ci oni przywieźli?

– List z dworku w Uppercross, ojcze.

– Och, te listy to zawsze wygodne paszporty. Zapewniają wejście do domu. Ale i tak złożyłbym wizytę admirałowi Croftowi. Wiem, co się należy mojemu dzierżawcy.

Anna nie słuchała tego dłużej – nie wiedziała nawet, jak jej się udało uniknąć rozmowy o ogorzałej cerze admirała.

Pochłonął ją list. Mary zaczęła go pisać przed kilku dniami.

1 lutego…

Moja Droga Anno!

Nie tłumaczę się z mojego milczenia, bo wiem, że niewielką przywiązuje się wagę do listów w takich jak Bath miejscowościach. Jest Ci na pewno zbyt dobrze, żeby Cię mogło obchodzić Uppercross, o którym, jak Ci wiadomo, niewiele można pisać. Mieliśmy ogromnie nudne święta Bożego Narodzenia, przez cały czas państwo Musgrove'owie nie wydali ani jednego przyjęcia. Nie uważam Hayterów za kogoś, kto się liczy. Ale w każdym razie święta minęły wreszcie – chyba żadne z dzieci nie miało nigdy takich długich wakacji. Ja w każdym razie nie miałam. Wyjechały wczoraj wszystkie, z wyjątkiem małych Harville-'ów – zdziwisz się, słysząc, że nie wrócili do domu. Pani Harville musi być osobliwą matką, jeśli potrafi rozstawać się z nimi na tak długo. Nie pojmuję tego! W moim rozumieniu to wcale nie są miłe dzieci, ale wydaje się, że pani Musgrove lubi je tak samo, jak własne wnuki, jeśli nie bardziej. Jaką też straszną mieliśmy pogodę! Może tego nie odczuwacie w Bath, gdzie macie wygodne chodniki, ale na wsi to ma znaczenie. Ani jedna istota nie odwiedziła mnie od drugiego tygodnia stycznia, z wyjątkiem Karola Haytera, który przychodzi o wiele częściej, niż powinien. Między nami mówiąc, uważam, że to wielka szkoda, iż Henrietta nie została w Lyme równie długo jak Luiza – nie miałby jej tak ciągle na oczach. Powóz pojechał dzisiaj i jutro ma przywieźć Luizę i państwa Harville'ów. Ale jesteśmy zaproszeni na kolację dopiero następnego dnia – pani Musgrove tak się obawia, że Luiza będzie zmęczona podróżą, co nie jest bardzo prawdopodobne, zważywszy na to, jaką będzie miała w drodze opiekę, a mnie byłoby o wiele wygodniej jutro tam jeść kolację. Cieszę się, że pan Elliot okazał się taki miły, i chciałabym również go poznać, ale takie już moje szczęście, zawsze mnie nie ma, kiedy się dzieje coś przyjemnego – zawsze jestem ostatnia z całej rodziny. Jakże to już długo pani Clay siedzi z Elżbietą! Czy nigdy nie wyjedzie? Ale pewno, gdyby zostawiła wolny pokój, to nas i tak by nie zaproszono. Napisz mi, co o tym myślisz. Wiesz, że nie oczekuję, by zaproszono moje dzieci. Mogę je doskonale zostawić we dworze na miesiąc czy sześć tygodni. W tej chwili dowiedziałam się, że Croftowie jadą do Bath, i to prawie zaraz – coś słyszałam, że admirał ma gościec. Karol dowiedział się o tym zupełnie przypadkiem –

nie byli na tyle uprzejmi, żeby mnie zawiadomić czy zaofiarować się, że wezmą przesyłkę. Moim zdaniem wcale nie zyskują jako sąsiedzi. Nie widujemy ich, a ten ostatni postępek to doprawdy dowód wielkiego braku uprzejmości. Karol przyłącza się do moich pozdrowień i wszystkiego, co się komu należy. Twoja kochająca

Mary M.

Przykro mi napisać, że jestem daleka od zdrowia, a Jemima właśnie powiedziała, iż rzeźnik mówił, jakoby w okolicy bardzo panowała choroba gardła. Jestem pewna, że się zarażę, a dobrze wiesz, że moje bóle gardła są gorsze niż czyjekolwiek.

Tu kończyła się pierwsza część listu; później zapewne Mary włożyła do koperty drugą część, równie obszerną.

Zostawiłam list otwarty, bo chciałam Ci jeszcze pokrótce opisać, jak Luiza zniosła podróż, a teraz jestem z tego bardzo rada, bo mam jeszcze wiele do napisania: Przede wszystkim otrzymałam wczoraj karteczkę od pani Croft, w której ofiaruje się zawieźć Ci, co trzeba – doprawdy, bardzo miła, uprzejma karteczka, adresowana do mnie, tak jak należy. Dlatego też będę mogła napisać tak długi list, jak tylko zechcę. Admirał nie wydaje się bardzo chory, a mam szczerą nadzieję, że Bath dobrze mu zrobi. Będę niecierpliwie wyglądała ich powrotu. Nasze sąsiedztwo mocno odczuje brak tak miłej rodziny. Ale teraz wracam do Luizy. Mam Ci coś do zakomunikowania, co Cię niemało zdziwi. Przyjechała z państwem Harville'ami we wtorek cała i zdrowa, a my wieczorem poszliśmy zapytać, jak się czuje, i ku naszemu zdumieniu nie znaleźliśmy wśród towarzystwa kapitana Benwicka, który był przecież również zaproszony z Harville'ami – a zgadnij, jaka jest tego przyczyna? Ni mniej, ni więcej jak to, że się zakochał w Luizie i nie ryzykował przyjazdu do Uppercross, póki nie otrzyma odpowiedzi od pana Musgrove'a. Wszystko ułożyli między sobą przed wyjazdem Luizy, a on napisał do jej ojca przez kapitana Harville'a. To prawda, na mój honor. Czyś nie zdumiona? Bardzo bym się dziwiła, gdybyś coś o tym wiedziała, bo sama nic nie słyszałam. Pani Musgrove oświadczyła uroczyście, że nic jej o całej sprawie nie było wiadomo. Ale wszyscy jesteśmy bardzo radzi, chociaż bowiem trudno to porównywać do małżeństwa z kapitanem Wentworthem, to jednak o wiele lepsze niż małżeństwo z Karolem Hayterem. Pan Musgrove przesłał listownie swoją zgodę i dzisiaj spodziewamy się kapitana Benwicka.

Pani Harville powiada, że jej mąż bardzo to odczuł ze względu na swoją nieszczęsną siostrę, ale mimo to obydwoje serdecznie polubili Luizę. Pani Harville i ja zgodnie uważamy, że kochamy ją jeszcze bardziej przez to, że ją pielęgnowałyśmy. Karol zastanawia się, co na to powie kapitan Wentworth, ale, jeśli pamiętasz, ja zawsze uważałam, że on nie kocha Luizy – nigdy się tego nie mogłam dopatrzyć. I tak, widzisz, skończyły się przypuszczenia, że kapitan Benwick to Twój wielbiciel. Jak Karol mógł wbić sobie coś podobnego do głowy, to było zawsze dla mnie niepojęte. Mam nadzieję, że teraz będzie bardziej ze mną zgodny. Oczywiście nie jest to wielka partia dla Luizy Musgrove, ale milion razy lepsza niż małżeństwo z którymś z Hayterów.

Zbędne były obawy Mary, że jej siostra okaże się choć w części przygotowana na podobną wiadomość. Anna nigdy w życiu nie była tak zdumiona. Kapitan Benwick i Luiza Musgrove! Prawie zbyt cudowne, by w to uwierzyć! Trzeba było wielkiego wysiłku, by pozostała w pokoju, zachowała pozory przytomności i odpowiadała na zwykłe w takiej sytuacji pytania. Na szczęście nie było ich wiele. Sir Walter chciał wiedzieć, czy Croftowie podróżowali w cztery konie i czy jest możliwe, by zamieszkali w takiej części

Bath, w jakiej on z córką mogliby swobodnie złożyć im wizytę. Oprócz tego nie był niczego ciekaw.

– Jak się czuje Mary? – zapytała Elżbieta i nie czekając na odpowiedź, dodała: – I cóż takiego, proszę, sprowadza Croftów do Bath?

– Przyjeżdżają ze względu na admirała. Podejrzewają podagrę.

– Podagrę i uwiąd starczy – oznajmił sir Walter. – Biedny starzec.

– Czy mają tutaj jakichś znajomych? – dopytywała się Elżbieta.

– Nie wiem, ale trudno przypuszczać, żeby admirał, będąc w tym wieku i na tym stanowisku, nie miał wielu znajomych w podobnym miejscu jak Bath.

– Przypuszczam – oznajmił chłodno sir Walter – że admirał Croft będzie najbardziej znany w Bath jako dzierżawca Kellynch Hall. Elżbieto, czy możemy się odważyć na wprowadzenie jego i jego żony na Laura Place?

– Och, nie, chyba nie! W pozycji, w jakiej się znajdujemy jako kuzyni lady Dalrymple, powinniśmy bardzo uważać, by nie wprawiać jej w zakłopotanie znajomościami, których może nie pochwalić. Gdybyśmy nie byli spokrewnieni, to nie miałoby znaczenia, ale ponieważ jesteśmy kuzynami, każda nasza propozycja jest dla niej krępująca. Lepiej pozostawmy Croftów, by szukali ludzi sobie równych. Przechadza się po Bath trochę takich dziwnie wyglądających jegomości, którzy, jak mi mówiono, są marynarzami. Croftowie na pewno się z nimi zbratają.

Takie zainteresowanie treścią listu wykazali Elżbieta i sir Walter, a kiedy i pani Clay spłaciła swój haracz w postaci o wiele przyzwoitszego zainteresowania panią Karolową Musgrove i jej ślicznymi chłopczykami – Anna była wolna.

Znalazłszy się w swoim pokoju, próbowała zrozumieć to wszystko. Pewno, że Karol się zastanawia, jak się będzie czuł kapitan Wentworth! Może zszedł z pola, zrezygnował z Luizy, przestał ją kochać lub doszedł do wniosku, że jej nigdy nie kochał. Nie mogła znieść myśli o zdradzie czy lekkomyślności, czy też o czymś, co miałoby posmak krzywdy, a co zaległoby pomiędzy nim a jego przyjacielem. Nie mogła znieść myśli, że podobna przyjaźń mogłaby się skończyć nieuczciwością.

Kapitan Benwick i Luiza Musgrove! Ta żywa, wesoła, rozgadana Luiza i przygnębiony, zamyślony, wrażliwy, rozmiłowany w książkach kapitan Benwick – każde z nich wydawało się uosobieniem tego, co nie powinno odpowiadać drugiemu. Sposób myślenia całkowicie różny. Co ich do siebie przyciągnęło? Odpowiedź narzuciła się sama. Sytuacja, w jakiej się znaleźli. Los połączył ich na kilka tygodni, przebywali w tym samym niewielkim rodzinnym gronie, od chwili wyjazdu Henrietty zdani tylko na własne towarzystwo. Luiza wracająca do zdrowia po chorobie była bardzo atrakcyjna, kapitan Benwick zaś nie okazał się niepocieszony. Oto przyczyna, której Anna już poprzednio się domyślała, toteż teraz, miast wyciągnąć te same wnioski co Mary, uznała, że otrzymane wiadomości potwierdzają jej dawne przypuszczenia, takie mianowicie, iż w sercu kapitana Benwicka zaczynała świtać pewna skłonność ku niej samej. Nie miała zamiaru jednak wyciągać z tego więcej pochlebnych dla swojej próżności wniosków, niżby jej to Mary przyznała, sądziła tylko, że każda przeciętnie miła młoda kobieta, która by go słuchała i okazywała mu współczucie, zostałaby obdarzona tym samym zaszczytem. On miał czułe serce. Musiał kogoś kochać.

Nie widziała przyczyny, dla której nie mogliby być szczęśliwi. Luiza ogromnie się entuzjazmuje sprawami marynarki, i to wystarczy na początek, a wkrótce bardziej się do siebie upodobnią. On się rozchmurzy, a ona nauczy się delektować Scottem i Byronem; nie, tego może się już nauczyła. Oczywiście zakochali się w sobie przy poezji. Myśl o Luizie Musgrove, która zamieniła się w osobę o upodobaniach literackich i skłonności do sentymentalizmu, była dość zabawna, lecz Anna nie miała wątpliwości, że tak się właśnie stało. Ten dzień w Lyme i upadek z mola może wpłynąć na jej zdrowie, nerwy, odwagę i charakter do końca życia równie istotnie, jak wpłynął na jej losy.

Zakończeniem tych rozważań była myśl, że jeśli kobieta, która zdawała sobie sprawę z zalet kapitana Wentwortha, mogła wybrać innego mężczyznę, to w tych zaręczynach nie ma nic, czemu można się długo dziwić; a jeśli kapitan Wentworth nie stracił przez to przyjaciela, to z pewnością nie ma tu czego żałować. Nie, to nie żal sprawiał, że serce Anny biło wbrew niej samej, i nie żal okrywał jej policzki rumieńcem na myśl o kapitanie Wentworcie wolnym, bez kajdan. Wstydziła się wnikać w niektóre ze swoich uczuć. Zbyt były podobne do radości, nieprzytomnej radości!

Marzyła, by zobaczyć Croftów, lecz kiedy się spotkali, widać było, że nowina jeszcze do nich nie dotarła. Oficjalna wizyta została złożona i oddana, mówiono coś o Luizie Musgrove, padło również nazwisko kapitana Benwicka, lecz nie towarzyszył temu najmniejszy nawet uśmiech.

Croftowie ku zadowoleniu sir Waltera wynajęli mieszkanie na Gay Street. Nie wstydził się tej znajomości i prawdę mówiąc, myślał i mówił o admirale więcej, niż admirał kiedykolwiek myślał czy mówił o nim.

Croftowie znali w Bath tylko tylu ludzi, ilu chcieli i uważali wszelkie stosunki z Elliotami za czystą formalność, nie spodziewając się, by im ta znajomość przyniosła jakąkolwiek przyjemność. Kontynuowali tu swój wiejski zwyczaj przebywania prawie zawsze razem. Admirał miał na gościec zalecone spacery, a pani Croft, biorąc udział we wszystkich jego sprawach, robiła wrażenie osoby, która mogłaby się na śmierć zachodzić, jeśliby miało mu to pomóc. Anna widywała ich codziennie. Prawie każdego ranka lady Russell zabierała ją swoim powozem na spacer, a Anna zawsze o nich myślała i zawsze gdzieś ich dostrzegła. Ponieważ znała ich uczucia, stanowili dla niej najbardziej pociągający obraz szczęścia. Zawsze śledziła ich do końca wzrokiem, ogromnie też lubiła wyobrażać sobie, o czym mówią, kiedy tak idą razem, szczęśliwi, niezależni. Była zachwycona, widząc, jak admirał serdecznie wymachuje dłonią na widok jakiegoś starego przyjaciela i patrząc, jak rozprawiają zapalczywie, w marynarskiej gromadce, przy czym pani Croft sprawia wrażenie równie inteligentnej i bystrej jak każdy z zebranych tam oficerów.

Anna zwykle przebywała w towarzystwie lady Russell, sama nieczęsto spacerowała, lecz zdarzyło się pewnego ranka, tydzień czy dziesięć dni po przyjeździe Croftów do Bath, że wygodniej jej było opuścić swą przyjaciółkę czy też ekwipaż swej przyjaciółki w niższej części miasta i wrócić samotnie na Camden Place. Kiedy szła przez Milsom Street, miała szczęście spotkać admirała. Stał samotnie przed wystawą sklepu ze sztychami, ręce założył z tyłu i kontemplował z powagą jakieś ryciny. Mogłaby przejść koło niego niezauważona, a musiała nie tylko dotknąć jego rękawa, lecz głośno przemówić, nim zdołała zwrócić na siebie uwagę admirała. Kiedy ją zobaczył i poznał, zrobił to jak zwykle bez ceremonii i jowialnie.

– Ha! To ty, pani! Dziękuję, dziękuję! Tak właśnie traktuje się przyjaciela. Stoję tu oto, widzisz i gapię się na obrazki. Nigdy nie mogę przejść koło tego sklepu, żeby się przy nim nie zatrzymać. Cóż to za dziwadła te łodzie. Spójrz tutaj, moja droga. Widziałaś kiedy coś podobnego? Cóż to za niesłychani jegomoście ci wasi wielcy malarze, żeby sądzić, iż ktokolwiek ryzykowałby życie na takiej bezkształtnej, starej łupinie. A jednak tkwi tu na niej dwóch dżentelmenów w bardzo nonszalanckich pozach, którzy rozglądają się wokół po tych skałach i górach i najwidoczniej wcale się nie spodziewają znaleźć w wodzie, co ich przecież musi za chwilę spotkać. Zastanawiam się, gdzie też była ta łódź budowana? – Tu roześmiał się serdecznie. – Nie odważyłbym się wypłynąć nią na staw. No, cóż – i odwrócił się – dokąd to zmierzasz, moja panno? Czy mogę coś dla ciebie załatwić, czy też pójść z tobą? Czy mogę się na coś przydać?

– Dziękuję, nie; chyba że będę miała przyjemność twego towarzystwa, panie, na wspólnym odcinku drogi. Ja wracam do domu.

– Zrobię to z największą przyjemnością i pójdę jeszcze dalej. Tak, tak, zrobimy sobie miły wspólny spacer, a mam ci coś do powiedzenia po drodze, panno Anno. Proszę, oto moje ramię; doskonale. Czuję się niezręcznie bez kobiety przy boku. Boże wielki, cóż to za łódź! – Tu rzucił ostatnie spojrzenie na obraz, kiedy ruszali już w drogę.

– Wydawało mi się, że masz mi coś, panie, do powiedzenia.

– Tak, mam. Zaraz. Ale oto znajomy, kapitan Brigden. Powiem mu tylko dzień dobry, kiedy będziemy go mijać. Nie zatrzymam się. Dzień dobry. Brigden otwiera szeroko oczy, widząc, że idę z kimś innym niż z żoną. Ona, biedaczka, musi dziś siedzieć w domu. Ma na pięcie pęcherz wielkości trzyszylingówki. Jeśli spojrzysz, pani, na drugą stronę ulicy, to zobaczysz admirała Branda, który tam idzie ze swoim bratem. Cóż to za łobuzy, jeden i drugi; zadowolony jestem, że idą po tamtej stronie. Zofia ich nie znosi. Raz zrobili mi paskudny kawał, zabrali paru moich najlepszych ludzi. Opowiem ci tę historię innym razem. Tam idzie sir Archibald Drew z wnukiem. Proszę popatrzeć; widzi nas, posyła ci ręką pocałunek; myśli, że to moja żona. Ach, dla jego wnuka pokój przyszedł za wcześnie. Biedny stary sir Archibald. Jakże ci się podoba Bath, panno Elliot? Nam bardzo odpowiada. Ciągle spotykamy różnych starych przyjaciół, pełno ich na ulicach co dzień rano, zawsze można liczyć na jakąś pogawędkę, a potem uciekamy od wszystkich, zamykamy się w naszym mieszkaniu, wyciągamy się w fotelach i tak nam przytulnie, jakbyśmy byli w Kellynch; tak, albo nawet jak nam bywało w North Yarmouth i w Deal. Wcale nie wydaje się nam to mieszkanie gorsze przez to, że przypomina nasz pierwszy dom w North Yarmouth. Wiatr dmucha przez jedną szafę kubek w kubek tak samo.

Kiedy uszli jeszcze kawałek, Anna odważyła się przypomnieć, że miał jej coś do powiedzenia. Sądziła, że kiedy wyjdą z Milsom Street, ciekawość jej zostanie zaspokojona, wciąż jednak musiała czekać, admirał bowiem postanowił nie zaczynać, dopóki nie znajdą się na szerszej przestrzeni spokojnego Belmontu, a ponieważ Anna nie była panią Croft, musiała pozwolić, by robił, co chciał. Kiedy zaczęli wchodzić na Belmont, zaczął:

– No cóż, teraz usłyszysz, pani, coś, co cię zdziwi. Ale najpierw musisz mi powiedzieć, jak ma na imię ta młoda dama, o której będę mówił. Ta młoda dama, panno Elliot, o którą tak się bardzo martwiliśmy. Ta panna Musgrove, której się to wszystko przytrafiło. Jej imię... zawsze zapominam, jak ona ma na imię.

Anna wstydziła się okazać, że wszystko już wie z góry, mogła jednak podsunąć bezpiecznie: Luiza.

– Tak, tak, panna Luiza Musgrove, właśnie to imię. Wolałbym, żeby młode panie miały mniejszą liczbę takich pięknych imion. Nigdy bym się nie mylił, gdyby wszystkie nazywały się Zofia albo coś takiego. No więc myśleliśmy, że właśnie ta panna Luiza wyjdzie za mąż za Fryderyka. On starał się o nią całymi tygodniami. Dziwne było tylko, na co też oni czekali, aż wreszcie wydarzył się ten wypadek w Lyme. Wtedy już oczywiście musieli czekać, póki jej głowa nie wydobrzeje. Ale i wówczas było coś dziwnego w ich zachowaniu. Zamiast siedzieć w Lyme, on wybrał się do Plymouth, a potem pojechał odwiedzić Edwarda. Kiedy wróciliśmy z Minehead, on siedział u Edwarda i siedzi tam dotąd. Od listopada go nie widzieliśmy. Nawet Zofia nie może tego zrozumieć. Ale teraz sprawa przybrała najdziwniejszy obrót, bo ta młoda dama, ta właśnie panna Musgrove, zamiast wyjść za mąż za Fryderyka, ma zostać żoną Jamesa Benwicka. Czy znasz, pani, Jamesa Benwicka?

– Trochę. Trochę znam kapitana Benwicka.

– No właśnie, ona ma wyjść za niego. A prawdopodobnie już są po ślubie, bo nie wyobrażam sobie, na co by mieli czekać.

– Uważałam kapitana Benwicka za bardzo miłego młodzieńca – powiedziała Anna. – O ile wiem, cieszy się znakomitą opinią.

– O tak, tak, nie można złego słowa powiedzieć o Jamesie Benwicku. Awansowano go, co prawda, na dowódcę dopiero zeszłego roku w lecie, a to nie są najlepsze czasy na dochodzenie do czegoś. Poza tym nic mu nie można zarzucić. Dobry, zacny chłopak, mogę cię zapewnić, panno Elliot; bardzo energiczny i sumienny oficer, czego może się po nim nie spodziewałaś, bo te jego delikatne maniery bynajmniej na to nie wskazują.

– W tym punkcie mylisz się, admirale, bo sądząc po manierach kapitana Benwicka, nigdy nie powiedziałabym, że mu brak animuszu. Bardzo mi odpowiadał jego sposób bycia i gotowa jestem ręczyć, że inni myślą podobnie.

– Cóż, damy są najlepszymi sędziami, ale James Benwick jest dla mnie za cichy, i chociaż nie jesteśmy może w tym wypadku obiektywni, uważamy jednak obydwoje z Zofią, że Fryderyk ma o wiele lepsze maniery. Jest we Fryderyku coś, co bardziej nam odpowiada.

Anna była w pułapce. Próbowała się tylko przeciwstawić powszechnemu pojęciu, że energia i łagodność nie chodzą ze sobą w parze, a wcale nie chciała głosić, iż maniery kapitana Benwicka nie mają sobie równych – toteż po chwili wahania zaczęła mówić:

– Nie chciałam robić żadnych porównań pomiędzy tymi dwoma przyjaciółmi...

Lecz admirał jej przerwał:

– I cała ta sprawa jest niewątpliwie prawdziwa. To nie żadna plotka. Dowiedzieliśmy się o niej od samego Fryderyka. Zofia otrzymała wczoraj od niego list, w którym donosi nam o wszystkim, a on dostał tę wiadomość od Harville'a, pisaną na miejscu, tam, w Uppercross. Oni wszyscy są chyba teraz w Uppercross.

Tu nadarzyła się sposobność, którą Anna musiała wykorzystać, powiedziała więc:

– Mam nadzieję, admirale, że nic w stylu listu kapitana Wentwortha nie zaniepokoiło pani Croft ani ciebie. Ubiegłej jesieni wydawało się niewątpliwe, że pomiędzy kapitanem Wentworthem i Luizą istnieje jakieś uczucie, ale można uznać, tak myślę, iż zwietrzało ono zarówno u niej, jak i u niego spokojnie i cicho. Mam nadzieję, że w liście nie wyczuwa się jakiegoś poczucia krzywdy?

– Ani trochę, ani trochę, żadnych wyrzekań, żadnego szemrania od początku do końca.

Anna spuściła wzrok, chcąc skryć uśmiech.

– O nie, Fryderyk nie jest człowiekiem, który by skomlał czy jęczał, za wiele w nim ambicji. Jeśli dziewczyna woli innego, to niechże go ma.

– Oczywiście; ale chciałam powiedzieć... żywię taką nadzieję, iż w liście kapitana Wentwortha nie ma nic, co mogłoby sugerować świadomość wyrządzonej przez przyjaciela krzywdy; bo to przecież można by wyczuć, nawet gdyby tego otwarcie nie napisał. Byłoby mi bardzo żal, gdyby podobna przyjaźń została zerwana lub choćby osłabiona tego rodzaju okolicznością.

– Tak, tak, rozumiem. Ale w jego liście nie ma nic podobnego. Nie robi najmniejszej nawet aluzji do Benwicka, nie mówi nawet „dziwię się temu. Mam własne powody, by się temu dziwić". Nie, z tego, co pisze, nie zgadłoby się nigdy, że kiedykolwiek sam myślał o pannie... jak ona ma na imię? Wyraża bardzo piękne nadzieje, że będą razem szczęśliwi, a w tym chyba nie ma zapamiętałości, co?

Anna nie była tak całkowicie pewna jak admirał, ale że nie widziała pożytku w dalszych wypytywaniach, zadowoliła się pospolitymi uwagami czy też milczącym zainteresowaniem, admirał zaś miał o całej tej sprawie własne zdanie.

– Biedny Fryderyk – powiedział wreszcie. – Teraz musi zaczynać wszystko od początku z kimś nowym. Myślę, że powinniśmy go ściągnąć do Bath. Zofia musi napisać i zaprosić go. Tu jest dość ładnych dziewcząt, to pewne. Niewiele by mu przyszło z jeżdżenia znowu do Uppercross, bo dowiaduję się, że ta druga panna Musgrove jest zaręczona ze swoim kuzynem, młodym pastorem. Czy nie uważasz pani, że dobrze będzie ściągnąć go do Bath?

Rozdział XIX

Podczas gdy admirał Croft spacerował z Anną i mówił, że chciałby ściągnąć kapitana Wentwortha do Bath, kapitan Wentworth był już w drodze. Nim pani Croft napisała, on już przyjechał, a kiedy Anna wyszła po raz wtóry na spacer – spotkała go.

Pan Elliot towarzyszył obu swoim kuzynkom i pani Clay. Znajdowali się na Milsom Street. Zaczęło padać, nie ulewnie, ale na tyle, by kobiety zechciały się schronić i wystarczająco, by Elżbieta zapragnęła jechać do domu, korzystając z powozu lady Dalrymple, który, jak dostrzegli, stał niedaleko. Tak więc Elżbieta, Anna i pani Clay weszły do sklepu Mollanda, podczas gdy pan Elliot podszedł do lady Dalrymple, by ją prosić o pomoc. Wkrótce wrócił do pań, oczywiście załatwiwszy sprawę. Lady Dalrymple będzie szczęśliwa, mogąc je zabrać do domu i zajedzie po nie za kilka minut.

Ekwipaż lady Dalrymple był mały i mógł pomieścić wygodnie tylko cztery osoby. Panna Carteret towarzyszyła matce, tak więc nie można się było spodziewać, że znajdzie się miejsce dla wszystkich trzech pań z Camden Place. Co do najstarszej panny Elliot, nie było wątpliwości. Bez względu na to, kto cierpi niewygodę, tym kimś nie będzie ona; zajęło jednak trochę czasu ustalenie pierwszeństwa pomiędzy pozostałymi dwiema paniami. Dla Anny deszcz był doprawdy drobnostką i całkiem szczerze wolała przejść się z panem Elliotem. Lecz deszcz był również drobnostką dla pani Clay – prawie nie chciała dostrzec, że w ogóle pada, a poza tym ona ma takie grube buciki, o wiele grubsze niż buciki panny Anny – krótko mówiąc, uprzejmość nakazywała jej równie gorąco jak Annie pragnąć spaceru z panem Elliotem. Obie damy były tak wielkoduszne, tak grzeczne i tak uparte, że pozostali musieli za nie rozstrzygnąć sprawę. Elżbieta utrzymywała, że pani Clay już jest trochę zaziębiona, a wezwany na arbitra pan Elliot zdecydował, że buciki kuzynki Anny są chyba grubsze.

Postanowiono więc, że pani Clay przyłączy się do towarzystwa w powozie; właśnie do tego punktu doszli, kiedy Anna, która siedziała przy oknie, ujrzała wyraźnie i niewątpliwie kapitana Wentwortha idącego ulicą.

Drgnęła, lecz nikt tego nie zauważył, natychmiast jednak pomyślała, że z niej największy głuptas na świecie, najbardziej niepoczytalny i niedojrzały. Przez kilka minut nie widziała nic. Wszystko przed nią wirowało. Była jak odurzona, a kiedy besztaniem przywołała się do porządku, stwierdziła, że pozostali wciąż jeszcze czekają na powóz i że pan Elliot (zawsze usłużny) właśnie wyrusza na Union Street, by coś załatwić dla pani Clay.

Miała teraz wielką ochotę podejść do drzwi frontowych – chciała sprawdzić, czy pada. Nie mogła przecież podejrzewać siebie o inne motywy. Kapitan Wentworth musiał już dawno minąć sklep. Wstała ze swego miejsca, chciała pójść; jedna jej połowa nie powinna być zawsze o tyle mądrzejsza od drugiej, czy też ustawicznie podejrzewać tę drugą, że jest gorsza niż w istocie. Zobaczy, czy pada. Ale w tej chwili zmusiło ją do odwrotu wejście kapitana Wentwortha. Był w towarzystwie jakichś panów i pań, najwidoczniej jego znajomych, z którymi musiał się spotkać nieco dalej na Milsom Street. Na jej widok speszył się i zmieszał bardziej niż kiedykolwiek dotychczas – zaczerwienił się po uszy. Po raz pierwszy, odkąd wznowili znajomość, czuła, że ona okazuje mniejsze przejęcie z nich dwojga. Miała nad nim przewagę, bo przygotowała się w ciągu tych kilku ostatnich chwil. To całe przemożne, oślepiające, oszałamiające wrażenie pierwszego zdumienia już przeszło. A jednak wystarczało to, co czuła. Było to poruszenie, radość, ból, coś pomiędzy zachwytem i rozpaczą.

Powitał ją, a potem się odwrócił. W jego obejściu przebijało zakłopotanie. Nie mogłaby tego nazwać ani chłodem, ani życzliwością – było to właśnie zakłopotanie.

Lecz po krótkiej przerwie podszedł do niej znowu i zaczął rozmowę. Zadali sobie nawzajem pospolite pytania na pospolite tematy – zapewne żadne z nich po tym, co usłyszało, nie było o wiele mądrzejsze. Anna mówiła dalej, zdając sobie wyraźnie sprawę, że on jest bardziej skrępowany niż dawniej. Dzięki częstemu wspólnemu obcowaniu nauczyli się zwracać nawzajem do siebie z dużą dozą udanej obojętności i spokoju – lecz on teraz nie mógł się na to zdobyć. Czas go zmienił czy też Luiza go zmieniła. Był wyraźnie zmieszany. Wyglądał bardzo dobrze, nie sprawiał wrażenia człowieka, który cierpi na ciele czy duchu. Rozmawiał o Uppercross, o Musgrove'ach – również i o Luizie, i nawet, kiedy wymawiał jej imię, miał minę kpiarsko znaczącą – lecz mimo to kapitan Wentworth nie był swobodny i nie czuł się dobrze; nawet nie potrafił tego udawać.

Nie zdziwiło, lecz dotknęło Annę, gdy zauważyła, że jej siostra go nie poznaje. Widziała, że Elżbieta go dostrzegła i on dostrzegł Elżbietę, że w głębi duszy obydwoje się poznali – przekonana była, iż on oczekiwał potwierdzenia ich znajomości, i z bólem musiała zobaczyć, jak siostra odwraca się od niego z niezmiennym chłodem*.

Ekwipaż lady Dalrymple, na który Elżbieta niecierpliwie teraz wyczekiwała, podjechał wreszcie – wszedł służący, by to oznajmić. Właśnie znowu zaczęło padać i znowu nastąpiła zwłoka,

---

* W Anglii pierwsza kłania się zawsze osoba ważniejsza, dając w ten sposób do zrozumienia, że uznaje znajomość z tym, komu się kłania.

zamieszanie i gadanie, dzięki czemu cały tłumek zebrany w sklepie musiał zrozumieć, że lady Dalrymple zajechała, by zabrać starszą pannę Elliot. Kiedy panna Elliot i jej przyjaciółka, eskortowane jedynie przez służącego (bo kuzyn jeszcze nie wrócił), wychodziły na ulicę, kapitan Wentworth, spoglądając za nimi, odwrócił się do Anny i gestem raczej niż słowem zaofiarował jej swoje usługi.

– Bardzo dziękuję – odparła – ale ja z nimi nie jadę. W powozie nie zmieści się tyle osób. Idę piechotą. Wolę iść piechotą.

– Ale pada.

– Och, nie bardzo. Nie na tyle, żeby mnie to odstraszyło.

Po chwili przerwy powiedział:

– Chociaż przyjechałem dopiero wczoraj, przygotowałem się już odpowiednio na Bath. O, proszę. – Pokazał jej nowy parasol. – Chciałbym, żebyś z niego skorzystała, pani, jeśli doprawdy postanowiłaś iść piechotą, chociaż myślę, że byłoby rozsądniej, gdybym sprowadził ci lektykę.

Była mu bardzo wdzięczna, ale odrzuciła jedną i drugą propozycję, powtarzając, że wkrótce deszcz w ogóle ustanie, i dodając:

– Czekam tylko na pana Elliota. Na pewno wróci za chwilę.

Ledwo wymówiła te słowa, kiedy wszedł pan Elliot. Kapitan Wentworth przypomniał go sobie doskonale. To był ten sam mężczyzna, który zatrzymał się na schodkach w Lyme i patrzył z uwielbieniem na przechodzącą Annę – różnił się tylko miną, spojrzeniem i obejściem, które mówiło o przywilejach krewniaka i dobrego znajomego. Podszedł do niej żywo, zdawało się, że myśli tylko o niej, przepraszał, że tak długo nie wracał, był zmartwiony, że musiała przez niego czekać, i bardzo pragnął zabrać ją stąd bez dalszej zwłoki, nim deszcz przybierze na sile. W następnej chwili wychodzili już razem, jej ręka pod jego ramieniem. Łagodne, zakłopotane spojrzenie i...

– Do widzenia panu – tyle tylko zdążyła powiedzieć, wychodząc.

Kiedy zniknęli wszystkim z oczu, damy z towarzystwa kapitana Wentwortha zaczęły o nich mówić.

– Nie można powiedzieć, by pan Elliot nie lubił swojej kuzyneczki.

– Och, nie, to jest chyba jasne. Można zgadnąć, co się stanie w przyszłości. On ciągle u nich przesiaduje, nieledwie tam mieszka! Jakiż to przystojny mężczyzna!

– Tak; pani Atkinson, która jadła z nimi kiedyś obiad u Wallisów, powiada, że to najbardziej czarujący mężczyzna, jakiego widziała w życiu.

– Ona jest ładna, moim zdaniem, ta Anna Elliot; bardzo ładna, jak jej się bliżej przyjrzeć. Nie w modzie jest tak mówić, ale ja przyznaję, że wolę ją od jej siostry.

– Och, ja również.

– Ja też. Nie ma porównania. Ale mężczyźni uwielbiają starszą pannę Elliot. Anna jest dla nich zbyt delikatna.

Anna byłaby szczególnie zobowiązana swemu kuzynowi, gdyby przeszedł z nią całą drogę do Camden Place, nie odzywając się ani słowem. Nigdy jeszcze nie miała takich trudności ze słuchaniem tego, co mówi, choć zajmował się nią troskliwie i chociaż tematy, które poruszał, budziły na ogół jej zainteresowanie – gorące, słuszne i trafne zachwyty nad lady Russell i niezwykle rozumne przypuszczenia co do pani Clay. Lecz Anna potrafiła teraz myśleć tylko o kapitanie Wentworcie. Nie wiedziała, co on przeżywa, czy doprawdy odczuwa boleśnie zawód, czy też nie, a póki nie będzie tego wiedziała, póty nie zazna spokoju.

Miała nadzieję, że po pewnym czasie wróci jej rozum i rozsądek, lecz niestety, niestety, musiała się przyznać przed sobą, że ten czas jeszcze nie nadszedł.

Jedna sprawa była bardzo dla niej ważna: jak długo on zamierza pozostać w Bath? Albo o tym nie wspominał, albo jej to wypadło z pamięci. Być może znalazł się tutaj tylko przejazdem. Ale bardziej jest prawdopodobne, że przyjechał na dłużej. W tym wypadku, jako że w Bath wszyscy się spotykają, lady Russell zobaczy go wedle wszelkiego prawdopodobieństwa. Czy przypomni go sobie? Jak to będzie?

Musiała już uprzednio poinformować lady Russell, że Luiza Musgrove wychodzi za mąż za kapitana Benwicka. Kosztowało ją nieco wysiłku, by znieść zdumienie swej przyjaciółki. Gdyby lady Russell znalazła się teraz przypadkowo w towarzystwie kapitana Wentwortha, to wskutek nieznajomości sprawy mogłaby powziąć do niego dodatkowe uprzedzenie.

Następnego ranka Anna pojechała na spacer ze swą przyjaciółką i przez pierwszą godzinę wypatrywała go bezustannie i niespokojnie, lecz daremnie; aż wreszcie, kiedy wracali przez Pulteney Street, dostrzegła go na prawym chodniku w takiej odległości, że na długim odcinku ulicy mogła go wciąż widzieć. Wokół przechadzało się wielu innych mężczyzn, wiele grupek spacerowało tą samą drogą, lecz nie miała wątpliwości, że to on. Spojrzała instynktownie na lady Russell, jednak bez żadnych szaleńczych wyobrażeń, że ona rozpoznała go równie szybko. Nie, trudno było przypuścić, by lady Russell mogła go zauważyć, nim znajdzie się niemal na wprost niego. Od czasu do czasu Anna spoglądała jednak niespokojnie na przyjaciółkę, a kiedy nadeszła chwila, w której lady Russell musiała go zobaczyć, Anna nie śmiała podnieść na nią wzroku (wiedziała bowiem, że jej twarz nie nadaje się do oglądania), była jednak przekonana, że oczy jej towarzyszki zwrócone są akurat w jego kierunku, słowem, miała pewność, że lady Russell obserwuje go bacznie. Mogła sobie wyobrazić, jak jest teraz zafascynowana, jak trudno jej odwrócić od niego oczy, jak wielkie zdumienie musi ją ogarniać, gdy widzi, że osiem czy dziewięć lat czynnej służby w obcych klimatach nie odjęło mu ani odrobiny urody!

Wreszcie lady Russell odwróciła głowę. „Cóż ona teraz o nim powie?" – pomyślała Anna.

– Zdziwisz się – powiedziała lady Russell – czemu się tak długo przyglądałam. Szukałam pewnych zasłon okiennych, o których opowiadały mi zeszłego wieczoru lady Alicja i pani Prankland. Mówiły, że zasłony w oknach salonu jednego z tych domów po tej stronie i w tej części ulicy są najładniejsze i najlepiej zawieszone w Bath, ale nie spamiętałam dokładnie numeru domu, próbowałam więc odgadnąć, który to może być, i muszę powiedzieć, że nie widzę tutaj żadnych zasłon odpowiadających temu opisowi.

Anna westchnęła, zaczerwieniła się i uśmiechnęła z żalem i niechęcią albo do przyjaciółki, albo samej siebie. Najbardziej złościło ją to, że przez tę zbędną przezorność i ostrożność straciła odpowiedni moment, by sprawdzić, czy kapitan Wentworth też je zauważył.

Minął dzień czy dwa bez żadnych wydarzeń. Teatr lub Sale Ansamblowe – gdzie on najpewniej mógł się znajdować – nie były w modzie u Elliotów, których wieczorne rozrywki składały się wyłącznie z wytwornej banalności przyjęć prywatnych, pochłaniających im coraz więcej czasu. Anna, zmęczona tą bezczynnością, chora z braku wiadomości i przekonana, że jest silniejsza, ponieważ siły jej nie były wystawiane na próbę, wyczekiwała niecierpliwie wieczoru, w którym miał się odbyć koncert. Był to benefis osoby, której patronowała lady Dalrymple. Rzecz jasna, muszą na nim być. Spodziewano się w istocie, że będzie to dobry koncert, kapitan Wentworth zaś niezmiernie lubił muzykę. Wyobrażała sobie, że gdyby tylko mogła znowu porozmawiać z nim przez kilka minut, toby jej wystarczyło; czuła też przypływ odwagi i sądziła, że będzie zdolna przemówić do niego, jeśli tylko nadarzy się okazja. Elżbieta odwróciła się od niego, lady Russell nie zauważyła go – nerwy Anny przez to okrzepły – wiedziała, że winna mu jest grzeczność.

Obiecała pani Smith – ale nie na pewno – że spędzi z nią ten wieczór, przeprosiła więc przyjaciółkę, wpadłszy do niej spiesznie na chwilę, i odłożyła spotkanie na jutro, przyrzekając stanowczo dłuższą wizytę. Pani Smith przystała na to dobrodusznie.

– Oczywiście – rzekła – opowiesz mi o koncercie, jak przyjdziesz. Kto z wami idzie?

Anna wyliczyła wszystkich. Pani Smith nic na to nie powiedziała, lecz żegnając się ze swym gościem, dodała pół kpiąco, pół serio:

– Cóż, z całego serca ci życzę, żeby ci się koncert udał, a nie zapomnij jutro przyjść do mnie, bo zaczynam się obawiać, że nie będę cię więcej widywała.

Anna zaniepokoiła się i zmieszała, chwilkę stała niepewna, potem jednak trzeba było iść – i wcale się tym nie zmartwiła.

Rozdział XX

Sir Walter, jego dwie starsze córki i pani Clay przybyli tego wieczoru pierwsi z całego towarzystwa do Sal Ansamblowych, a że trzeba było zaczekać na lady Dalrymple, zajęli stanowisko przy jednym z kominków w ośmiokątnej sali. Lecz zaledwie tam stanęli, kiedy drzwi otwarły się znowu i wszedł kapitan Wentworth. Anna znajdowała się najbliżej, postąpiła krok naprzód i pozdrowiła przybyłego. Miał zamiar ukłonić się tylko i przejść, ale jej uprzejme: Dzień dobry panu – kazało mu zboczyć nieco z obranego kierunku, stanąć przy niej i zadać w odpowiedzi kilka pytań, nie bacząc na jej strasznego ojca i siostrę, stojących z tyłu. To, że stali z tyłu, bardzo było Annie pomocne, nie widziała bowiem ich min i czuła, że zdolna jest do wszystkiego, co w jej pojęciu było słuszne.

Kiedy rozmawiała z kapitanem Wentworthem, do uszu jej dobiegł szept pomiędzy ojcem i siostrą. Nie mogła rozróżnić słów, mogła się jednak domyślić, o co idzie, a widząc, że kapitan Wentworth kłania się powściągliwie, zrozumiała, że ojciec doszedł jednak do wniosku, iż należy się kapitanowi choćby to proste uznanie znajomości; zdążyła też, rzucając na Elżbietę spojrzenie z ukosa, zobaczyć, że i ona kłania się lekko. To wszystko, choć spóźnione, oporne i niechętne, było jednak lepsze niż nic, toteż Anna poczuła się raźniej.

Lecz po wymianie zdań na temat pogody, Bath i koncertu rozmowa ich zaczęła się rwać i wreszcie tak już niewiele padało słów, że Anna spodziewała się w każdej chwili odejścia kapitana; lecz on stał przy niej w dalszym ciągu. Wydawało się, że mu wcale nie spieszno, i nagle z nowym ożywieniem, z lekkim uśmiechem i nieznacznym rumieńcem powiedział:

– Nie widziałem cię, pani, od owego wypadku w Lyme. Obawiam się, że musiałaś odchorować ten wstrząs, zwłaszcza że nie uległaś mu w pierwszej chwili.

Zapewniła go, że nie chorowała wcale.

– To była straszna godzina – powiedział – straszny dzień. – Tu przesunął ręką po oczach, jakby to wspomnienie wciąż jeszcze było mu przykre, po chwili jednak z nikłym uśmiechem dodał: – Ale ten dzień przyniósł jednak skutki, przyniósł rezultaty, których bynajmniej nie można uważać za straszliwe. Kiedy okazałaś, pani, przytomność umysłu, podsuwając nam myśl, że Benwick jest najwłaściwszą osobą do sprowadzenia lekarza, niewielkie mogłaś mieć pojęcie, że Benwick może być kiedyś jedną z osób najbardziej zainteresowanych w powrocie chorej do zdrowia.

– Oczywiście, że nie mogłam mieć najmniejszego pojęcia. Ale wydaje się... sądzę, że to będzie szczęśliwe małżeństwo. I jedna, i druga strona ma dobre zasady i miłe usposobienie.

– Tak – zgodził się, nie patrząc na nią – ale wydaje mi się, że tutaj kończy się wszelkie ich podobieństwo. Życzę im szczęścia z całej duszy i cieszę się z każdej okoliczności, która za możliwością tego szczęścia świadczy. Rodzina nie stawia im żadnych trudności, żadnych oporów, nie czyni żadnych wstrętów, nie żąda też zwłoki. Państwo Musgrove'owie zachowują się, jak to oni, szlachetnie i serdecznie. Jedyną troską ich prawdziwie rodzicielskich serc jest pomyślność córki. To wszystko bardzo, bardzo przemawia za szczęściem młodej pary, bardziej zapewne niż... – Przerwał. Mogło się zdawać, że nagle przyszło mu na pamięć coś, co dało mu zaznać tego samego wzruszenia, które wywołało rumieńce na policzki Anny i kazało jej wbić wzrok w ziemię. Odchrząknął jednak i mówił dalej: – Przyznaję, iż w moim przekonaniu istnieje między nimi zasadnicza różnica, zbyt zasadnicza, i to pod względem bardzo istotnym, bo pod względem umysłu. Uważałem Luizę Musgrove za pełną wdzięku dziewczynę obdarzoną przemiłym usposobieniem, bynajmniej niewykazującą braku rozsądku. Ale Benwick to coś więcej. To człowiek mądry, oczytany, i muszę wyznać, że myślę z pewnym zdumieniem o jego uczuciu do Luizy Musgrove. Gdyby ono wypływało z wdzięczności, gdyby się nauczył ją kochać dlatego, że wierzyłby w jej skłonność ku niemu, wówczas sprawa wyglądałaby inaczej. Ale nie mam podstaw, by tak sądzić. Wydaje się, że było wprost przeciwnie, że z jego strony było to całkowicie spontaniczne, bynajmniej niewymuszone uczucie, i to mnie właśnie zdumiewa. Taki człowiek jak on, w jego sytuacji! Z sercem przeszytym, zranionym, niemal złamanym. Fanny Harville była istotą nieprzeciętną, a jego uczucie do niej było prawdziwym uczuciem. Mężczyzna nie przychodzi do siebie po takiej miłości do takiej kobiety... nie powinien przychodzić... tak się nie dzieje.

Nie powiedział nic więcej – albo przeszkodziła mu w tym refleksja, że jego przyjaciel przyszedł jednak do siebie, albo może jakaś jeszcze inna myśl; Anna zaś, która chwytała każde jego słowo, mimo iż pod koniec mówił głosem pełnym podniecenia, mimo iż pokój rozbrzmiewał nieustannym gwarem, drzwi trzaskały bez przerwy i ludzie wciąż kręcili się tam i z powrotem, i rozmawiali – była wstrząśnięta, uradowana, zmieszana; zaczęła szybko oddychać – przeżywała setki uczuć naraz. Nie mogła podjąć tego tematu, a jednak po chwili milczenia, czując, że musi coś powiedzieć, a nie chcąc zmieniać całkowicie przedmiotu rozmowy, zrobiła dygresję, mówiąc:

– O ile wiem, byłeś jeszcze w Lyme przez dłuższy czas, kapitanie.

– Około dwóch tygodni. Nie mogłem stamtąd wyjechać, póki nie byłem pewien, że zdrowie Luizy ma się ku lepszemu. Zbyt duży miałem udział w tym nieszczęściu, bym szybko się uspokoił. Wszystko stało się przeze mnie. Ona nie byłaby tak uparta, gdybym ja nie okazał się słaby. Okolice Lyme są bardzo piękne. Dużo jeździłem i spacerowałem, a im więcej widziałem, tym bardziej się zachwycałem.

– Chciałabym jeszcze raz zobaczyć Lyme – powiedziała Anna.

– Naprawdę? Nie przypuściłbym, że znalazłaś, pani, w Lyme coś, co by cię zachęcało do ponownego tam przyjazdu. Ten strach, to nieszczęście, pośród jakiego się znalazłaś, to napięcie umysłu, te stargane nerwy! Myślałbym, że ostatnie twoje wrażenia z Lyme musiały być bardzo niemiłe.

– Ostatnie kilka godzin było doprawdy bardzo przykre – odparła Anna – lecz kiedy ból mija, wspomnienia tych samych chwil często zaczynają sprawiać przyjemność. Nie kocha się jakiegoś miejsca mniej, dlatego że się w nim cierpiało, chyba że to było wyłącznie cierpienie, nic, tylko cierpienie – a przecież nie tak było w Lyme. Nieszczęście, strach... to nastąpiło w ciągu ostatnich dwóch godzin, a ile przedtem mieliśmy radości! Tyle nowego, tyle piękna! Niewiele w życiu podróżowałam, więc każde nowe miejsce byłoby dla mnie interesujące, lecz w Lyme znaleźć można prawdziwe piękno. Na ogół – dodała z lekkim rumieńcem wywołanym jakimś wspomnieniem – moje wrażenia z tego pobytu są bardzo przyjemne.

Kiedy przestała mówić, drzwi wejściowe otwarły się znowu i weszło towarzystwo, na które czekali. „Lady Dalrymple, lady Dalrymple" – rozlegało się wszędzie. Sir Walter i obie jego damy wystąpili naprzód, by powitać przybyłe z największym pośpiechem, na jaki pozwalała ich gorliwa elegancja. Lady Dalrymple i panna Carteret, eskortowane przez pana Elliota i pułkownika Wallisa, którzy przybyli w tej samej akurat chwili, postąpiły ku środkowi sali. Pozostali przyłączyli się do nich i w tej grupce znalazła się z konieczności Anna. Rozdzielono ją z kapitanem Wentworthem. Ich ciekawa, niemal zbyt ciekawa rozmowa musi zostać na pewien czas przerwana – lecz jakaż to mała kara w porównaniu ze szczęściem, za które teraz płaci. W ciągu ostatnich dziesięciu minut poznała lepiej jego uczucia do Luizy, jego wszystkie uczucia, niż o tym śmiała myśleć! Poddała się wymogom towarzyskim, nieuniknionym w tej chwili uprzejmościom, pełna niezwykłych, upojnych wrażeń. Przepełniała ją życzliwość dla całego świata. Otrzymała przesłanie, dzięki któremu była dla każdego życzliwa i miła, i współczuła wszystkim, gdyż nie byli tak szczęśliwi jak ona.

To cudowne uniesienie trochę jednak opadło, kiedy wycofawszy się ze swojej grupki, by kapitan Wentworth mógł znowu do niej podejść, stwierdziła, że odszedł. Zdążyła akurat zobaczyć, jak wchodzi na salę koncertową. Poszedł – zniknął. Ale spotkają się przecież jeszcze. Będzie jej szukał, znajdzie ją na długo przed końcem wieczoru; na razie może lepiej, że są osobno. Potrzeba jej chwili przerwy, żeby odzyskać spokój.

Po przybyciu lady Russell i zebraniu się całego towarzystwa pozostawało tylko ustawić się i wejść na salę koncertową; pokazać się z całym dostojeństwem, na jakie było ich stać; przyciągnąć ile się tylko da oczu; wzniecić jak najwięcej szeptów i zakłócić spokój jak największej liczbie ludzi.

Bardzo, bardzo szczęśliwe były zarówno Elżbieta, jak i Anna Elliot, kiedy wchodziły na salę. Elżbieta, ramię w ramię z panną Carteret, spoglądając na szerokie plecy wdowy wicehrabiny Dalrymple, nie pragnęła niczego, co, zdałoby się, nie leżało w zasięgu jej ręki; Anna zaś – lecz nie, jakiekolwiek porównanie pomiędzy szczęściem Anny i jej siostry byłoby obelgą dla Anny: jedno miało swe źródło w samolubnej próżności, drugie w szlachetnym uczuciu.

Anna nic nie widziała, niczym była dla niej wspaniałość sali. Szczęście jej promieniowało z wewnątrz. Oczy błyszczały, policzki płonęły – lecz ona nie zdawała sobie z tego sprawy. Myślała tylko o ostatniej półgodzinie, a kiedy przechodzili na swoje miejsca, analizowała ją spiesznie w pamięci. Jego dobór tematów, jego wyrażenia, a jeszcze bardziej obejście i wygląd – wszystko to można było zrozumieć w jeden tylko sposób. Jego przekonanie o pośredniej wartości Luizy Musgrove – przekonanie, które wyraźnie chciał jej przekazać, jego zdumienie postępowaniem kapitana Benwicka, jego poglądy na pierwszą, wielką miłość, to rozpoczynanie i urywanie zdań, oczy odwrócone nieco, wzrok niemal wymowny – wszystko to, wszystko mówiło, że serce jego wraca do niej, że nie ma już gniewu, niechęci, unikania, że to wszystko zastąpione zostało nie tylko przyjaźnią i szacunkiem, ale i dawną czułością. Rozpamiętując te zmiany, nie mogła z nich wyciągnąć innego wniosku niż to, że on ją niechybnie kocha.

Takie to myśli i wynikające z nich wyobrażenia zajmowały ją i przyprawiały o podniecenie zbyt wielkie, by zdolna była cokolwiek widzieć. Przeszła przez salę, nie dostrzegając go nigdzie, nie próbując nawet dojrzeć. Kiedy ustalili już, gdzie kto siada, i kiedy wszyscy usadowili się na swoich miejscach, rozejrzała się wokół, chcąc sprawdzić, czy on przypadkiem nie znajduje się w tej samej części sali – lecz nie było go, wzrok jej nie mógł go znaleźć, a że koncert właśnie się zaczynał, musiała się przez pewien czas zadowolić skromniejszym szczęściem.

Towarzystwo ich zostało podzielone i zajmowało dwie sąsiednie ławki – Anna siedziała z przodu, pan Elliot zaś, manewrując zręcznie z pomocą pułkownika Wallisa, zdobył sobie miejsce obok niej. Najstarsza panna Elliot w otoczeniu kuzynek, będąc głównym przedmiotem galanterii pułkownika Wallisa, wyglądała na całkiem usatysfakcjonowaną.

Anna była najlepiej w świecie nastawiona do wysłuchania koncertu, trudno o odpowiedniejsze zajęcie – potrafiła wczuwać się w tkliwość, cieszyć się weselem, znaleźć pilną uwagę dla umiejętności i cierpliwość dla nudy. Nigdy jeszcze żaden koncert nie podobał jej się tak jak ten, przynajmniej jego pierwsza część. Pod koniec, w czasie przerwy po jakiejś włoskiej piosence, tłumaczyła jej słowa panu Elliotowi. Mieli we dwójkę jeden program koncertu.

– To jest – mówiła – sens w przybliżeniu, a raczej znaczenie słów, bo niewątpliwie nie należy mówić o sensie włoskiej piosenki miłosnej, ale to najbliższe znaczenie, jakie potrafię znaleźć, nie udaję bowiem, że umiem po włosku. Bardzo słabo znam ten język.

– Tak, tak, widzę, że to prawda. Widzę, że nie masz o nim najsłabszego pojęcia, kuzyneczko. Na tyle znasz ten język, by przetłumaczyć z miejsca te poprzestawiane, poprzekręcane, skrócone włoskie wiersze na jasną, zrozumiałą, wytworną angielszczyznę. Nie potrzebujesz więcej mówić o swojej ignorancji. Dałaś jej pełny dowód.

– Nie będę przeczyła tej łaskawej uprzejmości, ale nie chciałabym, by mnie egzaminował prawdziwy znawca.

– Od zbyt dawna mam przyjemność bywać na Camden Place – powiedział – bym nie zdawał sobie sprawy, kim jest panna Anna Elliot; uważam ją za osobę zbyt skromną, aby ludzie mogli wiedzieć choćby o połowie jej umiejętności, i zbyt wykształconą, aby jej skromność mogła się wydać naturalna u jakiejkolwiek innej kobiety!

– Ach, fe! Cóż to za pochlebstwa! Zapomniałam, co też będziemy teraz mieli. – Wróciła do programu.

– Być może – pan Elliot mówił teraz cicho – znałem cię dawniej, niż o tym wiesz, kuzyneczko.

– Doprawdy? Jakże to możliwe? Mogłeś mnie poznać, kuzynie, dopiero po przyjeździe do Bath, chyba że poprzednio słyszałeś, co o mnie mówiono w rodzinie.

– Znałem cię z opowiadań na długo, nim przyjechałaś do Bath. Słyszałem o tobie od ludzi, którzy dobrze cię znali, kuzyneczko. Z opisu znam cię już od wielu lat: twój wygląd, usposobienie, umiejętności, maniery... – wszystko to zostało mi przedstawione, wszystko stało jak żywe przed mymi oczyma.

Jeśli pan Elliot liczył, że obudzi ciekawość Anny, to nie spotkał go zawód. Nikt nie jest w stanie oprzeć się urokowi podobnej tajemnicy. To niebywałe – żeby ktoś nieznajomy miał ją dawno temu opisywać komuś, kogo teraz poznała! Anna płonęła z ciekawości. Dała też wyraz swojemu zdziwieniu i wypytywała chciwie kuzyna, lecz nadaremnie. Był zachwycony jej zaciekawieniem, ale nic powiedzieć nie chciał.

Nie, nie, może kiedy indziej, ale nie teraz. Teraz nie będzie wymieniał żadnych nazwisk, zapewnia ją tylko, że to są fakty. Wiele lat temu opisano mu pannę Annę Elliot, tak że wyrobił sobie dobre mniemanie o jej zaletach i najgoręcej pragnął, by dane mu było ją poznać.

Anna sądziła, że wiele lat temu mógł się o niej tak pochlebnie wyrażać chyba tylko pastor Wentworth z Monkford, brat kapitana Wentwortha. Być może pan Elliot go zna, nie miała jednak odwagi zadać tego pytania.

– Imię Anny Elliot – mówił – zawsze brzmiało dla mnie interesująco. Od dawna oczarowało moją wyobraźnię i gdybym śmiał, wyszeptałbym życzenie, by nigdy się nie zmieniło.

Tak, wydawało się Annie, brzmiały jego słowa, lecz zaledwie ich dźwięk doleciał jej uszu, uwagę jej odwróciły inne słowa dochodzące tuż z tyłu, przy których wszystko pozostałe traciło znaczenie. Ojciec jej rozmawiał z lady Dalrymple.

– Przystojny mężczyzna – mówił sir Walter. – Bardzo przystojny mężczyzna.

– Niezmiernie wytworny młodzieniec – oznajmiła lady Dalrymple. – Rzadko się widuje w Bath ludzi tak dystyngowanych. Chyba Irlandczyk.

– Nie, znam go tylko z nazwiska. To taka powierzchowna znajomość. Kapitan Wentworth z Marynarki Wojennej. Siostra jego wyszła za mąż za mego dzierżawcę w hrabstwie Somerset. Za tego Crofta, który dzierżawi Kellynch.

Nim sir Walter skończył mówić, oczy Anny zwróciły się we właściwym kierunku i dojrzały kapitana Wentwortha, który stał w gromadce mężczyzn w pewnej od niej odległości; wydało jej się, że właśnie w tej chwili odwrócił od niej wzrok. Tak w każdym razie wyglądało – jakby się spóźniła o jeden moment. Nie zwrócił na nią ponownie spojrzenia przez cały czas, kiedy ośmielała się patrzeć w jego stronę, lecz oto znowu zaczynał się koncert i Anna musiała udawać, iż uwagę jej przykuwa orkiestra, i spoglądać wprost przed siebie.

Kiedy udało jej się znów rzucić spojrzenie w tamtym kierunku, kapitana już nie było. Nawet gdyby chciał, nie mógłby podejść do niej – była otoczona i odcięta – ale pragnęła napotkać jego wzrok.

Słowa pana Elliota męczyły ją teraz. Nie miała już najmniejszej ochoty na rozmowę z nim. Wolałaby, żeby siedział gdzieś dalej.

Pierwsza część się skończyła. Teraz Anna liczyła na jakąś zbawienną zmianę – po chwili milczenia towarzystwo zdecydowało się pójść na herbatę. Anna była jedną z niewielu osób, które wolały się nie ruszać. Pozostała na swoim miejscu tak samo jak lady Russell; pozbyła się jednak pana Elliota, co było niewątpliwym sukcesem, nie miała też zamiaru, bez względu na to, co ją we własnym mniemaniu obowiązywało w stosunku do lady Russell, unikać rozmowy z kapitanem Wentworthem, gdyby jej dał do takiej rozmowy sposobność. Wyraz twarzy lady Russell świadczył, że go zauważyła.

Ale on nie przyszedł. Annie wydawało się chwilami, że dostrzega go gdzieś daleko, lecz nie przyszedł. Męcząca przerwa mijała bezpożytecznie. Pozostali wrócili, sala zapełniła się, znowu wzięto ławki w posiadanie i miała się rozpocząć następna godzina radości lub męki, następna godzina muzyki miała przynieść zachwyt lub znudzenie zależnie od tego, czy górę brało szczere, czy udane upodobanie do niej. Dla Anny godzina ta zapowiadała się przede wszystkim jako godzina pełna podniecenia. Nie będzie mogła opuścić w spokoju tej sali, jeśli nie zobaczy jeszcze raz kapitana Wentwortha, jeśli nie wymieni z nim choć jednego przyjaznego spojrzenia.

Podczas zajmowania miejsc po przerwie uczyniono wiele zmian, które wyszły Annie bardzo na korzyść. Pułkownik Wallis nie chciał już teraz siadać, a Elżbieta i panna Carteret zaprosiły do siebie pana Elliota w taki sposób, że nie mógł powiedzieć „nie" i musiał usiąść między nimi. Dzięki innym jeszcze zmianom i odrobinie własnej przemyślności Anna zdołała usiąść niemal przy końcu ławki, bliżej przechodzących. Czyniąc to, musiała się przyrównać do panny Larolles, nieporównanej panny Larolles* – lecz zrobiła to mimo wszystko, i to z o wiele lepszym skutkiem, dzięki bowiem szczęśliwej okoliczności, jaką było wczesne wyjście najbliższych sąsiadów, znalazła się przed zakończeniem koncertu na samym skraju ławki.

Taką oto miała sytuację – wolne miejsce obok siebie – kiedy kapitan Wentworth ukazał się znowu w polu widzenia. Zauważyła, że stoi niedaleko. On również ją dostrzegł, a mimo

* Postać z powieści *Cecylia* Fanny Burney.

to robił wrażenie poważnego i niezdecydowanego. Bardzo powoli, stopniowo, podszedł wreszcie tak blisko, by móc się do niej odezwać. Zmiana, jaka w nim zaszła, była niewątpliwa. Różnica pomiędzy obecnym jego zachowaniem i zachowaniem w ośmiokątnym salonie była uderzająca. Dlaczego tak się stało? Pomyślała o ojcu, o lady Russell. Czy możliwe, by ktoś mu rzucił jakieś nieprzyjemne spojrzenie? Zaczął od rozmowy o koncercie, poważnym tonem – jakby to był kapitan Wentworth z czasów Uppercross; stwierdził, że jest rozczarowany, spodziewał się lepszego śpiewu, krótko mówiąc, musi wyznać, że nie zmartwi się, gdy koncert się skończy. Anna broniła występów i mówiła tak przekonywająco – mimo to uwzględniając jego zdanie – tak mile, że twarz mu się rozpogodziła i odpowiedział jej niemal z uśmiechem. Rozmawiali jeszcze przez kilka minut; lepszy nastrój trwał; kapitan spoglądał nawet ku ławce, jakby widział tam miejsce warte zajęcia, kiedy właśnie w tej chwili dotknięcie ramienia kazało się Annie obrócić. To był pan Elliot. Ogromnie ją przepraszał, ale musi ją prosić, by znowu tłumaczyła włoski. Panna Carteret bardzo pragnie mieć jakieś ogólne pojęcie o tym, co teraz będzie się śpiewać. Anna nie mogła odmówić, lecz nigdy nie ulegała wymogom dobrego wychowania z większą przykrością.

Trzeba było nieuchronnie stracić kilka minut – jak najmniej – a kiedy była znów panią siebie i mogła odwrócić się i przyjąć poprzednią pozycję, kapitan Wentworth zwrócił się do niej z powściągliwym i jednocześnie bardzo spiesznym pożegnaniem. Musi jej życzyć dobrej nocy. Idzie już. Powinien jak najszybciej znaleźć się w domu.

– Czy ta pieśń nie jest warta, żeby pozostać? – zapytała Anna, nagle uderzona myślą, która kazała jej okazywać mu swe względy jeszcze gorliwiej.

– Nie – odpowiedział z przekonaniem – nic nie jest warte tego, bym miał pozostać. – Z tymi słowy odszedł natychmiast.

Zazdrość o pana Elliota! To był jedyny zrozumiały powód. Kapitan Wentworth zazdrosny o jej uczucie! Czy uwierzyłaby w to tydzień temu – trzy godziny temu?! Przez chwilę rozpierała ją radość. Niestety jednak myśli, które przyszły następnie, były całkiem odmienne. Jak można uśmierzyć podobną zazdrość? W jaki sposób prawda może do niego dotrzeć? W jaki sposób przy tych wszystkich ogromnych przeciwnościach, jakie stoją na ich drodze, on będzie się mógł kiedykolwiek dowiedzieć o jej prawdziwych uczuciach? Myśl o względach okazywanych jej przez pana Elliota przejmowała ją rozpaczą. Mogły z tego wyniknąć nieprzewidywalne skutki.

Rozdział XXI

Następnego ranka Anna przypomniała sobie chętnie, że obiecała odwiedzić panią Smith – znaczyło to, że znajdzie zajęcie poza domem w czasie, kiedy pan Elliot najprawdopodobniej będzie składał wizytę. Unikanie pana Elliota było teraz sprawą niemal najważniejszą.

Miała dla niego wiele życzliwości. Mimo iż jego względy wyrządziły jej szkodę, była mu winna wdzięczność i szacunek, może nawet współczucie. Nie mogła też nie rozmyślać nad niezwykłymi okolicznościami, w jakich zaczęła się ich znajomość, nad tym, że jego pozycja, uczucie i dawna dla niej życzliwość dawały mu niejako prawo do jej zainteresowania. Wszystko to razem wzięte, było bardzo niezwykłe; pochlebne, lecz i przykre. Wiele można było żałować. Nie warto się jednak zastanawiać, jak wyglądałyby jej uczucia, gdyby nie istniał kapitan Wentworth – albowiem kapitan Wentworth istniał, i bez względu na to, czy niepewność skończy się dobrze, czy źle, jej uczucie do niego nigdy się nie zmieni. Była pewna, że małżeństwo z nim nie oddzieliłoby jej od innych mężczyzn rzetelniej niż ostateczne rozstanie.

Nigdy nie płynęły ulicami Bath piękniejsze rozważania o wzniosłej miłości i dozgonnej wierności niż rozważania Anny na przestrzeni od Camden Place do Westgate Buildings. Wystarczyły niemal na to, by oczyścić całą drogę i nasycić ją najpiękniejszą wonią.

Była pewna, że zostanie mile przyjęta, lecz tego ranka przyjaciółka jej wydawała się bardziej niż zwykle wdzięczna za wizytę, jakby w gruncie rzeczy nie oczekiwała jej wcale, choć przecież były umówione.

Pani Smith poprosiła od razu o sprawozdanie z koncertu, a że wspomnienia Anny z poprzedniego wieczoru były niezmiernie miłe, twarz jej się ożywiła i młoda panna mówiła z przyjemnością. Wszystko, co mogła powiedzieć, opowiedziała jak najchętniej. Ale owo „wszystko" stanowiło niewiele jak na kogoś, kto tam był i nie wystarczało osobie tak ciekawej jak pani Smith, która pantoflową pocztą od praczki i kelnera dowiedziała się więcej, niż Anna potrafiła powiedzieć o udanym wieczorze i o samym koncercie, i która teraz daremnie prosiła o pewne szczegóły dotyczące towarzystwa. Każda ze sławnych czy niesławnych osobistości znana była dobrze pani Smith z nazwiska.

– Wnoszę, że byli tam mali Durandowie – mówiła – i szeroko otwierali małe buzie, żeby chłonąć muzykę, jak nieopierzone pisklęta jaskółek otwierają dziobki, czekając na pożywienie. Oni nigdy nie opuszczą żadnego koncertu.

– Tak, ja sama ich nie widziałam, ale słyszałam, jak pan Elliot mówił, że są na sali.

– A Ibbotsonowie byli? A te dwie nowe piękności z takim wysokim oficerem irlandzkim; powiadają, że ma się ku jednej z nich, czy były?

– Nie wiem, chyba nie.

– A stara lady Mary Maclean? O nią nie potrzebuję się pytać. Ona jest zawsze i na pewno ją widziałaś. Musiała się znajdować w waszym rzędzie, bo jeśli byliście z lady Dalrymple, to musieliście siedzieć na honorowych miejscach przy orkiestrze, rzecz oczywista.

– Nie, właśnie tego się obawiałam. To byłoby dla mnie bardzo przykre pod każdym względem. Na szczęście lady Dalrymple woli siedzieć nieco dalej; siedzieliśmy doskonale, to znaczy doskonale, żeby słuchać. O patrzeniu nie mogę mówić, bo, jak się okazuje, niewiele widziałam.

– Och, to, co widziałaś, wystarczyło, by ci sprawić przyjemność. To przecież oczywiste. Istnieje pewien rodzaj cichego zadowolenia, którego można zaznać nawet w tłumie, i to właśnie zadowolenie było twoim udziałem. Sami byliście dla siebie dostatecznie licznym towarzystwem i nikt więcej nie był wam potrzebny.

– Ale powinnam się była więcej rozglądać – mówiła Anna, uświadamiając sobie jednocześnie, że właściwie tego rozglądania było wcale niemało, tylko liczba obiektów niedostateczna.

– Nie, nie, miałaś o wiele lepsze zajęcie. Nie potrzebujesz mówić, że ci się udał wieczór. Widzę to w twoich oczach. Doskonale mogę sobie wyobrazić, jak mijały godziny, ciągle słyszałaś coś miłego. W przerwach podczas koncertu była to rozmowa.

Anna uśmiechnęła się lekko i spytała:

– Czy widzisz to w moich oczach?

– Tak, widzę. Twoja twarz mówi mi jasno, że wczorajszego wieczoru przebywałaś w towarzystwie osoby, którą uważasz za najmilszą na świecie, osoby, która w tym właśnie momencie interesuje cię bardziej niż wszyscy inni razem wzięci.

Policzki Anny oblał rumieniec. Nie mogła odpowiedzieć ani słowem.

– A ponieważ sprawa tak wygląda – ciągnęła pani Smith po krótkiej chwili przerwy – wierzysz chyba, że doceniam twoją dobroć, że przyszłaś do mnie dzisiejszego ranka. To naprawdę bardzo zacnie z twojej strony, że tu przychodzisz posiedzieć ze mną, kiedy możesz spędzić czas o tyle milej.

Anna nie słyszała tych słów. Wciąż siedziała zdumiona i zmieszana przenikliwością przyjaciółki, niezdolna wyobrazić sobie, w jaki sposób mogła do niej dotrzeć wiadomość o kapitanie Wentworcie. Po następnej krótkiej przerwie pani Smith mówiła dalej:

– Powiedz mi, czy pan Elliot wie o naszej znajomości? Czy wie, że ja jestem w Bath?

– Pan Elliot? – Anna ze zdumienia podniosła wzrok. Chwila zastanowienia pozwoliła jej zrozumieć pomyłkę przyjaciółki. Pojęła to natychmiast, a że nabrała odwagi w poczuciu bezpieczeństwa, mówiła po chwili z większym już opanowaniem: – A czy ty znasz pana Elliota?

– Znałam go bardzo dobrze – odparła pani Smith – ale, widać, ta znajomość dzisiaj się nie liczy. Poznaliśmy się bardzo dawno temu.

– To dla mnie nowina. Nigdy o tym nie wspominałaś. Gdybym o tym wiedziała, miałabym przyjemność porozmawiać z nim o tobie.

– Mówiąc prawdę – powiedziała pani Smith, przybierając znowu zwykły, pogodny wyraz twarzy – właśnie bardzo pragnę, żebyś sobie zrobiła tę przyjemność. Chciałabym, żebyś porozmawiała o mnie z panem Elliotem, żebyś go mogła pewną sprawą zainteresować. Może mi on oddać najistotniejsze usługi, a gdybyś osobiście przedstawiła mu sprawę, mówiąc, że ci na niej zależy, to rzecz byłaby na pewno załatwiona.

– Byłabym bardzo szczęśliwa; chyba nie wątpisz, że chętnie wyświadczę ci każdą przysługę – odparła Anna – ale ty, zdaje się, uważasz, iż mam większe prawa do pana Elliota, większy niż w rzeczywistości wpływ na niego. Coś cię musiało w takim przekonaniu utwierdzić. Pamiętaj więc, że jestem jedynie krewniaczką pana Elliota. Jeśli, rozpatrując sprawę w tym świetle, uznasz, że istnieje coś, o co jego kuzynka może go bez zażenowania poprosić, nie wahaj się mnie użyć.

Pani Smith rzuciła na nią przenikliwe spojrzenie, po czym odpowiedziała z uśmiechem:

– Widzę, że się zanadto pospieszyłam. Przepraszam cię. Powinnam była zaczekać na oficjalne zawiadomienie. Ale teraz, droga moja panno Elliot, proszę cię jako starą przyjaciółkę, dajże mi wskazówkę, kiedy będę mogła mówić. W przyszłym tygodniu? Chyba w przyszłym tygodniu wolno mi już będzie uważać sprawę za zdecydowaną i budować własne samolubne plany na szczęściu pana Elliota.

– Nie – powiedziała Anna. – Ani w przyszłym tygodniu, ani w następnym, ani w jeszcze następnym. Zapewniam cię, że nic z tego, o czym myślisz, nie stanie się w żadnym w ogóle tygodniu. Nie mam zamiaru wychodzić za mąż za pana Elliota. Chciałabym wiedzieć, skąd ci to przyszło do głowy?

Pani Smith spojrzała na nią ponownie, tym razem z powagą, uśmiechnęła się, pokręciła głową i zawołała:

– Jakżebym pragnęła ciebie zrozumieć! Jakżebym pragnęła wiedzieć, do czego dążysz. Mam głębokie przekonanie, że nie zamierzasz być okrutna, kiedy przyjdzie właściwa chwila. Póki ona nie przyjdzie, każda z nas, kobiet, powiada, iż nigdy nie przyjmie żadnych oświadczyn. Każda z nas twierdzi, że odmówi każdemu mężczyźnie – dopóki się nie oświadczy. Ale czemu ty byś miała być okrutna? Pozwól, że się wstawię za – cóż, obecnie moim przyjacielem nie mogę go nazwać – ale za moim byłym przyjacielem. Gdzież możesz szukać odpowiedniejszej partii? Gdzie znajdziesz człowieka lepiej ułożonego, milszego? Pozwól, że cię będę namawiać na wybór pana Elliota. Pewna jestem, że słyszysz o nim tylko to, co najlepsze, od pułkownika Wallisa, a któż może znać go lepiej niż pułkownik Wallis?

– Ależ, droga moja, przecież żona pana Elliota umarła zaledwie pół roku temu. Nie należy przypuszczać, by on mógł teraz okazywać swoje względy jakiejś damie.

– Och, jeśli to są twoje jedyne obiekcje – zawołała filuternie pani Smith – to jestem spokojna o pana Elliota i nie będę się więcej o niego martwiła. Nie zapomnij o mnie, kiedy wyjdziesz za mąż i tyle. Niech on wie, że jestem twoją przyjaciółką, a wówczas trud, jaki moja sprawa za sobą pociągnie, będzie mu się wydawał niewielki, choć teraz, kiedy ma tyle zajęć, stara się, rzecz jasna, nie podejmować go i unikać, co zapewne jest całkiem naturalne. Dziewięćdziesięciu dziewięciu na stu uczyniłoby to samo. Oczywista, on nie może sobie zdawać sprawy, jak wielkie to ma dla mnie znaczenie. A więc, droga moja panno Elliot, mam nadzieję i wierzę, iż będziesz bardzo szczęśliwa. Pan Elliot jest człowiekiem rozumnym i potrafi docenić taką jak ty kobietę. Spokój twój nie zostanie zburzony jak mój. Możesz być spokojna o wszystkie sprawy życiowe i spokojna, jeśli idzie o jego charakter. On się nie da sprowadzić na manowce, on nie pozwoli innym doprowadzić się do ruiny.

– Nie – odparła Anna. – Łatwo mi w to uwierzyć. Wygląda na to, że ma zrównoważone i zdecydowane usposobienie, niepodatne na żadne niebezpieczne wpływy. Myślę o nim z wielkim szacunkiem. Z tego, co mogę wnosić na podstawie własnych obserwacji, nie mam powodów traktować go inaczej. Ale znam go od niedawna, a wydaje mi się, że on nie należy do ludzi, których można dobrze poznać w ciągu krótkiego czasu. Czy ten sposób mówienia o nim nie upewnia cię, droga pani Smith, że ów pan jest niczym dla mnie? Chyba to mówię dostatecznie chłodno? Słowo ci daję, że jest dla mnie niczym. Gdyby mi się kiedykolwiek oświadczył – a mam niewiele podstaw, by przypuszczać, że zamierza to zrobić – nie przyjmę go. Zapewniam cię, że nie przyjmę. Zapewniam cię, że pan Elliot nie miał takiego udziału, jaki podejrzewasz, w radościach wczorajszego koncertu. Nie pan Elliot. To przecież nie pan Elliot… – Zatrzymała się, żałując, oblana pąsem, że powiedziała tak wiele – ale przecież mniej nie mogło wystarczyć. Pani Smith nie uwierzyłaby tak szybko w porażkę pana Elliota, gdyby nie spostrzegła, że istnieje ktoś inny. Teraz natychmiast dała za wygraną, udając przy tym, że nic nie zauważyła. Anna zaś, pragnąc odwrócić jej uwagę od owej drugiej sprawy, zaczęła się niecierpliwie dopytywać, dlaczego pani Smith wyobraziła sobie, że ona ma wyjść za mąż za pana Elliota, skąd jej to przyszło na myśl czy też od kogo mogła to usłyszeć. – Powiedz mi naprzód, skąd ci to przyszło do głowy.

– Pierwszy raz – odpowiedziała pani Smith – pomyślałam o tym, usłyszawszy, jak wiele przebywacie razem. Wiedziałam, że tego właśnie będą sobie najprawdopodobniej życzyli wszyscy, zarówno z twojej, jak i jego strony, i możesz mi wierzyć, że twoi znajomi w ten właśnie sposób rozporządzili się twoją osobą. Ale dopiero dwa dni temu usłyszałam, że się o tym mówi.

– Doprawdy, mówi się o tym?

– Czy zauważyłaś tę kobietę, która otworzyła ci drzwi, kiedy przyszłaś do mnie wczoraj?

– Nie. Czy to nie była pani Speed jak zwykle albo pokojówka? Nie zauważyłam nikogo specjalnie.

– To była moja przyjaciółka, pani Rooke, pielęgniarka, która, nawiasem mówiąc, ogromnie była ciebie ciekawa i ucieszyła się bardzo, mając okazję wprowadzenia cię tutaj. W niedzielę dopiero przyjechała z Marlborough Buildings. To ona właśnie powiedziała mi, że masz wyjść za mąż za pana Elliota. Słyszała to od samej pani Wallis, która nie wydaje się złym autorytetem. Pielęgniarka Rooke siedziała tutaj ze mną z godzinkę w poniedziałek wieczór i opowiedziała mi całą historię.

– Całą historię! – powtórzyła Anna ze śmiechem. – Nie mogła wysnuć bardzo długiej historii z tej odrobiny bezpodstawnych plotek.

Pani Smith nie odpowiedziała.

– Ale – ciągnęła Anna – choć nieprawdą jest, bym miała tego rodzaju przywileje, jeśli idzie o pana Elliota, byłabym bardzo szczęśliwa, mogąc ci wyświadczyć przysługę, jeśli tylko leży to w moich możliwościach. Czy mam wspomnieć panu Elliotowi, że jesteś w Bath? Czy mam mu przekazać jakąś wiadomość?

– Nie, dziękuję; nie, na pewno nie. Pod wpływem chwili i fałszywych wrażeń starałam się zainteresować cię pewnymi sprawami. Ale teraz już nie; nie, dziękuję ci. Nie mam do ciebie żadnych próśb.

– Ale mówiłaś, zdaje się, że znasz pana Elliota od wielu lat?

– Znam.

– Chyba nie z czasów, kiedy był jeszcze kawalerem?

– Owszem, kiedy go poznałam, nie był żonaty.

– A czy dobrze go znałaś?

– To była bardzo bliska znajomość.

– Naprawdę?! Wobec tego powiedz mi, jaki też on wówczas był? Ogromnie jestem ciekawa, jaki był pan Elliot w bardzo młodym wieku. Czy taki sam, jakim się teraz wydaje?

– Nie widziałam pana Elliota od trzech lat – brzmiała odpowiedź pani Smith wypowiedziana poważnym tonem, który ucinał właściwie wszelką rozmowę na ten temat.

Anna nie dowiedziała się niczego, natomiast ciekawość jej wzrosła. Milczały teraz obie – pani Smith zamyśliła się głęboko.

– Przepraszam cię, droga przyjaciółko – odezwała się wreszcie tonem serdecznym jak dawniej – przepraszam cię za te lakoniczne odpowiedzi, ale nie byłam pewna, co należy uczynić. Miałam wątpliwości i zastanawiałam się, co powinnam powiedzieć. Należało wziąć pod rozwagę wiele rzeczy. Człowiek nie chce się narzucać, nie chce wywoływać złego wrażenia, nie chce robić intryg. Nawet gładka powierzchnia harmonii rodzinnej wydaje się warta zachowania, choćby pod nią nie tkwiło nic trwałego. Ale zdecydowałam się jednak – wydaje mi się, że mam słuszność – sądzę, że powinnaś poznać prawdziwy charakter pana Elliota. Chociaż święcie wierzę, że w chwili obecnej nie masz najmniejszej ochoty przyjąć jego oświadczyn, nie wiadomo, co się może kiedyś stać. W przyszłości możesz nabrać do niego sympatii. Słuchaj więc prawdy teraz, kiedy nie jesteś uprzedzona. Pan Elliot to człowiek bez serca i sumienia; to człowiek wyrachowany, chytry, bezwzględny, który myśli jedynie o sobie, który dla swego interesu czy wygody gotów jest popełnić każde okrucieństwo i zdradę, jeśliby to nie narażało na szwank jego opinii. Nie ma żadnych względów dla innych. Ludzi, których ruiny stał się główną przyczyną, potrafi opuścić i rzucić na pastwę losu bez wyrzutów sumienia. Do tego człowieka nie ma dostępu ani poczucie sprawiedliwości, ani litości. Och, to jest w głębi serca nędznik i podlec! Podlec! – Zdumiona mina Anny i jej okrzyk zdziwienia kazały pani Smith przerwać. Po chwili dodała spokojniejszym już tonem: – Zaskoczona jesteś, słysząc takie określenia. Musisz wybaczyć skrzywdzonej, rozgniewanej kobiecie. Ale postaram się opanować. Nie będę mu ubliżała. Powiem ci tylko, czym się w stosunku do mnie okazał. Niechże fakty mówią za siebie. Pan Elliot był zażyłym przyjacielem mego drogiego męża, który mu ufał, kochał go i oceniał wedle własnej miary. Przyjaźń między nimi zawiązała się jeszcze przed naszym małżeństwem, a ja poznałam ich jako najserdeczniejszych przyjaciół, sama również poddałam się urokowi pana Elliota i miałam o nim najlepsze mniemanie. Wiesz, że jak się ma dziewiętnaście lat, to nie myśli się bardzo poważnie; pan Elliot wydawał mi się nie gorszy od innych, a w gruncie rzeczy – milszy niż większość; wciąż też przebywaliśmy razem. Mieszkaliśmy na ogół w Londynie, żyjąc tam na wysokiej stopie. On był w o wiele gorszej od nas sytuacji, wówczas to on był tym biednym. Wynajmował pokoje w Temple, i to wszystko, na co go było stać, by zachować pozory dżentelmena. Nasz dom stał zawsze dla pana Elliota otworem, zawsze był u nas mile widziany. Był nam jak brat. Biedny mój Karol, który miał najpiękniejsze, najbardziej szczodre usposobienie na świecie, byłby się podzielił z nim ostatnim pensem, a wiem, że sakiewka jego zawsze była na usługi pana Elliota, wiem, że go często wspomagał.

– To chyba będzie ten właśnie okres w życiu pana Elliota – powiedziała Anna – który najbardziej mnie ciekawił. W tym właśnie czasie pan Elliot został przedstawiony memu ojcu i siostrze. Nie poznałam go osobiście, słyszałam o nim tylko, ale w jego ówczesnym postępowaniu w stosunku do mego ojca i siostry i później, w okolicznościach związanych z jego małżeństwem, było coś, czego nigdy nie mogłam pogodzić z jego dzisiejszą postawą. Tamto wszystko mówiło jakby o zupełnie innym człowieku.

– Znam całą historię, znam dobrze! – zawołała pani Smith. – Nie łączyła nas jeszcze przyjaźń, kiedy przedstawiono go sir Walterowi i twojej siostrze, ale często słyszałam później, jak o tym mówił. Wiem, że bywał zapraszany, że robiono mu awanse, lecz on wolał nie składać wizyt. Mogę zaspokoić twoją ciekawość co do spraw, których wyjaśnienia najmniej się ode mnie spodziewasz, a jeśli idzie o jego małżeństwo, wiedziałam wówczas o nim. Byłam wtajemniczona we wszystkie za i przeciw, byłam przyjaciółką, której zwierzał swoje nadzieje i plany, i chociaż nie znałam wcześniej jego żony – jej pochodzenie wykluczało taką możliwość – znałam ją przez całe jej późniejsze życie, może z wyjątkiem dwóch ostatnich lat przed śmiercią, i mogę ci odpowiedzieć na wszelkie pytania, jakie zechcesz mi zadać.

– Nie – odparła Anna – nie chcę cię o nią pytać. Zawsze rozumiałam, że nie byli szczęśliwym małżeństwem. Ale chciałabym wiedzieć, dlaczego w tym okresie życia on tak zlekceważył znajomość z moim ojcem. Przecież niewątpliwie ojciec mój był skłonny okazywać mu przychylność i należne względy. Czemu pan Elliot je odrzucił?

– Pan Elliot – odpowiedziała pani Smith – miał w tym okresie życia jeden tylko cel przed sobą: zbić majątek, i to szybciej, niż mu na to pozwalała praktyka prawnicza. Postanowił uczynić to, żeniąc się odpowiednio. Postanowił w każdym razie nie niszczyć sobie nierozważnym małżeństwem szansy dojścia do majątku, a był przekonany – słusznie czy niesłusznie, tego już powiedzieć nie mogę – iż twój ojciec i siostra pod uprzejmościami i zaproszeniami kryją plan skojarzenia małżeństwa pomiędzy młodym dziedzicem i młodą damą, taki zaś mariaż nie mógł odpowiadać jego pojęciom o bogactwie i niezależności. To był powód, dla którego pan Elliot się cofnął, zapewniam cię, moja droga. Opowiedział mi całą tę historię. Nic przede mną nie ukrywał. Dziwnie się złożyło, że po rozstaniu z tobą tutaj, w Bath, najbliższym moim znajomym po ślubie stał się twój kuzyn i że dzięki niemu słyszałam ustawicznie o twoim ojcu i siostrze. On opisywał mi jedną pannę Elliot, a ja myślałam bardzo serdecznie o drugiej.

– A może – zapytała Anna, której nagle przyszła do głowy pewna myśl – może rozmawiałaś czasami o mnie z panem Elliotem?

– Oczywiście, i to bardzo często. Zwykłam się chełpić moją Anną Elliot i zapewniałam go, że to całkiem inna istota niż… – Przerwała w samą porę.

– To tłumaczy coś, co mi pan Elliot mówił zeszłego wieczoru – powiedziała Anna. – Teraz już rozumiem. Dowiedziałam się, że słyszał dawniej o mnie, ale nie mogłam odgadnąć od kogo. Czegóż to człowiek nie potrafi sobie wyobrazić o własnej szanownej osobie! Jak łatwo się pomylić! Ale przepraszam cię bardzo, przerwałam ci. Więc pan Elliot ożenił się jedynie dla pieniędzy? Ta okoliczność zapewne po raz pierwszy otworzyła ci na niego oczy.

Pani Smith zawahała się nieco w tym miejscu.

– Och, to są wypadki zbyt dzisiaj pospolite. Dla człowieka, który obraca się w świecie, małżeństwo dla pieniędzy jest czymś zbyt codziennym, by zwracało uwagę tak, jak powinno. Byłam wówczas bardzo młoda, otoczona wyłącznie towarzystwem młodych: byliśmy bezmyślnym, wesołym gronem, które nie miało wytyczonych surowo zasad postępowania. Żyliśmy dla radości życia. Dzisiaj myślę inaczej: czas, choroba i strapienia zmieniły moje poglądy, ale w tym okresie, muszę wyznać, nie widziałam nic odrażającego w tym, co uczynił pan Elliot. „Dbać o swoje sprawy", to przyjmowaliśmy za obowiązek.

– Ale czy to nie była kobieta bardzo pospolitego pochodzenia?

– Tak, i dlatego miałam obiekcje, ale dla niego to się nie liczyło. Pieniądze, pieniądze, tego tylko pragnął. Ojciec jej był hodowcą bydła, dziadek rzeźnikiem, ale to wszystko nie miało najmniejszego znaczenia. Była to elegancka kobieta, otrzymała przyzwoite wykształcenie, wprowadzona została w świat przez jakichś kuzynów, znalazła się przypadkowo w towarzystwie pana Elliota i zakochała w nim. On nie miał najmniejszych oporów i skrupułów z powodu jej urodzenia. Cała jego przezorność polegała na tym, by zdobyć pewność co do prawdziwych rozmiarów jej majątku, zanim się zaangażuje. Pamiętaj, że bez względu na to, jaką wagę pan Elliot przywiązuje obecnie do swojej pozycji życiowej, jako młody człowiek nie przywiązywał do niej żadnej. Widoki na majętność Kellynch miały dla niego pewne znaczenie, ale cały honor rodziny uważał za nic zgoła, niejednokrotnie słyszałam, jak mówił, że gdyby tytuł baroneta można było sprzedać, każdy mógłby kupić jego tytuł za pięćdziesiąt funtów razem z herbem, zawołaniem, nazwiskiem i liberią, ale nie będę próbowała powtórzyć nawet połowy tego, co usłyszałam z jego ust na ten temat. To nie byłoby uczciwe. A jednak powinnaś mieć jakiś dowód, bo wszystko to tylko zapewnienia. I otrzymasz dowód.

– Doprawdy, droga przyjaciółko, niepotrzebny mi żaden dowód! – oponowała Anna. – Te zapewnienia nie są sprzeczne z wrażeniem, jakie robił pan Elliot kilka lat temu. Są raczej potwierdzeniem tego, co zwykliśmy o nim myśleć i słyszeć. O wiele bardziej mnie ciekawi, czemu się teraz tak zmienił?

– Ale dla mojej satysfakcji, gdybyś była tak uprzejma i zadzwoniła na Mary... albo nie, jestem pewna, że będziesz o wiele bardziej uprzejma i pójdziesz sama do mojej sypialni. Na górnej półce w mojej szafie znajdziesz małe inkrustowane pudełko; przynieś mi je łaskawie.

Anna, widząc, że przyjaciółce istotnie na tym zależy, zrobiła, o co ją proszono. Przyniosła pudełko i postawiła je przed chorą, a ta, otwierając je z westchnieniem, powiedziała:

– Pełno tu papierów mojego męża, niewielka część tego, co musiałam przejrzeć po jego śmierci. List, którego szukam, pisany był do niego przez pana Elliota jeszcze przed naszym ślubem i zachował się przypadkiem, doprawdy, nie wiem, jak to się stało. Mój mąż był beztroski i jak większość mężczyzn niedbały w tych sprawach. Kiedy zaczęłam porządkować jego papiery, znalazłam ten list pośród innych, jeszcze bardziej błahych, pisanych przez innych ludzi, podczas gdy zniszczono wiele ważnych listów i notatek. Oto on. Nie spaliłam go, bo będąc już wówczas nie bardzo życzliwie usposobiona do pana Elliota, postanowiłam zachować wszelkie dokumenty z okresu dawnej z nim zażyłości. Teraz mam jeszcze jeden powód do zadowolenia, mianowicie, że mogę ci pokazać ten list.

List był adresowany do „Jaśnie Wielmożnego Pana Karola Smitha w Tunbridge Wells" i datowany w Londynie dawno, bo w lipcu 1803 roku.

Drogi Karolu!

Otrzymałem przesyłkę od Ciebie. Twoja dobroć doprawdy mnie wzrusza. Pragnąłbym, by natura pozwalała częściej spotykać takie serca jak Twoje, ale żyłem na świecie dwadzieścia trzy lata i nie widziałem nic, co można by z nim porównać. Tymczasem, wierzaj mi, nie potrzebuję Twojej pomocy, bom znowu przy gotówce. Złóż mi powinszowania: pozbyłem się sir Waltera i panny. Pojechali z powrotem do Kellynch i kazali mi niemal przysięgać, że im złożę w lecie wizytę, ale moja pierwsza wizyta w Kellynch odbędzie się w towarzystwie mierniczego, który mi powie, jak najkorzystniej będzie puścić całą schedę pod młotek. Wcale też nie jest wykluczone, że baronet jeszcze się ożeni – wystarczająco jest na to głupi. Lecz jeśli się ożeni, to mnie zostawią w spokoju, co może być wcale przyzwoitym ekwiwalentem za utratę praw majątkowych. Jest jeszcze gorszy niż w zeszłym roku.

Wolałbym każde inne nazwisko niż Elliot. Mam go dość. Dzięki Bogu imię Walter mogę wyrzucić i proszę, byś mnie nigdy już nie obrażał, stawiając drugie „W" po moim imieniu. Twój do końca życia Ci oddany

W. Elliot

Anna, czytając ten list, oblała się pąsem, a pani Smith, widząc to, powiedziała:

– Wiem, że ten list pisany jest językiem okropnie zuchwałym. Choć zapomniałam już użytych tam wyrażeń, pamiętam doskonale ogólne ich znaczenie. Ale to daje ci obraz człowieka. Zwróć uwagę na zapewnienia, jakie składa mojemu biednemu mężowi. Czy można sobie wyobrazić bardziej zobowiązujące?

Anna nie mogła szybko ochłonąć po wstrząsie i upokorzeniu, jakie przeżyła, czytając słowa, które się odnosiły do jej ojca. Musiała też uświadomić sobie, że przeczytanie tego listu było złamaniem zasad honoru, że nikogo nie wolno sądzić czy wyrabiać sobie o nim zdania na podstawie takich świadectw, że wszelka prywatna korespondencja nie znosi cudzego wzroku. Potem dopiero odzyskała spokój na tyle, by oddać list, nad którym się zamyśliła, i powiedziała:

– Dziękuję. To jest niewątpliwie wystarczający dowód; dowód na wszystko, co mi mówiłaś. Ale czemu teraz pragnął znajomości z nami?

– I to mogę ci wytłumaczyć – odparła pani Smith z uśmiechem.

– Naprawdę?

– Tak. Pokazałam ci, jaki był pan Elliot dwanaście lat temu, pokażę, jaki jest teraz. Nie mogę ponownie przedstawić dowodów na piśmie, ale mogę ci dać najbardziej wiarygodne ustne świadectwo jego obecnych pragnień i postępków. Dzisiaj nie jest już hipokrytą. On naprawdę pragnie ciebie poślubić. Względy, jakie okazuje twojej rodzinie, są całkowicie szczere, płyną prosto z serca. Powiem ci, kto jest źródłem moich informacji: pułkownik Wallis.

– Pułkownik Wallis? To twój znajomy?

– Nie, te wiadomości nie przychodzą do mnie w tak prostej linii, muszą minąć zakręt czy dwa, ale to nie ma znaczenia. Rzeka jest taka sama, jak u źródła, a odrobinę śmieci, które zbiera na zakrętach, łatwo odcedzić. Pan Elliot mówi bez osłonek z pułkownikiem Wallisem o swych zamiarach co do ciebie, a wydaje mi się, że ów wzmiankowany pułkownik Wallis to człowiek rozsądny, ostrożny i bystry, ale ma żonę bardzo ładniutką i głupiutką, której opowiada, czego opowiadać nie powinien, on jednak zwierza jej się ze wszystkiego. Ona, rozpierana radością powrotu do zdrowia, powtarza to swej pielęgniarce, a pielęgniarka, wiedząc o mojej z tobą znajomości, przynosi mi oczywiście te wieści. W poniedziałek wieczór zacna moja przyjaciółka, pani Rooke, wtajemniczyła mnie dogłębnie w sekrety Marlborough Buildings. Dlatego, kiedy ci mówiłam o całej sprawie, nie koloryzowałam tak, jak przypuszczałaś.

– Ależ, moja droga, twoje źródła informacji są niedostateczne. To nie wyjaśnia sprawy. Wszystkie plany pana Elliota w związku z moją osobą nie mogą w najmniejszym stopniu tłumaczyć wysiłków, jakie podjął, by pojednać się z moim ojcem. To miało miejsce jeszcze przed moim przyjazdem do Bath. Po przyjeździe zastałam ich już w ogromnej komitywie.

– Wiem, że tak było, wiem doskonale…

– Doprawdy, moja kochana, nie możemy się spodziewać, by taką drogą doszły nas rzetelne informacje. Fakty i opinie, które muszą przejść przez tyle ust, wypaczane przez głupotę jednych i ignorancję drugich, niewiele mogą zachować w sobie prawdy.

– Posłuchaj mnie tylko. Zdecydujesz, czy można dać tym wiadomościom wiarę, kiedy wysłuchasz za chwilę garści szczegółów, którym sama będziesz mogła natychmiast zaprzeczyć lub też które będziesz mogła potwierdzić. Nikt nie przypuszcza, byś to ty była pierwszym powodem jego pojednania z rodziną. Co prawda, spotkał cię przed twoim przyjazdem do Bath i był tobą zachwycony, ale nie wiedział wcale, że to ty. Przynajmniej tak mówi mój kronikarz. Czy to prawda? Czy spotkał cię tego lata czy jesieni gdzieś na „prowincji, na zachodzie”, by użyć jego słów, nie wiedząc bynajmniej, że jesteś Anną Elliot?

– Tak, to prawda. Do tej chwili wszystko się zgadza. W Lyme, to miało miejsce w Lyme.

– Dobrze – ciągnęła triumfalnie pani Smith – udziel swojej przyjaciółce kredytu zaufania, stwierdziwszy, że punkt pierwszy okazał się prawdziwy. A więc pan Elliot zobaczył cię w Lyme i zachwycił się tobą tak bardzo, że spotkawszy cię powtórnie na Camden Place jako Annę Elliot, był tym niezwykle uradowany. Od tej chwili, nie wątpię, do wizyt u was skłaniały go dwojakie motywy. Był jednak powód inny, wcześniejszy, zaraz ci go przedstawię. Jeśli w moim opowiadaniu będzie coś, co uznasz za fałszywe albo nieprawdopodobne, przerwij mi. Z wiadomości, jakie otrzymałam, wynika, że przyjaciółka twojej siostry, dama, która teraz z wami zamieszkuje i o której mi zresztą wspominałaś, przyjechała do Bath z najstarszą panną Elliot i sir Walterem już dawno temu, we wrześniu – słowem, wtedy, kiedy oni tu zjechali – i od tej chwili zamieszkuje z nimi; że jest to kobieta sprytna, przypochlebna, ładna, uboga i pozornie uczciwa, a biorąc pod uwagę jej pozycję i zachowanie, znajomi sir Waltera wnioskują, iż zamierza zostać lady Elliot, poza tym zaś, co jest również dla wszystkich zaskoczeniem, że najstarsza panna Elliot najwidoczniej nie dostrzega tego niebezpieczeństwa. – Tu pani Smith przerwała na chwilę, lecz że Anna nie miała ani słowa do powiedzenia, ciągnęła: – Tak właśnie, nim jeszcze ty przyjechałaś do Bath, wyglądała sprawa w oczach naszych znajomych. Pułkownik Wallis na tyle bacznie obserwował twojego ojca, by to dostrzec, a choć w owych czasach nie bywał jeszcze na Camden Place, pilnie śledził wszystko, co się dzieje w twojej rodzinie przez wzgląd na pana Elliota. Kiedy ten przyjechał do Bath na jeden czy dwa dni, tuż przed świętami Bożego Narodzenia, pułkownik Wallis powiedział mu, jak rzeczy wyglądają i jakie pogłoski zaczynają na ten temat krążyć. Otóż musisz zrozumieć, że czas dokonał bardzo istotnej zmiany w poglądach pana Elliota na tytuł baroneta. W sprawach krwi i koneksji to dzisiaj zupełnie inny człowiek. Od dawna ma już dostatecznie dużo pieniędzy, by zaspokoić zarówno swoją chciwość, jak kaprysy, toteż stopniowo nauczył się widzieć swoje szczęście w wysokiej pozycji, jaką ma odziedziczyć. Czułam, że do tego zaczyna zmierzać, jeszcze nim skończyła się nasza znajomość, obecnie jednak potwierdzają się moje przypuszczenia. On nie może znieść myśli, że nie zostanie sir Williamem. Łatwo więc zgadnąć, że nowiny, jakie otrzymał od przyjaciela, nie sprawiły mu bynajmniej przyjemności, łatwo też zgadnąć, jaki był ich skutek: postanowił jak najszybciej wrócić do Bath, zamieszkać tu na pewien czas, odnowić dawną znajomość i nawiązać bliskie stosunki rodzinne, by się upewnić co do rozmiarów grożącego mu niebezpieczeństwa i przechytrzyć ową damę, jeśliby to się okazało potrzebne. Obaj przyjaciele doszli do wniosku, że to jedyne wyjście, pułkownik Wallis zaś miał pomagać, na ile zdoła. Miał zostać przedstawiony sir Walterowi i pani Wallis miała zostać przedstawiona, i wszyscy mieli zostać przedstawieni. Tak więc pan Elliot powrócił zgodnie z tym do Bath i, jak wiesz, uzyskał natychmiast przebaczenie, i został przyjęty z powrotem do rodziny. Jego ustawicznym i jedynym celem – do chwili gdy po twoim przyjeździe znalazł jeszcze inny – było pilnowanie sir Waltera i pani Clay. Nie opuścił żadnej sposobności, by się znaleźć wśród nich, wchodził im w drogę, składał wizyty o najróżniejszych porach, nie potrzebuję ci opowiadać szczegółów. Możesz sobie wyobrazić, do czego zdolny jest człowiek przebiegły, a mając teraz moją wskazówkę, przypomnisz sobie zapewne, co sama zaobserwowałaś.

– Tak – potwierdziła Anna. – Nie mówisz mi nic, co by się nie zgadzało z tym, co wiem czy mogę sobie wyobrazić. W przebiegłości jest zawsze coś odrażającego. Samolubne krętactwa i dwulicowość muszą budzić wstręt, lecz ja nie usłyszałam nic, co by mnie w gruncie rzeczy zdumiało. Znam ludzi, którzy byliby wstrząśnięci taką charakterystyką pana Elliota, którym trudno przyszłoby w nią uwierzyć, lecz ja nigdy nie byłam do niego w pełni przekonana. Zawsze szukałam innych jeszcze pobudek jego postępowania niż to, co pozornie tłumaczyło całą sprawę. Chciałabym znać obecne jego zdanie co do zagrożenia, jakiego się obawiał; czy uważa, iż niebezpieczeństwo się zmniejszyło, czy nie?

– Podobno uważa, że się zmniejszyło – odparła pani Smith. – Sądzi, że pani Clay boi się go, bo zdaje sobie sprawę, że ją przejrzał, i nie śmie realizować swych planów. Ale ja nie rozumiem, jak on może czuć się bezpieczny, kiedy ona zachowuje dotychczasowy swój wpływ; przecież pan Elliot musi od czasu do czasu wychodzić z waszego domu. Moja pielęgniarka powiada mi o zbawiennym pomyśle pani Wallis, iż w umowie ślubnej, twojej i pana Elliota, ma stać warunek, że twój ojciec nie ożeni się z panią Clay. Plan doprawdy na miarę rozumu pani Wallis, ale moja mądra pielęgniarka Rooke widzi całą jego niedorzeczność. „Ależ proszę pani – powiada – przecież to mu nie zabroni ożenić się z kimś innym". Prawdę mówiąc, nie przypuszczam, by w głębi serca pielęgniarka była tak wielką przeciwniczką drugiego małżeństw sir Waltera, bo trzeba ją uznać za zwolenniczkę małżeńskiego stanu w ogóle. Sama rozumiesz, kto może wiedzieć, czy nie towarzyszą jej (ze względów osobistych) jakieś nadzieje na opiekowanie się następną lady Elliot dzięki rekomendacjom pani Wallis?

– Ogromnie jestem rada, że dowiedziałam się tego wszystkiego – odparła Anna po chwili namysłu. – Pod pewnymi względami bardziej mi będzie przykra jego obecność, ale lepiej będę wiedziała, co czynić. Obiorę teraz prostszą linię postępowania. Najwyraźniej pan Elliot jest chytrym, przebiegłym światowcem, któremu nigdy nie przyświecała żadna inna zasada oprócz egoizmu.

Ale nie skończyły jeszcze z panem Elliotem. Anna przejęta wiadomościami tyczącymi jej rodziny zapomniała o zarzutach, jakie padły pod adresem pana Elliota w pierwszej części rozmowy, po której pani Smith odeszła od tematu; teraz chora zaczęła wyjaśniać sens swych początkowych wzmianek. Anna słuchała opowiadania, które jeśli nie w pełni usprawiedliwiało nieopisaną gorycz pani Smith, dowodziło przynajmniej, iż postępowanie pana Elliota w stosunku do niej było krzywdzące i okrutne.

Dowiedziała się więc, iż (jako że przyjaźni pomiędzy Smithami i panem Elliotem nie osłabiło małżeństwo tego ostatniego) przebywali dalej bezustannie razem, a pan Elliot nakłaniał pana Smitha do wydatków znacznie przewyższających jego możliwości. Pani Smith nie przypisywała sobie żadnej winy i pilnie unikała zrzucania odpowiedzialności na swego męża. Anna jednak mogła wywnioskować, że ich dochody były niewspółmierne do stylu życia i że od początku wiele było obopólnej rozrzutności. Z opisu pani Smith wynikało, że jej mąż był człowiekiem gorącego serca, łagodnego usposobienia, beztroskich obyczajów i niewielkiego rozsądku, człowiekiem o wiele sympatyczniejszym niż jego przyjaciel i całkiem od niego różnym, że znajdował się pod jego wpływem i najprawdopodobniej był traktowany ze wzgardą. Pan Elliot, któremu małżeństwo przyniosło dobrobyt, zaspokajał wszelką próżność i wszelkie zachcianki, jakie mimo nałogów można było zaspokoić bez wikłania się w kłopoty (stał się bowiem człowiekiem przezornym), a choć zaczynał się bogacić wtedy właśnie, kiedy jego przyjaciel mógł stwierdzić, że jest w biedzie, nie wykazał najmniejszego zainteresowania jego trudnościami finansowymi, lecz wręcz odwrotnie, popychał go i namawiał do wydatków, które mogły tylko doprowadzić pana Smitha do ruiny. I tak też się stało. Popadli w ruinę.

Mąż umarł akurat w czas, by została mu oszczędzona pełna tego świadomość. Już poprzednio zaznali tylu kłopotów, że zmuszeni byli poddać próbie uczynność swoich przyjaciół, doszli jednak do wniosku, że przyjaźni pana Elliota lepiej na próbę nie wystawiać. Ale dopiero po śmierci pana Smitha okazało się, jak opłakany był stan jego interesów. Ufając życzliwości, jaką okazywał mu pan Elliot – co większy przynosiło zaszczyt sercu zmarłego niż jego rozumowi – wyznaczył go na wykonawcę swego testamentu, lecz pan Elliot nie podjął się tej funkcji. Trudności i rozpacz, w jaką wtrąciła panią Smith jego odmowa, w połączeniu z bólem po śmierci męża były tak wielkie, że trudno o nich mówić bez męki i niepodobna słuchać bez oburzenia.

Przyjaciółka pokazała Annie różne listy, odpowiedzi na jej naglące prośby – wszystkie one mówiły o tym samym niewzruszonym postanowieniu, by się nie mieszać w próżne kłopoty, pod zimną zaś uprzejmością kryły tę samą zatwardziałą obojętność na wszystkie nieszczęścia, jakie z tego mogły wyniknąć. Był to straszny obraz niewdzięczności i okrucieństwa; chwilami wydawało się Annie, że żadna oczywista, jawna zbrodnia nie mogłaby być gorsza. Musiała wiele wysłuchać: wszystkich szczegółów smutnych minionych przeżyć, nieszczęścia po nieszczęściu, opisu zdarzeń, które w poprzednich rozmowach przyjaciółek ledwie były wzmiankowane. Pani Smith opowiadała o nich ze zrozumiałą drobiazgowością. Anna wiedziała, jaką to jej przynosi ulgę i tylko zdumiewał ją coraz bardziej spokój ducha przyjaciółki okazywany na co dzień.

W historii tych nieszczęść była pewna okoliczność szczególnie denerwująca. Pani Smith miała powody, by przypuszczać, że jakieś majętności jej męża w Indiach Zachodnich, które przez wiele lat znajdowały się pod pewnego rodzaju sekwestrem ze względu na niespłacone obciążenia – można by odzyskać przy zastosowaniu odpowiednich środków; majętności te, choć niewielkie, mogłyby jej przynieść względny dobrobyt. Nie miał się tym jednak kto zająć. Pan Elliot nie chciał jej pomóc, ona sama nie była w stanie nic zrobić z powodu fizycznej słabości uniemożliwiającej wysiłek, a na zaangażowanie kogoś do tej sprawy nie miała pieniędzy. Nie miała też żadnych krewnych, nikogo, kto by ją wsparł choćby radą, a nie mogła sobie pozwolić na zapłacenie za pomoc prawną. Była to okrutna świadomość w tak trudnej sytuacji majątkowej. Trudno było znieść myśl, że powinna się znajdować w lepszych warunkach, że mogłyby tego dokonać niewielkie wysiłki odpowiednio skierowane, i trudno było znieść obawy, że zwłoka może zmniejszyć jej prawa do tych resztek majątku.

W tej właśnie sprawie liczyła na pomoc Anny i jej wstawiennictwo u pana Elliota. Poprzednio, przypuszczając, że Anna wyjdzie za niego za mąż, obawiała się, iż straci przyjaciółkę. Potem upewniła się, że pan Elliot nie może namawiać Anny do zerwania z nią znajomości, ponieważ nie wie w ogóle o jej, pani Smith, przyjeździe do Bath. Wówczas pomyślała, że może dałoby się coś zrobić dzięki wpływom kobiety, którą on kocha. Chciała jak najprędzej pozyskać Annę dla swojej sprawy, mówiąc jej tyle, ile pozwoli na to szacunek należny osobie pana Elliota. Lecz zaprzeczenie pogłoskom o zaręczynach zmieniło postać rzeczy i choć odebrało pani Smith nadzieję na rozwiązanie problemów, dało jej przynajmniej pociechę, jaką było opowiedzenie całej historii na swój sposób.

Usłyszawszy to wszystko, Anna nie mogła ukryć zdumienia, iż pani Smith na początku ich rozmowy tak przychylnie wyrażała się o panu Elliocie. „Przecież nieomal go rekomendowała i chwaliła".

– Moja droga – odpowiedziała na to pani Smith – nic innego nie pozostawało mi do zrobienia. Uważałam twoje małżeństwo z nim za rzecz pewną, choć on mógł ci jeszcze nie uczynić propozycji; tak samo więc nie mogłam mówić ci prawdy o nim, jak nie mogłabym tego robić, gdyby to był twój mąż. Serce mi krwawiło na myśl o tobie, gdy mówiłam o szczęściu. Mimo wszystko to człowiek rozumny, miły, a z taką kobietą jak ty sprawa nie wyglądałaby całkiem beznadziejnie. Dla swojej pierwszej żony okazał się bardzo niedobry. Byli nieszczęśliwi. Ale ona była zbyt głupiutka i lekkomyślna, by zdobyć jego szacunek, on zaś nigdy jej nie kochał. Miałam nadzieję, że tobie powiedzie się o wiele lepiej.

Anna mogła tylko przyznać w głębi serca, że istniała możliwość, by nakłoniono ją do małżeństwa z panem Elliotem, i aż się wzdrygnęła na myśl o nieszczęściu, jakie musiałoby z tego wyniknąć. Istniała możliwość, że namówiłaby ją do tego lady Russell. A gdyby tak się stało, cóż mogłoby być okropniejszego niż odkrycie całej prawdy poniewczasie?

Niewątpliwie należało otworzyć oczy lady Russell na całą sprawę, toteż jednym z ostatnich wniosków tej ważnej rozmowy, która zajęła im większą część przedpołudnia, było ustalenie, że Annie wolno powtórzyć wszystko, co się tyczy pani Smith, a co ma związek z postępowaniem pana Elliota.

Rozdział XXII

Anna po powrocie do domu zaczęła rozmyślać nad tym, co usłyszała. Pod pewnym względem poznanie prawdy o panu Elliocie przyniosło jej ulgę. Nie zasługiwał już na choćby życzliwość z jej strony. Był teraz tylko przeciwieństwem kapitana Wentwortha, niemile widzianym natrętem i Anna bez najmniejszych skrupułów czy wątpliwości rozmyślała nad fatalnymi skutkami wczorajszych jego atencji i nieodwracalnymi szkodami, jakie mogły wyrządzić. Nie czuła dla niego najmniejszego współczucia. Ale to była jedyna ulga. Pod każdym innym względem, rozglądając się wokoło czy też wybiegając myślą w przód, widziała teraz więcej powodów do obaw i niepewności. Martwiła się myślą o rozczarowaniu i bólu, jakie przeżywać będzie musiała lady Russell, upokorzeniach, jakie zawisły nad głową jej ojca i siostry, i trapiła się wyobrażeniami o czekających ich zmartwieniach, nie wiedząc, jak by mogła im zapobiec. Dziękowała Bogu za wiadomości otrzymane od pani Smith. Nigdy nie sądziła, by miała prawo do nagrody za to, iż nie zlekceważyła takiej jak pani Smith przyjaciółki, lecz, doprawdy, otrzymała teraz nie byle jaką zapłatę! Pani Smith powiedziała jej coś, czego nikt inny powiedzieć nie mógł. Żeby też rodzina znała już całą prawdę! Lecz daremne pragnienia. Musi porozmawiać z lady Russell, powiedzieć jej wszystko, naradzić się z nią, a potem cierpliwie czekać na rozwój wydarzeń. W każdym razie największy niepokój kryć się będzie w tych zakamarkach duszy, których nie może odsłonić nawet przed lady Russell – pewne troski i obawy muszą pozostać wyłącznie w jej sercu.

Po powrocie do domu stwierdziła, że uniknęła, jak tego chciała, spotkania z panem Elliotem, że złożył im długą wizytę przedpołudniową, lecz nim zdążyła pogratulować sobie, że nic jej nie grozi aż do jutra, dowiedziała się, iż pan Elliot przychodzi znowu tego wieczoru.

– Nie miałam wcale zamiaru go zapraszać – mówiła Elżbieta z udaną beztroską – ale on tak się o to przymawiał, w każdym razie tak powiada pani Clay.

– Istotnie tak powiadam. Nigdy w życiu nie widziałam, by ktoś usilniej zabiegał o zaproszenie. Biedny człowiek! Doprawdy, tak mi go było żal! Bo twoja siostra, panno Anno, ma twarde serce i uparła się być okrutna.

– Och! – zawołała Elżbieta – zbyt dobrze się znam na tej grze, bym szybko ulegała czyimś przymówkom. Ale kiedy spostrzegłam, jak on ogromnie żałuje, że nie zobaczył tatusia dzisiejszego ranka, ustąpiłam od razu, bo nigdy nie zmarnowałabym sposobności umożliwienia mu spotkania z ojcem. Pokazują się od najlepszej strony, kiedy są razem! Obaj tak się miło zachowują. Pan Elliot z takim szacunkiem odnosi się do ojca.

– To wprost zachwycające! – krzyknęła pani Clay, nie śmiąc jednak obrócić oczu na Annę. – Zupełnie jak ojciec i syn. Droga panno Elżbieto, czy wolno mi powiedzieć, że jak ojciec i syn?

– Och, nie mogę nikomu zakazywać słów. Widać tak się pani wydaje. Ale, doprawdy, nie sądzę, by jego atencje były większe od atencji innych panów.

– Droga moja panno Elżbieto! – Pani Clay podniosła dłonie i oczy, topiąc resztę zdumienia w dogodnym milczeniu.

– Cóż, droga moja Penelopo, nie powinnaś tak się o niego martwić. Zaprosiłam go przecież. Odesłałam go z uśmiechem na ustach. Kiedy się dowiedziałam, że naprawdę jedzie jutro do swoich przyjaciół w Thomberry Park na cały dzień, zlitowałam się nad nim.

Anna podziwiała doskonałe aktorstwo przyjaciółki siostry – okazywała wielką radość, wyczekując przybycia tego właśnie człowieka, którego obecność groziła zniweczeniem jej życiowych planów. Pani Clay musiała nie znosić jego widoku, a mimo to potrafiła przybrać uprzejmy i spokojny wyraz twarzy i wyglądać na całkowicie zadowoloną z tego, że swoboda, z jaką dotąd starała się czynić zabiegi wokoło sir Waltera, jest teraz ograniczana samą obecnością jego przyszłego spadkobiercy.

Annie zrobiło się przykro już w momencie, gdy zobaczyła owego pana wchodzącego do pokoju, a wprost ścierpła, kiedy podszedł do niej i zaczął rozmowę. Od dawna podejrzewała, że nie zawsze jest całkiem szczery, teraz jednak czuła nieszczerość w każdym słowie. Czołobitny szacunek okazywany jej ojcu, skontrastowany z wyrażeniami użytymi w przeczytanym liście, budził wstręt, a kiedy pomyślała o okrutnym postępowaniu wobec pani Smith, ledwo mogła znieść widok tej uśmiechniętej twarzy, tę jego łagodność czy brzmienie fałszywych życzeń. Chciała nie dawać mu przez zmianę swego zachowania podstaw do protestów, chciała uniknąć jakichkolwiek pytań i zamieszania wokół własnej osoby, ale pragnęła również zachować się wobec niego tak chłodno, jak tylko da się pogodzić z dotychczasowymi stosunkami między nimi, i usunąć jak najspokojniej tę niewielką i zbędną zażyłość, jaką pozwoliła sobie stopniowo narzucić. Tak więc miała się teraz na baczności i okazywała większą rezerwę niż poprzedniego wieczoru.

Pan Elliot znowu pragnął wzbudzić jej ciekawość co do tego, kiedy i gdzie słyszał o niej zachwyty; usilnie starał się otrzymać satysfakcję w postaci jej pytań – lecz czar prysnął i pan Elliot stwierdził, że tylko w gorącu i podnieceniu Sal Ansamblowych można obudzić próżność skromnej kuzyneczki, a w każdym razie doszedł do wniosku, że nie osiągnie tego żadnymi staraniami, na jakie może się zdobyć w obecności tylu osób, które mają większe od niego prawa do jej uwagi. Nie domyślał się, że poruszanie tego akurat tematu obracało się teraz przeciwko niemu, ponieważ przywodziło jej na myśl najbardziej niewybaczalne jego postępki.

Z zadowoleniem dowiedziała się, że pan Elliot istotnie wyjeżdża z Bath bardzo wcześnie następnego ranka i że nie będzie go przez niemal całe następne dwa dni. Został zaproszony znowu na Camden Place w wieczór swego powrotu, ale od czwartku do soboty wieczór na pewno nie będzie go w Bath. Wystarczająco przykra była dla Anny konieczność ciągłego obcowania z obłudną panią Clay, a już świadomość obecności jeszcze większego hipokryty w ich towarzystwie równała się utracie wszelkiego spokoju i zadowolenia. Jakże upokarzała ją myśl, że Elżbieta i ojciec są nieustannie oszukiwani – zastanawiała się, ile też mogą się jeszcze najeść wstydu. Samolubstwo pani Clay nie było tak przewrotne, nie było też tak odrażające jak samolubstwo pana Elliota i Anna przystałaby na małżeństwo ojca, ze wszystkimi przykrymi tego konsekwencjami, byle uwolnić się od machinacji pana Elliota, które miały do tego małżeństwa nie dopuścić.

W piątek rano miała zamiar wyjść bardzo wcześnie do lady Russell i przekazać jej niezbędne informacje. Wyszłaby natychmiast po śniadaniu, gdyby pani Clay nie wychodziła również, by załatwić coś Elżbiecie i uprzejmie oszczędzić jej kłopotu; Anna musiała więc zaczekać, chcąc się uchronić od jej towarzystwa. Dopiero kiedy stwierdziła, że pani Clay już nie ma, zaczęła mówić o swoim zamiarze spędzenia przedpołudnia na Rivers Street.

– Doskonale – powiedziała na to Elżbieta. – Nie mam nic do przesłania oprócz pozdrowień. Och, możesz wobec tego zabrać tę nudną książkę, którą lady Russell mi pożyczyła, i udać, że ją całą przeczytałam. Doprawdy, nie mogę się ciągle zadręczać wszystkimi nowymi poematami i sprawozdaniami parlamentarnymi, jakie się ukazują. Lady Russell zanudza wszystkich tymi nowymi publikacjami. Nie potrzebujesz jej tego mówić, ale wczoraj wieczorem miała na sobie, moim zdaniem, ohydną suknię. Dawniej myślałam, że ma gust, ale wstydziłam się za nią w czasie koncertu. Było w niej coś takiego wypracowanego i *arrangé*! I siedziała taka wyprostowana! Oczywiście przekaż jej ode mnie najserdeczniejsze pozdrowienia!

– I ode mnie – dodał sir Walter – wyrazy szacunku. Możesz powiedzieć, że mam zamiar niedługo złożyć jej wizytę. Powiedz to najuprzejmiej. Ale ja zostawię tylko bilet. Składanie przedpołudniowych wizyt kobietom w jej wieku, które niemal wcale nie używają barwiczki, to dowód braku delikatności. Gdyby tylko używała różu, nie obawiałaby się takich odwiedzin, ale zauważyłem ostatnim razem, kiedym tam zajechał, że natychmiast rolety zostały spuszczone.

Gdy sir Walter mówił, rozległo się pukanie do drzwi. Któż to mógł być? Anna, pamiętając wszystkie sprytne wizyty pana Elliota o każdej porze, myślałaby, że to on, gdyby nie wiedziała, że pojechał z wizytą o siedem mil od Bath. Po chwili niepewności usłyszeli odgłos zbliżających się kroków i zameldowano przyjście państwa Karolostwa Musgrove'ów.

Zdumienie było przeważającym uczuciem, jakie zapanowało po ich wejściu, lecz Anna szczerze się ucieszyła na widok siostry i szwagra. Pozostali również nie byli na tyle zmartwieni, aby nie móc przybrać wyrazu należytej radości, kiedy zaś okazało się, że ci goście, najbliżsi ich krewni, nie mają zamiaru zamieszkać u nich, sir Walter i Elżbieta potrafili okazać ogromną serdeczność i czynić stosowne honory domu. Mary i Karol przyjechali do Bath na kilka dni z państwem Musgrove'ami i stanęli w gospodzie „Pod Białym Jeleniem". Tyle dowiedziano się od nich w pierwszej chwili, lecz kiedy sir Walter i Elżbieta wyszli razem z Mary do drugiego salonu i tam delektowali się jej zachwytem, Anna wydobyła z Karola prawdziwy powód ich przyjazdu, wyjaśnienie pewnych wesołych aluzji co do specjalnych spraw, jakie tu muszą załatwić (które to wzmianki Mary rzucała dość ostentacyjnie), oraz wytłumaczenie widocznego zmieszania, jakie zapanowało, gdy pytano, kto wchodzi w skład ich towarzystwa.

Anna dowiedziała się więc, że towarzystwo składa się z pani Musgrove, Henrietty i kapitana Harville'a oraz ich dwojga. Karol wyłożył jej całą sprawę jasno i zrozumiale – dopatrzyła się w jego opowiadaniu wielu charakterystycznych dla poszczególnych osób poczynań. Całą sprawę zapoczątkował kapitan Harville, który chciał przyjechać do Bath w interesach. Wspomniał o tym tydzień temu, a Karol, który nie miał co robić, ponieważ okres polowań już się skończył, zaproponował, że z nim pojedzie; pomysł ten ogromnie przypadł do gustu pani Harville, która zobaczyła w nim pożytek dla męża. Mary jednak nie mogła znieść myśli o pozostaniu w domu i tak lamentowała, że przez dzień czy dwa cała sprawa wisiała na włosku, a nawet wydawało się, iż nie dojdzie do skutku. Ale wtedy właśnie wkroczyli państwo Musgrove'owie. Pani Musgrove miała starych przyjaciół w Bath, których pragnęła odwiedzić, poza tym uważała, że nadarza się doskonała sposobność, by Henrietta przyjechała i zakupiła ślubne stroje dla siebie i siostry – krótko mówiąc, skończyło się na tym, że pani Musgrove uznała tę wyprawę za własne przedsięwzięcie, chcąc ułatwić i uprościć sprawę kapitanowi Harville'owi, a Karol i Mary zostali zaproszeni do towarzystwa, aby wszyscy mogli być szczęśliwi. Przyjechali wczoraj późnym wieczorem. Pani Harville, jej dzieci i kapitan Benwick zostali z panem Musgrove'em i Luizą w Uppercross.

Anna zdziwiła się tylko, że sprawy zaszły tak daleko, by można było mówić o sukni ślubnej dla Henrietty – wyobrażała sobie, że kłopoty majątkowe narzeczonego nie pozwolą na rychłe małżeństwo. Dowiedziała się jednak od szwagra, że bardzo niedawno (już po ostatnim liście Mary do niej) do Karola Haytera zwrócił się jego przyjaciel, proponując mu objęcie prebendy zachowywanej dla kogoś bardzo jeszcze młodego, kto dopiero za wiele lat będzie mógł się o nią upomnieć; toteż, licząc na te właśnie dochody i mając niemal pewność, że Hayter otrzyma stałą prebendę na długo przed upływem wspomnianego terminu, obie rodziny zgodziły się na prośbę młodych i ślub ma się odbyć za kilka miesięcy, podobnie jak ślub Luizy.

– To doskonała prebenda – mówił Karol – tylko dwadzieścia pięć mil od Uppercross, w pięknej okolicy, w świetnej części hrabstwa Dorset. Leży w samym środku największych terenów łowieckich w całym kraju, otoczona włościami trzech wielkich właścicieli ziemskich, z których każdy jest ogromnie zapobiegliwy i zazdrosny o swoje łowiska. Do dwóch z nich przynajmniej Karol Hayter może otrzymać listy polecające. Co nie znaczy, że potrafi to należycie ocenić – dodał Karol. – Zbyt chłodno traktuje myślistwo. To jego największa wada.

– Cieszę się, bardzo się cieszę – rzekła Anna. – Ogromna to radość, że dwie siostry, które zasługują na takie samo szczęście i które zawsze były tak wielkimi przyjaciółkami, mają równie jasne widoki na przyszłość, że nadzieje jednej nie zaćmiewają nadziei drugiej, że dobrobyt i wygody jednej będą takie same jak drugiej. Przypuszczam, że twój ojciec i matka bardzo się cieszą z perspektyw obu córek.

– Och, tak. Ojciec cieszyłby się też, gdyby przyszli zięciowie byli zamożniejsi, ale poza tym nie ma im nic do zarzucenia. Wiesz, jak to jest: pieniądze... trzeba wyłożyć pieniądze...

dwie córki za jednym zamachem to nie jest miły zabieg, będzie musiał ograniczyć wiele swoich wydatków. Nie chcę przez to powiedzieć, iż moje siostry nie mają do tego prawa. Jest rzeczą najwłaściwszą, by otrzymały swój udział tak, jak się córkom należy, a w stosunku do mnie ojciec zawsze był bardzo dobry i hojny. Mary do mariażu Henrietty ustosunkowuje się dość nieprzychylnie. Wiesz, że zawsze była dla Karola niełaskawa. Ale nie oddaje mu sprawiedliwości, tak samo jak nie docenia posiadłości Winthrop. Nie mogę jej zmusić, by zwróciła uwagę na wartość tego majątku. To jest bardzo dobra partia jak na dzisiejsze czasy, ja zaś całe życie lubiłem Karola Haytera i nie mam zamiaru teraz zmieniać zdania.

– Tacy nadzwyczajni rodzice jak państwo Musgrove'owie – zawołała Anna – muszą się cieszyć z małżeństwa swoich dzieci! Przecież robią wszystko, by im zapewnić szczęście. Cóż to za błogosławieństwo dla młodych znajdować się w takich rękach! Wydaje się, że twoi rodzice są całkowicie wolni od wszelkich ambicji, które tylu zarówno młodych, jak i starych doprowadziły do złych wyborów i nieszczęść. Czy uważasz, że Luiza całkiem już wróciła do zdrowia?

Odpowiedział jej z wahaniem:

– Tak, chyba tak... bardzo się poprawiła, ale jest zmieniona. Nie biega już i nie skacze, nie śmieje się i nie tańczy. Jest całkiem inna. Jeśli ktoś trochę mocniej zamknie drzwi, to podskakuje i skręca się jak młody perkoz na wodzie. A Benwick siedzi przy niej i czyta wiersze albo coś jej tam szepcze przez cały dzień.

Anna nie mogła się powstrzymać od śmiechu.

– Wiem, że to nie w twoim guście – powiedziała – ale jestem przekonana, że to bardzo wartościowy młody człowiek.

– Na pewno. Nikt w to nie wątpi. Mam też nadzieję, że nie uważasz mnie za tak ograniczonego, bym pragnął, aby każdy miał te same zainteresowania i te same upodobania co ja. Uważam Benwicka za człowieka o dużych zaletach, a jeśli się go skłoni do rozmowy, to okazuje się, że ma wiele do powiedzenia. Zamiłowanie do czytania nie wyrządziło mu szkody, boć przecież nie tylko czytał, ale i walczył. To dzielny chłop. Lepiej go poznałem w zeszły poniedziałek niż przez cały czas dotąd. Mieliśmy wspaniałe zawody podczas polowania na szczury w stodołach mojego ojca, a Benwick tak dobrze się spisał, że odtąd jeszcze go bardziej polubiłem.

Tu musieli przerwać, było już bowiem niezbędne, by Karol poszedł za innymi i podziwiał lustra i porcelanę, lecz Annie wystarczyło to, co usłyszała; pojęła, co się teraz dzieje w Uppercross, i cieszyła się z ich radości. A chociaż wzdychała przy tym, westchnienia jej nie miały w sobie nic z zawistnej niechęci. Oczywiście bardzo by chciała dla siebie takiego samego szczęścia, lecz to nie znaczyło, by pragnęła umniejszyć cudze.

Wizyta minęła, ogólnie biorąc, w bardzo dobrym nastroju. Mary była tego dnia w wybornym humorze, cieszyła się zmianą i była tak zadowolona z podróży w czterokonnym powozie teściowej oraz z własnej całkowitej niezależności od rodziny na Camden Place, że zdolna była podziwiać należycie wszystko i chętnie się zachwycać każdą z wyliczanych jej zalet domu. Niczego nie chciała od swego ojca czy siostry, a ich piękne salony podnosiły tylko jej własne znaczenie.

Przez krótką chwilę Elżbieta przeżywała męki. Czuła, że powinna zaprosić na kolację panią Musgrove i całe jej towarzystwo, lecz nie mogła znieść myśli, by ci, którzy zawsze stali o tyle niżej od Elliotów z Kellynch, widzieli na własne oczy różnicę ich stylu życia i zmniejszoną liczbę służby, co musiałoby się ujawnić podczas podawania kolacji. Była to walka pomiędzy poczuciem tego, co przystoi, a próżnością; lecz próżność wzięła górę i Elżbieta była znowu szczęśliwa. Oto jak się w duchu przekonywała: „Staroświeckie pojęcia; wiejska gościnność; nie zwykliśmy wydawać kolacji; niewielu w Bath wydaje kolacje; lady Alicja nigdy tego nie robi, nie zaprosiła nawet rodziny własnej siostry, chociaż siedzieli tutaj cały miesiąc; to na pewno nie byłoby z pożytkiem dla pani Musgrove; wytrąciłoby ją zupełnie z jej trybu życia. Pewna jestem, że wolałaby nie przychodzić. Wśród nas nie może czuć się swobodnie. Zaproszę ich wszystkich na wieczór po kolacji, tak będzie o wiele lepiej; to będzie nowość i prawdziwa przyjemność. Nigdy w życiu nie widzieli takich salonów. Będą zachwyceni, jeśli ich zaproszę na jutro wieczór. Będzie to przyjęcie nie lada; małe, ale niezwykle wytworne". Takim rozwiązaniem zadowoliła się Elżbieta, kiedy zaś zaproszenie zostało przekazane dwóm obecnym osobom i przyrzeczone nieobecnym, Mary była również usatysfakcjonowana. Podkreślano, że ma poznać pana Elliota i zostać przedstawiona lady Dalrymple i pannie Carteret, które na szczęście już uprzednio zostały zaproszone. Trudno o większe względy. Panna Elliot będzie miała zaszczyt złożenia wizyty pani Musgrove w godzinach przedpołudniowych. Anna wyszła z Karolem i Mary, by odwiedzić natychmiast panią Musgrove i Henriettę.

Projekt odbycia dłuższej rozmowy z lady Russell trzeba było odłożyć na później. Cała trójka zaszła na chwilę na Rivers Street, lecz Anna wytłumaczyła sobie, iż jednodniowa zwłoka w przekazaniu lady Russell otrzymanych od pani Smith wiadomości nie może mieć znaczenia i pospieszyła do gospody „Pod Białym Jeleniem", by zobaczyć swych przyjaciół i towarzyszy zeszłej jesieni ze skwapliwą ochotą i całą życzliwością, na którą wiele się składało.

Pani Musgrove i jej córka były w domu same i przywitały Annę jak najserdeczniej. Henrietta przeżywała właśnie chwile, kiedy lepsze widoki na przyszłość – które się ostatnio otworzyły – i świeżo zdobyte szczęście kazały jej otaczać najwyższymi względami i zainteresowaniem tych, których dawniej choćby lubiła; pani Musgrove zaś obdarzała Annę prawdziwym uczuciem od chwili, kiedy okazała im tyle pomocy w nieszczęściu. Anna rozkoszowała się serdecznością, ciepłem i szczerością tej atmosfery, tym bardziej że w domu odczuwała dotkliwie ich brak. Proszono, by poświęciła im tyle czasu, ile tylko będzie mogła, zapraszano na każdy dzień, i to od rana do wieczora, a raczej żądano jej przyjścia jako członka rodziny. W zamian za to Anna zaczęła natychmiast całkiem naturalnie okazywać im jak dawniej pomoc i uprzejmość. Kiedy Karol zostawił panie same, wysłuchała opowieści pani Musgrove o Luizie oraz Henrietty o sobie samej; wypowiedziała swoje zdanie w najrozmaitszych sprawach; zarekomendowała odpowiednie sklepy, a w przerwach pomagała Mary we wszystkim, czego ta potrzebowała: od zmiany jej wstążki do uporządkowania rachunków, od znalezienia kluczy i dobrania bibelotów do perswadowania jej, że nie jest przez nikogo źle traktowana, co Mary musiała sobie jednak od czasu do czasu wmawiać, chociaż doskonale się bawiła, zająwszy miejsce przy oknie wychodzącym na wejście do pijalni wód.

Można się było spodziewać wielkiego zamieszania tego przedpołudnia. W dużym towarzystwie mieszkającym w gospodzie scena często się zmienia. W ciągu zaledwie pięciu minut przyszedł liścik, potem paczka, a pół godziny po wejściu Anny jadalnia, choć obszerna, była niemal w połowie zapełniona. Wokół pani Musgrove siedziało grono starych przyjaciół, Karol zaś wrócił z kapitanem Harville'em i kapitanem Wentworthem. Pojawienie się tego ostatniego wywołało tylko chwilowe zdziwienie Anny – musiała bowiem zdawać sobie sprawę, że przyjazd wspólnych przyjaciół pozwoli im się zobaczyć. Ostatnie ich spotkanie było niezmiernie ważne, bo odsłoniło uczucia kapitana i dało jej ową cudowną pewność, obawiała się jednak, sądząc z jego miny, że wciąż jeszcze trwa w nieszczęsnym przekonaniu, które wypędziło go z sali koncertowej. Wydawało się, że nie ma ochoty podejść na tyle blisko, by zacząć rozmowę.

Starała się zachować spokój i pozostawić wydarzenia ich biegowi, starała się też koncentrować na argumentach rozsądku i ufności, takich jak: „Jeśli z jednej i drugiej strony istnieje stałe uczucie, to na pewno serca nasze muszą się niezadługo nawzajem zrozumieć. Nie jesteśmy już chłopcem i dziewczynką, byśmy się nawzajem mieli drażnić, by nas wprowadzały w błąd zbiegi okoliczności, byśmy mieli lekkomyślnie igrać z własnym szczęściem". A mimo to kilka minut później myślała, że wspólne przebywanie w jednym towarzystwie, w takich sytuacjach jak obecna, wystawia ich tylko na pastwę złośliwych pomyłek i nieporozumień.

– Anno! – zawołała Mary wciąż na posterunku przy oknie. – Popatrz, to pani Clay, na pewno! Stoi pod arkadami z jakimś dżentelmenem. Widziałam, jak przed chwilą wychodzili zza zakrętu Bath Street. Robią wrażenie pochłoniętych rozmową. Któż to może być? Chodź no tutaj i powiedz. Wielkie nieba! Poznaję! To przecież pan Elliot!

– Nie – zaprzeczyła Anna szybko. – To nie może być pan Elliot, zapewniam cię. Miał wyjechać dzisiaj o dziewiątej rano z Bath i wróci dopiero jutro.

Kiedy wymawiała te słowa, czuła, że kapitan Wentworth spogląda na nią, a świadomość tego zirytowała ją i zmieszała. Żałowała, że tyle powiedziała, choć przecież nie było to nic wielkiego.

Mary, nie chcąc, by ją podejrzewano, iż nie zna własnego kuzyna, zaczęła rozprawiać bardzo żywo o jego podobieństwie rodzinnym, twierdząc jeszcze bardziej stanowczo, że to na pewno pan Elliot, wzywając ponownie Annę, by podeszła i sama sprawdziła – Anna jednak nie miała zamiaru się ruszyć i starała się przybrać minę chłodną i obojętną. Lecz udręka jej zaczęła się na nowo, gdy zauważyła, że kilka przybyłych z wizytą dam wymienia znaczące spojrzenia i uśmiechy, jakby damy owe sądziły, że przejrzały jej tajemnicę na wskroś. Jasne było, że pogłoska o niej i panu Elliocie już się rozeszła, a krótka chwila milczenia, jaka zapanowała, upewniła ją, że owa pogłoska będzie się szerzyła dalej.

– Chodźże tutaj, Anno! – zawołała Mary. – Chodź i spójrz sama! Spóźnisz się, jeśli nie przyjdziesz prędzej. Już się żegnają, już podają sobie ręce. On się odwraca! Żebym ja miała nie poznać pana Elliota! Dobre sobie! Zapomniałaś chyba zupełnie o Lyme!

Chcąc uspokoić Mary i może ukryć własne zakłopotanie, Anna podeszła spokojnie do okna. Zdążyła się jeszcze upewnić, że istotnie był to pan Elliot (w co, doprawdy, wcale początkowo nie wierzyła), który natychmiast zniknął w głębi ulicy, podczas gdy pani Clay szybko podążyła w przeciwną stronę. Tłumiąc zdumienie, które musiała odczuć, widząc tak przyjazną rozmowę prowadzoną przez ludzi o tak sprzecznych interesach, powiedziała spokojnie:

– Tak, to niewątpliwie pan Elliot. Musiał widocznie zmienić porę wyjazdu albo też może mnie się coś pomieszało, pewno nie uważałam. – Po czym wróciła do swego krzesła, uspokojona, z miłą nadzieją, że w pełni oczyściła się z podejrzeń.

Goście pożegnali się, a Karol, odprowadziwszy ich uprzejmie do wyjścia, by potem robić za nimi miny i wyrzekać, że przyszli, powiedział:

– No, mamo, zrobiłem coś, co ci sprawi przyjemność. Byłem w teatrze i zamówiłem lożę na jutro wieczór. Czy nie dobry ze mnie chłopiec? Wiem, że mama uwielbia teatr, a wszyscy się zmieścimy. W loży jest dziewięć miejsc. Zaprosiłam kapitana Wentwortha. Na pewno Anna chętnie do nas dołączy. Wszyscy lubimy teatr. Czy ładnie postąpiłem, mamo?

Pani Musgrove zaczęła dobrodusznie wyrażać najwyższą chęć zobaczenia sztuki, jeśli Henrietta i pozostali mają na to ochotę, lecz tu przerwała jej gwałtownie Mary, wykrzykując:

– Wielkie nieba! Karolu! Jakże ci mogło coś podobnego przyjść do głowy? Loża na jutrzejszy wieczór? Zapomniałeś, że jesteśmy proszeni na Camden Place na jutro wieczór? I że zaproszono nas specjalnie, byśmy poznali lady Dalrymple i jej córkę, i pana Elliota, najważniejsze koneksje rodzinne, żebyśmy zostali im przedstawieni? Jak możną być takim zapominalskim!

– Ech! – żachnął się Karol – cóż to takiego zaproszenie na wieczór po kolacji? Nie warto sobie głowy zawracać. Twój ojciec mógł zaprosić nas na kolację, jeśli pragnął naszego towarzystwa. Możesz sobie robić, co ci się żywnie podoba, ale ja idę do teatru.

– Och, Karolu, doprawdy postąpiłbyś wstrętnie! Przecież obiecałeś przyjść!

– Nie, nic nie obiecywałem. Uśmiechnąłem się tylko głupio, ukłoniłem i powiedziałem: „Bardzo mi przyjemnie". Nic nie obiecywałem.

– Ale musisz iść, Karolu! Zrobić ojcu taki zawód; to byłoby niewybaczalne! Zaproszono nas specjalnie, by dokonać prezentacji. Między nami i Dalrymple'ami istniały zawsze takie zażyłe stosunki. Nic się nie mogło wydarzyć u nich czy u nas, żebyśmy się o tym zaraz nawzajem nie powiadomili. Wiesz, że jesteśmy całkiem bliską rodziną. I jeszcze będzie pan Elliot, z którym doprawdy koniecznie powinieneś się zapoznać. Panu Elliotowi należą się wszelkie względy. Pamiętaj, to spadkobierca mojego ojca, przyszły przedstawiciel naszego rodu!

– Nie opowiadaj mi o spadkobiercach i przedstawicielach! – zawołał Karol. – Nie należę do tych, co to zaniedbują żyjącego władcę, by się kłaniać wschodzącemu słońcu. Gdybym nie poszedł przez wzgląd na twego ojca, uważałbym za skandal, żeby iść tam przez wzgląd na jego spadkobiercę. A kimże jest dla mnie pan Elliot?

Ta beztroska wypowiedź sprawiła wielką radość Annie, która widziała, że kapitan Wentworth patrzy i słucha z najwyższą uwagą i w wielkim skupieniu, a po ostatnich słowach przenosi pytający wzrok z Karola na nią.

Karol i Mary rozmawiali dalej w ten sam sposób – on pół serio, pół żartem podtrzymywał chęć pójścia do teatru, ona wciąż poważnie przeciwstawiała się z wszystkich sił jego projektom, nie zapominając też oznajmić wszem wobec, że choć jest całkiem zdecydowana iść sama na Camden Place, będzie się uważała za pokrzywdzoną, jeśli pójdą bez niej do teatru. Pani Musgrove przerwała tę dyskusję:

– Lepiej odłóżmy to, Karolu; idź do teatru i zmień bilety na wtorek. Byłoby żal się rozdzielać, a musielibyśmy też stracić pannę Annę, jeśli jej ojciec wydaje przyjęcie. Przekonana zaś jestem, że ani Henrietta, ani ja nie będziemy miały wielkiej ochoty na sztukę, jeśli panna Anna nie będzie mogła iść z nami.

Anna była jej szczerze wdzięczna za tę dobroć i również za możliwość powiedzenia następujących słów:

– Gdyby to zależało jedynie od mojej chęci, pani, to przyjęcie w domu nie powstrzymałoby mnie wcale, chyba ze względu na obecność Mary. Nie znajduję najmniejszej przyjemności w tego rodzaju zebraniach i byłabym bardzo szczęśliwa, mogąc je zamienić na teatr, i to w towarzystwie państwa. Lecz może lepiej będzie tego nie robić. – Powiedziała to, lecz gdy skończyła mówić, przejmowało ją drżenie, zdawała sobie bowiem sprawę, że słów jej słuchano uważnie. Nie śmiała też nawet próbować sprawdzić, jaki wywarły skutek.

Wszyscy uzgodnili wkrótce, że do teatru pójdą we wtorek, Karol tylko zachował sobie przywilej dalszego dokuczania żonie, twierdząc, że sam pójdzie jutro do teatru, jeśli nikt inny nie będzie chciał mu towarzyszyć.

Kapitan Wentworth wstał ze swego miejsca i podszedł do kominka zapewne po to tylko, by natychmiast stamtąd odejść i zająć miejsce koło Anny nie tak jawnie i wprost.

– Nie jesteś, pani, wystarczająco długo w Bath – powiedział – by polubić tutejsze wieczorowe przyjęcia.

– Och, nie. Nie odpowiada mi zupełnie charakter tych przyjęć. Nie lubię gry w karty.

– Wiem, że jej dawniej nie lubiłaś; nie zwykłaś grywać w karty, pani, ale czas dokonuje takich zmian!

– Nie zmieniłam się aż tak bardzo! – zawołała Anna i przerwała, obawiając się nie wiadomo jakich nieporozumień.

On, odczekawszy chwilę, powiedział jakby pod wpływem impulsu:

– To długi czas, doprawdy! Osiem i pół roku to długi czas!

Czy powiedziałby coś więcej? – nad tym pytaniem mogła się głowić w wolniejszej godzinie, gdyż nie przebrzmiały jeszcze jego słowa, kiedy Henrietta zmusiła ją do zwrócenia uwagi w innym kierunku, i wołając, żeby się wszyscy pospieszyli z wyjściem, inaczej niechybnie znowu ktoś przyjdzie.

Musieli więc iść. Anna powiedziała, że jest gotowa, i starała się na to wyglądać, czuła jednak, że gdyby Henrietta mogła wiedzieć, z jaką niechęcią i żalem w sercu wstaje z krzesła i przygotowuje się do wyjścia z pokoju, to – właśnie dzięki swemu uczuciu do kuzyna i dzięki pewności jego uczuć – odczułaby dla niej litość.

Lecz przygotowania ich zostały gwałtownie przerwane. Usłyszano niepokojące odgłosy, zbliżali się następni goście; drzwi się otwarły, by wpuścić sir Waltera i najstarszą pannę Elliot, których wejście zmroziło wszystkich. Anna uczuła natychmiast skrępowanie; gdziekolwiek spojrzała, widziała takie same oznaki. Zniknęło panujące dotychczas w pokoju wesele, radość i swoboda, wszystko zakrzepło w zimną układność, uparte milczenie czy też banalne słowa, którymi przyjęto bezduszną elegancję jej ojca i siostry. Świadomość tego była doprawdy bardzo upokarzająca.

Natężony jej wzrok w jednym przynajmniej znalazł zadowolenie. Ojciec i siostra ponownie skinęli głową kapitanowi Wentworthowi, a Elżbieta tym razem łaskawiej niż poprzednio. Nawet przemówiła do niego raz, a spojrzała więcej niż raz. W istocie nad czymś się zastanawiała. Następne chwile wyjaśniły sprawę. Zmarnowawszy na początku kilka minut na wypowiedzenie należnych banałów, Elżbieta zaczęła rozdawać zaproszenia, które miały spłacić wszystko, co się jeszcze należało Musgrove'om. „Jutro wieczorem celem poznania kilku przyjaciół, bynajmniej nieformalne przyjęcie". Wszystko to zostało powiedziane z wielkim wdziękiem, a bilety wizytowe zaopatrzone nadrukiem: „Dzień przyjęć Panny Elliot" – zostały złożone na stole z uprzejmym, znaczącym uśmiechem dla wszystkich, jeden zaś uśmiech i jeden bilet ofiarowany został z wyraźnym podkreśleniem kapitanowi Wentworthowi. Okazało się, że Elżbieta wystarczająco już długo przebywała w Bath, by pojąć, jaką ma wartość mężczyzna o takiej aparycji i dystynkcji. Przeszłość nie znaczyła już nic. Dzisiaj kapitan będzie się dobrze prezentował w jej salonie. Bilet został położony z wyraźnym naciskiem, a sir Walter i Elżbieta wstali i zniknęli.

Przerwa była krótka, choć znacząca i natychmiast, kiedy drzwi zamknęły się za wychodzącymi, wszystkim pozostałym powróciła wesołość i swoboda – z wyjątkiem Anny. Potrafiła myśleć tylko o zaproszeniu, którego z takim zdumieniem była świadkiem; o zachowaniu, z jakim je przyjęto, zachowaniu niejasnym, w którym więcej było zdziwienia niż wdzięczności, więcej uprzejmego przyjęcia do wiadomości niż akceptacji. Znała kapitana – dostrzegała pogardę w jego wzroku i nie ośmielała się wierzyć, by przyjął tego rodzaju zadośćuczynienie jako wyrównanie wszystkich dawnych obelg. Serce w niej zamarło. Kapitan po wyjściu gości trzymał bilet w ręku, jakby się głęboko nad nim zastanawiał.

– Pomyśl tylko! Elżbieta zaprosiła wszystkich – szepnęła Mary dość głośno. – Nie dziwię się, że kapitan Wentworth jest zachwycony. Widzisz przecież, że nie może wypuścić biletu z ręki.

Wzrok Anny spotkał się z jego wzrokiem, zobaczyła, że policzki kapitana oblewają się rumieńcem, a usta układają się w przelotny pogardliwy wyraz. Odwrócił się, tak że nie mogła ani zobaczyć, ani usłyszeć nic, co by ją bardziej zmartwiło.

Towarzystwo się rozdzieliło. Panowie mieli swoje sprawy do załatwienia, panie swoje i nie widzieli się więcej w ciągu tego dnia. Proszono Annę, by wróciła na kolację, by poświęciła im resztę dnia, lecz ona była w takim napięciu, że brakowało jej już sił i pragnęła tylko znaleźć się w domu, gdzie z pewnością będzie mogła tyle milczeć, ile jej się spodoba.

Tak więc obiecawszy, że będzie z nimi przez całe jutrzejsze przedpołudnie, zakończyła zajęcia tego ranka męczącym spacerem na Camden Place, gdzie spędziła wieczór, słuchając, jak Elżbieta i pani Clay omawiają szczegóły jutrzejszego przyjęcia, jak wyliczają zaproszone osoby i bezustannie doskonalą owe atrakcje, które miały sprawić, że będzie to najelegantsze przyjęcie tego rodzaju w Bath; ona zaś dręczyła się wciąż powracającym pytaniem, czy kapitan Wentworth przyjdzie, czy nie. Obie panie liczyły na niego z całą pewnością, lecz dla niej było to zmartwienie, od którego nie mogła się opędzić. Ogólnie biorąc, myślała, że przyjdzie, ponieważ uważała, że powinien przyjść, lecz nie potrafiła ubrać swego przekonania w kształt nakazu obowiązku czy rozumu zdolnego się przeciwstawić innemu przekonaniu.

Ocknęła się z rozmyślań nad dręczącym ją pytaniem, by powiedzieć pani Clay, iż widziała ją w towarzystwie pana Elliota trzy godziny po jego rzekomym wyjeździe z Bath – poruszyła ten temat, nie mogąc się doczekać jakiejś wzmianki o spotkaniu od zainteresowanej damy. Odniosła wrażenie, że na twarzy pani Clay odmalowało się poczucie winy. Było to chwilowe i przelotne wrażenie, ale Annie wydało się, iż pani Clay musiała na skutek jakichś powikłań w ich obopólnej grze czy też wyniosłego autorytetu pana Elliota wysłuchiwać (zapewne przez jakieś pół godziny) napomnień i zastrzeżeń co do jej zamysłów tyczących sir Waltera. Pani Clay krzyknęła jednak, wcale znośnie udając naturalność:

– Mój Boże! Oczywiście! Pomyśl tylko, droga panno Elżbieto, że ku wielkiemu mojemu zdziwieniu spotkałam pana Elliota na Bath Street. Nigdy w życiu nie byłam bardziej zdumiona! Zawrócił i poszedł ze mną do pijalni wód. Coś mu przeszkodziło wyjechać do Thomberry, ale doprawdy zapomniałam, co to było takiego, bo spieszyłam się i nie bardzo mogłam go słuchać; mogę tylko powiedzieć, że postanowił nie opóźnić swego powrotu. Chciał się dowiedzieć, jak wcześnie zostanie tutaj dopuszczony jutro. Wciąż tylko mówił o „jutrze", a to chyba jasne, że i ja tylko o tym myślę od chwili, kiedy weszłam do domu i dowiedziałam się, jak rozległe masz plany i co się wydarzyło; inaczej to moje spotkanie z panem Elliotem nie wyleciałoby mi z głowy!

Rozdział XXIII

Upłynął zaledwie jeden dzień od rozmowy z panią Smith, ponieważ jednak nastąpiły po nim o wiele ciekawsze wydarzenia, zainteresowanie Anny postępowaniem pana Elliota zmalało do tego stopnia – z wyjątkiem ich wpływu na pewną sprawę – że następnego ranka postanowiła bez namysłu odłożyć znowu wizytę na Rivers Street. Obiecała rodzinie Musgrove'ów, że spędzi z nimi czas od śniadania do kolacji. Dała im słowo, a reputacja pana Elliota, jak Szeherezada, musi jeszcze przeżyć jeden dzień.

Nie mogła jednak punktualnie przybyć na umówione spotkanie; pogoda była bardzo brzydka i Anna martwiła się deszczem zarówno ze względu na swoich przyjaciół, jak i na to, że jej samej nie pozwolił wyjść wcześniej. Kiedy dobrnęła wreszcie do gospody „Pod Białym Jeleniem" i weszła do właściwych apartamentów, stwierdziła, że ani nie zdążyła na czas, ani nie przyszła tu pierwsza. Towarzystwo, które zastała, składało się z pani Musgrove rozmawiającej z panią Croft i kapitana Harville'a rozmawiającego z kapitanem Wentworthem. Dowiedziała się, że Mary i Henrietta nie miały cierpliwości na nią czekać i wyszły zaraz, kiedy się przejaśniło, ale wkrótce powrócą, i że pani Musgrove otrzymała od nich najsurowszy nakaz, by do tego czasu zatrzymać Annę. Mogła się tylko poddać, usiąść, zachować pozorny spokój i czuć, że ogarnia ją znowu podniecenie i przejęcie, których, jak uprzednio sądziła, miała zaledwie zasmakować tego poranka. Ani chwili zwłoki, żadnego marnowania czasu. Pogrążyła się natychmiast głęboko w szczęśliwości swego cierpienia czy też w cierpieniu swej szczęśliwości. Dwie minuty po jej wejściu do pokoju kapitan Wentworth powiedział:

– Napiszemy teraz ten list, Harville, o którym mówiliśmy, jeśli dasz mi przybory do pisania.

Przybory znajdowały się pod ręką na osobnym stoliku; kapitan podszedł i niemal odwróciwszy się do pozostałych plecami, zajął się wyłącznie pisaniem.

Pani Musgrove opisywała pani Croft dzieje zaręczyn swej najstarszej córki w ten kłopotliwy sposób, kiedy to wszyscy wszystko słyszą, choć głos ma rzekomo być szeptem. Anna nie została wciągnięta do rozmowy, ponieważ jednak kapitan Harville robił wrażenie głęboko zamyślonego i nieusposobionego do dyskusji, musiała wysłuchać wielu niepożądanych szczegółów, jak na przykład: „Że pan Musgrove i mój szwagier, Hayter, spotykali się raz po raz, żeby omówić całą sprawę, i co mój szwagier, Hayter, powiedział jednego dnia, i co mój mąż zaproponował następnego, i co przyszło do głowy mojej siostrze, pani Hayter, i czego chcieli młodzi, i jak to na początku powiedziałam, że nigdy się na to nie zgodzę, ale potem mnie przekonali i doszłam do wniosku, że niech już tak będzie" – oraz wiele innych tego samego rodzaju intymnych zwierzeń. Te szczegóły – nawet gdyby je podano w najkorzystniejszej, delikatnej i pełnej smaku formie, do czego przecież zacna pani Musgrove nie była zdolna – mogły być interesujące tylko dla osób bezpośrednio ze sprawą związanych. Pani Croft słuchała pogodnie, a za każdym razem, gdy zabierała głos, mówiła coś rozsądnego. Anna miała nadzieję, że obaj panowie są zbytnio zajęci własnymi sprawami, by to słyszeć.

– I tak, droga pani, rozważywszy wszystko – mówiła pani Musgrove potężnym szeptem – chociaż moglibyśmy pragnąć czegoś innego, doszliśmy, ogólnie biorąc, do wniosku, że byłoby niesłusznie opierać się dłużej, bo Karol Hayter zupełnie szalał, żeby wreszcie otrzymać zgodę, a Henrietta prawie tak samo;

pomyśleliśmy więc, że lepiej niech się zaraz pobiorą i dają sobie radę, jak potrafią; przecież tyle młodych par przed nimi robiło to samo. W każdym razie, powiedziałam, lepsze to niż długie zaręczyny.

– Właśnie to chciałam powiedzieć – przytaknęła pani Croft. – Wolę, żeby młodzi ludzie zakładali rodzinę nawet przy niewielkich dochodach i żeby musieli wspólnie stawiać czoło trudnościom, niż żeby ich wikłać w długie zaręczyny. Zawsze uważałam, iż żadne obopólne…

– Och, kochana pani Croft! – przerwała pani Musgrove, niezdolna pozwolić gościowi, by zakończył zdanie. – Nie ma nic okropniejszego dla młodych niż długie zaręczyny. Właśnie tego zawsze się bałam dla moich dzieci. Powiadam, iż młodzi mogą się zaręczać, jeśli mają pewność, że będą się mogli pobrać w ciągu sześciu miesięcy albo nawet dwunastu… ale długie zaręczyny…

– Tak, droga pani – przytaknęła znowu pani Croft – albo niepewne zaręczyny, które mogą trwać długo. Zaczynać coś bez pewności, że po takim a takim okresie będzie się miało środki na założenie rodziny… uważam podobne postawienie sprawy za niemądre i niebezpieczne. Sądzę, że każdy ojciec i matka powinni z całych sił przeciwstawiać się takim zaręczynom.

Anna niespodziewanie znalazła w tej rozmowie coś interesującego; poczuła, że przeszywa ją nerwowy dreszcz, a w tej samej chwili oczy jej instynktownie zwróciły się ku odległemu stolikowi. Pióro kapitana Wentwortha zatrzymało się, głowę miał podniesioną, przerwał, słuchał, w następnej chwili zaś odwrócił się, by rzucić spojrzenie – krótkie, porozumiewawcze spojrzenie w jej kierunku.

Obie damy rozmawiały w dalszym ciągu, podkreślając raz jeszcze słuszność uznanych już prawd i umacniając je przykładami złych skutków wynikłych z odmiennych poczynań, lecz

Anna nie słyszała poszczególnych słów; rozmowa dochodziła do niej tylko szmerem głosów – w głowie jej panował zamęt.

Kapitan Harville, który, prawdę mówiąc, nic z tego wszystkiego nie słyszał, opuścił teraz swoje miejsce i przeszedł do okna, a Anna, która patrzyła w jego kierunku – choć było to tylko nieprzytomne, bezmyślne spojrzenie – zaczęła powoli zdawać sobie sprawę, że kapitan zaprasza ją, by do niego podeszła. Spoglądał na nią z uśmiechem i zrobił nieznaczny ruch głową, który mówił: „Proszę tu przyjść, mam pani coś do powiedzenia", a prosta, bezpośrednia życzliwość przebijająca z tego zachowania, jakby się znali o wiele dłużej, niż to w istocie miało miejsce, ogromnie przemawiała za jego prośbą. Anna oprzytomniała i podeszła do niego. Okno, przy którym stał, oddzielone było całą długością pokoju od miejsca, gdzie siedziały obie panie, i znajdowało się bliżej, choć nie bardzo blisko, stolika kapitana Wentwortha. Kiedy podeszła, twarz kapitana Harville'a przybrała znowu poważny, zamyślony wyraz, najbardziej chyba dlań charakterystyczny.

– Proszę, spójrz, pani – powiedział, otwierając pudełko i ukazując miniaturowy portrecik – czy poznajesz, kto to taki?

– Oczywiście. Kapitan Benwick.

– Tak, i łatwo zgadnąć, dla kogo jest przeznaczony. Ale – dodał cichym głosem – nie dla niej był malowany. Czy pamiętasz, pani, nasze wspólne spacery w Lyme, kiedy to tak nam było go żal? Nie myślałem wówczas, że... ale nie mówmy o tym. Ta miniatura robiona była na Przylądku Dobrej Nadziei. Poznał tam zdolnego młodego niemieckiego malarza, a spełniając obietnicę daną biednej mojej siostrze, pozował mu i wiózł tę miniaturę do domu dla niej. A teraz ja otrzymałem polecenie odpowiedniego oprawienia tego malowidła dla innej! Mnie właśnie to powierzono! Ale kogóż mógł prosić? Mam nadzieję, że wolno mi w jego imieniu przekazać sprawę komu innemu. Doprawdy, nie żałuję, że mam po temu sposobność. On się tego podejmuje – tu spojrzał na kapitana Wentwortha – pisze teraz właśnie w związku z tym – drżącymi ustami zakończył, mówiąc: – Biedna Fanny! Ona nie zapomniałaby go tak szybko!

– Tak – odparła Anna cichym, współczującym głosem. – W to łatwo mi uwierzyć.

– To nie leżało w jej naturze. Kochała go nieprzytomnie.

– To nie leżałoby w naturze żadnej kobiety, która kochałaby prawdziwie.

Kapitan Harville uśmiechnął się, jakby chciał powiedzieć: „Czy mówisz to, pani, w imieniu płci pięknej?" – ona zaś mówiła dalej również z uśmiechem:

– Tak. My niewątpliwie nie zapominamy was tak szybko jak wy nas. To zapewne bardziej nasz los niż zasługa. Nic nie możemy na to poradzić. My żyjemy w domu, w ciszy i zamknięciu, gdzie wystawione jesteśmy na łup naszych uczuć. Wy zmuszeni jesteście do wysiłku. Macie swój zawód, dążenia, takie czy inne interesy, które natychmiast wciągają was z powrotem w życie i świat, a ustawiczne zajęcie i zmiany szybko zacierają wspomnienia.

– Zgodziwszy się z twierdzeniem, że świat dokonuje rychło takiej zmiany w mężczyźnie – z czym jednakowoż ja nie zgodziłbym się chyba – trzeba uznać, że nie ma ono zastosowania w przypadku Benwicka. Życie nie zmuszało go do żadnych wysiłków. Pokój skierował go na ląd właśnie w chwili tragedii i od tego momentu zamieszkiwał z nami, w naszym małym rodzinnym gronie.

– To prawda – zgodziła się Anna – to prawda, zapomniałam o tym, ale cóż możemy na to powiedzieć, kapitanie? Jeśli tej zmiany nie spowodowały zewnętrzne okoliczności, musiała ona przyjść z wewnątrz. To natura, męska natura, musiała w nim tego dokonać.

– Nie, nie, to nie męska natura. Nie zgodzę się, by w męskiej naturze bardziej niż w kobiecej leżała niewierność i skłonność do zapominania tych, których się kocha czy kochało. W moim przekonaniu rzecz ma się całkiem przeciwnie. Ja wierzę, iż istnieje analogia pomiędzy fizyczną i psychiczną budową mężczyzny i że tak samo jak mocniejsze są męskie ciała, tak mocniejsze są męskie uczucia, zdolne znieść największe cięgi i szczęśliwie przebyć najgorsze burzę.

– Uczucia wasze mogą być silniejsze – odparła Anna – lecz jeśli mam uciec się do analogii, to powiem, że nasze są delikatniejsze. Mężczyzna jest mocniejszej budowy niż kobieta, lecz wcale nie żyje dłużej niż ona, i to bardzo dokładnie tłumaczy moje poglądy o naturze ich uczuć. Byłoby dla was zbyt trudne do zniesienia, gdyby miało być inaczej. Wy macie dość przeszkód, kłopotów i niebezpieczeństw, z którymi musicie się borykać. Waszym udziałem jest wysiłek i praca, ryżyko i trud. Opuszczacie dom, ojczyznę, przyjaciół, wszystko. Wasz czas, zdrowie i życie przestają być waszą własnością. Byłoby doprawdy zbyt ciężkie do zniesienia – dokończyła drżącym głosem – gdyby do tego wszystkiego miało się jeszcze dodać kobiece uczucia.

– Nigdy się nie zgodzimy w tej kwestii… – zaczął mówić kapitan Harville, kiedy uwagę ich odwrócił nikły dźwięk dochodzący z cichej dotychczas części pokoju, gdzie siedział kapitan Wentworth. Nic się takiego nie stało – upadło mu tylko pióro, lecz Anna przestraszyła się, widząc, że kapitan znajduje się bliżej, niż sądziła, i skłonna była niemal podejrzewać, że pióro mu upadło, ponieważ zajęty był nimi, starając się łowić uchem słowa, których jednak, jej zdaniem, nie był w stanie dosłyszeć.

– Skończyłeś już list? – zapytał kapitan Harville.

– Nie, jeszcze kilka wierszy. Skończę za pięć minut.

– Ja cię wcale nie popędzam. Służę ci w każdej chwili. Jestem tutaj doskonale zakotwiczony – tu uśmiechnął się do Anny – dobrze zaprowiantowany i niczego mi nie brak. Bynajmniej mi niespieszno do sygnału odjazdu. No więc, panno Elliot – zniżył głos – jak już powiedziałem, sądzę, że nigdy nie pogodzimy się w tej kwestii. Zapewne nie pogodzi się tutaj żaden mężczyzna z kobietą. Ale pozwól mi zauważyć, że historia jest przeciwko wam, we wszystkich opowieściach prozą i wierszem. Gdybym miał taką pamięć jak Benwick, sypnąłbym teraz pięćdziesięcioma cytatami na potwierdzenie słuszności mojej argumentacji, bo wydaje mi się, że nigdy w życiu nie otworzyłem książki, która nie miała do powiedzenia czegoś o niestałości kobiecej. Przysłowia i pieśni, każde z nich mówi o zmienności niewieściej. Lecz może powiesz, pani, że to wszystko pisane przez mężczyzn.

– Może i powiem. Tak, jeśli łaska, nie będziemy się powoływać na przykłady książkowe. Mężczyźni mieli zawsze nad nami przewagę w przedstawieniu sprawy według swego gustu. Byli o tyle więcej od nas kształceni; pióro znajdowało się w ich rękach. Nie zgodzę się na to, że książki mogą czegokolwiek dowodzić.

– Ale jakże będziemy mogli czegoś dowieść?

– Nigdy nie będziemy mogli. Trudno się spodziewać, byśmy kiedykolwiek mogli dowieść czegoś w takim przedmiocie. Jest to różnica zdań, w której nie można szermować dowodem. Każde z nas zaczyna zapewne z lekko stronniczym nastawieniem ze względu na swą płeć i na tle tej stronniczości widzi wszystkie znane sobie przypadki, jakie mogłyby świadczyć na jej korzyść. A wielu z tych przypadków (zapewne tych właśnie, które najmocniej nas poruszyły) nie można przytoczyć, nie zawodząc czyjegoś zaufania czy też pod pewnym względem nie mówiąc tego, czego się mówić nie powinno.

– Ach! – zawołał kapitan Harville z głębokim przejęciem – żebym to ja potrafił wytłumaczyć ci, pani, co przeżywa mężczyzna, kiedy rzuca ostatnie spojrzenie na swą żonę i dzieci, kiedy spogląda na łódź, w której odesłał ich na ląd, dopóki nie zniknie mu z oczu, a potem odwraca się i mówi: „Bóg jeden wie, czy się jeszcze kiedy zobaczymy". I żebym mógł ci opisać ten żar, który ogarnia jego duszę, kiedy ich znowu zobaczy; co czuje, kiedy wracając po rocznej czasem nieobecności, zmuszony do zaokrętowania w innym porcie, oblicza, jak szybko będzie ich mógł tutaj sprowadzić, chce sam siebie oszukać i mówi: „Nie mogą być tutaj wcześniej niż tego i tego dnia", ale przez cały ten czas ma nadzieję, że się o dwanaście godzin pospieszą i wreszcie widzi ich przyjazd jeszcze o wiele godzin wcześniej, jakby niebiosa dały im skrzydła! Gdybym mógł ci wytłumaczyć to wszystko i to jeszcze, co mężczyzna zdolny jest znieść i czynić, i jak dumny jest z tego, iż czyni to dla tych właśnie swoich skarbów! Mówię, rzecz jasna, tylko o tych mężczyznach, którzy mają serce. – Tu przycisnął ze wzruszeniem dłoń do serca.

– Och! – żywo zawołała Anna – mam nadzieję, że oddaję sprawiedliwość wszystkiemu, co czujesz ty, kapitanie, i inni tobie podobni. Niech Bóg zachowa, bym miała nie doceniać wiernych i gorących uczuć jakiejkolwiek ludzkiej istoty w świecie. Byłabym godna całkowitego potępienia, gdybym ośmieliła się przypuszczać, że tylko kobietom znana jest prawdziwa miłość i wierność. Nie, wierzę, że mężczyźni są zdolni w małżeńskim pożyciu do rzeczy wielkich i dobrych. Wierzę, iż potrafią sprostać wszelkim niezwykłym wysiłkom i okazać na co dzień wszelką wyrozumiałość tak długo, jak, jeśli mi wolno użyć tego określenia, jak długo mają przedmiot swej miłości. To znaczy, jak długo kobieta, którą kochacie, żyje, i to żyje dla was. Jedyny przywilej, o który się upominam dla kobiet – nie jest szczególnie godny pozazdroszczenia, nie powinniście go pragnąć – polega na tym, że my kochamy dłużej, kochamy, kiedy przedmiot naszej miłości już nie żyje lub nadzieja umarła. – Nie mogła przez chwilę powiedzieć nic więcej; wzruszyła się tak mocno, że gardło miała ściśnięte.

– Zacna z ciebie dusza, panno Anno! – zawołał kapitan Harville, kładąc jej serdecznie rękę na ramieniu. – Nie można się z tobą kłócić. A język mam zawiązany, kiedy pomyślę o Benwicku.

Musieli teraz zwrócić uwagę na pozostałych. Pani Croft się żegnała.

– Teraz chyba rozchodzą się nasze drogi, Fryderyku – powiedziała. – Ja wracam do domu, a ty umówiony jesteś ze swym przyjacielem. Wieczorem będziemy mieli przyjemność spotkać się wszyscy na przyjęciu w twoim domu, pani – tu zwróciła się do Anny. – Otrzymaliśmy wczoraj bilecik twojej siostry i, o ile wiem, Fryderyk też go dostał, chociaż ja tego nie widziałam. Chyba jesteś wolny dzisiaj, Fryderyku, tak samo jak my?

Kapitan Wentworth składał pospiesznie list i albo nie mógł, albo nie chciał odpowiedzieć wyraźnie.

– Tak – powiedział – to prawda. Tu się rozstajemy, ale Harville i ja wychodzimy tuż za tobą, to znaczy, jeśli jesteś gotów, kapitanie, bo ja będę za pół minuty. Wiem, że już się niecierpliwisz. Będę na twoje usługi za pół minuty.

Pani Croft wyszła, a kapitan Wentworth, żywo zapieczętowawszy list, istotnie był już gotów i nawet robił wrażenie człowieka niespokojnego i zniecierpliwionego, któremu jest bardzo spieszno do wyjścia. Anna nie wiedziała, jak ma to rozumieć. Otrzymała najuprzejmiejsze: „Do widzenia. Niech cię Bóg błogosławi!", od kapitana Harville'a, lecz od niego ani słowa, ani spojrzenia. Wyszedł z pokoju bez jednego spojrzenia!

Zdążyła jedynie podejść nieco bliżej stołu, przy którym pisał, kiedy rozległy się kroki kogoś powracającego; drzwi otwarły się – to był on. Przeprasza, ale zapomniał rękawiczek; przeszedł szybko przez pokój ku stolikowi, na którym niedawno pisał, stanął odwrócony plecami do pani Musgrove, wyciągnął list spod rozrzuconych papierów, położył go przed Anną, utkwiwszy w niej przez chwilę wzrok rozpalony błaganiem, po czym zabrał spiesznie rękawiczki i wyszedł z pokoju, niemal nim pani Musgrove zdała sobie sprawę z jego przyjścia. Wszystko to trwało moment zaledwie.

Lecz jakiej niesłychanej rewolucji dokonał ten moment w Annie! List z ledwo czytelnym adresem: „Panna A.E.", był najwyraźniej tym właśnie listem, który kapitan składał tak pospiesznie. Kiedy przypuszczała, że pisze do kapitana Benwicka, on tymczasem pisał również do niej. Od treści tego listu zależało wszystko, co ten świat był jej w stanie ofiarować. Wszystko było możliwe, wszystko było lepsze od niepewności. Pani Musgrove miała jeszcze jakieś drobne zajęcia przy stoliku – trzeba ufać, że na jakiś czas zajmą jej uwagę. Osunąwszy się na krzesło, w którym on przed chwilą siedział, na tym samym dokładnie miejscu, gdzie on pochylał się i pisał, Anna pożerała oczyma następujące słowa:

Nie mogę dłużej słuchać w milczeniu. Muszę przemówić do Ciebie w jedyny dostępny mi sposób. Ranisz moją duszę. Rzucam się od rozpaczy do nadziei. Nie mów mi, że przyszedłem za późno, że te drogocenne uczucia wygasły na zawsze. Ofiaruję Ci siebie z powrotem – to serce bardziej jest dzisiaj Twoje niż osiem i pół roku temu, kiedyś je nieledwie złamała. Nie powiadaj, że mężczyzna szybciej zapomina niż kobieta, że jego miłość wcześniejszą ma śmierć. Nie kochałem żadnej oprócz Ciebie. Może byłem niesprawiedliwy, może słaby i urażony, lecz nigdy – niestały. Ty jedynie przywiodłaś mnie do Bath. Dla Ciebie tylko myślę i robię plany. Czyż nie widzisz tego? Czy możesz nie zrozumieć mych pragnień? Nie czekałbym nawet tych dziesięciu dni, gdybym mógł odczytać Twe uczucia, tak jak Ty, sądzę, przejrzałaś moje. Ledwo mogę pisać. Co chwila słyszę coś, co mnie przytłacza. Zniżasz głos, lecz ja potrafię rozróżnić ton tego głosu, kiedy inni nie mogą go dosłyszeć. Zbyt dobra, zbyt wspaniała istota! Doprawdy, oddajesz nam sprawiedliwość. Wierzysz, że istnieje prawdziwa miłość i wierność męska. Wierzaj, że taką miłością najgorętszą, najbardziej stałą przepełniony jest

F.W.

Muszę iść niepewny swego losu, lecz wrócę tutaj lub też pójdę za Wami jak najszybciej. Słowo, spojrzenie wystarczy, by zdecydować, czy wejdę do domu Twego ojca dziś wieczór, czy też nigdy.

Po takim liście nie można było szybko przyjść do siebie. Pół godziny samotności i rozważań mogłoby ją uspokoić, lecz dziesięć minut zaledwie, jakie upłynęło od chwili, gdy ją wyrwano z rozmyślań, i kłopotliwa sytuacja nie umożliwiały spokoju. Opanowywało ją coraz silniejsze wzruszenie. Było to przemożne poczucie szczęścia. A nim przeszła pierwsza ogromna fala świadomości tego uczucia, Karol, Mary i Henrietta weszli do pokoju.

Musiała koniecznie przybrać normalny wygląd, starała się o to, jak mogła, ale po chwili siły ją odeszły. Nie rozumiała ani słowa z tego, co mówią, musiała więc powiedzieć, że źle się czuje, i przeprosić wszystkich. Wtedy zobaczyli, że wygląda bardzo źle – że jest zdenerwowana i przejęta – i za żadne skarby świata nie chcieli od niej odstąpić. To było okropne! Żeby tylko sobie poszli, żeby zostawili ją w ciszy i samotności tego pokoju – to byłoby najlepsze lekarstwo. Była ogromnie zmieszana, widząc, że tak stoją nad nią i czekają; powiedziała więc w rozpaczy, że chciałaby iść do domu.

– Oczywiście, moja droga! – zawołała pani Musgrove. – Idź natychmiast do domu i pilnuj się, żebyś nam wyzdrowiała na wieczór. Chciałabym, żeby tu była Sarah i zajęła się tobą, ale ze mnie żaden doktor. Karolu, zadzwoń na służbę i zamów lektykę. Ona nie może iść piechotą.

Ale na lektykę nie mogła się zgodzić. To najgorsze ze wszystkiego! Nie mogła stracić sposobności powiedzenia dwóch słów kapitanowi Wentworthowi podczas spokojnego, samotnego spaceru przez miasto (a była niemal pewna, że go wówczas spotka). Zaprotestowała więc energicznie przeciwko lektyce. Pani Musgrove, która potrafiła myśleć o jednym tylko rodzaju choroby, zapytała z niepokojem, czy Anna nie upadła, czy nie pośliznęła się czasem i nie uderzyła w głowę, i czy jest zupełnie pewna, że się ostatnio nie przewróciła. Otrzymawszy zapewnienie, że nic się takiego nie stało, mogła się rozstać z nią pogodnie, przekonana, iż wieczorem znajdzie ją w lepszym zdrowiu.

Anna, nie chcąc pominąć żadnego środka ostrożności, powiedziała z wysiłkiem:

– Obawiam się, pani, że sprawa nie jest zupełnie jasna. Proszę, bądź tak dobra i wspomnij obu pozostałym panom, że mamy nadzieję ujrzeć całe pani towarzystwo dzisiejszego wieczoru. Obawiam się, że zaszło jakieś nieporozumienie, i szczególnie proszę, byś zapewniła kapitana Harville'a i kapitana Wentwortha, iż spodziewamy się zobaczyć ich obydwu.

– Och, moja droga, rzecz jest całkiem oczywista, daję ci na to słowo. Kapitan Harville wcale nie myślał nie przychodzić.

– Tak sądzisz, pani? Ale obawiam się... A byłoby mi tak przykro! Czy obiecasz mi, pani, że wspomnisz o tym przy najbliższym spotkaniu z nimi? Przecież zobaczysz ich, pani, jeszcze dziś przed południem, prawda? Proszę, proszę mi to obiecać!

– Oczywiście, że im to powiem, jeśli sobie życzysz. Karolu, jak zobaczysz gdziekolwiek kapitana Harville'a, to nie zapomnij powtórzyć mu słów panny Anny. Ale doprawdy, moja duszko, nie masz się o co martwić. Kapitan Harville uważa się już za zobowiązanego do przyjścia, ręczę za to, a kapitan Wentworth chyba również.

Anna nie mogła zrobić nic więcej, lecz przeczuwała w sercu jakieś nieporozumienie, które zaćmi doskonałość jej szczęścia. Ale i tak nie może to trwać zbyt długo. Nawet jeśli kapitan nie przyjdzie na Camden Place wieczorem, będzie mogła przesłać mu jakieś znaczące słowa przez kapitana Harville'a.

Przeżyła jeszcze moment zakłopotania, Karol bowiem, naprawdę przejęty jej zdrowiem, z całą serdecznością postanowił ją odprowadzić – nie można mu tego było wyperswadować. Przyjęła to niemal jak okrucieństwo. Nie mogła jednak pozostawać długo niewdzięczna – poświęcał dla niej spotkanie z rusznikarzem! Poszła więc z Karolem, okazując jedynie uczucie wdzięczności.

Znajdowali się już na Union Street, kiedy odgłos szybkich, chyba znajomych kroków dał jej chwilę na przygotowanie się na widok kapitana Wentwortha. Zrównał się z nimi, ale jakby niezdecydowany, czy iść z nimi, czy ich minąć; nie powiedział słowa – spojrzał tylko. Anna potrafiła na tyle panować nad sobą, by spotkać jego wzrok, i to bez niechęci. Policzki, dotychczas blade, zapłonęły, a kroki, dotąd niepewne, nabrały zdecydowania. Szedł przy jej boku. Wtem Karol, jakby uderzony nagłą myślą, powiedział:

– W którą stronę idziesz, kapitanie? Czy tylko do Gay Street, czy dalej?

– Doprawdy, sam nie wiem – odparł kapitan zaskoczony.

– Czy dojdziesz aż do Belmont? Czy idziesz koło Camden Place? Bo jeśli tak, nie będę miał wyrzutów, prosząc, byś zajął moje miejsce, podał Annie ramię i odprowadził ją do drzwi jej domu. Ma już dość na dzisiejsze przedpołudnie i nie może iść tak daleko bez opieki. A ja powinienem być u tego jegomościa na rynku. Obiecał pokazać mi kapitalną strzelbę, którą akurat wysyła; powiedział, że będzie ją trzymał rozpakowaną do ostatniej chwili, żebym ją mógł obejrzeć, a jeśli nie wrócę tam zaraz, to nie mam żadnej nadziei. Z jego opisu wygląda mi na średniego kalibru dwururkę; strzelałeś z podobnej kiedyś koło Winthrop, kapitanie.

Nie mogło być najmniejszych obiekcji. Mogła być tylko okazana na zewnątrz grzeczna skwapliwość, uprzejma powolność temu życzeniu, w duchu zaś – roztańczona radość i śmiech pełen uniesienia. Pół minuty później Karol znalazł się znowu u wylotu Union Street, a dwoje pozostałych ruszyło dalej razem. Wkrótce też padły między nimi słowa, które kazały im skręcić w stosunkowo cichą i odludną żwirowaną uliczkę, gdzie możność rozmowy uczyniła obecną godzinę prawdziwym błogosławieństwem, obdarzając ją nieśmiertelnością, na jaką złożą się w dalszym ich życiu najszczęśliwsze wspomnienia. Tu zapewnili się ponownie o swoich uczuciach i wymienili obietnice, które niegdyś zdawały się pieczętować wszystko, a po których nastąpiły tak długie, długie lata rozstania i rozłąki. Tu powrócili znowu do przeszłości, jeszcze bardziej chyba szczęśliwi z odnowienia swego związku niż wówczas, kiedy się nań pierwszy raz zdecydowali; bardziej zdolni do działania i bardziej w tym działaniu usprawiedliwieni. I tu, kiedy wstępowali wolno na łagodne wzniesienie, nieświadomi tłumów wokół siebie, nie widząc ani spacerujących polityków, krzątających się gospodyń, flirtujących dziewczyn, ani nianiek z dziećmi, mogli spokojnie rozważyć, ustalić wiele rzeczy, a przede wszystkim wyjaśnić najbardziej pasjonujące i wciąż ciekawe wypadki z najbliższej przeszłości. Omówili wszystkie zakręty zdarzeń zeszłego tygodnia – a rozmowie o wczoraj i dzisiaj nie mogło być końca.

Nie myliła się. Zazdrość o pana Elliota była dla niego ciężarem, męką, przyczyną zwątpienia. Zaczęła go trawić od pierwszej godziny ich spotkania w Bath i wróciła po krótkim okresie niepewności, by zepsuć cały koncert. Ona to właśnie miała wpływ na wszystko, co mówił i czynił, czy też czego zaniedbał powiedzieć i uczynić w ciągu ostatnich dwudziestu czterech godzin. Powoli zazdrość ta ustępowała wobec nadziei, jaką od czasu do czasu wzniecały jej spojrzenia, słowa lub czyny. Zniknęła wreszcie, gdy usłyszał, co mówiła w rozmowie z kapitanem Harville'em, gdy doszedł go ton jej głosu. Kierując się wówczas przemożnym impulsem, chwycił kartkę papieru i przelał na nią swoje uczucia.

Z tego, co napisał, nie było nic do odwoływania czy modyfikowania. Uparcie twierdził, że nie kochał żadnej innej prócz niej. Nigdy nie spotkał jej równej. Tyle, doprawdy, musi powiedzieć – że był jej wierny nieświadomie, ba, nawet wbrew woli, że pragnął o niej zapomnieć i sądził, że mu się to udało. Wyobrażał sobie, że jest obojętny, kiedy był tylko zły, i zamykał oczy na jej zalety, one bowiem były przyczyną jego cierpienia. Teraz uważał jej charakter za doskonałość po prostu – wdzięczne połączenie siły i łagodności. Musiał jednak przyznać, że dopiero w Uppercross nauczył się oceniać ją sprawiedliwie, a dopiero w Lyme zaczął rozumieć sam siebie.

W Lyme otrzymał kilka poważnych lekcji. Zachowanie przypadkowo przechodzącego pana Elliota kazało mu się ocknąć, a wydarzenia na molo i u kapitana Harville'a przekonały go o niezwykłości Anny.

Mówił o poprzednich swoich staraniach, by się zakochać w Luizie Musgrove (staraniach zranionej dumy); twierdził, że zawsze rozumiał ich daremność, że nigdy nie zależało mu na Luizie, nigdy mu nie mogło zależeć, choć do owego dnia, do chwili, która nastąpiła później – wolnej chwili zastanowienia –

nie pojmował doskonałości umysłu, z którym nie można by nawet porównywać umysłu Luizy, nie zdawał sobie sprawy z absolutnej, nieporównanej władzy, jaką ten umysł miał nad nim. Wtedy nauczył się rozróżniać stałość zasad od uporu samowoli, śmiałość płynącą z nierozwagi od stanowczości osoby opanowanej. Owe doświadczenia kazały mu obdarzyć najwyższym poważaniem kobietę, którą utracił i odtąd zaczął ubolewać nad dumą, szaleństwem i obłędną urazą, które nie pozwoliły mu starać się o nią ponownie, gdy los skrzyżował ich drogi.

Od tej chwili pokuta jego była dotkliwa. Natychmiast, gdy ochłonął ze strachu i wyrzutów sumienia, które dręczyły go przez kilka dni po wypadku Luizy, natychmiast, kiedy zaczął sam czuć, że żyje, stwierdził również, że chociaż żyje, nie jest jednak człowiekiem wolnym.

– Zobaczyłem – mówił – że Harville uważa mnie za człowieka zaręczonego. Że ani Harville, ani jego żona nie mają najmniejszych wątpliwości co do naszego wzajemnego uczucia. Byłem przerażony i wstrząśnięty. Mogłem do pewnego stopnia z miejsca temu zaprzeczyć, ale kiedy się zacząłem zastanawiać, że może inni sądzą podobnie: jej rodzina, a nawet ona sama, nie byłem już panem samego siebie. Należałem do niej, jeśli sobie tego życzyła, tego wymagał honor. Postępowałem uprzednio nieostrożnie. Nie zastanawiałem się poważnie nad tą sprawą. Nie brałem pod uwagę faktu, że ta nadmierna zażyłość kryje w sobie pod wieloma względami niebezpieczeństwo i że nie miałem prawa próbować, czy potrafię przywiązać się do którejś z tych panien, ryzykując tym samym choćby nieprzyjemne plotki, jeśli już nie co gorszego. Popełniłem duży błąd i musiałem ponosić tego konsekwencje.

Krótko mówiąc, stwierdził poniewczasie, że się uwikłał, i dokładnie w momencie, kiedy zdobył pewność, iż Luiza jest dla niego niczym, musiał się uznać za związanego z nią, jeśli tylko jej uczucia do niego wyglądają tak, jak sądzili państwo Harville'owie. To zdecydowało, że opuścił Lyme i czekał gdzie indziej na jej powrót do zdrowia. Chętnie byłby osłabił – chwytając się uczciwych środków – wszelkie wyobrażenia o swym przywiązaniu do Luizy. Pojechał więc do brata, chcąc po pewnym czasie powrócić do Kellynch i postąpić tak, jak tego wymagać będą okoliczności.

– Sześć tygodni przebywałem z Edwardem – mówił – i widziałem, że jest szczęśliwy. Nic innego nie mogło mi sprawiać przyjemności. Nie zasługiwałem na nią. Wypytywał się o ciebie bardzo szczegółowo; pytał, czy zmieniłaś się fizycznie, nie podejrzewając nawet, że w moich oczach nigdy nie możesz się zmienić.

Anna uśmiechnęła się i nie powiedziała ani słowa. Zbyt miłe było jego potknięcie, by mu je wytykać. To nie byle co, jeśli kobieta w dwudziestym ósmym roku życia słyszy zapewnienie, że nie utraciła nic z wdzięków wczesnej młodości, lecz dla Anny wartość tego hołdu wzrosła niewymownie, porównując go bowiem z wcześniejszymi wypowiedziami i słowami kapitana, rozumiała, że jest to skutek, a nie przyczyna odrodzenia się jego miłości.

Pozostał więc w Shropshire i biadał nad zaślepieniem swej dumy i błędami swych kalkulacji, kiedy zdumiewająca i szczęśliwa wiadomość o zaręczynach Luizy z Benwickiem uwolniła go raptownie od wszelkich zobowiązań.

– Wówczas skończyło się najgorsze, mogłem bowiem przynajmniej próbować walczyć o swoje szczęście, mogłem się starać, mogłem coś robić. To dotychczasowe czekanie, długie bezczynne czekanie na coś, co mogło być tylko nieszczęściem – to było straszne. W ciągu pierwszych pięciu minut powiedziałem sobie:

„Będę w Bath w środę" i byłem. Czy źle o mnie świadczy, że sądziłem, iż warto przyjeżdżać? I przyjeżdżać z odrobiną nadziei? Nie wyszłaś za mąż. Przecież było możliwe, że zachowałaś dawne uczucie, podobnie jak ja; poza tym jedna rzecz dodała mi otuchy. Nigdy nie mogłem wątpić, że inni mężczyźni kochali cię i starali się o ciebie, ale wiedziałem z całą pewnością, że jednemu przynajmniej odmówiłaś, jednemu, który bardziej niż ja zasługiwał na ciebie, i trudno mi było nie powtarzać sobie: „Czyżby zrobiła to dla mnie?".

Wiele mieli sobie do powiedzenia w związku z pierwszym spotkaniem na Milsom Street, lecz jeszcze więcej w związku z koncertem. Na ten wieczór złożyły się widać same niezwykłe chwile. Z wielkim przejęciem mówił kapitan o tym momencie, kiedy Anna postąpiła ku niemu w ośmiokątnym salonie, by do niego przemówić lub kiedy zjawił się pan Elliot, który ją stamtąd odciągnął, i o innych jeszcze momentach powracającej nadziei albo wzrastającego przygnębienia.

– Widzieć ciebie! – krzyknął – pośród ludzi, z których nikt nie mógł być mi przychylny; widzieć tuż koło ciebie twego kuzyna, rozprawiającego i uśmiechniętego, i zdawać sobie sprawę ze straszliwego faktu, iż byłby to mariaż najbardziej odpowiedni i właściwy! Rozumieć, że jest to niechybnie pragnienie każdego, kto rości sobie prawa do wpływu na ciebie! Nawet gdyby twoje uczucia były temu niechętne czy obojętne, musiałem zdawać sobie sprawę, jakie on będzie miał za sobą potężne poparcie! Czyż to nie dość, by zrobić z siebie szaleńca, na jakiego wyglądałem? Nie mogłem patrzeć na to bez śmiertelnej męki. Przecież był mi wrogi nawet widok twej przyjaciółki siedzącej z tyłu; wspomnienia poprzednich wydarzeń; świadomość, jaki ona ma wpływ na ciebie; niezatarta, niewzruszona pamięć tego, czego niegdyś potrafiły dokonać perswazje!

– Należało zauważyć różnicę – odparła Anna. – Nie powinieneś był tym razem mnie podejrzewać o ustępliwość, sprawa była zupełnie inna i mój wiek inny. Jeśli postąpiłam źle, ulegając kiedyś perswazjom, pamiętaj, że nakłaniały mnie one do wyboru bezpieczeństwa, a nie ryzyka. Ustąpiłam, uważając to za swój obowiązek, lecz w wypadku pana Elliota nie można było przywołać na pomoc głosu obowiązku. Poślubiając obojętnego mi człowieka, wystawiłabym się na ogromne ryzyko i gwałciłabym wszelkie obowiązki.

– Może powinienem był tak rozumować – odparł – lecz nie umiałem. Nie potrafiłem wykorzystać tego, czego się ostatnio nauczyłem o tobie. Nie potrafiłem spożytkować tych wiadomości. Wszystko zostało przytłoczone, zgubione, zagrzebane pod pamięcią dawnych wrażeń, które dręczyły mnie przez tyle lat. Potrafiłem myśleć o tobie jedynie jako o tej, która ustąpiła, która się mnie wyrzekła, która uległa cudzemu wpływowi, nie mojemu. Widziałem cię z tą właśnie osobą, która tobą kierowała w owym nieszczęsnym roku. Nie miałem powodu sądzić, by jej autorytet zmalał. Trzeba było się liczyć również z siłą przyzwyczajenia.

– Mogłabym przypuszczać – powiedziała Anna – że moje zachowanie powinno było ci oszczędzić wielu albo nawet i wszystkich zmartwień.

– Nie, twoje zachowanie mogło wynikać tylko ze swobody, jaką ci dały zaręczyny z innym człowiekiem. Opuściłem cię z tą właśnie myślą, a jednak postanowiłem jeszcze cię zobaczyć. Rano poczułem przypływ nowych sił i doszedłem do wniosku, że mam wciąż powody, by pozostać.

Wreszcie Anna znalazła się z powrotem w domu, szczęśliwsza, niżby to mógł ktokolwiek z jego mieszkańców przypuścić. Ostatnia rozmowa odsunęła w niepamięć zdumienie, niepewność i wszystkie inne przykre wydarzenia przedpołudnia – Anna weszła do domu tak wniebowzięta, że musiała rozcieńczać swoje poczucie szczęścia lękiem, że przecież tak wielka radość trwać nie może. Chwila rozmyślań głębokich i krzepiących okazała się najlepszym lekarstwem na skutki, jakie przynosi takie uniesienie. Anna poszła do swego pokoju i tam w dziękczynieniu za swą radość odnalazła moc i odwagę.

Nadszedł wieczór, światła rozbłysły w salonach, towarzystwo się zebrało. Było to tylko przyjęcie dla gry w karty, była to tylko mieszanina ludzi, którzy się dotychczas nie znali, i tych, którzy się znali zbyt dobrze – pospolite zebranie, zbyt liczne na zażyłość, zbyt małe na rozmaitość, lecz nigdy jeszcze żaden wieczór nie wydał się Annie tak krótki. Zarożowiona i urocza w swojej pewności i szczęściu, wzbudzała podziw, o który nie dbała i o którym nie myślała, a dla wszystkich naokoło miała życzliwość lub wyrozumiałość. Wśród zebranych znajdował się pan Elliot – unikała go, lecz potrafiła mu współczuć. Państwo Wallisowie – bawiło ją, że ich rozumie. Lady Dalrymple i panna Carteret – wkrótce będą dla niej tylko nieszkodliwymi kuzynkami. Nic jej nie obchodziła pani Clay; nie miała powodów do wstydu za formalny sposób bycia ojca i siostry w salonie. Z rodziną Musgrove'ów prowadziła przyjemną, swobodną pogawędkę; do kapitana Harville'a miała życzliwy, siostrzany stosunek; z lady Russell próbowała zaczynać rozmowę, którą cudowna świadomość kazała jej urywać; wobec admirała Crofta i jego żony odczuwała szczególną serdeczność i gorące zainteresowanie, które ta sama świadomość kazała ukrywać. A z kapitanem Wentworthem – ciągle nadarzające się chwile rozmowy, ciągłe nadzieje na więcej takich chwil i nieustanną świadomość jego obecności.

Właśnie podczas jednego z ich krótkich zetknięć, kiedy każde z nich rzekomo pochłonięte było podziwianiem wspaniałej ekspozycji cieplarnianych kwiatów, Anna powiedziała:

– Zastanawiałam się nad przeszłością i starałam się bezstronnie osądzić, co było w niej złego, a co dobrego, to znaczy w odniesieniu do mnie samej. I muszę stwierdzić, że postąpiłam słusznie; choć bardzo przez to cierpiałam, lecz postąpiłam słusznie, ulegając przyjaciółce, którą mocniej pokochasz w przyszłości. Zastępowała mi ona matkę. Lecz nie zrozum mnie czasem niewłaściwie. Bynajmniej nie twierdzę, że ona nie popełniła błędu, dając mi taką radę. Był to zapewne jeden z tych przypadków, w których tylko następne zdarzenia mogły wykazać, czy rada była dobra, czy zła, a co do mnie, to nigdy bym nie dała podobnej wskazówki w przypadku choć trochę zbliżonym do naszego. Ale idzie mi o to, że, moim zdaniem, miałam słuszność, podporządkowując się jej i że gdybym postąpiła inaczej, bardziej cierpiałabym, utrzymując nasze zaręczyny, niż wówczas, kiedy je zerwałam, cierpiałabym bowiem w swoim sumieniu. Teraz nie mam sobie nic do wyrzucenia, o ile taka pewność przystoi człowiekowi. Jeśli się zaś nie mylę, silne poczucie obowiązku bynajmniej nie jest złą cząstką panieńskiego posagu.

Spojrzał na nią, spojrzał na lady Russell, a przeniósłszy z powrotem wzrok na Annę, odpowiedział jakby z chłodną rozwagą:

– Jeszcze nie. Jest jednak nadzieja, że w przyszłości uzyska przebaczenie. Wierzę, że wkrótce będą nas łączyły chrześcijańskie uczucia. Ale ja również rozmyślałem nad przeszłością i w związku z tym nasunęło mi się pytanie, czy pewna osoba nie okazała się jeszcze większym moim wrogiem niż ta dama? Mianowicie ja sam. Powiedz mi, gdybym napisał do ciebie, kiedy wróciłem w ósmym roku do Anglii, mając kilka tysięcy funtów i dowództwo „Lakonii", czy odpowiedziałabyś na mój list? Czy, krótko mówiąc, zgodziłabyś się odnowić nasze zaręczyny?

– Czybym się zgodziła?! – zawołała Anna w odpowiedzi, lecz jej ton nie zostawiał wątpliwości.

– Wielki Boże! Zgodziłabyś się? Nie sądź tylko, że o tym nie myślałem czy nie marzyłem, to tylko bowiem mogło ukoronować wszystkie moje sukcesy. Ale byłem dumny, zbyt dumny, by prosić ponownie. Nie rozumiałem cię. Zamykałem oczy i nie chciałem cię zrozumieć ani oddać ci sprawiedliwości. Świadomość tego powinna mi kazać wcześniej puścić w niepamięć urazy do innych niż do samego siebie. Mogłem zaoszczędzić sześciu lat rozłąki i cierpienia. Oto całkiem nowy dla mnie rodzaj udręki. Przywykłem do miłego przeświadczenia, iż zasłużyłem na wszelkie radości, jakie stały się moim udziałem. Uważałem, że za rzetelne trudy otrzymuję uczciwą zapłatę, i wedle tego wystawiałem sobie ocenę. Jak inni wielcy ludzie stojący wobec przegranej – dodał z uśmiechem – muszę nakłonić mój rozum, by ustąpił wobec faktów. Muszę umieć pogodzić się z tym, że jestem bardziej szczęśliwy, niż na to zasługuję.

Rozdział XXIV

Któż może wątpić, co nastąpiło potem? Kiedy młodzi wbiją sobie w głowę, że się muszą pobrać, są pewni, że uporem dopną swego, czy są ubodzy, czy nierozważni, czy nawet mało mają szans na to, by mogli sobie nawzajem zapewnić szczęście. Być może zły to morał na zakończenie, ale sądzę, że właściwy. Jeśli zaś takim parom się powiodło, to jakżeby Anna Elliot i kapitan Wentworth mieli nie obalić wszelkich przeszkód, mając tak liczne zalety dojrzałości umysłu, świadomość tego, co dobre, oraz obopólną niezależność majątkową? A prawdę mówiąc, byliby zdolni obalić o wiele więcej przeszkód niż te, które stanęły na ich drodze, mógł ich bowiem jedynie martwić brak łaskawości i ciepła. Sir Walter nie czynił żadnych wstrętów, Elżbieta zrobiła tylko zimną i obojętną minę i nic ponadto. Kapitan Wentworth nie był już teraz nikim – miał dwadzieścia pięć tysięcy funtów i zaszedł w swej profesji tak wysoko, jak mogą zaprowadzić mężczyznę zasługi i energia. Uznany został teraz za godnego, by się ubiegać o rękę córki głupiego, rozrzutnego baroneta, któremu nie wystarczyło zasad ani rozsądku, by się utrzymać na pozycji, na jakiej postawiła go opatrzność, i który mógł obecnie dać Annie zaledwie niewielką część należnych jej dziesięciu tysięcy funtów, jakie miały jej przypaść w przyszłości.

Chociaż sir Walter nie kochał Anny i choć jej małżeństwo nie schlebiało jego próżności, daleki był od zdania, że to zły mariaż. Wręcz przeciwnie, gdy poznał bliżej kapitana Wentwortha, gdy zaczął go często widywać w dziennym świetle i przyjrzał mu się dobrze, tak był uderzony jego walorami fizycznymi, że uznał, iż jego prezencja może całkiem dorównać świetności jej urodzenia – a to wszystko, wraz z dobrze brzmiącym nazwiskiem, sprawiło, że wreszcie sir Walter przygotował łaskawie pióro, by wpisać ten mariaż do honorowej księgi.

Jedyną osobą, której niechęć mogłaby sprawić im przykrość, była lady Russell. Anna rozumiała, że prawda o panu Elliocie i konieczność wyrzeczenia się go musi być dla lady Russell niemiła i że bliższa znajomość i oddanie sprawiedliwości kapitanowi Wentworthowi będzie dla niej niełatwe. Przez to jednak lady Russell musi teraz przejść. Musi zrozumieć, że pomyliła się co do nich obu, że w jednym i w drugim przypadku uległa pozorom, że gdy się okazało, iż zachowanie kapitana Wentwortha nie odpowiada jej oczekiwaniom, zaczęła pochopnie podejrzewać, że kryje się pod tym charakter niebezpieczny i impetyczny; gdy zaś maniery pana Elliota wydały jej się szczególnie właściwe, poprawne i szarmanckie, grzeczne i układne – zbyt prędko uznała, że są świadectwem właściwych poglądów i zdyscyplinowanego umysłu. Nie pozostawało lady Russell nic innego, jak przyznać, że nie miała racji, i wyrobić sobie nowy zestaw poglądów i nadziei.

Są ludzie obdarzeni spostrzegawczością i subtelną intuicją, słowem, wrodzoną przenikliwością, której dorównać nie może żadne doświadczenie; lady Russell mniejsze miała w tym przedmiocie zdolności niż jej młoda przyjaciółka. Lecz lady Russell była bardzo zacną kobietą i stawiała swój rozsądek na drugim planie, na pierwszym zaś szczęście Anny. Kochała Annę bardziej niż własną inteligencję i kiedy minął pierwszy kłopotliwy okres, nietrudno jej było obdarzyć matczynym uczuciem człowieka, który zapewnił szczęście jej dziecku.

Z całej rodziny Mary była chyba osobą, która najwcześniej, bo natychmiast, uradowała się nowiną. Bardzo to zaszczytne mieć zamężną siostrę, mogła też sobie pochlebiać, że odegrała dużą rolę w całej sprawie, zatrzymując Annę u siebie jesienią. Ponieważ zaś jej siostra to, rzecz jasna, coś lepszego niż siostry jej męża, dobrze się składa, iż kapitan Wentworth jest człowiekiem bardziej majętnym od kapitana Benwicka czy Karola Haytera. Zapewne miała też powody do zmartwienia, kiedy się bowiem ponownie spotkały, musiała stwierdzić, iż Annie przywrócone zostały prawa starszeństwa, a poza tym posiada bardzo ładne, malutkie lando – lecz ona, Mary, mogła jeszcze wyglądać czegoś w przyszłości, i to stanowiło jej wielką pociechę. Na Annę nie czekał dwór Uppercross ani majątek, ani też pozycja głowy rodziny. Gdyby tylko można było mieć pewność, że kapitan Wentworth nie otrzyma tytułu baroneta – Mary nie zamieniłaby się z Anną.

Byłoby dobrze, gdyby najstarsza z sióstr mogła również cieszyć się swoją pozycją, tutaj jednak niewielkie istniały nadzieje na jakiekolwiek zmiany. Elżbieta przeżyła wkrótce udrękę z powodu rejterady pana Elliota, później zaś nie pojawił się nikt odpowiedniego stanu, kto mógłby przywrócić choćby te bezpodstawne nadzieje, jakie zniknęły wraz z owym dżentelmenem.

Wiadomość o zaręczynach kuzyneczki Anny była dla pana Elliota zupełnym zaskoczeniem. Zniweczyła jego wspaniały plan zapewnienia sobie szczęścia domowego i wszelkie rachuby na to, że wykorzystując prawa zięcia, będzie pilnował sir Waltera i nie dopuści do ponownego jego ożenku. Lecz choć był zawiedziony i chociaż poniósł porażkę, zakrzątnął się jeszcze koło swoich interesów i przyjemności. Opuścił wkrótce Bath – a że pani Clay również stamtąd wyjechała, i to niezadługo, a później, jak słyszano, osiadła w Londynie jako jego protegowana, wszyscy zrozumieli, że prowadził podwójną grę i z ogromnym uporem starał się przynajmniej uchronić od utraty dziedzictwa zagrożonego przez jedną chytrą kobietę.

Uczucie pani Clay przesłoniło jej chęć zysku, toteż poświęciła dla owego młodego człowieka możność zastawienia sideł na sir

Waltera. Lecz oprócz uczucia miała też w sobie przebiegłość i pozostaje wątpliwe, czy ostateczne zwycięstwo odniósł jej spryt, czy jego – czy pan Elliot, nie dopuściwszy, by została żoną sir Waltera, nie pozwoli ostatecznie, ujęty jej afektem i przymilnością, by została żoną sir Williama.

Trudno wątpić, jak bardzo sir Walter i Elżbieta byli wstrząśnięci i zmartwieni utratą swego towarzysza i odkryciem, jak zwodziła ich pani Clay. Oczywiście pozostawała im na pociechę znakomita kuzynka, lecz długo jeszcze czuli, że przypochlebiać się komuś i stanowić jego świtę, nie mając własnych pochlebców i własnej świty – to tylko połowa przyjemności.

Anna stwierdziła wkrótce ku swojej wielkiej satysfakcji, że lady Russell zamierza pokochać kapitana, tak jak powinna. Nic już teraz nie przesłaniało jej widoków na szczęśliwą przyszłość oprócz przekonania, że nie może dać mu rodziny, którą rozsądny mężczyzna mógłby cenić. W tym przedmiocie boleśnie odczuwała swoją niższość. Nierówność fortuny była dla niej niczym – tego nie żałowała ani przez chwilę – lecz fakt, iż nie miała rodziny, która przyjęłaby go i doceniła należycie, że nie mogła mu ofiarować ani godności, ani harmonii, ani życzliwości rodzinnej w zamian za zacność i natychmiastowe serdeczne przyjęcie zgotowane jej przez jego siostrę i brata – ten fakt był źródłem największego bólu, jaki mogła odczuwać przy całym swoim szczęściu. Do listy jego przyjaciół mogła dodać tylko dwie osoby na świecie: lady Russell i panią Smith. Z nimi kapitan najżyczliwiej pragnął się zbliżyć. Lady Russell cenił teraz z całego serca pomimo jej dawnych przewin. Jeśli nie musiał jej przyznawać słuszności w tym, że ich kiedyś rozdzieliła, gotów był powiedzieć niemal wszystko, co tylko można, na jej korzyść. Pani Smith zaś mogła z wielu przyczyn rościć sobie prawo do jego sympatii, i to dozgonnej sympatii.

Niedawne przysługi, jakie wyświadczyła Annie, wystarczyły same w sobie, toteż małżeństwo Anny miast pozbawić ją jednej przyjaciółki, zapewniło jej dwoje przyjaciół. Kiedy rozpoczęli życie rodzinne, była ich pierwszym gościem; kapitan Wentworth zaś w pełni odpłacił jej za wyświadczone usługi czy również te, które zamierzała wyświadczyć jego żonie, umożliwił jej bowiem odzyskanie majątku męża w Indiach Zachodnich, pisząc w jej imieniu, działając w jej imieniu i pomagając we wszystkim, co tyczyło sprawy, z energią i oddaniem śmiałego człowieka i prawdziwego przyjaciela.

Pogodne usposobienie pani Smith nie ucierpiało wskutek większych dochodów oraz pewnej poprawy zdrowia i zdobycia przyjaciół, z którymi często mogła przebywać, nie opuściła jej bowiem wesołość i żywość umysłu; zachowując te podstawowe zasoby cnót, mogła stawić czoło nawet jeszcze większemu dobrobytowi. Mogłaby być niezmiernie bogata, całkowicie zdrowa, a mimo to – szczęśliwa. Źródło jej szczęśliwości leżało w płomiennym duchu, tak jak szczęśliwość jej przyjaciółki, Anny – w gorącym sercu. Anna była uosobieniem czułości, którą zwracał jej w pełni swoim uczuciem kapitan Wentworth. Zawód kapitana to jedyny powód, dla którego lepiej by było, zdaniem jej bliskich, gdyby nie była tak wrażliwa – tylko obawa przed przyszłą wojną mogła zaćmić jej szczęście. Dumna była z tego, że jest żoną marynarza; musiała jednak zawsze płacić haracz nagłych lęków za małżeństwo z człowiekiem, którego zawód bardziej – o ile to w ogóle możliwe – wyróżnia się dla swych cnót domowych niż zasług, jakie położył dla kraju.

Jest prawdą powszechnie znaną, że samotnemu a bogatemu mężczyźnie brak do szczęścia tylko żony.

Opowieść o codziennym życiu angielskiego ziemiaństwa na przełomie XVIII i XIX wieku. Niezbyt zamożni państwo Bennetowie mają nie lada kłopot – nadeszła pora, by wydać za mąż ich pięć dorosłych córek. Sęk w tym, że niełatwo jest znaleźć na prowincji odpowiedniego kandydata. Pojawia się jednak iskierka nadziei, bo oto do położonej w sąsiedztwie posiadłości Netherfield Park wprowadza się młody i bogaty kawaler. Wiadomość ta elektryzuje panią Bennet. Okazja do nawiązania stosunków towarzyskich nadarza się niebawem podczas publicznego balu, na który nowy sąsiad przybywa w towarzystwie dwóch sióstr, szwagra oraz swego przyjaciela, jeszcze bardziej majętnego kawalera.

Czy pierwsze wrażenie bywa mylące, a bliższa znajomość potrafi diametralnie zmienić opinię o drugiej osobie?

Siłą tej historii są znakomicie nakreślone postacie, niezwykle trafne obserwacje natury ludzkiej, humor i – oczywiście – miłość.

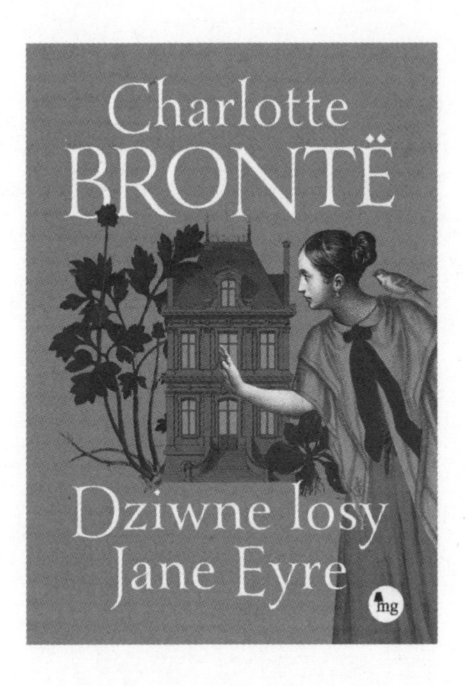

Najsłynniejsza powieść Charlotte Brontë, która przyniosła jej międzynarodową sławę.

Historia młodej dziewczyny, która po stracie obojga rodziców trafia do domu brata swojej matki. Nie potrafi jednak obudzić uczuć u ciotki, która – gdy tylko nadarza się okazja – pozbywa się dziewczynki, wysyłając ją do szkoły dla sierot, słynącej z surowego rygoru. Jane jednak udaje się przeżyć, zdobywa wykształcenie i wreszcie znajduje pracę jako guwernantka, w domu Edwarda Rochestera, samotnie wychowującego przysposobioną córkę. Wydawałoby się, że tu wreszcie znajdzie prawdziwe szczęście. Jednak los upomni się o zadośćuczynienie za winy z przeszłości jej ukochanego pana. Jane nocą ucieka szukać swojej własnej drogi…

Jane Eyre to powieść, o której wnet po jej opublikowaniu gazety angielskie pisały codziennie, do tego – niemal w samych superlatywach, a taki publiczny zachwyt nie zdarza się często. Książka Charlotte Brontë porwała tłumy i nadal pozostaje powieścią kultową. W czym tkwi jej fenomen? Wydaje się, że w wierności samemu życiu. Bez względu na epokę samotność, tęsknota i cierpienie są zawsze te same i zawsze tak samo przeżywane.

Tajemnice Paryża stały się po wydaniu niebywałym sukcesem, a autor dzięki tej powieści osiągnął ogromną sławę. Na temat powieści wypowiadali się: George Sand, H. Balzac, Victor Hugo.

Żywa, wielowątkowa akcja, dramatyczność i sensacyjność wydarzeń, tajemniczość głównego bohatera – wszystko to sprawia, że powieść czytamy jednym tchem. Ale jest w niej coś więcej: wiara w tkwiące w każdym człowieku dobro i przekonanie, że ono właśnie zwycięży, a tego ciągle potrzebujemy.

Powieścią tą zaczytywał się Leopold Tyrmand i niewątpliwie wpłynęła ona na kształt jego najsłynniejszej powieści: *Zły*.

...*Miasteczko Middlemarch* to jedna z najważniejszych pozycji w kanonie klasycznej literatury angielskiej. George Eliot, jedna z najbardziej nowoczesnych postaci epoki wiktoriańskiej, erudytka, okrzyknięta z powodu wyzwań, jakie rzuciła opinii publicznej – angielską George Sand, podniosła powieść do rangi dyskursu filozoficznego, a pasjonujący romans umiejscowiła w sferze społeczno-moralnej.

Dzieją się w Anglii lat 20. XIX wieku rzeczy ważne, a miasteczko Middlemarch, tak jak każde prowincjonalne miasteczko, jest tych wielkich przemian minisceną, toteż historia toczy się wraz z wątkiem romantycznym i kryminalnym. Losy miasteczka Middlemarch są historycznie i ekonomicznie splecione z losami okolicznej społeczności, mieszkańcami sąsiednich dworów i należących do nich farm.

Na tak szeroko zarysowanym tle maluje George Eliot losy głównych bohaterów: młodej, bogatej i szlachetnej Dorotei Brooke, która szuka godnego celu, by nadać sens swojemu życiu, oraz Tertiusa Lydgate'a, lekarza, który cel znalazł w pracy badawczej i praktyce medycznej, ale przeszkodą w jego realizacji staje się piękna kobieta.